Евгений
МОНАХ

Кенты
и менты

Москва
ЭКСМО
2002

УДК 882
ББК 84(2Рос-Рус)6-4
М 77

Оформление художника *Ю. Петелина*

Монах Е. М.

М 77   Кенты и менты: Рассказы. — М.: Изд-во Эксмо,
2002. — 448 с. (Серия «Воровской общак»).

ISBN 5-699-00645-1

Весь мир — театр, и люди в нем поделены на два состава исполнителей. Один состав — бандиты, они делают свое дело: мочат конкурентов, стригут «коммерсов», толкают «геру», наезжают на должников. Другой — менты, эти делают вид, что ловят бандитов, а на самом деле продаются им с потрохами и при этом мочат друг друга, наезжают на «коммерсов» и толкают стволы. Так кто из них честней?..

УДК 882
ББК 84(2Рос-Рус)6-4

ТОЙ ЖЕ МЕРОЙ

СКАЛА МОЛЧАНИЯ

Хорошо помня, что подвержены скуке исключительно дураки и плебеи, свое нынешнее паскудное состояние я определил как меланхолию. Звучит значительно благороднее, не ущемляя моего самолюбия.

Постарался разобраться в истоках столь странного спада настроения.

Для активизации мыслительного процесса решил провести данное интеллектуальное исследование в дружеском обществе пятизвездочной «Белой Лошади».

Пить по-черному, в одиночестве — признак деградации, но я легко успокоил себя мыслью, что мое питие всего лишь дегустация лучшего американского виски, направленная не на уход от действительности, а совсем наоборот — попытка проникновения в тайники подсознания, где и формируются человеческие настроения и кризисные состояния. А алкоголь или алкалоиды — тот волшебный «сим-сим», который без особого труда отпирает двери в святая святых этих загадочных тайников.

По крайней мере, это мое глубокое убеждение. Не зря же древние латиняне придумали изречение «ин вино веритас» — истина в вине...

После третьей рюмки пришлось признать, что явных причин для меланхолии не обнаруживается. Объективно дела у меня катят в елочку. Фирма моя обросла дочерними предприятиями — кроме ночного стриптиз-клуба «У Мари», бара «Вспомни былое» и собачьего кладбища «Приют для друга», появились двухэтажная гостиница «Кент» на месте бывшего дома колхозника и сеть распивочных стеклянных павильонов. Все заведения высокорентабельны. Правда, надо смотреть трезво — основной доход фирме все же принсят девочки Цыпы. Но он обладает редчайшим качеством — несмотря на крутые личные доходы, подбородок не задирает, а по-прежнему работает у меня шофером-телохранителем. Искренне восхищаюсь такими людьми — без амбициозно-понтовых завихрений. Но это так, к слову. Лирическое отступление.

Впрочем, нулевое настроение скорее всего объяснялось банально — «капуста» с периодичностью качания маятника вливалась в кассу бесперебойно, а главное — без малейших моих движений. Бизнес налажен от и до. Кайфуй да смейся, ан нет — скука, меланхолия то бишь, сковала мою энергичную натуру посильнее узкоизвестного ментовского изобретения — жестко самозатягивающихся стальных браслетов.

Мысли невольно побрели в философию — вопрос вопросов русского человека: «Что делать?» И даже круче: зачем вообще жить без острых ощущений, превращаясь в паразитирующего рантье?

Какие-то завиральные идеи нагло заползают в голову. Блажь.

Взглянул на настенный медико-астрологический календарь. Может, сегодня просто-напросто магнитные бури свирепствуют, сбивая людей с панталыку? Но нет, космос оказался совершенно не при делах.

«Белая Лошадь» обладала мощным энергетическим зарядом. Захотелось что-нибудь совершить. Не выудив из головы ничего стоящего, решил прошвырнуться по улицам родного Екатеринбурга, авось что-то и подвернется. Оружие брать не стал. Ощущая под мышкой пистолет, невольно становишься агрессивно-настороженным, а мне хотелось просто спокойно побродить среди толпы, почувствовать себя таким же заурядно-приземленным, как они. Для разнообразия хотя бы.

Апрельское солнышко ласково уничтожало последние опорные пункты холода, стирая с лица земли уже редкие островки почерневшего снега. Жизнерадостно-беззаботное журчание ручейков по краям тротуара напомнило детство, когда я вырезал из сосновой коры крохотные лодочки и отправлял их в далекое романтичное плавание, наивно веря, что все ручейки обязательно впадают в море. Сейчас-то я понимаю: ни один кораблик желанной цели так и не достиг, не вырвавшись даже за пределы города. Реальность обычно жестока — слишком много непредвиденных заторов и катастроф на пути любой мечты.

В диссонанс с радостным ярким днем лица у прохожих были в большинстве своем хмурые. Ну, тут все ясно — бешеный аллюр инфляции, беспредел и в политике и в экономике, прогрессирующая безработица благотворно на самочувствии масс, безусловно, не сказываются.

На многих лицах застыла гримаса озлобленной замкнутости. Я даже на секунду усомнился — не в зоне ли вдруг снова очутился? Там у всех заключенных подобные физиономии.

Нет, мне срочно требуется допинг положительных эмоций, а то банальная скука может свободно перерасти в черную депрессию. Стыдно признаться, но, видимо, и мне в какой-то мере не чужды стадные настроения.

Незаметно для самого себя ноги принесли к родной пивнушке «Вспомни былое».

Контингент полуподвального помещения был обычный — представители всех возрастов мужского пола, но с одной, роднящей их отличительной особенностью — синими от обилия татуировок кистями рук. По ним легко читалась нехитрая биография владельцев. Все-таки как обманчива внешность! Вон за столиком скромно примостился чистый божий одуванчик, которого смело можно приглашать в кино на роль деревенского священника. Но его левая клешня, испещренная наколками причудливых колец и перстней, перечеркивала благообразную наружность, засвечивая истинную натуру — матерого волчары. На пальцах красовались все режимы, начиная с «малолетки» и заканчивая «особым». Венчал эти уголовные премудрости крест в круге, означавший, что рецидивист сидел за разбойные нападения.

А вот беркутом навис над столом здоровенный мужик с жестокой мордой профессионального убийцы. Мой взгляд невольно ощупывал его пиджак в поисках оттопыривающегося пистолета. Пока не увидел руки. Даже разочаровался децал — это оказался обыкновенный баклан, судимый за хулиганку то бишь.

Я устроился за боковым столиком. Он казался незанятым, пока не заметил торчавшую вровень с ним седую голову. Словно человек стоял на коленях, молясь одинокой пивной кружке. Заглянув под стол, понял, в чем дело, — старик не являлся идолопоклонником, а был безногим калекой на низенькой самодельной каталке. На черном, видавшем виды пиджаке выделялась орденская колодка из цветного оргстекла.

— Тебе же неудобно, земляк, — сказал я, сам удивившись своей чувствительности. — Давай-ка посажу по-человечески.

Подхватив под мышки довольно тяжелое тело, усадил старика на стул. Тот, невнятно пробормотав слова благодарности, вновь уставился странно-пустым взглядом в свою кружку.

Кокетливо виляя увесистым задом, к нам подошла барменша Ксюша.

— Добрый день, Евгений Михайлович! — проворковала она, ставя передо мной пару кружек светлого пива. — Чешское. Ваше любимое.

— Ветерану то же самое организуй, — кивнул я на соседа по столику. — За счет заведения.

Старикан оказался гордым и пытался отказываться, но я решительно сжал его руку, с удовлетворением отметив, что она свободна от лагерных печатей.

— Не возражай, земляк. Я по-дружески. Уважая, а не унижая. Пенсии-то небось только на вермишель и хватает?

— Это точно! — Старик как-то обмяк и перестал сверкать на меня выцветшими серо-стальными глазами. — Ладно. Можно выпить напоследок.

— Спешишь куда?

— Отбываю.

— Далеко?

— На Кавказ. Северный.

— Дак там же...

— Идет ликвидация бандформирований. Знаю! — Старик помрачнел и приложился к кружке, клацнув о край зубами.

— Встречать-то хоть будут?

— Друг у меня там. Я к нему в Грозный четыре раза ездил. Да и он сюда пару раз. Грецкие орехи приво-

Евгений **Монах**

зил... Давлет для меня как сын иль брат младший. В сорок втором жизнь мне спас. Хотя и напрасно...

— Расскажи, земляк. Люблю про войну слушать. Давай-ка наркомовских хлопнем. — Я подозвал Ксюшу. — Организуй нам с товарищем майором водочки. И рыбки соленой.

— Не дослужился, — слабо улыбнулся мой собеседник. — Отставной капитан я... Василий Иванович Седых.

— Вот и давай за знакомство! — Я добро плеснул из появившегося графинчика прямо в кружки.

На этот раз капитан не протестовал и без лишних слов проглотил ерша, даже не поморщившись.

— Расскажу, Евгений Михалыч, коли желаешь, — сказал он, не обращая внимания на красную рыбу, нарезанную аппетитными лоснящимися ломтиками. — Был август сорок второго...

* * *

Стоял жаркий август 1942 года. Трава пожухла и шелестела под ногами. Небольшая лощина между лесистых гор стала военным лагерем отступающей части. Всюду поблескивали красные эмалевые звездочки на пилотках. Полк отступал из Карачаево-Черкесской области, полностью оккупированной фашистами, к Главному Кавказскому хребту, который должен был стать надежной перемычкой на пути противника к морю.

Недалеко от ручья расположился штаб. Командиры сидели полукругом перед расстеленной прямо на земле крупномасштабной картой.

— Единственный путь отхода перекрыт альпинистами из дивизии «Эдельвейс», — ткнул пальцем в

10

карту полковник Розов. — Под Марухским перевалом на хребте между ущельями Кизгич и Марухским их десант занял высоту, откуда из шестиствольных минометов простреливают дорогу. Половина посланного для разведки боем взвода осталась там на камнях. Артиллерии у нас нет. Если к завтрашнему дню не вырвемся из капкана, нас попросту растопчут подходящие части «Эдельвейса», имеющие на вооружении даже легкие танки. Наша задача — уничтожить десант, перекрывающий путь к Главному Кавказскому хребту, и выйти на соединение с основными силами. Высказывайте соображения, товарищи. Можно не вставая.

— Разрешите мне, товарищ полковник, — взял слово молодой капитан Седых. — Я вместе со взводом ходил щупать высотку. В лоб ее не взять. У меня план такой. В тылу высотки находится скала, отвесная часть примерно семьдесят-восемьдесят метров. К ней в обход немцев ведет овечья тропа, замыкаясь на скале. Предлагаю: создать группу из двадцати бойцов-добровольцев и ночью пробраться туда. Дальше дело техники и удачи. Мы поднимемся на скалу и спустимся с другой стороны в тылу у десантников. Одновременно ударят главные силы...

После детального рассмотрения дерзкий план был одобрен. Командование группой поручалось капитану Седых.

Прежде чем солнце утонуло в кровавом закате, бойцы были построены. Капитан объяснил создавшееся положение и предложил остаться в строю только альпинистам и спортсменам. После команд «вольно» и «разойдись» в строю остались двадцать три бойца.

— С такими орлами не то что на горку паршивую залезть — в ад спуститься не страшно, — невольно улыбнулся Седых, глядя на рослые, как на подбор, фигуры добровольцев.

На землю спустилась черная южная ночь. Стояла напряженная тишина, изредка вспугиваемая выстрелами желтых осветительных ракет. Задачу группы несколько облегчала завеса тумана, плотно стлавшаяся по земле.

— Все готово, товарищ капитан! — подойдя к Седых, отрапортовал старшина Ишимбаев. — У каждого по два запасных диска и три «лимонки».

— Канат проверил?

— Так точно. Ремни связаны железно. Танкетку выдержат.

Через четверть часа группа выступила. Чтобы не разбрестись в тумане, шли цепочкой, держась за самодельный канат, сделанный из вожжей и кожаных поясных ремней. Южная ночь коротка. Группа спешила. Наконец и каменный тупик. Над бойцами нависла черная громадина на первый взгляд совершенно отвесной скалы.

— Здесь есть альпинисты? — спросил капитан. — Кто идет первым и выполнит самую трудную и почетную задачу?

Две фигуры выступили из тумана.

— Фамилии?

— Лейтенант Томилов.

— Колокольцев Валерий... рядовой.

— Пойдешь ты. — Капитан с удовольствием рассматривал небольшую, но кряжистую фигуру земляка-уральца.

Когда тот обвязался веревкой и уже хотел начать подъем, Седых тронул его за плечо:

— От тебя сейчас зависит, жить или нет твоим товарищам. Поэтому считаю вправе потребовать от тебя клятву. Может, и жестокую. Если, не дай бог, сорвешься, ты не издашь ни звука... Обещаешь? В этом случае, если немцы и услышат что, примут за камнепад. Благо здесь это не редкость. Коли не уверен в себе — оставайся.

— В себе уверен. Буду молчать, — тихим, но твердым голосом сказал лейтенант и шагнул к скале.

Начался подъем. Прошло десять томительных минут ожидания. Канат, лежавший кольцами у подножия скалы, медленно разматывался. Вдруг посыпались мелкие камешки и перед глазами бойцов промелькнула тень сжавшегося в комок человека. Раздался страшный хруст. Седых подбежал к сорвавшемуся лейтенанту. Тот был еще жив, но без сознания. Капитан отправил двух бойцов отнести Томилова в часть.

— Твой черед, — повернулся Седых к Колокольцеву. Того бил озноб.

— Отставить! — сдерживая досаду, отвернулся капитан. — Пойду я.

— Нет! — Валерий сумел справиться с собой. — Второй разряд у меня. Клянусь подняться или умереть молча.

«Молодец!» — мысленно похвалил капитан и помог Колокольцеву закрепить на поясе канат.

Рядовому повезло еще меньше, чем лейтенанту. Не прошло и пяти минут, как он, оступившись, сорвался вниз. Клятву выполнил — умер молча.

Подойдя к телу, Седых заметил, что во рту Колокольцева что-то белеет. Это оказался платок, использованный погибшим как кляп. Капитан спрятал находку, решив, что это не обязательно видеть бойцам.

— Сейчас иду я. Если что — за меня останется

старшина Ишимбаев. Труп Колокольцева завалить камнями.

Начался самый трудный в его жизни подъем без страховки. Казалось, прошли часы, когда он, еще не веря в это, оказался на вершине. Очень помог неожиданно налетевший упругий ветер, прижимавший его к скале.

После минуты отдыха Седых укрепил канат за глыбу, указательным пальцем торчавшую на вершине.

Вся группа благополучно поднялась на небольшое плато скалы — семь метров в поперечнике. Вновь обвязавшись, капитан начал спуск. Сейчас это казалось детской забавой. Удерживаемая натянутой, веревка не даст ему сорваться. И, как бы в наказание за самоуверенность, Седых услышал, как с треском рвется ремень, за который он держался. Попытался перехватить выше, но было уже поздно, и капитан, до боли сжав зубы, чтобы сдержать рвавшийся из горла звериный крик, полетел в пустоту в тот момент, когда думал, что самое опасное уже позади.

...Очнулся он от приторно-сладкого запаха горелого мяса. Солнце уже полностью вышло из-за горизонта. Оглядевшись, Седых понял, что при падении откатился метров на двадцать от основания скалы. Это и спасло его, самортизировав удар.

Всюду валялись трупы немецких десантников. По земле, скапливаясь в низинках, стлался голубоватый туман, смешанный с едким толовым дымом.

Седых посмотрел в ту сторону, где вчера размещался его полк. Никого. Только из-за дальнего леса медленно выползал какой-то темный поток. Капитан понял, что это идут чернорубашечники из «Эдельвейса».

Впереди них ревело три «Пантеры» со свастикой на грязно-желтых квадратных башнях.

Попробовав встать, капитан ощутил резкую боль в ступнях. Едва не потерял сознание. Ноги в яловых сапогах сильно распухли и были как чужие.

«Вот теперь кранты тебе, капитан, — с удивившим его самого безразличием подумал Седых. — Но ничего. Всегда есть средство... Живым не дамся».

Он расстегнул кобуру и вынул свой тяжелый командирский «ТТ». Сразу почувствовал себя бодрее: пистолет был в порядке.

Обернувшись на близкий шум, вдруг увидел огромную лохматую собаку, выскочившую из-за скалы и с заливистым лаем мчавшуюся к нему. За серой зверюгой, уцепившись за поводок, бежал чернявый пацан лет четырнадцати.

И тут случилась новая неожиданность. Один из трупов десантников ожил, и Седых увидел впившиеся в него желтые ненавидящие глаза эсэсовца. «Труп» со стоном сел и, не отрывая взгляда от капитана, отвел затвор «шмайсера». Седых нащупывал в траве пистолет, также не в силах оторвать глаз от врага.

«Шмайсер» судорожными рывками двигался в руках немца стволом в сторону капитана. Из черного дульного зрачка уже готовы были вырваться злые языки пламени, когда раздался детский неистовый крик:

— Рада, ату!

Серая молния метнулась к эсэсовцу. Коротко прозвучал автомат. Собаку отшвырнуло на несколько метров. Десантнику хватило сил лишь на эту единственную очередь. «Шмайсер» вывалился у него из рук, тело обмякло и ткнулось в траву.

Мальчишка куда-то исчез, но вскоре появился,

ведя под уздцы низкорослую пегую лошаденку. Как удалось пацану взвалить его поперек седла, капитан не помнил, так как потерял сознание.

Прожил он в высокогорном ауле до следующего лета. Ютился в мазанке дяди Давлета, мальчишки, который вывез его с поля боя.

Прогрессирующая гангрена стоила капитану обеих ног. Ампутацию из-за отсутствия настоящего хирурга произвел местный мясник, дав в качестве наркоза кружку чачи...

* * *

— А как Давлет в Грозном оказался? — спросил я, разливая остатки из графинчика.

— Учился он там. Женился на чеченке и остался. Дядька его уж помер к тому времени. — Седых допил водку и взглянул на меня иронично и стеснительно одновременно.

— Придется, Евгений Михалыч, вам меня приземлять — стул высоковат, сам не управлюсь. Пора мне.

Я подхватил инвалида под мышки и опустил на каталку. Пристегнувшись к ней кожаными ремнями, он взял деревянные стертые колодки и, мощно отталкиваясь ими от пола, покатил к выходу из пивной.

Не знаю зачем, но я последовал за ним.

На улице обнаружил, что уже вечереет. Успешно воюя с остатками дневного света, холодным неоном победно горели вывески и рекламы магазинов и увеселительных заведений. Рабочий люд сменила на тротуарах праздно шатающаяся публика. Поток легковых машин, преимущественно иномарок, стремился в центр Екатеринбурга. «Новые русские» готовились с приятностью провести время в казино, ночных клубах и массажно-эротических саунах.

Седых, в отличие от них, упорно катил в противоположном направлении, не обращая на меня ни малейшего внимания.

Оказавшись на длинном мосту через Исеть, инвалид остановился и поднял на меня усталое, изборожденное глубокими морщинами лицо.

— Ну чего ты привязался?!

— Просто проводить хочу. Во сколько поезд? Может, с багажом подсобить? — Я закурил свои любимые «Родопи» и облокотился о чугунную оградку моста. В десяти метрах подо мной река обреченно несла свои темные воды к близко ревущей плотине.

— Там, куда еду, багаж ни к чему! — странно оскалился старик. — Желаешь попрощаться, значит?.. Ну, прощай!

Инвалид отстегнул ремни каталки и, ухватившись жилистыми руками за чугунные прутья ограды, ловко вскарабкался на нее, помогая себе короткими культяпками ног. Тело уже готово было перевалиться через невысокое ограждение моста, когда я наконец врубился в происходящее и цепко ухватил старикана за плечи.

— Сдурел, земляк?! Выпили-то мы чуть... Крыша съехала? Ты ж к Давлету собирался!

— Вот и не мешай! — прохрипел Седых, безуспешно пытаясь вывернуться из моих объятий. — Разбомбили Давлетика вместе с женой, сыном, снохой и двумя внуками! Шесть человек! Настоящее бандформирование, да?! В январе еще. Нет у меня никого боле... Пусти, гад! — По перекошенному лицу старика текли слезы бессильной ярости.

Опешив, я выпустил плечи отставного капитана и

невольно отступил на шаг. Седых тяжко, с надрывом дышал, намертво вцепившись руками и культяпками ног за верхушку ограждения.

— Ясно, советовать не берусь, — несколько ободренный его неподвижностью, сказал я, — но пойдемка лучше выпьем за мой счет, капитан, и спокойно все обсудим. Если задавили материальные проблемы, то в моих силах помочь...

Я с некоторой опаской огляделся, очень хорошо представляя, до чего нелепо выглядит наша парочка со стороны. К счастью, на мосту никого не было.

На миг застыл с открытым ртом — старик исчез — и тут же наклонился над оградкой. На темной поверхности реки медленно расходились крупные круги. Но я не слышал ни всплеска, ни крика!.. Ну, да он молчун со стажем... Невольно выругался, неосторожно наступив на осиротевшую инвалидную коляску.

«Вот и пообщался с народом! Повысил, называется, настроение! Нет чтоб, как нормальный человек, просто звякнуть в «Гейшу» и вызвать веселую девочку для тонуса!»

Я тупо брел к центру города, решив напиться в первом попавшемся кабаке.

Вышел на площадь у Дворца молодежи. Дурдом! По ходу, политическая жизнь не утихает здесь и с сумерками. Опять митинг какой-то!

Приблизившись, увидел организаторов мероприятия — вооруженных мощными мегафонами молодых симпатичных ребят в черных униформах и блестящих хромовых сапогах.

Над ними, весело хлопая на ветру, гордо реяли флаги со свастикой.

СТРАННЫЙ ЗАКАЗЧИК

Разбудила телефонная трель, бившая с ночного столика прицельными очередями по моим издерганным нервам.

В трубке услышал добрый голос Цыпы:

— Добрый день, Михалыч! Тут любопытное мероприятие наклевывается. Если не возражаешь, я подскочу сейчас и все объясню детально.

— Стоящее дело?

— С семью нулями.

— Ладно. Семерка — моя любимая магическая цифра. Жду.

Морщась от головной боли, побрел к бару за лекарством, а затем в ванную комнату. Только успел принять контрастный душ, как затренькал дверной электроколокольчик.

Цыпа за те два дня, что мы не виделись, нисколько не постарел. Все такая же нагловато-самодовольная морда молодого сытого зверюги.

Устроились в креслах у камина-бара. Я по-хозяйски выставил на столик дюжину банок «Пльзеня».

— Рассказывай.

— Пару часов назад мне позвонил Медведь из «Вспомни былое». Сообщил, что у него бродит подозрительный субъект, ищущий исполнителей для похищения.

— Надеюсь, не детишек?

— Нет. Я подскочил в пивную и вытянул Фрола — так его якобы зовут — на откровенный базар. Ему нужны три фраера здешних. Живьем и с доставкой в его деревню Балтымку. Готов отстегнуть пятнадцать «лимонов». Пять — авансом, а остальное после дела. Фрол мужик или лоховатый, или децал с головой не дружит. Посему предлагаю...

— Догадываюсь. Бабки изъять, а заказчика похоронить без цветов и оркестра?

— Верно! — заулыбался Цыпа, восхищенный моей прозорливостью. — Самое простое и надежное!

— Цыпа, ты не интеллигент! Сколько ни воспитываю тебя, все дохлый номер. Запомни: истинные интеллигенты не занимаются мокрухой без крайней на то нужды. Чужую жизнь надо хоть чуточку уважать, помня слова апостола Матфея: «Какою мерою меряете, той и вам отмерено будет». Ладно. Давай детали. На чем с Фролом порешили?

— Он будет ждать на грузовике в десять вечера во «Вспомни былое». Я обещал подгрести туда с ребятами. Обряжу пару мальчиков в спецназовские шкуры, и выдернем клиентов Фрола прямо из фатер под видом задержания.

— Откуда грузовик?

— Дак он мясо привозил сдавать. В Балтымку к завтрему должен вернуться.

— Ладушки. Пожалуй, и я поучаствую. А то мхом покрываюсь. Третьим будет Медведь. Сбор у меня в девять.

— Как скажешь, Монах.

Когда с пивом было покончено, отпустил Цыпу до вечера на все четыре.

До семи проспал без задних ног, а затем занялся любимым делом — почистил и смазал «марголин», в глушителе заменил прокладки. Старым, как уголовный мир, способом совершенно видоизменился, наклеив на свои черные усики кожуру от копченой колбасы. Из зеркала на меня смотрел уже безусый тип с деформированной заячьей верхней губой. Оставшись довольным перевоплощением, надел наплечную кобуру с десятизарядным «братишкой» и стал ждать ребят.

Они не заставили мучиться бездельем — без пяти девять вежливо тренькнул колокольчик, возвещая об их прибытии.

Цыпу сопровождал Медведь с объемным туристическим баулом из свиной кожи. На метаморфозу с моим лицом внимания не обратил, давно привыкнув к подобным финтам.

— Переоденемся здесь? — деловито поинтересовался Цыпа. — В машине несподручно будет.

Я согласился. Андрюха споро распаковал баул. На свет появились три комплекта черной спецназовской формы с короткими сапожками.

— Мне переодеваться без надобности! — заявил я. — Так как предстоит играть роль старшего группы захвата, то вполне логично и правдиво буду смотреться в простой кожанке.

Не то чтобы я уж слишком негативно относился к спецназу — просто хамелеон самая нелюбимая для меня тварь.

— Орудие. Грим. Наручники. В наличии?

— Обижаешь, Монах! Ведь уже два года вместе зажигаем. Самый лучший грим — спортивные шапочки с прорезями для глаз. И шухеру производят покруче удостоверений ФСК. Насчет волын — у Медведя «ТТ», а братишка «стечкин» всегда при мне. Браслеты в бардачке «мерса».

— Ладушки. Вести себя следует в лучших традициях опергруппы — официозно-нагло, базарить никому не давать, тем паче у нас нет санкций на арест. Посему — больше дел и меньше болтовни. Огонь открывать лишь накрайняк, если будет вооруженное сопротивление. Усекли?

Ребята молча кивнули, продолжая облачаться в черную униформу.

— Для полного понта еще бы десантные «АКС»! — вздохнул Цыпа. — Но в нашем арсенале есть лишь «узи», а он будет не в тему.

— Это точно! — усмехнулся я. — Мы не в Израиле. К счастью. Собрались? Тогда по коням!

На улице уже стемнело. Сонно помигивали далекие звезды, выглядывая из-за плотных тяжелых облаков. Наш «Мерседес» мирно стоял у обочины с погашенными фарами.

Не доезжая до «Вспомни былое» пару кварталов, велел остановиться.

— Фролу видеть тачку ни к чему, — объяснил я. — Дальше пойдем пешком. Браслеты не забудьте.

Редкие прохожие шарахались от нашей троицы, явно не желая сталкиваться с «чернорубашечниками» власти. Это подтверждало мою мысль, что россияне — вконец зашуганный народ, всячески избегающий любого контакта с представителями репрессивных структур государства. Нам это было на руку.

Как и ожидал, у «Вспомни былое» уже притулился бортовой «ЗИЛ-130». Подойдя вплотную, заглянул в темную кабину. За рулем смутно угадывалась человеческая фигура. Распахнув боковую дверцу, я рявкнул:

— Зажгите свет! Почему машина в неустановленном месте паркуется? Предъявите документы!

Кабина слабо осветилась, явив мне на обозрение сорокалетнего мужика с двухдневной рыжей щетиной на щеках.

— Все в ажуре, командир. Приятель отлить отлучился. Щас отчалим. — Шофер виновато улыбался, протягивая водительские права.

— Лядов Фрол Наумыч, — вслух прочел я. — Рад знакомству. Но приятелей у вас три. Кого из них в первую очередь выхватывать поедем?

Фрол непонимающе захлопал глазами, но, наконец узнав в спецназовце за моей спиной Цыпу, облегченно вздохнул:

— Ну, вы даете, братва! А я уж подумал...

— И напрасно! — Я запрыгнул в кабину и обернулся. — Цыпа, Медведь, мухой в кузов!

Мотор пару раз недовольно фыркнул, досадуя на неурочную ночную смену, и завелся. Шипованные колеса стремительно покатили нас навстречу уголовной статье, угрожавшей двенадцатью годами лишения свободы.

— Аванс. Как договаривались. — Фрол, не отрывая взгляда от дороги, открыл бардачок и кинул мне на колени пачку пятидесятитысячных ассигнаций.

Порвав ленту, я убедился, что это не «кукла» и не продукция цветного ксерокса.

— Остальное получите, как доставим живой груз ко мне.

— Обязательно живой?

— Только так. Жмурики мне ни к чему.

— Собираешься трясти выкуп?

— Это уж мое дело.

— Фрол, ты не интеллигент! Повежливее надо с незнакомыми людьми!

— Давай сменим пластинку. Кожуру-то на «БФ» клеил? Натуральная заячья губа...

— Да, — я с интересом взглянул на небритый профиль шофера. — Давно от хозяина?

— Прошлым летом откинулся с крытки. Вот и прибыли. Учти — этот фрукт самый опасный из троих.

«ЗИЛ» въехал во двор крупнопанельного девятиэтажного дома. Фрол затормозил у какого-то подъезда и погасил фары.

— Девятая квартира. Калганов Олег Николаевич. Живет один. Я останусь в машине. Если он меня увидит — враз просечет, что почем.

— Ладушки! — Я вышел из кабины, около которой уже топтались мои мальчики.

Нужная нам фатера находилась на третьем этаже, и лифт я вызывать не стал. Увидев железную дверь, немного огорчился — коли придется ее вышибать, грохота будет на весь дом. Хорошо хоть, что она внутрь открывается.

Прижав завернутый в носовой платок палец к кнопке электрического звонка, требовательно-долго не отнимал его, на личном печальном опыте хорошо зная, как звонят нежданные гости в милицейской форме.

Ребята к стенкам прижиматься не сочли нужным, видно вкурив, что через стальную дверь никакой дурак стрелять не будет.

К большому моему облегчению, приоткрывшуюся дверь цепочка не держала. Это указывало на то, что Калганов нагло-самоуверенный тип. С такими надо погрубее, им понятен лишь язык кулака. А лучше — кастета.

Всей тяжестью тела навалившись на дверь, я распахнул ее, отбросив хозяина в слабо освещенную прихожую.

— Гражданин Калганов Олег Николаевич?! Кто еще находится в квартире?

— На каком основании, начальник? — Хозяин уже

оправился от неожиданности и, набычившись, зло уставился на «спецназ». — За мной ничего не числится! И никого нет! Телка только.

— Разберемся! — Я вошел в комнату, за мной хозяин, профессионально придерживаемый с обеих сторон Цыпой и Медведем.

Однокомнатная квартирка освещалась лишь розовым ночником у дивана. На его смятых простынях животом вниз привольно раскинулась совершенно голая блондинка. Соблазнительной крепостью возвышались ослепительно-белые ягодицы, нахально выказывая полнейшее безразличие к происходящему.

В воздухе плавали клубы терпкого дыма.

— Очень хорошо! — Я довольно осклабился, потянув носом. — Значит, за тобой ничего нет? И гашишем ты, ясно, не торгуешь, а только куришь?! Ну-ка, закоцай его, сержант!

Цыпа ловко защелкнул на запястьях Калганова стальные самозатягивающиеся браслеты.

Я перевернул спящую красавицу на спину. Это оказалась совсем еще девчонка, по крайней мере в сравнении с сорокапятилетним бугаем Калгановым. Полуоткрытые мутные глаза и глубокое дыхание указывали на полную безмятежную прострацию наркоманки.

— Может, заодно проведем шмон, капитан? — предложил «сержант».

— Некогда! — Я скользнул пренебрежительным взглядом по убогой обстановке комнаты. — Давай выводи голубчика, сержант. В отделение его доставим. Там расколется.

На улице, увидев наш транспорт, Калганов остановился как вкопанный и обернул ко мне искаженное яростью лицо.

— Почему грузовик?! А ну, покажь удостоверение, начальник!

— Захлопни пасть, козел! — Цыпа врезал заартачившемуся клиенту кулаком в затылок, отправляя его в нокдаун.

Ребята забросили ставшее немногословным тело в кузов и забрались туда сами.

— Свяжите и кляп суньте! — напутствовал я их.

Когда машина тронулась, взглянул на бесстрастно крутившего баранку заказчика:

— Соседи могли видеть нашу странную возню и записать госномер.

— Не беспокойся по порожнякам, командир. Номера на тачке стоят левые.

Все же Цыпа явно ошибся насчет Фрола — тот на лоха совсем не смахивал.

Остальные две акции также прошли без лишних осложнений. Кузнецова и Андреева взяли аккуратно, без хипиша.

После часа тряски по загородному шоссе добрались до деревушки Балтымка. Цыпы с нами не было. По окончании акции я его высадил, велев забрать со стоянки «мерс» и ждать нас на развилке около деревни.

Фрол загнал грузовик во двор полутораэтажного дома, больше похожего на коттедж, крышу которого украшал флюгер в виде астрологического знака Стрельца.

Оставив машину с надежно связанным живым грузом под навесом сарая, прошли в дом.

— Располагайтесь! — включая свет в горнице, сказал Фрол. — Не грех отметить удачное завершение дела. Хозяйки у меня нет, бобылем живу, так что закусить особо нечем.

На круглом столе без скатерти появились литровая

бутыль «Демидовского бальзама» и большая деревянная миска с квашеной капустой.

— Сначала рассчитаемся. — Я сел в красном углу под образами, чтобы при надобности держать под прицелом всю комнату.

— Нет базара, командир! Момент. — Фрол исчез за цветастой штапельной занавеской смежной комнаты.

Медведь, поймав мой насторожившийся взгляд, вынул свой вороненый «ТТ» и направил ствол на колеблющуюся занавеску.

Вскоре из-за нее вынырнул хозяин дома. В его руках ничего опаснее бумажного свертка не было.

Фрол замер на середине комнаты, заметив направленный на него шпалер.

— Нет смысла, мужики, — чуть помолчав, спокойно сказал он. — Кроме этих вот десяти «лимонов», бабок у меня больше нет.

— Не бери в голову. — Я усмехнулся, невольно восхищенный его невозмутимостью. — Это так. Страховка.

Медведь сунул пистолет обратно за брючный ремень, разрядив тем обстановку.

В пакете и верно оказалось десять миллионов десяти- и пятидесятитысячными купюрами.

— Ну что ж, хапнем по маленькой! — Фрол поднял граненый стакан с водкой.

Все же я подождал, пока он не опорожнил свою «маленькую», и только затем последовал его примеру.

— Отравы, что ль, опасаешься? — засмеялся Фрол, запихивая в рот целую пригоршню капусты.

— Береженого бог бережет. Ладушки! Нам пора. Уже рассвет скоро.

— Как до города добираться думаете?

— Авось найдется добрая душа — подвезет. —

Я протянул хозяину руку. — Ну, бывай! Может, еще пересечемся.

— А как же! Только гора с горой... Здесь рыбалка клевая. Заезжайте при случае.

«Добрая душа», как я и рассчитывал, поджидала нас на развилке в образе Цыпы.

«Мерседес» мягко и споро понес домой. Через какие-то полчаса мы уже были среди жизнерадостного сверкания разноцветных реклам и витрин родного Екатеринбурга.

О том, чем там сейчас занимается Фрол со своими «клиентами», думать почему-то совсем не хотелось.

ПОКУШЕНИЕ

Неделю спустя обедал, как всегда, «У Мари». Мой ночной клуб днем превращается в обычный ресторан, и поэтому в обширном зале было немноголюдно.

Напротив с завидным аппетитом насыщался Цыпа. Столик был особенный — на нем стояла намертво привинченная медная табличка «Занято», и обслуживался он только для меня. Таким нехитрым способом я увековечил память о Кисе, супербоевике, застреленном в день открытия заведения за этим самым столиком.

Когда я лакомился своим любимым тортом-мороженым, бармен пригласил меня к телефону.

— Евгений Михайлович? — услышал я в трубке голос старшего оперуполномоченного Инина. — С тебя причитается!

— А в чем дело, майор?

— Ты, может, не в курсе, на чем твои оглоеды-охранники рассекают? — Инин явно забавлялся. — Их синяя «Волга» в розыске! Принимай срочно меры, их же любой гаишник тормознуть может. Не ожидал от тебя такой беспечности. Ну, пока! До вечера!

Я аккуратно положил трубку на рычаг и некоторое время еще продолжал смотреть на телефон, осмысливая странную информацию.

Цыпа уже закончил заниматься чревоугодием и, сыто откинувшись на спинку кресла, блаженно прикрыл веки.

— Не спи — замерзнешь! — Я сел на прежнее место и уже тише спросил: — «Пушка» при тебе?

— Само собой. — Цыпа весь напрягся и окинул зал цепким взглядом. — Что случилось?

— Пока не знаю. Просто неуютно что-то... Пойдем-ка покатаемся.

На автостоянке среди прочих были и синие «волжанки». Ничего подозрительного в этом я не обнаружил. Но стоило нашему «мерсу» вырулить на дорогу в общий поток, как в хвост к нам преспокойно пристроилась одна из них.

— Нас уже давно пасут, — сообщил я Цыпе. — Глянь, ты этих ребятишек не знаешь?

— Те двое в «Волге»? — Цыпа задумчиво уставился в зеркало заднего вида. — Нет. Полагаешь, менты? «Наружники»?

— Вряд ли. У них тачка паленая. В розыске по линии ГАИ.

— Откуда сведения? — недоверчиво усмехнулся мой оруженосец.

— Неважно. Но раз это не менты, то, значит... Езжай на Арамильский тракт. За городом эти мальчики наверняка перестанут стесняться, и мы увидим их истинную морду.

29

Я вынул из наплечной кобуры малокалиберного «братишку» и критически осмотрел его. Конечно, можно снять глушитель, тем вдвое увеличив убойную силу, но все же для предполагаемой акции мне нужен инструмент посолиднее.

— Махнемся на время! — Я бросил на свободное переднее сиденье рядом с Цыпой «марголин».

Тот, не оглядываясь, протянул мне свой тяжелый пистолет-автомат Стечкина. Свинчивать с него глушак я не счел целесообразным — он и в таком виде легко прошибает автомашину насквозь.

Поставив пистолет на режим работы очередью, опустил стекло левой дверцы. Ощущение опасности не хуже любовной страсти способствует выбросу адреналина в кровь — я чувствовал какую-то бесшабашно-веселую удаль, мощно подавившую все остальные эмоции.

Наш «мерс» тем временем уже вырвался из города и резво колесил по Арамильскому тракту мимо растянувшегося на многие километры кладбища.

Уперев правую ногу в дверцу и тем обеспечив себе отличную точку опоры, я стал ждать дальнейшего развития событий.

— Догоняют. Хотят идти на обгон, — встревоженно сообщил Цыпа то, что я и без него видел. — Может, прибавить? За «мерсом» «Волге» не угнаться.

— Пусть обгоняют! Пропускай!

Когда «Волга» поравнялась с нами, из бокового окна высунулся ствол «калашникова». Для нас это не было неожиданностью, и в следующую секунду меня уже трясло от бешеной отдачи работающего «стечкина».

От множественных дыр и вдребезги разбитых стекол «Волга» сразу потеряла товарный вид. Некоторое время она еще продолжала, уже неуправляемая, мчаться рядом с нами, но тут дорога давала поворот, и синяя машина, соскочив с трассы, врезалась в сосну и заглохла.

— Тормози. Глянем, что за зверюги на нас охотились.

Пистолет я продолжал держать чисто для понта — патроны в нем кончились. Но у Цыпы, шагавшего рядом, был «марголин», предусмотрительно поставленный на боевой взвод. Так что я не слишком беспокоился, да и был уверен — после «штопки» девятимиллиметровой «машинкой» вряд ли кто еще дышит.

И ошибался. Тип с автоматом и верно не дышал, да и нечем было — от его головы осталась лишь нижняя челюсть. Должно быть, результат точного попадания не менее трех пуль. А вот шофер еще суетился, зажав окровавленной ладонью рану в груди, пытался открыть заклинившую дверцу.

Я ему помог, и он вывалился из машины на желтую прошлогоднюю траву, тараща на нас бессмысленные голубые глаза. Боли раненый явно еще не чувствовал, находясь в сильном шоке. Несколько раз пришлось слегка ударить его по щекам, возвращая из счастливого забытья в жестокую реальность.

— Рассказывай!

Туман во взгляде раненого исчез, и он даже сумел сесть, тяжело привалившись спиной к колесу изуродованной машины.

— О чем? — хрипло выдохнул киллер. В углах его посиневших губ начала скапливаться розовая пена.

— Кто велел нас кончить? За что?

— Без понятия. Меня Гарик, — раненый покосился на тело напарника, — подрядил только баранку крутить. Заказчика не знаю. И вас тоже. Правда! Гадом буду!

Я забрался в салон машины и, стараясь не смотреть на киллера без головы, ошмонал его карманы. Нашел бумажник и запасной магазин к автомату. И то и другое забрал себе.

— Ладно. С тобой ясно, — я повернулся к умирающему. — Либо в натуре не в курсе, либо уперся и все одно ничего не скажешь. Прощай. Цыпа, автомат захвати.

Сделал несколько шагов к нашему «мерсу» и услышал за спиной хорошо знакомый хлопок «марголина». Но оборачиваться не стал — Цыпа очень самолюбив и всегда страшно обижается, если меня иногда посещает идея проверить проделанную им работу.

Скоро он меня догнал, зажав под мышкой десантный «калашников».

— Давай проверим трофей в деле! — Глаза Цыпы по-детски блестели. — Подожжем очередью тачку вместе с трупами!

— Не глупи! Нам эти понты голливудские без надобности. Горящую машину быстро обнаружат. А так, глядишь, она лишний часик без свидетелей простоит. И мы успеем вернуться в город без хипиша.

Цыпа не отвечал, с непонятным живым интересом рассматривая автомат.

— Глянь, Монах! Он ведь все-таки успел выстрелить! Боек-то не оттянут! Все понял! — Цыпа передернул затвором, и нам под ноги вылетел патрон, бывший в стволе. Я поднял его и увидел на капсюле аккуратную вмятину от бойка.

— Да. Успел, — пришлось согласиться. — Но вышла осечка. Негодный патрон. А передернуть времени у него уже не было...

— Подари его мне. Вместо талисмана таскать буду! — серьезно сказал Цыпа и неожиданно расхохотался. — Да здравствует Русь лапотная! В ней еще так много замечательного брака выпускается!

Когда развернули «мерс» и погнали назад в Екатеринбург, я произвел ревизию бумажника неудачливого убийцы.

Никаких документов, естественно, не обнаружил. Но в нем были моя фотография и тысяча долларов, — должно быть, аванс за устройство безвременной отправки моего бренного тела на кладбище. Дешево же кто-то оценил Монаха! Но скупой платит дважды. Если бы он не пожадничал на истинных профессионалов, лежать бы мне нынче в морге на холодном мраморном столе. Киллеры-профи спокойно расстреливают «объекты» и на улицах, и в ресторанах, нисколько не смущаясь обилием свидетелей...

Будь благословенна, жадность людская! Ты снова спасла мне жизнь!

Затормозив у подъезда, Цыпа мрачно нахмурился:

— Может, тебе временно на дно лечь? Пока не выясним, кто ведет охоту...

— Согласен. Но мы имеем время. Заказчик ведь не знает о провале акции. Да и встреча вечером у меня намечена. Как разделаюсь с делами — звякну.

Заперев стальную дверь на все замки и накинув цепочку, устроился в гостиной у камина-бара с намерением пораскинуть мозгами.

Необходимо решить простенький с виду вопрос — кому я заслоняю солнце? Кому так невтерпеж полюбоваться моим портретом на могильном памятнике?

Банды Хромого и Бати? Сомнительно. Практически перестали существовать. Большинство их членов «загорают» в зонах, имея на ушах от восьми до пятнадцати лет, а наиболее активные навсегда успокоились под двухметровым слоем земли-матушки. Да и явно ненаучная это фантастика, чтоб они вдруг вкурили мою роль в их междоусобице...

Кто-то из своих? Вряд ли. Все доходы напрямую завязаны на мне, и, ликвидируя меня, человек сразу лишается собственной кормушки. Если попросту — без Монаха «монастырь» закроется.

Может быть, кто-то из девочек Цыпы хочет поменять покровителя? Правдоподобно... Но тогда бы отстреливали именно Цыпу. А в бумажнике убийцы имелось только мое фото.

Опер Инин? Наверняка его голубая мечта спрыгнуть с крючка. А это возможно лишь тогда, когда мои ноги обуются в белые тапочки... Но не стыкуется — организовать покушение и одновременно дать наколку на исполнителей?.. Слишком мудрено.

С детства не люблю всяческие ребусы, кроссворды и головоломки. Сейчас убедился, что отношение к ним с годами ни капли не изменилось. А вот капелька выдержанного коньяка сейчас будет кстати.

Открыв засветившийся бар, наполнил рюмку солнечной виноградной влагой и тут услышал звон колокольчика из прихожей.

Решив больше зря не рисковать, приложил к «глазку» тапочку. Если с той стороны намерены стрелять, то это единственная уязвимая точка стальной двери. Тишина. Возвратив тапочку на ее законное место на ноге, посмотрел в «глазок» и открыл дверь.

Майор Инин, как всегда, был в штатском. Уж год

на моем содержании, а все в своих выцветших джинсах и замшевой куртке рассекает. Конспиратор задрипанный!

— Я вовремя, как погляжу! — довольно хохотнул опер, узрев открытый бар. — От коньячка не откажусь. Согреться надо. Погодка-то сыроватая, как бы не зачихать.

— Ты и в сорокаградусную жару всегда готов согреваться, — усмехнулся я, ставя на столик вторую рюмку.

— А это для симметрии, чтоб и внутри и снаружи одинаковые градусы были! — нашелся майор, устраивая свое грузное тело напротив меня в кресле.

— Ты, понятно, за месячным довольствием нарисовался? — Я положил перед ним загодя приготовленную пачку долларов. — Как в аптеке, но пересчитай.

— Не опошляй нашей дружбы! — неискренне обиделся опер, проворно пряча валюту во внутренний карман. — Я по делу.

На столе появилось несколько машинописных листков, скрепленных булавкой.

— Оперативная сводка по городу. Между прочим, там и «волжанка» та фигурирует. Вчера от ЦУМа угнали. Правда, прокололся я с ней...

— Неужели?

— Ведь, насколько понимаю, ты к ней никакого отношения не имеешь? — Майор любовно грел, по своей привычке, рюмку в руках. — Час назад она обнаружена... С двумя трупами.

— Дорожное происшествие? — невинно поинтересовался я, нарезая лимон на дольки.

— Если бы! — Опер искоса наблюдал за мной замороженными глазами-омутами. — Какой-то виртуоз чудненько попрактиковался в стрельбе по движущейся мишени. Мастер, надо признать! Два десятка кучных дырок проделал.

— В стрелковых обществах пошукай. Глядишь, и нащупаешь этого снайпера.

— Сильно сомневаюсь! — Майор потерял ко мне интерес и уставился на свою рюмку. — Да и не из винта палили, а, судя по количеству пробоин, из «АПС». Ну, давай помянем бедолаг!

— Давай, — легко согласился я. — Пусть земля им будет пухом!

— Аминь! — Инин выцедил коньяк и пожевал дольку лимона. — Кстати, это дело мне подбросили, дьявол его забери! Чую, опять дохлая «висячка»! По новой меня на каждой оперативке шпынять станут — по городу свободно разгуливает убийца со «стечкиным» в кармане!

— Не плачь раньше времени, майор. Может быть, смогу и с этим дельцем помочь...

— Неужто напишешь явку с повинной? — быстро вскинул острый насмешливый взгляд опер. — Вот это я понимаю — дружба! Благодетель ты мой!

— Несмешной у тебя юмор! — Я снова наполнил рюмки. — Придумаю что-нибудь...

— Ты уж постарайся, Монах, войди в положение. На этот раз я просто обязан найти убийцу... живого или мертвого!.. Иначе шкуру с меня на барабан пустят.

— Понял тебя... — Я ободряюще поднял рюмку и улыбнулся. — Заметано!

Разделавшись с «Наполеоном», стали прощаться.

— Так я могу твердо надеяться — живого или мертвого... — протянул лопатообразную ладонь майор.

— Ладушки. На последнее смело рассчитывай, — ответил я, ставя точку в договоре сильным мужским рукопожатием.

ПАУКИ В БАНКЕ

— Куда едем? — не оборачиваясь, спросил Цыпа, вставляя ключ зажигания.

— Меня могут поджидать везде, кроме Фрола. — Я закурил «родопину» и откинулся на спинку. — Так что давай-ка к нему.

Через полчаса показались приземистые домишки Балтымки. Нет худа без добра — всю сознательную жизнь мечтал отдохнуть в деревне хоть недельку. Побродить по лесу, ощутить себя частью целого — природы, порыбачить на зорьке... И вот, по ходу, давнее желание сбывается.

Правда, были у меня некоторые сомнения, как воспримет бывший рецидивист наше внезапное посещение, но они мигом развеялись при виде ухмыляющейся веснушчатой физиономии деревенского кооператора.

— По свежей рыбке соскучились? Подлещик ноне на голый крючок бросается. Оголодал за зиму, паршивец. Так что вы в самую тютельку нарисовались. Да в горницу проходите, чего топчетесь?

— Благодарствуем, хозяин! Можно и рыбку половить в мутной воде. — Я усмехнулся собственному каламбуру. — Но у меня другая забота. Кашлять что-то снова начал — должно, лагерный бронхит в атаку пошел. Хочу вот недельку на свежем воздухе полечиться.

На постой пустишь? Хавка и выпивка за мой счет, разумеется.

— Какой базар! Нет проблем. — Как мне показалось, вполне искренне сказал Фрол. — Сам с хроническим маялся. Пока курить не завязал и не сел на парное молоко. Еще жир барсучий хорошо помогает.

— Вот и ладушки! Цыпа, сгоняй в лабаз и обеспечь приличную вечеринку. У Фрола, по агентурным данным, кроме демидовского суррогата и квашеной капусты — голяк.

Но я напрасно острил — пока Цыпа выполнял поручение, Фрол слазил в подпол и приволок связку домашней копченой колбасы с аппетитным чесночным духом. Выяснилось, что он держит целый свинарник, выкупив его у разорившегося колхоза.

— Дак ты, выходит, натуральный кулак! — поддел я, с удовольствием наблюдая, как он ловко нарезает колбасу сточенным финским ножом.

— Это при совдепии так называли, — не обиделся хозяин, — а ноне я нормальный фермер. Хребет земли русской, можно сказать.

Цыпа появился нагруженный, как вьючный верблюд. Ящик с пивом и импортную коробку с сардинами отправил на кухню, а три коньячных «Наполеона» заняли подобающее место в центре стола в окружении апельсинов и шоколадных батончиков.

Фрол еще зачем-то выволок из печки ведерный чугунок с отварной картошкой.

Наутро Цыпа, вылакав целый ковшик огуречного рассола, уехал в город, а Фрол ушел по своим свинарным делам.

Послонялся по дому в слабой надежде найти хоть какой-то след недавнего пребывания здесь «живого груза», но ни малейшего намека на это не обнаружил. Скорее всего груз стал уже мертвым.

Вышел во двор. По нему чинно разгуливал петух в окружении дюжины своих гаремных куриц. Из сарая доносилось довольное хрюканье. Скукота! Надеюсь, Цыпе не потребуется целая неделя, чтобы выяснить, для чьей милой коллекции вдруг понадобился мой замечательный скальп.

До вечера провалялся на широкой тахте в мансарде, должно, служившей в качестве комнаты для гостей. В распахнутое окошко вместе с солнечным светом струились запахи соснового леса и беззаботный щебет каких-то пичуг.

Ящик с пивом почти ополовинился, когда по скрипучей лестнице затопали тяжелые шаги Фрола. В выцветшей брезентовой куртке и кирзовых сапогах он выглядел настоящим героем из фильма типа «Покорители целины».

— Разлагаешься, Евген? — дружелюбно усмехнулся бывший уголовник, кивнув на батарею пустых бутылок. — Так с бронхитом тебе не совладать, поверь опыту. Щас ужинать будем, спускайся в горницу.

— Яволь, мой генерал! — Я скинул ноги с тахты и последовал за хозяином.

Сардины в масле с гарниром из жареной картошки с зеленым луком оказались бесподобным блюдом. Хотя, возможно, я просто оголодал за день.

Когда Фрол убрал со стола, я вынул память о Кисе — серебряный портсигар, с которым не расставался:

— Не желаешь пыхнуть, братишка?

Фрол покосился на два ряда «забитых» папирос.

— Я же не курю, Евген. Даже «травку».

— Ну а я расслаблюсь, с твоего позволения.

После нескольких затяжек пахучего терпкого дыма не выдержал и задал вопрос, что давно крутился в моей голове, просясь на язык:

— Избавь, Фрол, от тяжких мук любопытства. Куда ты дел тех трех гавриков? И вообще — кто они такие?

— Они мои враги. — Лицо хозяина каменно затвердело, глаза блеснули недобрым холодным пламенем. — С лагеря еще. Могу рассказать, коли интересно... Черт с тобой, дай-ка папироску...

* * *

Морозным декабрьским утром Фрол шел в сопровождении двух прапорщиков-контролеров в ПКТ, зябко кутаясь в черный бушлат и проклиная свою вечную вспыльчивость.

Пять минут назад Хозяин — начальник колонии — выписал ему три месяца заключения в помещении камерного типа «за грубость с администрацией».

Если бы зона была «черной», где живут по воровским понятиям, можно было бы не переживать. Там в ПКТ даже сытнее и вольготнее «правильному» мужику, чем в зоне. Но эта была «красной» — то есть верховодили здесь «активисты», прихвостни лагерной администрации. «Суки», одним словом, которые и в ПКТ держали власть, назначаемые «старшими» рабочих камер по прямому распоряжению начальника и готовые по его знаку в любой момент не только забить до полусмерти, но и «опустить» — то есть изнасиловать почему-либо неугодного Хозяину заключенного.

Определили его во вторую рабкамеру, где собирали переключатели для бытовых электроприборов. На площади в двадцать квадратных метров трудились восемнадцать заключенных, сидя за длинным широким столом.

Как водится, первым делом Фрола скрупулезно обыскали «старшие» на предмет обнаружения «мойки» — лезвия бритвы — последней соломинки, за которую хватается «отрицаловка», отправляясь в ПКТ на закланье «сукам». Для нападения оружие явно малоподходящее, а вот вены себе вскрыть — в самый раз. Если улыбнется воровское счастье — не сдохнешь, а получишь недельную передышку в лагерной больничке.

Но Фрола шанса этого лишили. Андреев по кличке Лимон нашел заветную «мойку» даже во рту.

— А ты, оказывается, продуманная падла! — оскалил прокуренные зубы Калганов по кличке Калган. — Ступай в красный угол на собеседование.

Показывать Фролу дорогу было не нужно. Как и везде, красный угол находился справа от двери рядом с унитазом. Единственное место в камере, невидимое надзирателю — по-новому контролеру, — «толчок». Цветом названию своему угол вполне соответствовал — штукатурка почти сплошь была забрызгана кровью. Наверное, через недельку «воспитательный» угол станет уже полностью бурым, и Хозяин, довольно поморщившись, велит его снова побелить. Он ведь известный в зоне аккуратист и чистюля...

После двух часов «собеседования» Фрол уже мало что соображал. Машинально слизывал сочившуюся из разбитых губ соленую кровь и пытался хоть немного прикрыть локтями, казалось, вопящие от нестерпимой боли почки. Сам он не кричал, а лишь охал, когда удар приходился в печень или почку. И не потому, что орать считал ниже своего достоинства. Просто знал — криком здесь никого не разжалобишь, а прапорщик-контролер все одно сделает вид, что ничего не слышит, и прерывать «воспитательную» деятельность «сук» не станет. На то есть строгое указание самого заместителя начальника по режимно-оперативной работе.

Через некоторое время сработала защитная реакция вконец измученного организма — отключилось сознание.

В три часа смена закончилась, и начался развод по жилым камерам. Несмотря на интенсивное обливание водой, Фрол в себя еще не пришел, и «старшие», матерясь, поволокли бесчувственное тело в свою камеру.

Конвойные лениво посудачили между собой о малахольности такого здорового с виду мужика.

Камера «старших» была попросторнее других. И выглядела даже сравнительно уютной — «толчок», место, где справлялась нужда, был отгорожен простыней, пол не цементный, а деревянный, на тумбочке стояли трехпрограммный приемник и пирамида из консервов. В основном тушенка и сгущенное молоко. Присутствовали здесь и разновидности чая — от плиточного до цейлонского. В высоком окне между обледенелыми прутьями решетки торчали, радуя глаз, желтые бруски сала.

Вся эта роскошь строжайше запрещена правилами внутреннего распорядка ПКТ. Но лагерная администрация справедливо полагала, что если отменить все привилегии для «сук», то они махом выйдут из-под контроля и переметнутся в «отрицаловку».

Фрол очнулся и обвел мутным взглядом помещение. Трое его сокамерников — Калган, Лимон и Кузя, — сидя за столом, гоняли по кругу фаянсовую кружку с чифирем — круто, до смоляной черноты, заваренным чаем.

— Очухался, гусь лапотный? — весело загоготал Кузнецов по кличке Кузя, студенисто подрагивая своими жирными телесами. Это он, гад, все по печенке метил. — Чифа классная! Попроси — может, и поделимся.

Фрол отрицательно мотнул головой, хотя не пил чифирь с утра и ощущал вялость во всем теле. Чай не водка — нужно всего лишь день перетерпеть, и зависимость почти наверняка исчезнет.

— А он у нас гордый, — вставил слово Лимон. — Живет по воровским понятиям: не верь, не жалуйся, не проси.

— Ну, мы его враз поставим на путь исправления! — зло ощерился Калган. — Станет и жаловаться, и просить. А может — и подпрашивать!.. Не веришь, Фрол?!

Тот счел за лучшее промолчать, бессмысленно уставившись на привинченную намертво к полу ножку стола. Ничего, что можно было бы использовать в качестве оружия, Фрол не находил. Разве что банки консервные. Но ими много не навоюешь. Сюда бы финку, что лежит у него в отряде под матрацем, устроил бы он этим шерстяным бесплатную «путевку в Сочи». Но сначала отрезал бы у них кой-какие органы и заставил съесть! Без соли!

От такой замечательной фантазии разбитые кровоточащие губы Фрола растянулись в диковатой улыбке.

— Да он плывет все еще, — подвел итог своим наблюдениям Калган. — Черт с тобой, волк тряпочный! Очухивайся. Завтра продолжим перековку. А будешь борзеть — сбацаем из Фрола Фросю...

Но что-то во взгляде «воспитуемого» Калган, видно, все же уловил, и после отбоя Фролу связали на ночь и руки, и ноги полотенцами.

— Так-то будет надежней! — довольно осклабился Калган, проверяя крепость узлов. — Молчуны мне никогда не внушали доверия!

Так и приклеилось к Фролу это прозвище — Молчун.

Ночью у него разболелась голова — то ли от нехватки чифирного кофеина, то ли от дневных побоев. Пытаясь отвлечься, стал вспоминать утренний вызов к Хозяину.

В девяноста случаях из ста беседа с начальником заканчивалась водворением в штрафной изолятор или ПКТ, поэтому Фрол, наученный горьким опытом, прихватил с собой «мойку».

Была пятница, и у кабинета Хозяина толпились «масти» со свертками в руках — еженедельным «положняком», а если попросту — данью начальнику за свои теплые места. Бригадир плотников держал мастерски исполненный кухонный набор из резных солонок, перечниц и разделочных досок, завхоз механического участка — сотню сувенирных пружинных ножей, и так далее до самого конца коридора — около пятидесяти данников, приносящих начальнику весьма приличный приварок к его полковничьей зарплате. Благо сбыть весь этот товар при нынешних рыночных условиях не составляет труда — через киоски и частные магазинчики.

Дежурный опер провел Фрола без очереди.

Хозяин кабинета, невысокий полноватый человек, предпочитающий носить черную кожанку вместо офицерского кителя, здесь, за колючей проволокой, олицетворял в своем неприметном лице с квадратной челюстью и глазами навыкат высшую непререкаемую власть.

Но Фрол был не из робкого десятка и на тяжелый, брезгливо-унизительный взгляд ответил тем же.

— Что это? — полковник Ульин бросил на стол пистолет-зажигалку, имитацию «макарова», которую вчера Фрол загнал вольнонаемному мастеру за полкило индийского чая и «косяк» анаши.

— Зажигалка, — ответил Фрол, сразу вычислив, что молодой мастер, должно быть, «спалился» на проходной и продал его со всеми потрохами.

— Ты мне луну не крути! — показал свои знания воровского жаргона Хозяин. — Я не против вранья, но убедительного! Значит, торговлишкой занялся? Государственную собственность воруешь?

— Ошибочка, начальник! Я ж ее своими личными руками сварганил в свободное от работы время!

— Ну, лунокрут! А станки и металл, может, тоже твои личные?! — Начальник начинал брызгать слюной, что являлось очень плохой для собеседника приметой. — Выходит, даже в изоляции пытаешься нажиться за счет общества?!

— Какая нажива? В вашем лабазе лишь сто грамм чая в месяц дают. Столько каждый зек в день расходует! Вот и приходится крутиться!

— Ну, ты уже раскрутился, — как-то враз успокоившись, широко улыбнулся Хозяин, — на пятнадцать суток штрафного изолятора.

— Несправедливо, начальник! — Фрол стиснул зубы. — Ваши «масти» целыми партиями сувениры налево гонят — и ничего.

— Ну, ты пока не «масть»! — хлопнул по столу ладонью Хозяин. — Что позволено Юпитеру — не позволено быку!

— Совсем не поэтому! Вы их не трогаете потому, что «положняк» вам таскают! И не бык я!

— Нет — ты точно бык! И, чтобы поставить тебя в стойло, ШИЗО будет мало! — Хозяин перестал улыбаться и нажал кнопку вызова дежурного. — Пойдешь на три месяца в ПКТ за грубость. Думаю, выйдешь оттуда шелковым. Если выйдешь!..

Под утро Фрол все же забылся в тяжелом беспокойном сне. Снилось ему, что он мясник с огромной саблеобразной финкой, а в закутке жмутся в угол три хряка, почему-то с мордами Калгана, Лимона и Кузи.

В пять утра загрохотали дверные замки и засовы. Началась проверка и завтрак. В половине шестого жилые камеры полностью опустели — их обитатели заняли свои места в рабкамерах этажом выше.

Фрола усадили в самый конец стола — поближе к «красному» углу.

— Сменная норма — собрать триста пятьдесят переключателей, — пояснил Лимон, издевательски разглядывая сильно отекшие после полотенец руки Фрола. — Два дня на учебу. На третий будем с тебя спрашивать, как и с остальных мужиков. Давай трудись, пехота!

В семь часов совершил свой ежеутренний обход ПКТ полковник Ульин со свитой режимников и оперов. Во второй рабочей камере, явно скучая, он задал трафаретный вопрос:

— Жалобы, заявления есть? — и скользнул пренебрежительно-холодным взглядом по выстроившимся в шеренгу заключенным. Увидев лилово-фиолетовое, распухшее лицо Фрола, усмехнулся: — Вижу, что здесь все в порядке. Дисциплина в камере на должном уровне!

Вслед за Хозяином вышел и Калган для получения возможных инструкций. Вскоре он вернулся в камеру с торжествующей улыбочкой во все лицо.

— Ну что, Молчун, — хлопнул Фрола по спине, — пойдем-ка побазарим.

Лимон с Кузей дожидались своего шефа, сварив пол-литровую банку чифиря самодельным кипятильником, подсоединенным к лампочке и для заземления к оконной решетке.

Если и удивились, что Калган привел с собой Фрола, то виду не подали.

— Чая мы тебе не предлагаем, — усмехнулся Калган, присаживаясь к своим дружкам. — Не заслужил еще. Но с завтрашнего дня, могет, и станем давать. В отдельной кружке...

Фрол весь напрягся, начиная понимать, что стоит за напускным радушием «старшего».

— Хозяин доволен проделанной с тобой воспитательной работой. — Калган с явным удовольствием прихлебывал чай между затяжками сигареты. — Но он сильно сомневается, что этого достаточно. Велел тебя перекрасить. Хозяину, вишь, не нравится твой черный воровской цвет... Ну, в красную масть, понятно, не получится, а вот в голубую — без проблем.

Фрол затравленным взглядом обвел камеру. Зеки, как послушные автоматы, занимались сборкой переключателей. На всех лицах маской застыло обреченно-тупое выражение. Было совершенно ясно — на их помощь рассчитывать не приходится. Не люди — овцы.

— Я не мазохист, грубое насилие мне не в кайф, — продолжал Калган. — Другие просто накинули бы на шею полотенце, придушили децал, чтоб не рыпался, а потом и использовали. Но когда по взаимному согласию — это куда приятней. Так что смирись, дорогой, все одно тебе отсюда никуда не деться. От срока-то лишь годишник остался, перебьешься и «голубым». Зато здесь никто больше бить не будет, чай и курево обеспечим, да и сменную норму — побоку. Ну как, подписываешься? Или сначала у тебя надо все здоровьишко отнять?

Другого выхода Фрол не видел — и, по-звериному быстро схватив с пола железную форму из-под гаек, с отчаянным воплем обрушил ее на голову старшего. Не выпуская форму из рук, попятился и, упершись спиной в дверь, стал остервенело бить в нее ногой, вызывая дежурного. Лимон с Кузей, оцепенев, таращились на беспомощно привалившегося к стене Калгана. Тот выглядел реальным кандидатом в покойники — глаза закатились, по посеревшему лицу сбегали струйки темно-вишневого цвета.

Остальные зэки, бросив работу, наблюдали за происходящим с плохо скрываемой животной радостью.

Дружки Калгана уже немного очухались.

— Бей гада! — завизжал Кузя. — Он против братвы попер!

— Вы не братва, — с ненавистью выдохнул Фрол, поднимая форму над головой, — а пауки в банке!

Готовое вот-вот разразиться кровавое побоище предотвратил влетевший в камеру наряд контролеров с резиновыми дубинками.

Фрола кинули в одиночку, а Калгана вызванные санитары уволокли на носилках в зоновскую больницу.

Через четыре месяца в лагерном клубе состоялся

показательный суд. Фролу влепили три года «крытки» — тюремного режима.

Калган, уже полностью оправившийся, ходил в героях красной масти, награжденный администрацией за заслуги должностью завхоза первого отряда.

* * *

Погрузившись в тягостные для него воспоминания, Фрол «добивал» уже третью папиросу из серебряного портсигара. Зрачки его глаз заметно помутнели, голос стал тихим и хриплым.

Я принес из мансарды по паре бутылок пива.

— Освежись, братишка, и выше голову! Про крытку не стоит рассказывать. Отлично представляю, что тебе там пережить пришлось.

Зацепив ногтем большого пальца жестяную пробку, Фрол выщелкнул ее в потолок и жадно припал к горлышку.

— Теперь понятно, зачем тебе эти козлы понадобились. — Я попробовал повторить его фокус с пробкой, но безуспешно. Пришлось воспользоваться банальной открывашкой. — Но к чему сложности такие — сюда их тащить? Легче было на месте кончить. Хотя нет — просекаю! Ты, должно, пытал их перед смертью?

— А кто сказал, что они сдохли? — лукаво усмехнулся Фрол, его остекленевшие глаза заметно оживились. — Попал пальцем в небо, Евген!

— Как? Живы? — Я так удивился, что забыл о пиве. — Ты что, неужто отпустил?

— Живехоньки. Но опять промахнулся — я не

такой добренький, чтоб отпустить. Сидят у меня, как пауки в банке.

— Где? Я же искал — и ничего!

— Так и задумано, — довольно оскалился Фрол. — Надежно упрятаны. Под сараем яма вырыта. Хочешь глянуть?

Мы вышли во двор. Ущербная луна равнодушно плыла по небу, отбрасывая на землю холодный мертвенный свет. Было тихо, только вдалеке, подвывая, жаловалась на судьбу какая-то собака.

Фрол шел впереди, освещая нам путь допотопным керосиновым фонарем «летучая мышь».

В просторном сарае, рядом с загородкой для свиного семейства, стояла небольшая копна сена. Вооружившись вилами, Фрол несколькими мощными взмахами переместил ее к стене. На освободившемся месте обнаружился квадратный стальной лист.

Общими усилиями сдвинули его в сторону, открыв черный, широкий зев ямы. В нос ударил тошнотворный запах плесени и человечьих испражнений.

При слабом колеблющемся пламени «летучей мыши» я разглядел схрон — метров восемь глубиной и примерно два в поперечнике. Все трое и правда были здесь. Сильно обросшие и грязные, они уже мало походили на людей. Калган, дико вращая белками глаз и изрыгая звуки, смахивающие на плач и на рычание, подпрыгнул, безуспешно пытаясь схватить опущенный Фролом в яму фонарь. Лимон сидел на земле, тупо глядя перед собой, не обращая на нас никакого внимания. Кузя, скрючившись, лежал у стенки, обратив вверх синюшное лицо с закрытыми глазами. На его голой шее я заметил пятна, похожие на кровь.

— Долго еще любоваться будешь? — недовольно

поинтересовался Фрол, вставая с колен. — А может, компанию желаешь им составить?

Я мигом вскочил и помог вернуть стальной лист на место. Когда между мной и жуткой ямой появилась надежная преграда, испытал искреннее облегчение. Но все же держался от Фрола на почтительном расстоянии, вдруг остро пожалев, что мой «марголин» остался в мансарде.

В дом вернулись молча. Под предлогом пополнения пивных запасов я поднялся к себе и первым делом сунул десятизарядного «братишку» в наплечную кобуру. Сразу успокоившись, прихватил из ящика последние бутылки и спустился в горницу.

Фрол, попыхивая папиросой, сидел за столом со странной, блуждающей улыбкой на осунувшемся лице.

— Думаешь, Евген, у меня крыша поехала?

— Да нет... На-ка, промочи горло.

Когда Фрол, своим коронным способом откупорив бутылку, утолил жажду, я поделился наблюдениями:

— По-моему, твой Кузя уже отбросил копыта.

— Не, жив еще, — равнодушно отозвался бывший «крытник». — Просто без сознания. Если бы у тебя столько кровушки высосали, и ты б смотрелся покойником.

— Как — высосали?! О чем ты?

— Ну да, — Фрол жестко посмотрел мне в глаза. — Ни еды, ни питья им не даю... Читал «Монте-Кристо»? Он врага-банкира голодом уморить хотел, да не сдюжил — пожалел. Ну, я-то покрепче буду... Так что они у меня на полном самообеспечении... Попервости мочу свою пили, но быстро, понятно, вышла. После и на кровушку перешли. Донором, ясно, стал самый слабый — Кузя. Это что! Ты через недельку глянь, когда оголодают всерьез. Наверняка людоедством займутся. Они же пауки. А когда мух нет, пауки жрут друг дружку!

— Понятно... — Я во все глаза смотрел на собеседника; так, наверное, рассматривает пациента начинающий психотерапевт, решая, какой поставить диагноз. — А что дальше? Чем все кончится?

— Думаю, последним останется Калган. Но на пути в преисподнюю он все одно лишь чуток отстанет от своих дружков.

— Но ведь схрон рано или поздно кто-нибудь обнаружит.

— Навряд ли, Евген. — Фрол зевнул во всю пасть — четвертая папироса его явно укачала. — Как дело завершится, подгоню машину цемента и вбухаю в яму. Все предусмотрено, дорогуша. Ладно, спать пора. По утряне на свиноферму топать. За этими наемными работничками из бывших колхозников глаз да глаз нужон. Коли не проследить, свинки некормлеными останутся. Ведь у этих лодырей и пьяниц нет ни капли жалости к бессловесным животным...

Укладываясь спать, я все же припер дверь мансарды ящиком из-под пива. На случай, чтобы хозяин дома врасплох не застал, если вдруг раскается в излишней откровенности и вздумает сбагрить меня в яму к вампирам.

Утром проснулся чуть не с появлением солнца, но фермера уже не было. Позавтракав без малейшего проблеска аппетита, отправился на прогулку.

Весенний лес встретил запахом хвои и прелых прошлогодних листьев, чириканьем каких-то птах и деятельным перестуком невидимых дятлов, видно, наперегонки старавшихся поскорее заработать сотрясение своих птичьих мозгов.

Натура жаждала полного одиночества, посему путь мой лежал в сторону от деревни. Через час, бродя по почти девственной тайге, вышел к мелкой речушке. Богата земля уральская — на галечном дне недалеко от берега ясно различалось несколько камней-валунов редкостного розового и сочно-зеленого нефрита. Жаль, это не мой бизнес, а то занялся бы ювелирно-поделочным ремеслом. Впрочем, при случае, вполне можно выгодно продать идею заинтересованным лицам...

Люблю, когда листья похрустывают под ногами, как новенькие дензнаки, но земля была влажная, и дурацкое противное чавканье наводило почему-то на мысль о бренности всех дорог, наверное, ведущих лишь в болото.

У устья речушки увидел бревенчатый домишко с единственным окошком. Помесь овчарки с волкодавом, молниеносно выскочившая из-за угла, бросилась на меня даже без предупреждающего рычания. Пришлось ее навсегда утихомирить парой огненных выхлопов из «марголина». Так как «братишка» был с навинченным глушителем, шухера кашляющие выстрелы не произвели — из хибары никто не показался.

Ну, коли гора не идет к Магомету — Магомет идет к горе!

Стараясь по-глупому не попасть в возможный сектор огня из окошка, я крадучись подобрался к избе с тыла (благо забор беспечно отсутствовал) и замер у входной двери из плохо пригнанных нетесаных березовых досок.

Изнутри слышалось какое-то шевеление, но, как показалось, ничуть не опасное для моего здоровья.

Вся эта история начинала напоминать прошлогодний визит на собачье кладбище «Приют для друга». Оставалось лишь надеяться, что здесь меня не встретят свинцом автоматной очереди вместо приветствия.

Сжимая успокоительную рифленую рукоять пистолета, я стволом толкнул дверь. К несказанному удивлению, она не была заперта и без скрипа, легко подалась внутрь.

Картина, что я застал, до смешного смахивала на кинофильм «Самогонщики».

Изба, как оказалось, была обычной времянкой — даже пол земляной, а главный атрибут русской избы — печь — заменяла простая чугунная «буржуйка».

На ней стоял двухведерный бак из нержавейки. Тянущийся от него длинный змеевик с водяным охлаждением не оставлял сомнений в предназначении аппарата.

Да и готовая продукция была налицо — у стен стояло несколько десятков ящиков самопальной водки уже с этикетками и пробками.

У «буржуйки», подбрасывая дровишки, суетился голый по пояс тридцатилетний детина с татуировкой семиглавой церкви на спине.

Видно, ощутив сквозняк от распахнутой двери, он резко обернулся, не забыв прихватить прислоненный к печке туристический топорик.

Как говаривал один известный мент: «Мысленно я ему аплодировал!»

— И что дальше? — усмехнувшись, полюбопытствовал я, направив ствол в его волосатую грудь. — Перед смертью хочешь сыграть в Чингачгука? Дерзай, я не возражаю...

Детина, верно оценив ситуацию, отбросил бесполезный топорик на кучу дров и опустился на корточки, всем своим видом демонстрируя, что смирился с неизбежным.

— И до меня добрались! — с горечью вымолвил он посеревшими губами. — Ну, стреляй, падла, чего издеваешься?! Думаешь, в ногах валяться стану? Не дождешься!

Было совершенно очевидно, что татуированный тип принимает меня за кого-то другого. Но, верный своему золотому правилу всегда расставлять точки над «и», я решил подыграть уголовнику:

— Время пока терпит. Сам понимаешь — спешить тебе уже некуда... Отмотав семеру в лагере — судя по татуировке, — как ты так прокололся, словно фраер дешевый?

— Да не при делах я вовсе! Братуха никогда со мной не откровенничал. С детства Гарик замкнутый был. Так что зазря меня кончаете. Кстати, слыхал, перед тем, как лоб зеленкой намазать, раньше приговоренному сигарету и стакан водки давали...

— Нет проблем, земляк! Я гуманист по натуре — кури, можешь и выпить. Зелья здесь, как погляжу, на целый полк смертников наберется!

Урка, видно, всерьез опасаясь, что я вдруг передумаю, ударом ладони о донышко ловко вышиб пробку из бутылки и жадно присосался губами к горлышку.

Я его вполне понимал — наверняка он был убежден, что эта выпивка последняя радость в его забубенной жизни.

Когда бутылка опустошилась на две трети, я высказал некоторое беспокойство:

— Земляк, ты ж отравишься этим ядовитым суррогатом, хоть на нем и красуется этикетка «Экстра».

— Ха! — Глаза урки осоловели, из них исчез налет отчаяния и страха. — Тройная очистка! Даже сивушный дух испаряется! На, глотни, коли не западло выпить со своей жертвой. А может, ты профи и работаешь исключительно по трезвяне? Кстати, почему Барс чужого не учуял? Хотя, пес-то старый, негодный уже к сторожевой службе. На покой пора отправлять.

— Уже сделано. И не греши зря на верную псину — ее клыки были всего в полуметре от моего горла — еле успел проделать ей дырку промеж глаз. Да не пожирай глазенками — я несъедобен! Барс твой ничуть не страдал, сдох еще в прыжке.

Хозяин погибшей собаки вновь приложился к бутылке.

— Разреши могилу Барсику отрыть. А после делай что собрался. Можешь нас вместе и закопать. Есть смысл: раз моего тела не найдут, не будет и уголовного дела... Просто зачислят в пропавшие без вести...

— Ты начинаешь утомлять, браток, своей навязчивой идеей. Убивать тебя и в мыслях не держал. Как кличут?

— Иваном.

— Ладно. Допустим. Меня можешь Михалычем звать. В этих дебрях очутился случайно, но ты мне симпатичен — сам не пойму из-за чего, — и хочется тебя выручить. Рассказывай! Сначала о брате. В какое дерьмо он вляпался?

— Гарик, в натуре, в дела свои не посвящал. Месяц как откинулся со строгого. Все в елочку катило. Пристроился удачно — в службу безопасности Европейско-Азиатской корпорации. Но, по ходу, сунул храповик не туда, куда можно. Шмальнули его третьего дня на загородном шоссе вместе с приятелем, тоже охранником. Причем жестоко. Голову начисто отстрелили... Из дробовика, видать. Вот я и подумал, что ты по мою душу нарисовался. Но на пару с Гариком мы никогда не отрабатывались. Честно, гадом буду! У него был свой бизнес, у меня — свой.

— Ладненько. Водяра — самая твердая на Руси валюта. Процветаешь?

— Какое там! Ни газа, ни электричества нет. А на дровах, сам понимаешь, какая выработка. За тару с этикетками три шкуры дерут!

— Но зато и ментов здесь не наблюдается. Так что нет худа без добра. А с топливом... Советую на уголек переходить. Рентабельнее.

— Сам понимаю. Но это последняя партия, — вздохнул Иван, кивнув на ящики. — Свертываю лавочку. За продукцией заказчик из Екатеринбурга вторую неделю не заявляется. Должно, спалилась его точка. ОМОН, слыхал, в городе прямо свирепствует.

— Пустяки. Очередная показушная кампания! Отныне твой покупатель я. Дважды в месяц мои люди будут забирать товар. Сколько за месяц гонишь?

— Ежели сильно постараться — до полусотни ящиков. При условии, что со снабжением проблем не будет.

— Ладушки. Пара «лимонов» в месяц, полагаю, тебя устроит?

— Договорились, Михалыч! — Простоватое лицо Ивана буквально излучало искреннюю благодарность. Посему я счел пистолет уже совершенно ненужным аргументом и сунул его в кобуру под курткой.

Правда, должен признаться, что вечная подозрительность — неотъемлемая часть моей натуры, поэтому на предохранитель «братишку» все же не поставил.

— А за безвременную кончину Барсика прости. У меня не было выбора... Давай-ка увековечим твою зверюгу. Тут недалеко по тракту у озера есть кладбище для собак «Приют для друга». Барсу там настоящую могилу с памятником сварганят.

— Но ведь это страшно дорого! — Иван, смутившись, отвел глаза. — А я на мели сейчас.

— Ерунда! Скажешь, что от Михалыча, — обслужат бесплатно и по высшему разряду. И не вздумай отказаться, прими эту маленькую услугу в знак примирения. Лады? Ну, бывай!

Топая обратно в деревню, на лесные весенние красоты уже внимания не обращал. Все-таки до чего велика роль Случая в жизни человеческой! Да и в смерти тоже! Впрочем, если верить постулатам мировой философской мысли: «Случайность — это неизбежная необходимость».

Должно быть, фатум — рок — существует.

Вечером для меня не составило особого труда завербовать Фрола в народившуюся алкогольно-коммерческую структуру. Главным аргументом для него, признаться, к некоторому моему недоумению, послужил тот факт, что наши с ним отношения не прервутся, а, наоборот, укрепятся, встав на надежную финансовую основу.

Я не самовлюбленный нарцисс, трезво оцениваю личные возможности и сильно сомневаюсь, что могу вызывать в окружающих симпатию, а тем более привязанность. Хоть и стараюсь показными веселостью и добродушием изменить мрачноватый имидж в лучшую сторону, но это плохо удается. Многолетнее лагерное тавро — землистый цвет лица, золотые зубы на месте выбитых «активистами», вечно настороженно-жесткий взгляд исподлобья не лучшие предпосылки для завязывания дружеских отношений.

Поэтому я решил, что Фрол просто желает таким незамысловатым способом отработать назад те пятнадцать миллионов, потраченных им на акт мести. Впрочем, его мотивы меня мало занимали — главное, достигнутый в переговорах положительный результат.

Задачу Фрола упрощало то, что он частенько мотался в Екатеринбург на грузовичке по фермерско-свинюшным делам. Так что основная проблема — доставка дешевой самопальной водки в мои питейные павильоны и снабжение Ивана сырьем и тарой — была легко ликвидирована.

Чтобы идти в ногу со временем, велел фермеру регулярно обеспечивать подпольный мини-завод газовыми баллонами. Все-таки дрова, да и уголь — это полнейший анахронизм, недостойный века высоких технологий.

Я не слишком суеверен, но, свято соблюдая старинный русский обычай, для успеха начинания немного вспрыснул это дело «Демидовским бальзамом». Мне, видно, так никогда и не понять, что хорошего находит Фрол в этом явно вредном для здоровья суррогате водки.

Наутро, как и ожидал, проснулся со зверской головной болью. Мрачно-кислая морда приехавшего Цыпы настроения моего, естественно, не подняла.

Но верный оруженосец за годы партнерства, видать, неплохо изучил мои привычки. Не говоря ни слова, он извлек из кармана джинсовой куртки плоскую коньячную бутылочку «Матра» и, поставив у дивана, скромно удалился к окну.

Еще раз убедился, что главную радость и удовольствие доставляет не сам процесс пития, а именно опохмел. От нескольких глотков божественной влаги мое только что ноющее от слабости тело буквально наполнилось бодрой живительной силой, взрывы осколочных гранат в голове прекратились. Я вдруг обнаружил, какое сегодня чудесное утро. Ласковое солнце щедро вливало в мансарду потоки золота, нежно-голубое безоблачное небо словно улыбалось, игриво заглядывая в окошко.

Нет, не зря Иисус Христос говорил своим ученикам: «Пейте кровь мою», называя так вино.

— Рассказывай! — Я закурил и блаженно откинулся на спинку дивана. — Судя по твоей физиономии, новости неутешительные. Верно, брат? Колись давай, у меня нервы крепкие — выдержу. Кто подписал приговор? Люди серьезные?

— В том и суть, Монах. Пока что ничего конкретного не проклевывается. Все телефоны возможных конкурентов прослушиваются круглосуточно. Но в разговорах если и проскальзывает твое имя, то только в уважительном ракурсе. Кое-кто даже беспокоится, куда ты подевался. Банду бритоголовых Медведя бросил на усиление охраны наших «точек», но ни одной попытки «наезда» пока не было... Я «центровых» подозревал, но они, по ходу, не при делах. У них самих проблемы — **«синие»** стараются захватить контроль над казино. Им не до нас. Через девочек наших пробую что-нибудь нащупать, но пока беспонтово... Придется, Михалыч, тебе еще здесь покантоваться. Пока не вычислим заказчика. — Цыпа виновато глянул мне в глаза и нарочито бодро воскликнул: — Если в корень зрить, то все к лучшему, как ты любишь говорить. Лес, речка, чистейший воздух — прямо курорт! Может, тебе Ксюшу привезти или Мари? «Травка» не кончается? А жизнь на природе, в натуре, идет на пользу — у тебя даже лицо пополнело!

— Это со вчерашнего перепоя опухло, — хмуро разъяснил я Цыпе его заблуждение. — А прятаться надоело. Кому суждено быть повешенным, тот не утонет! Накрайняк заимею парочку двойников, как Саддам Хусейн.

Я достал заветный серебряный портсигар и угостил верного друга и телохранителя:

— Расслабься. И не хорони раньше времени. У меня есть сильное подозрение, что я уже знаю имя заказчика.

Цыпа аж поперхнулся дымом и воззрился на меня, как на фокусника, выудившего из своего волшебного цилиндра не банального зайца, а настоящего живого слона.

— Так-то, братишка! — Я остался очень доволен произведенным эффектом. — Кстати, как поживает наш милый друг Иван Альбертович, президент Европейско-Азиатской корпорации?

— И за ним наблюдение ведется. Старый осел явно неравнодушен к Мари. Цветочки регулярно ей в клуб посылает. В общем, ничего особенного... Правда, с недавнего времени его не один, а два охранника сопровождают.

— Чего это он вдруг забеспокоился? — усмехнулся я. — Не догадываешься, случаем?

Глаза партнера приняли осмысленное выражение.

— А ведь это он интересовался у Мари, не заболел ли ты! — оживленно воскликнул Цыпа и от избытка чувств даже треснул ладонью себя по башке.

— Поаккуратнее с головушкой, — попросил я. —

Это не самое сильное твое место. А то, не дай бог, последнюю извилину выпрямишь!

Я вынул из-под подушки десятизарядного «братишку» и поместил его в наплечную кобуру под курткой.

— Едем! Такая искренняя дружеская забота о моем здоровье заслуживает немедленного выражения благодарности Ивану Альбертовичу!

ЗА ДВУМЯ ЗАЙЦАМИ ПОГОНИШЬСЯ — ПОЙМАЕШЬ ТРЕХ

Как въехали в город, я непроизвольно стал ласкать рукоятку пистолета, готовый в любой момент выхватить «братишку» из колыбельки-кобуры.

Но ни синие, ни другие авто в хвост нашему «мерсу» не пристраивались.

Отлично сознавая всю опрометчивую неосторожность подобного шага, все же заехал к себе на квартиру и заменил «марголин» на «макаров». По моему замыслу он должен был сыграть сегодня существенную роль.

Цыпа оставался в машине, и, воспользовавшись его отсутствием, я набрал служебный номер Инина.

— Как всегда, на боевом посту? — спросил, услышав в телефонной трубке голос майора. — Узнал, надеюсь? Наш договор помнишь?.. Никуда я не исчезал! Как последняя «шестерка» бегаю, за тебя твою работу делаю! Ты выяснил личности погибших автоугонщиков?

— Пока нет. При них не было документов, — буркнул опер. — Но трупы дактилоскопировали, и направлен запрос в центральный архив. Судя по наколкам, они имели судимости, так что скоро получим всю их подноготную. Догадываюсь, у тебя есть какая-то информация?

— Так. Детали некоторые. Оба числились охранниками в Европейско-Азиатской корпорации. Уверен, фирма, проявляя странную беспечность, никуда об исчезновении своих сотрудников не заявляла... Просекаешь? Сейчас одиннадцать. У меня сильное подозрение, что в особняке президента ЕАК Камаева в тринадцать часов произойдут кой-какие события. Короче, нанеси ему визит в это время.

— С группой захвата?

— Перебор, майор. Не стоит себя недооценивать. Ты же у нас хват, если что, сам справишься!

— Похоже, опять меня в пакостное дело втягиваешь, — хмыкнул опер. — И как прикажешь потом начальству объяснять, почему именно там оказался, где, по твоим словам, произойдут «кой-какие» события?

— Не мне тебя учить оперработе! Составь рапорт, что получил от агентуры сведения о близкой связи погибших с президентом ЕАК и намерен прощупать господина Камаева. Вполне обоснованно...

— Хорошо... Удачи тебе! Но, надеюсь, сработаешь не слишком топорно.

— Все будет в елочку, начальник! До встречи в час!

Распахнув мне дверцу машины, Цыпа облегченно вздохнул — видать, уже начинал нервничать из-за долгого отсутствия шефа.

— Теперь к Мари! Девчушка, наверно, очень соскучилась!

Звезда стриптиза нашего ночного клуба, как обычно, отсыпалась перед вечерним выступлением. Пришлось долго настойчиво звонить, пока дверь наконец приоткрылась, удерживаемая цепочкой.

Недовольная гримаска на лице подруги дней моих суровых тут же сменилась на радостно-кокетливую улыбку, как только она разобралась, кто так бесцеремонно прервал ее сладкий сон.

Цепочка мигом слетела, и мы с Цыпой вошли в квартиру. Здесь все было по-прежнему. Зеркальные стены множили наши отражения, создавая впечатление маленького столпотворения.

Мари, соблазнительно сверкнув полными ягодицами, туго обтянутыми белыми кружевными трусиками, скрылась в ванной комнате, должно, наводить макияж, а мы расположились в креслах у широкой софы с неубранной, еще теплой постелью.

Хозяйка появилась в черном шелковом мини-халатике, смахивающем на комбинацию и выгодно подчеркивающем розовую привлекательность чудных стройных ножек.

Мило улыбнулась. Убирать постель она не сочла нужным, просто набросила на нее голубое покрывало.

— Ты всегда так неожиданно! — Стриптизерка удобно устроилась на софе, подобрав под себя ноги, напоминая своей позой молодую сытую пантеру. А может, у меня слишком богатое воображение.

— Не ждала? — усмехнулся я. — Тогда, наверно, стоит проверить шкаф? На предмет обнаружения пылкого любовника? Хотя какой уж там пыл у подобного антиквариата, как Иван Альбертович!

Мари непонимающе расширила волшебно-изумрудные глазки и, возможно, убедила бы меня в своей невинности, если бы не проступившая на лице бледность.

— Женик?! О чем ты?

— Сама в курсе! И это легче легкого доказать, зная твою неуемную страсть к побрякушкам. Цыпа! Достань-ка шкатулку из ночного столика.

Грациозная благородная пантера мгновенно превратилась в дикую, взъерошенную кошку.

— Не смей! — Она вскочила, пытаясь собою загородить столик.

Цыпа уже поднял кулак, чтобы сбить неожиданную преграду с ног, но дисциплинированно оглянулся на меня, ожидая знака согласия.

— Сядь на место, милая! — устало вздохнул я. — Ты ведь неплохо меня знаешь... Так что давай без эксцессов.

Мари вернулась на софу, готовая вот-вот расплакаться.

Открыв инкрустированную малахитом шкатулку, убедился в правильности предположения — она была на две трети наполнена украшениями из драгметалла с разноцветными камушками.

— Да тут целое состояние! Я тебе дарил только изумрудный гарнитур: кулон, кольцо и сережки. А здесь и хризолиты, и даже брюлики... Вот этот перстенек, между прочим, карата на три тянет... Твоих доходов на подобную роскошь явно не хватит. К тому же ежемесячно родителям в Тагил пол-«лимона» отсылаешь. Что скажешь, детка?

Мари подняла на меня полные слез глаза, но молчала.

— Только не вообрази, что ревную. Как человек интеллигентный, сохраню в памяти искреннюю благодарность за интим, что был между нами. Все понимаю: увидев твой восхитительный номер в клубе, у каждого мужика «телескоп» поднимется. А ты женщина слабая к знакам внимания... Другого не пойму — как ты смогла продать мою жизнь за побрякушки? Я ведь тебе ни на децал зла не принес...

— Жизнь? — Неподдельное изумление в голосе Мари заставило меня засомневаться в сделанных выводах.

— Расскажи все, что говорил Иван Альбертович! Чем интересовался? — предложил я, закуривая «родопину».

— Да он всем интересовался. — Мари смешно наморщила лобик. — Тобой и другими, что имеют к тебе отношение. Не думаешь ли закрыть валютный счет в банке ЕАК. Говорил, что ты нахально нахрапист и совсем не считаешься с чужими интересами. Что аппетит слишком большой... Даже привычками и распорядком дня интересовался. Я не дурочка и поняла, что он хочет переманить к себе какие-то твои точки. Немного ограничить влияние... Но при чем тут жизнь?!

— Еще раз с прискорбием убеждаюсь, что у красивых женщин туго с серым веществом! — констатировал я. — На днях по приказу Ивана Альбертовича меня чуть не разрезали автоматной очередью! Вместе с Цыпой!

— Не может быть! — с отчаянием воскликнула прекрасная представительница идиоток. — Женик, не шути так!

— Детка! Камаев решил ограничить мою жизнь, а не влияние. И распорядок дня узнавал, чтобы облегчить работу своим киллерам!

— Я не знала! Честное слово, я не знала! — Мари разрыдалась, и мне почему-то даже стало ее жаль немного.

— Цыпа, налей девочке что-нибудь выпить. — Я озабоченно глянул на наручные часы. Они показывали почти двенадцать. Время явно начинало поджимать.

Мой партнер, не мудрствуя, взял из бара бутылку коньяку, плеснул полный фужер и почти насильно влил его в рот Мари. Она закашлялась, но рыдания наконец прекратились.

— Слушай сюда, милая. Ты считаешь, что лучше умереть мне, чем Камаеву?

— Нет! Нет, конечно!

— Тогда поступим так. Звони в офис Ивану Альбертовичу и назначь свидание через полчаса в доме на Первомайской. Бывала там? Вот и ладненько! Скажешь, что получила от меня весточку и хочешь посоветоваться... — Я поставил телефонный аппарат ей на колени и твердо, подавляя волю, посмотрел в расширенные зрачки стриптизерки. — Как выяснилось, нам с президентом ЕАК стало вдвоем тесно в Екатеринбурге. Одному надо уехать в Сочи! Действуй, детка, будь умницей!

Мари сделала все так, как велел. Голос, правда, при разговоре с Камаевым был у нее какой-то безжизненно-механический. Ну, да пустяки — Иван Альбертович должен иметь семь пядей во лбу, чтобы что-то заподозрить. А судя по тому факту, что он рискнул со мною разделаться, — этих пядей у него не было вовсе.

— Одевайся, девочка! Поедем на свидание. И выше головку — ты сегодня королева на моей шахматной доске! Цыпа, плесни-ка ей еще чуточку, видишь, маленькой нехорошо почему-то...

Для страховки «мерс» оставили отдыхать на стоянке, а поехали в «жигуленке» Мари.

— Имей в виду — работаю сам. Ты вмешиваешься лишь в крайнем случае, — инструктировал я Цыпу, с сосредоточенным видом крутившего баранку.

Второй фужер, видно, погрузил мою «королеву» в прострацию — она безвольно сидела на заднем сиденье, неподвижным взглядом уставившись в окно.

Сейчас никто не признал бы в ней всегда энергичную и веселую звезду ночного стриптиз-клуба.

— А если дом битком набит охранниками? — стараясь говорить беспечно, спросил Цыпа. — Не лучше ли мальчиков вызвать?

— Не дуй на воду, брат. И не держи за кретина! Я знаю об Иване Альбертовиче и ЕАК буквально все! — Уточнять источник информации в лице старшего оперуполномоченного Инина, естественно, не счел нужным. — Служба безопасности ЕАК насчитывает два десятка боевиков — в основном азербайджанцев по национальности. Все они задействованы на охране офиса и банка корпорации. Проживает Камаев с третьей женой и двумя дочерьми от предыдущих браков по соседству с офисом на улице Белинского. Где, ясно, взять его трудно. Кроме мордоворотов, там все следящей электроникой нашпиговано. А двухэтажный особнячок на Первомайской пустует, используется изредка для отдохновения души и тела президента — кутежей с приятелями и тайных плотских утех с молоденькими девушками. Он ведь сластолюбец, как все метисы... Правда, есть там вольер с овчарками. Но собаки в сад выпускаются только в шесть вечера, когда приходит ночной сторож. Над парадным входом большой козырек — так что, кто звонит, из окон не видно.

— Прямо оперативная ориентировка! — восхитился Цыпа, не догадываясь, что случайно попал в точку. — Ну а с двумя телохранителями мы справимся!

— Не сомневаюсь! — Я оттянул затвор «макарова»,

загоняя патрон в ствол, и сунул пистолет за брючный ремень. — Внимание! Подъезжаем!

Железные ворота в сад, как и ожидал, были гостеприимно распахнуты настежь.

Голые деревья, почуяв весну, казалось, трепетно-томно шевелили ветвями в ожидании нарождающихся почек.

«Жигуль», тихо урча мотором, на малых оборотах подкатил к двустворчатым парадным дверям дома, построенного из белого силикатного кирпича.

Мы с Цыпой вжались в стену по обеим сторонам входной двери, а Мари с осунувшимся бледным лицом замерла манекеном на последней ступеньке невысокого крыльца, явно не зная, что делать дальше.

— Жми на кнопку переговорного устройства и сообщи, что приехала! — прошептал я, выдергивая шпалер из-за ремня.

Цыпа тоже изготовился, поставив «стечкин» на режим стрельбы одиночными.

— Кто? — раздался из репродуктора густой бас, должно быть, охранника.

— Это я, Мари. Иван Альбертович меня ждет.

Щелкнул замок, и дверь распахнулась. Я оттолкнул Мари в сторону и живым тараном влетел в холл. Гориллообразный охранник, видно, в прошлом боксер-тяжеловес, профессионально уклонился от рукоятки пистолета, метившей ему в висок, и молниеносно ответил ударом в челюсть. К счастью, по инерции я продолжал двигаться вперед и мощный кулак лишь шаркнул по скуле. Церемониться времени больше не оставалось — в каждое мгновение мог появиться второй телохранитель.

Я поднял свою карманную гаубицу и выбросил

грохочущий сноп огня в лицо горилле, навсегда отбив у него желание боксировать. Перешагнув через тело, ринулся по деревянной лестнице наверх. И спальня и кабинет Камаева располагались на втором этаже. Так как свидание с Мари у него намечалось не постельное, а деловое, сначала распахнул дверь в кабинет. Посередине комнаты застыл президент ЕАК, растерянно уставившись на направленный ему в живот ствол моего пистолета. В кабинете мы были вдвоем.

— Вот проходил мимо, — сообщил я. — Думаю: дай-ка навещу старого приятеля! Интеллигентные люди обязаны делать визиты вежливости. А твой холуй почему-то пускать не хотел.

— Прекрати кривляться! — Иван Альбертович смерил меня брезгливым взглядом и вернулся в кресло у длинных, во всю стену, книжных стеллажей. — И никакой ты не интеллигент. Самый банальный головорез, убийца! Но надо отдать должное, профессиональный. Недооценил, каюсь! Нет чтобы с Гариком еще нескольких ребят послать!.. Как понимаю, заявился меня убить и ограбить... На, держи, тварь!

Президент ЕАК запустил руку во внутренний карман своего твидового пиджака, но вынул не пистолет, а всего лишь бумажник. Достал из него пухлую пачку долларов и швырнул мне под ноги.

— Грубишь, милейший! — Я оскалился, но баксы поднял — не пропадать же добру. — Дерзкий такой, а даже оружия не носишь!

— Не путай меня с собой! — Камаев говорил, словно плевался словами. — Я коммерсант, а не бандит с большой дороги!

Мой чуткий слух уловил легкое поскрипывание лестничных ступенек под чьими-то ногами.

Переместился влево, чтобы держать под прицелом дверь кабинета.

В комнату вошли Цыпа с Мари. У последней был блуждающий взгляд, а лицо — будто в белом гриме. Пришлось всерьез задуматься — не переоценил ли ее силы? Сможет ли сыграть предназначенную ей роль до конца?

— Второго телохранителя не было, — доложил Цыпа. — Все комнаты проверил — никого.

— Сразу мог бы вкурить! — сказал я, сделав вид, что сам-то понял давно. — Ведь ихняя машина у дома отсутствовала. Не сама же уехала! Ладно. Усади девочку.

Камаев проследил своими агатовыми глазами, как Цыпа заботливо устраивает Мари на диване в глубине комнаты, и процедил:

— Сучка неблагодарная! Дешевка!

Я искренне порадовался его несдержанности — если Мари разозлится, то не слишком болезненно воспримет смерть любовника.

Подняв «макаров», ожидал увидеть в прорезь прицела встречный испуганный взгляд президента ЕАК, но ошибся. Камаев, не делая даже попытки уклониться, продолжал спокойно сидеть в кресле, кривя губы в насмешливой злой улыбке.

— На нервах играть пытаешься? Ничего не выйдет! Смерти я не боюсь. Так что стреляй, недоносок!

Волна дикой ярости затопила мой мозг. Это ругательство — недоносок — действует на меня, как хлесткая пощечина. Сам не знаю почему. Правда, я и на самом деле родился семимесячным, но, как потом подробно выяснил у знакомого врача, этот факт ни о чем дурном совершенно не свидетельствует. Между прочим, семимесячные значительно лучше восьмимесячных, так как появляются на свет более здоровыми.

Почти утопленный курок уже был готов дать волю

сжатой боевой пружине, как вдруг неожиданно народившаяся идея заставила меня опустить пистолет.

— Цыпа! Закоцай нашего друга! — приказал я и, когда тот защелкнул на Камаеве наручники, добавил: — И отключи на полчасика.

Обрушенный на президентский затылок Цыпин кулак сработал не хуже кастета — Камаев, потеряв сознание, свалился на пол.

— Решил децал подкорректировать первоначальный план, — пояснил я. — Не тревожься — Иван Альбертович «в Сочи» обязательно уедет, но малой скоростью... Отвези Камаева Фролу и скажи, что я просил поместить его с остальными. Там он мигом растеряет спесь и заносчивость! Потом тебе объясню. Время поджимает. Хватай-ка за ноги!

Вдвоем отволокли бесчувственное тело вниз и запихнули в багажник «жигуленка».

Наручный «Ролекс» показывал уже двенадцать пятьдесят.

— Давай сюда «стечкин». Он слишком запачкан. Пусть менты его на трупе охранника найдут. Вечером другой получишь. Ну, рви когти!

— А ты как же?

— За меня не волнуйся. Я здесь задержусь немного — хвосты подчищу.

Старательно протерев пистолет-пулемет, вложил его в заметно уже охладевшую лапу телохранителя-гориллы и бегом поднялся в кабинет.

Мари продолжала безучастно сидеть на диване, но при моем приближении зашевелила губами, видно пытаясь что-то сказать.

— Молчи и слушай! — Я взялся за изящный кружевной воротничок ее платья и рванул вниз. Материя с треском разорвалась почти до живота. Затем, не обращая внимания на в ужасе вытаращенные глаза Мари, порвал лифчик и, явно оставляя синяки, вцепился пальцами в мягко-податливые нежные груди.

— Мне же больно! — завизжала стриптизерка. — Как ты можешь сразу после всего этого!..

— Идиотка! — Я выпустил ее и толкнул на диван. — Скоро тут будут менты. Запоминай: Камаев пригласил тебя на чашечку кофе и захотел купить, как проститутку. Когда ты ответила отказом, он, войдя в раж, порвал на тебе платье, пытаясь овладеть насильно. В это время кто-то позвонил в дверь. Ты разбила окно и позвала на помощь. — Я снял с ноги Мари туфлю и врезал ею в брызнувшее осколками стекло. — Успеваешь запоминать, детка? Вот и ладушки! Потом услышала шум, вроде дверь вышибали, и следом — выстрел. Камаев, перепугавшись, убежал черным ходом. Тут в кабинет влетел коротышка с пистолетом, и ты потеряла сознание. Если что напутаешь — не увидишь больше не только свои драгоценности, но и дорогих родителей!.. Ты меня знаешь!

Снизу и верно прозвучал настойчивый звонок.

Ободряюще потрепав девочку по щеке, спустился и нажал кнопочку переговорного устройства:

— Майор?

— Да, я. Открывай.

— Нет, дорогой! По плану дверь тебе надо вышибить. С твоим весом это не составит труда.

— Но без санкции прокурора... — засомневался опер. — Да и частная ведь собственность...

— Если хочешь раскрыть сразу два тяжких преступления, то ломай!

Я закурил и устроился на нижней ступеньке лестницы по соседству с покойником. Уже переставшая кровоточить аккуратная дырка в середине низкого лба смотрелась как глаз циклопа.

Еще, наверно, с минуту опер взвешивал все «за» и «против», пока наконец раздались тяжелые, бухающие удары в дверь. Долго усилий девяностокилограммовой туши она не выдержала. Громко щелкнул искореженный замок, и дверь распахнулась, стукнувшись о стену.

— Ну, объясняй давай! — Майор, немного запыхавшийся, но довольный, шагнул в холл и остановился, узрев труп у моих ног. — Только поподробней и поубедительней попрошу!

Вежливо взяв из протянутой ему пачки сигарету, Инин тяжело опустился рядом на ступеньку и вздохнул:

— Нелегко все-таки работать с тобой, Монах! Надеюсь, никого в доме больше нет? — Закуривая, он покосился на трехглазого охранника. — Трупы тоже имею в виду!

— Рекламу по телевизору, ясно, не глядишь? — буднично поинтересовался я, совершенно сбив с толку майора. — И напрасно! На рынок выбросили массу современных импортных пилюль от склероза. По ходу тебе пора начинать лечение. Налицо явные провалы в памяти! Как ты мог позабыть, что только что геройски обезвредил особо опасного преступника и между делом предотвратил изнасилование?!

Майор недовольно поморщился:

— С таким извращенным чувством юмора тебе надо в сатирики податься! И мне меньше было бы хлопот. Ладно! С сегодняшнего дня стану смотреть всю рекламу подряд! Доволен? А теперь рассказывай, что здесь произошло?

После того как я подробно изложил свою версию случившегося, опер задумался, усваивая информацию. И таких тугодумов в органах держат!

— Значит, я наведался порасспросить господина Камаева о его убитых сотрудниках и тут услыхал звон разбитого окна и женский крик. Вышиб дверь и нарвался на вооруженного типа. В целях необходимой самообороны применил табельное оружие... А баллистика подтвердит мои слова?

— Гарантия! — успокоил я его. — Пуля, что извлекут из башки гориллы — от «макарова». При ударе о лобную кость она наверняка полностью деформировалась. А вот гильзу лучше заменить для надежности.

Я перешагнул через труп и скоро отыскал на полу желтый цилиндрик гильзы от моего пистолета. Сунул ее в карман.

Майор, наконец начавший мыслить в нужном ключе, достал свой табельный «макаров» и пальнул через распахнутую дверь в ближайшее облако. Еще горячую гильзу бросил туда, где недавно валялась ее сестренка.

— Не нравится мне все это, — заявил опер. — Шито белыми нитками!

— Неужели? — жестко усмехнулся я. — А хочешь, прострелю для убедительности твое плечо из пушки охранника?

— Нет. Не стоит, — быстро отказался Инин. — В принципе прокатит, главное, чтоб девка в показаниях чего не напутала.

— Все будет в елочку, начальник! Мари — девочка неглупая, личную выгоду понимает очень даже хорошо. Да и нет у нее выбора! А когда эксперты выяснят, что тех двух на трассе шмальнули именно из «стечкина» обезвреженного тобою бандита, тебя на руках носить станут! Сложится очень стройная версия: мокруха на шоссе — внутренняя разборка в ЕАК. А так как главный подозреваемый при оказании вооруженного сопротивления убит — дело можно считать закрытым и спокойно отправлять пылиться в архив. Если не на повышение по службе, то уж на денежную премию смело рассчитывай!

С каждым моим словом хмурое лицо Инина заметно светлело.

— Ладно! — уже бодрым голосом заявил он. — Сматывайся! Вызываю опергруппу и объявляю в розыск неудачливого насильника Камаева!

Идя на дело, гнался за двумя «зайцами»: ставил задачу ликвидировать опасного врага и списать убийство киллеров на другого. А этот третий «заяц», в виде баксов, был случаен и не свидетельствовал ни о моей находчивости, ни о моем уме. Да к тому же дурно попахивал. Выходило, будто Камаев прав и я, в натуре, банальный головорез с большой дороги, готовый за деньги пришить любого...

В подземном переходе, как обычно, было полно нищих. Мое внимание привлекла колоритная парочка: старик на костылях с тремя рядами орденов и медалей на ветхом лоснящемся пиджаке и совсем молодой парнишка в импортной инвалидной коляске. Эта сверкающая никелем коляска, да еще новенькая медалька «За отвагу», видно, было все, чем наградило его государство за потерю обеих ног, скорее всего в Чечне.

То, что они держались вместе, навело на мысль — уж не дед ли с внуком пожинают на пару горькие плоды своих ратных подвигов?..

Мне почему-то вспомнился капитан Седых.

Проходя мимо, я на глаз разделил пачку баксов на две приблизительно равные доли и сунул в руки ветеранам. Не оглядываясь, ускорил шаги — услышать слова благословений для меня сейчас было равносильно проклятию...

ТОРЧАЩИЙ ГВОЗДЬ ЗАБИВАЮТ ПО ШЛЯПКУ

ЦЫПА

Если бы я не относился к Цыпе как к другу-соратнику, его телефонный звонок с настойчивым приглашением срочно навестить, безусловно, проигнорировал бы. После вчерашней оргии у Мари мой органон жаждал полного покоя. Но я поехал.

...Утреннее пробуждение было не из приятных — протяжный тоскующий вой голодного волка буквально леденил кровь.

Это что же? Я по новой на лесоповале?! Невольно глянул в окно, чтобы убедиться в наличии солнечного весеннего дня (ведь только таежная луна предъявляет свои таинственные права на зверюг).

Действующие на нервы звуки исходили из смежной комнаты. Не потревожив спавшую рядом в чем мать родила пышнотелую блондинку, вскочил с дивана и приоткрыл дверь соседней комнаты.

Картина, что имел счастье лицезреть, заслуживала кисти живописца. Голый Цыпа, стоя на четвереньках, запрокинул голову чуть не в потолок перед журнальным столиком, на котором лежала снятая с аппарата телефонная трубка, и самозабвенно, перемежающимися жалостливыми нотами выл нечеловеческим голосом. Казалось, даже лицо его удлинилось и обнажились клыки. На софе у окна съежилась аппетитная девчонка с вытаращенными от ужаса глазами, явно не просекая происходящее. Впрочем, я и сам был несколько шокирован.

Наконец Цыпа положил трубку на рычаг и обернул ко мне ухмыляющуюся хохлацкую физиономию.

— Колись, Монах, решил, что у меня гуси улетели?

— Была мыслишка, — не стал зря нервировать ложью человека, явно угодившего в капкан белой горячки. — Тебе надо срочно хлопнуть грамм двести, и на боковую. Может, опять человеком станешь.

— А вот и промахнулся, Евген! Западники учудили конкурс через фирму «Стиморол» — у кого самый похожий выйдет волчий вой, тот получит в качестве приза бесплатную путевку в США.

— Цыпа, ты как был наивным, таким и копыта отбросишь. Выиграет, безусловно, их кадр — он и поедет. Это же банальный рекламный трюк, чтобы жвачку раскупали. Здесь наверняка мошенничество «Стиморол» с Корпорацией телефонной связи. Обоюдный навар. Лох ты, Цыпа!

— Во сволочуги! А я и не вкурил!.. Милка, продерни в другую комнату. По делу хрюкнуть нам край.

Юная жрица любви, совершенно не стесняясь наготы, кокетливо-небрежной походкой продефилировала в ванную.

Цыпа оказался более скромным — прежде чем устроиться в кресле напротив меня, накинул на себя махровый халат.

— Слушай сюда, Монах! Вчера не хотел настроение тебе опускать, но дело пахнет керосином...

Я шутливо потянул носом:

— Ощущаю лишь парижский «Шанель № 5».

— Я на полном серьезе, Евген. Тебя хотят выбросить из колоды...

— Кто это так оборзел? Надеюсь, не «Белая Стрела»?

— Слава богу, нет.

— Кто?!

— Не дергайся зря. Твой любимый Медведь со своей бандой бритоголовых решил, дешевка, что сможет контролировать наш бизнес самолично. А ты становишься лишним, впрочем, как и я...

— Доказательства? Мне сдается, что ты на Медведя просто неровно дышишь!

— Верняк. Кое-что надыбали, прослушивая телефоны. Запись в наличии. Да и Ксюша, не будь дурой, цынканула.

— Мне он всегда казался парнем с головой...

— Может, в этом и суть.

— Подставка полностью исключается?

— Мне жаль, Монах. Но факты непробиваемые.

— Дай-ка сюда записи!

Цыпа вставил в магнитофон кассету.

Из нее с огорчением я услышал жалобы Медведя Ксюше о малодоходности заведения «Вспомни былое». Мол, он заслуживает значительно большего. (Ну, памятник надгробный ты уж точно заслужил.) Интересовался клиентурой Цыпы, даже, падла наглючая, приблизительно прикинул доход от наших «ночных бабочек». Почти угадал, к слову. Дальше можно было и не слушать — за недовольство руководством у нас награждают исключительно путевкой в Сочи.

— Один сработаешь?

Цыпа как-то не похоже на него замялся, отводя глаза.

— Не узнаю тебя, брат! В чем проблемы? Волына заржавела?

— Тут все сложнее, Монах.

— Лады. Рассказывай!

— Дело зашло уже слишком глубоко. Ликвидация Медведя ничего не решит. Бритоголовые на его стороне и даже в курсях планов. Поздновато я пронюхал, винюсь. И еще информация на закуску — участковый Пилипчук стал с Медведем кантоваться. Паршивая примета. О нас он знает весьма и весьма... Одним махом нам бунт не подмять. Перешмаляют, как в тире.

— Твои предложения?

— Их возможности мы на глазок знаем. Кстати, если помнишь, я возражал против твоего распоряжения вооружить этих козлов дюжиной «ТТ» из нашего арсенала.

— Помню! — Я недовольно скривился. — Давай по делу. Без идиотских воспоминаний!

— Извини. Между прочим, на сегодня у бритоголовых могут оказаться и автоматы, и оптика. Так что шторки вечерком поплотней задергивай от греха...

— На нервах вздумал потанцевать? Что же, нам за океан, на Брайтон-Бич, когти рвать от этой мелюзги?!

— Может, и придется... Но это накрайняк. Предлагаю с ними договориться. Серьезную разборку нам просто не выдюжить.

— Но и у нас расклад нехилый: Фрол, твой брательник — снайпер из «Приюта», в «Кенте» есть два-три надежных вышибалы, ты, я. При надобности боевиков наберем не меньше, чем у Медведя.

— Не спорю. Но при малейших подозрительных шевелениях нас сразу станут отстреливать. А пока Медведь еще явно готов пойти на компромисс с почетными для себя условиями.

— Предложит почетную капитуляцию?! Есть такая штатовская пословица: дай негру палец, возьмет всю руку! Ситуация напоминает мне ту глупую курицу, что по доброте душевной высидела яйцо коршуна, а тот, когда подрос, ее сожрал. Видно, в знак благодарности!

Но я-то не курица, а Медведь не коршун! Или ты другого мнения?! Спелся с кодлой?!

Цыпа застыл в кресле с посеревшим лицом, стараясь не делать резких движений, чтоб не спровоцировать появления на сцене третьего действующего лица — десятизарядного «братишки», мирно дремавшего в настоящий момент в кобуре.

— Расслабься, — я невольно усмехнулся. — Ни на тебя, ни на меня пули еще не отлиты, надеюсь. Все будет путем. Чайник не протекает пока — что-нибудь да придумаю. Не впервой. Тебе верю, а что скажешь о Ксюше?

— Она на нашей стороне. Наколка-то от нее.

— Ладушки! Поручаю тебе составить список кадров Медведя. А теперь отвези меня домой. Денек позанимаюсь умственными упражнениями. Безвыходных положений в природе не существует. Жду завтра в это же время.

К полудню следующего дня план ликвидации опасного очага недовольства сформировался и принял конкретные очертания.

Унылая физиономия нарисовавшегося Цыпы вызвала у меня лишь снисходительную усмешку.

— Не вешай клюв, братишка! Пасьянс сложится! Выпить не предлагаю. Нам сейчас дорога в зону предстоит.

— В каком смысле? — Соратник-телохранитель наивно захлопал глазами, безуспешно пытаясь обнаружить в моих словах скрытый юмор.

— В прямом. Виктора навестим, ему всего неделю на «двойке» осталось чалиться. Забыл?

— А ведь правда! Запамятовал, — облегченно вздохнул Цыпа. — Заява в наличии?

— Естественно. — Я извлек из письменного стола пачку заявлений на свидание, подписанных начальником колонии. — Предусмотрительность — мое врожденное качество.

Всего полчаса понадобилось, чтобы шипованные колеса «мерса» доставили нас к высокому крыльцу исправительно-трудовой колонии номер два, где, пользуясь многолетним знакомством с прапорщиками-контролерами, мы благополучно миновали длинную очередь и прошли в комнату краткосрочных свиданий.

Помещение было разделено надвое сплошной стеклянной стенкой. На столиках с той и другой стороны лежали черные телефонные трубки. В девяносто втором году, в разгар «гуманизации», стенку эту убрали, но в девяносто четвертом опять восстановили из-за потока анаши, хлынувшей через свиданку в зону.

Виктор Томилов по кличке Том, мой близкий приятель по последнему сроку, не заставил себя дожидаться.

Железная дверь по ту сторону стекла распахнулась, впустив новую партию зеков. Среди дюжины братьев по несчастью Том выделялся высоким ростом и щеголеватой черной телогрейкой, пошитой из качественной японской плащевки. И внутри ее был не примитивный ватин, а натуральный каракуль. Мой презент на день рождения, кстати.

Том сел за столик и взял телефонную трубку. Я последовал его примеру.

— Привет, Монах! Благодарю, что навестил.

— Привет, Том! Ты осунулся что-то. В гроб краше кладут. Гоняешь перед свободой по ходу?

— Есть децал. Бессонница... Сам понимаешь — пятнашку добиваю за колючкой...

— Гонять завязывай, а то шифер съедет и гуси улетят. Все будет в елочку. Встречать тебя приедем как полагается. На природе пикничок знатный сварганим!

— К алкоголю я равнодушен. — Землистого оттенка лицо Тома немного просветлело, тонкие губы тронула улыбка. — А слабый пол будет?

— Само собой! Тебе пышненькую или мальчишеского типа? Брюнетку, блондинку?

— Рыжую. И формы чтоб ништяк были. А мальчишеский типаж мне здесь обрыдл...

— Ладушки! Будет тебе девка хоть и беременная, но целка, как любил говаривать Киса. Да не угаснет память о нем в наших сердцах!

Немного побазарив об общих знакомых, мы простились.

Решил заехать во «Вспомни былое» полюбоваться на Медведя. При удачном раскладе тот может хотя бы косвенно выдать себя и тем снять с моей души тень сомнения — не дую ли я на водицу, намереваясь нарисовать последнюю точку в судьбе Медведя.

Наша пивнушка сегодня радовала жаждущую публику свежим «Жигулевским» и вареными раками. И, конечно, вызывающе-выпирающими округлостями барменши Ксюши. Кстати, она рыженькая. Пожалуй, ее и подбанчу изголодавшемуся Тому.

Мы прошли в кабинет управляющего. После Фунта Медведь обстановку не поменял. Длинный стол, диван, три кресла, видеодвойка и бар-холодильник стояли на прежних привычных местах.

Медведь прохлаждался на диване. На столе перед ним, скрашивая одиночество, радовала глаз полуопорожненная бутылка водки. Монотонно гудел вентилятор, безуспешно стараясь освежить разгоряченное лицо управляющего со слипшимися на лбу волосами. При нашем появлении Медведь неохотно поднялся, упершись кулаками в стол.

— Привет, босс! Объезжаешь с ревизией свои владения?

— Ну что ты! По пути просто заскочили. — Я сделал вид, что не заметил агрессивной фамильярности бригадира боевиков. — Угощай пивом. Здесь становится жарковато...

Медведь, не обратив внимания на некоторую двусмысленность моих последних слов, раскрыл бар-холодильник, и на столе появились запотевшие бутылки чешского «Пльзеня» и высокие бокалы.

Цыпа устроился впритирку с управляющим на диване, а я в излюбленном кожаном кресле напротив.

Дверь резко распахнулась, и в кабинет, не спрашивая разрешения, вошли трое бритоголовых Медведя. Сейчас они уже мало походили на бакланов, коими являлись в недалеком прошлом. Их черепушки украшал модный ежик, и одеты они были в одинаковые черные кожанки. Я с неудовольствием заметил, что их левые локти неплотно прижаты к телу, что свидетельствовало о наличии у каждого карманной гаубицы.

— Вконец оборзели, мальчики! — не сдержал я вспышку праведного гнева. — В открытую волыны таскаете! Говорено же было — брать оружие только на дело!

— Не кипятись, Монах! — ухмыльнулся Медведь. — За своих ребятишек я отвечаю. С дела они вернулись. Так что все в ажуре.

— С какого дела? Почему я не знаю?! — стараясь говорить спокойно, я обернулся к управляющему.

— Да так... Мелочовка. — Медведь нахально осклабился, но взгляд отвел в сторону. — Крутимся помаленьку. Той «капусты», что нам отстегиваешь, лишь на сигареты и пиво хватает... Верно, братва?

Боевики угрюмо кивнули, не сводя настороженно-выжидающих глаз со своего бригадира. Понятно — ждали команды «фас» и готовы были ее выполнить.

Цыпа будто ненароком распахнул куртку, засвечивая тяжелую рукоять скорострельного «стечкина». Для внесения ясности, надо полагать.

Я как-то враз успокоился:

— Ладушки! С финансовым вопросом разберемся позже, гарантирую. В обиде не останетесь. Я на минуту лишь заскочил, посоветоваться. Через неделю Том освобождается. Ты его должен помнить — передачки несколько раз ему возил. Надо встречу организовать поторжественней, пятнашку ведь оттянул братишка, заслужил. Какие-нибудь соображения имеются?

Медведь некоторое время молчал, явно недовольный быстрой сменой темы разговора.

— Ну, не знаю... Кортеж машин неплохо бы. Могу обеспечить. В лучшем виде.

— Этого мало. Народу, конечно, надо поболе для солидности. Ты своих всех собери. Пусть Том сразу убедится — у нас организация серьезная, а не какая-то шарашкина контора. Встретим шампанским прямо у ворот, как положено. А затем мыслю пикничок сообразить. Том наверняка по матушке-природе соскучился. Где-нибудь на опушке леса у водоема, чудненькая картинка получится. Как думаешь?

— Неплохо. — Медведь плеснул себе в стакан остатки водки. — А тут Ксюха несколько часиков и одна управится, без прикрытия.

— Не стоит лишать девочку развлечения. Возьмем

с собой. Будет закусь разносить. Лады! Нам пора. Цыпа, уходим!

Топтавшиеся у двери боевики хмуро переглянулись, но расступились, давая нам дорогу.

Оказавшись в уютном салоне машины, я невольно перевел дух, расслабленно откинувшись на сиденье.

— Я тоже думал, что так просто нам уйти уже не дадут. — Цыпа улыбнулся, заводя мотор, но из-за нервно подергивающейся щеки вышла не улыбка, а оскал. — Лох все-таки Медведь! Ловко ты его на собственные похороны заманил. Голова! А я ведь сначала, в натуре, посчитал, что ты это для Тома так стараешься!

— И для него. — Я щелкнул крышкой портсигара. — Но, решая чужие проблемы, не следует забывать о собственных.

СНАЙПЕР

Наше малое предприятие «Приют для друга», как обычно, радовало душу и глаз затейливыми чугунными оградками и гипсовыми статуями представителей всех пород лучших друзей человека.

Кладбищем для животных заправлял старший брат Цыпы Василий. И довольно успешно, умудряясь в своем вечно плохо выбритом лице совмещать сразу четыре должности — управляющего, сторожа, землекопа и ваятеля могильных памятников. Не считая пятой, основной, профессии — хранителя арсенала моей группы, надежно скрытого в тайнике — могиле сенбернара.

Расшвыривая шипованными колесами прошлогодние еловые шишки, «мерс», покрутившись среди любовно ухоженных холмиков, остановился у бревенчатого одноэтажного «офиса» Василия.

Хозяин хибары был на месте. Обитая фанерой дверь распахнулась, явив на свет улыбающуюся физиономию с впалыми щеками, щеголявшими двухдневной щетиной. Улыбался он совсем по-собачьи — широко открывая пасть со стальными зубами и чуть ли не высовывая язык. Казалось, вот-вот слюна закапает от избытка чувств.

— Гости долгожданные! Вот уважили, слов нет! А то уж две недели ни одна живая душа не заглядывала!

— Зато в мертвых душах у тебя недостатка нет. — Я окинул взглядом обширные владения «Приюта». — Приглашай в дом, хозяин. Цыпа, не забудь провизию в багажнике.

После второй рюмки тридцатилетнее лицо Василия, исполосованное ранними морщинами, заметно разгладилось, карие глаза преданно следили за моей рукой, по новой разливающей коньяк в емкости.

— Что-то ты больно неравнодушен к огненной водице. — Я укоризненно покачал головой. — При твоей специальности противопоказано. Ну да ладно! Сегодня можешь отвязываться наглухо, но завтра завязывай. Через несколько дней понадобятся верный глаз и недрожащие руки. Просекаешь?

— Ясное дело. — Василий кивнул на стену, где под иконой висел карабин с оптикой. — По ходу, опять кто-то пулю у тебя выклянчил?

— В яблочко, братишка! Будет сразу несколько клиентов. Расценки прежние. Подписываешься?

— Без базара, Монах! Соскучился по риску. Будь спок — уважу твоих клиентов. — Василий выпил и опять счастливо заулыбался, словно дворняга, случайно отыскавшая в кустах давно утерянный любимый мячик из каучука.

— А зачем орудие производства в открытую держишь? Форсишь?

— Ни боже мой! — даже несколько обиделся на мое предположение снайпер. — Я легальный охотник. Карабин в билете записан. Все законно!

— И напрасно! Это же зацепка для ментов. Ладно. Переходим к деталям твоего задания.

Пока мы разговаривали, Цыпа весь превратился в слух, ловя каждое слово. Даже прекратил черпать из банки паюсную икру. Понимая его живой интерес, я излагал дело подробно-обстоятельно. Таким образом изрядно сэкономил время и силы, зараз проинструктировав обоих.

— Место на берегу Балтыма сам выбери. Оборудуй удобную огневую точку. Пару дней даю на это. Послезавтра тебя Фрол навестит. Покажешь полянку, он там столы сколотит. Мы ведь не босяки, чтоб пикник прямо на земле справлять. — Я разлил остатки янтарного «Матра» и поднял свою рюмку. — Ну, бродяги, хапнем на посошок и за удачу!

Уже в дверях, прощаясь, не утерпел и задал занимавший меня вопрос:

— А почему у тебя такое странное соседство — карабин и православная икона?

— Очень просто. — Василий гордо украсил физиономию своей коронной ухмылкой деревенского придурка. — Это же Георгий Победоносец. А он завсегда воинам покровительствует.

— Выходит, ты таким способом оружие освящаешь? — Я даже удивился. — Ну-ну. Будем надеяться, что в нужный момент карабин от осечки застрахован!

— Будь спок, Монах! Иконе двести лет. Это не сегодняшнее фуфло!

По заведенной традиции на обратном пути в Екатеринбург свернули на поляну, где покоились Могильщик с женой.

Так как цветы еще не выросли, просто положил под известную березку в качестве сувенира на тот свет искренне любимые боевиком при жизни штукенции — пачку сигарет «Прима» и чекушку «Русской».

Цыпа, как обычно, из машины даже не вышел, сосредоточенно-мрачно крутя на кассетнике наследство Кисы — песни группы «Лесоповал».

— Одно хорошо, — возвратившись к «мерсу», подвел я итог своим мыслям, — что отсутствие масла в чайнике часто компенсируется какими-то другими способностями. Природа обожает уравновешивать. Василий, как ни верти, все же классный стрелок по движущейся мишени... А мозгами шевелить — наша прерогатива.

ПРЕДВАРИТЕЛЬНЫЕ МЕРОПРИЯТИЯ

На следующий день скатали к Фролу в Балтымку. У бывшего рецидивиста, а ныне процветающего свинофермера, дела шли полным ходом. Свиноматки не бойкотировали расцвет капитализма в отдельно взятом селе и поросились обильно и вовремя. Курировавшийся Фролом подпольный водочный цех бесперебойно выдавал на-гора все новые декалитры суррогата, еженедельно отправлявшиеся на реализацию в мои питейные «стекляшки».

Были и кой-какие мелкие нововведения — пол в сарае фермер недавно плотно зацементировал, вбухав туда целую машину раствора...

Я подробно проинструктировал Фрола, осветив создавшееся угрожающее положение в банде и заручившись его полным одобрением планируемой акции. А значит, и действенной помощью по претворению ее в жизнь.

— Не журись, командир! — стискивая мне руку на прощание, пробурчал Фрол. — Обтяпаем! Дельце выгорит в лучшем виде! Не было такого, чтоб наглые бакланы законным ворам солнышко заслоняли. И не будет!

— Когда ты прекратишь наконец меня командиром величать? Западло!

— Извиняй, Монах! Дурацкая каторжанская примочка.

Вечером того же дня мы с Цыпой катались по проспекту недалеко от парка-дендрария, высматривая участкового Пилипчука. Капитан в это время обычно совершал променад, собирая нехитрую мелкую дань с «комков». А если без прикрас — подаяние. После смерти Анжелы участковый окончательно спился, и бутылка-две на ночь ему были уже совершенно необходимы.

Можно, конечно, просто звякнуть к нему на фатеру и забить стрелку, но я вовремя просек, что хитрый хохол вполне успеет цынкануть о встрече Медведю, а это в мои планы никак не вписывалось.

Наконец его сутуловатая фигура, облаченная в штатское, нарисовалась из-за угла. Шаркающая тяжелая походка, неприкаянно-блуждающий пустой взгляд почему-то вызвали у меня нечто похожее на жалость. С годами, по ходу, становлюсь сентиментален.

Цыпа припарковал «мерс» на стоянке, и, когда Пилипчук поравнялся с нами, мы вышли из машины на тротуар.

Но тот продолжал идти, даже не заметив двух поджидающих его людей. И вечерний полусумрак здесь был явно не при делах. Видать, участковый уже успел изрядно принять за галстук.

Мы бережно подхватили алкаша под локотки и увлекли в высокие кованые ворота парка.

— Посидим на скамеечке, капитан, — пояснил я немного ошалевшему от неожиданности участковому. — Разговор есть.

— Вконец оборзели, хлопцы! — возмутился Пилипчук. — Евген, я же еще не затарился. Идти мне надо.

— Успеешь! Цыпа, сваргань-ка мухой пузырек водки. Как говорится, тут без поллитры не разобраться.

Капитан, уловив магически-завораживающее слово «водка», вмиг утих и уже без всякого хипиша поплелся за мной к пруду, где мы и устроились на скамейке.

Уткам, должно, еще не прискучили теплые края, и гладь воды была необжито-тихой.

Вскоре появился Цыпа, за его широким офицерским ремнем рукояткой гранаты торчало горлышко бутылки.

Пилипчук засопел, вожделенно уставившись на талию моего телохранителя. Цыпа по натуре не садист и посему, махом свернув винтовую шляпку, сунул «Смирновскую» в суетливо подрагивающие руки. Капитан, даже не поблагодарив, жадно присосался к горлышку, как теленок к сиське мамаши, блаженно прикрыв глаза и весело побулькивая.

Я не стал прерывать священнодействия спиртомана, отлично понимая, что, пока он не пресытится алкоголем, разговора у нас не получится.

Поклонение зеленому змию прекратилось лишь после того, как Пилипчук, чуть не задохнувшись, откинулся на спинку скамьи и натужно закашлялся. В бутылке едва ли осталась половина содержимого.

Евгений Монах

— Не бережешь здоровьишко, капитан! — Я похлопал его по спине.

— Просто не в то горло попало.

— А я не о том. Ты, слыхал, на Медведя стал пахать?..

— Не вижу криминала. Он же твой человечек!

— Не скажи, дорогой! Что положено Юпитеру — не положено его быку... И сколько он тебе отстегивает?

— Как и ты. Тоже прижимист, волчара!

— Выходит, пол-«лимона» с меня и пол-«лимона» с него? Неплохо устроился. И какие услуги успел ему оказать?

— Да никаких. Ей-бо! — Язык участкового заметно заплетался. В быстро сгущающихся сумерках видеть его глаз я не мог, но был уверен, что расплывшиеся зрачки уже захватили всю радужную оболочку.

— Не крути луну, капитан. Ясно, что выложил ему все обо мне. Иначе он не стал бы платить. Логика простая. Лады! Я не в обиде. Каждый крутится как умеет. Жизнь-то все дорожает, одновременно падая в цене... Держи, хапни еще на дорожку. Пора тебе.

Участковый механически принял бутылку и снова забулькал. В натуре — пьет как мерин! Если б я влил в себя этакую дозу, то тут же бы и сгорел. Если не от спирта, то от стыда уж точно.

— Хорошо, что сейчас весна, а не лето. Как считаешь?

— Ясное дело. Не так шибко жарко, — еле ворочая языком, пробормотал капитан и выронил бутылку. Потянулся поднять и, не удержав равновесие, шлепнулся на землю и затих.

— Не поэтому. Весной темнеет гораздо быстрее.

92

Цыпа, глянь, может, мент сам копыта отбросил на радость всем киоскерам?

Опровергая столь нахально-оптимистичное предположение, участковый начал мирно похрапывать.

— Да, — согласился я сам с собой. — Это было бы слишком хорошо для правды. Действуй, Цыпа!

— Евген, у него шпалер под мышкой болтается. Кажись, табельный «макар». Цепляем?

— Не стоит ментам лишние хлопоты доставлять. Пускай «пушка» при нем остается. Авось дельце за несчастный случай проканает.

Цыпа без труда подхватил обмякшее тело и отнес его к пруду. Послышался слабый всплеск, и черная гладь воды сомкнулась, принимая в илистую глубину нового постояльца.

— Посидим, покурим. — Я щелкнул крышкой портсигара. — Вдруг от холода очухается да и всплывет.

— Обижаешь, Монах! — Цыпа взял папиросу. — Когда нес, я клиенту сонную артерию слегка промассажировал.

— Каюсь, опять недооценил. Ну, тогда рвем когти!

Уходя, поднял осиротевшую бутылку и швырнул в воду, как по старой доброй традиции кидают прощальный ком земли в свежевырытую могилу.

НАКАНУНЕ

Как последний идиот слонялся по квартире, не зная, чем заняться. Вроде обо всем позаботился, учел любой возможный расклад. По таинственной науке нумерологии на завтра, день освобождения Тома, выпадала пятерка — непредсказуемый риск. Ну, чего-чего, а этого добра завтра ожидается даже с излишком.

Закурив, вышел на балкон. В вышине беспечно кучковались облака, выстраиваясь в какие-то странные фигуры и знаки, а внизу по центральной улице тек темно-грязный поток людей, одетых в рабочие спецовки. Очередная забастовка. Опять, наверно, какому-то предприятию за несколько месяцев задерживают выплату зарплаты. Зато в результате подобных «объективных» трудностей обычно вылупляются вскоре несколько новых миллиардеров, «новых русских», так сказать. Наверняка из числа руководителей этого самого предприятия. Задержанные деньги, успев прокрутиться в коммерческих либо банковских структурах, обеспечат нуворишам благополучное капиталистическое будущее. Таким оригинальным способом у нас в бардачной России нарождается гордый класс собственников. Умора!

Хотя допускаю, что в отдельных редких случаях есть причина задержек выплат в трещащем по всем швам государственном бюджете. А чего ему трещать, спрашивается? Нужно всего лишь дать зеленый свет частной собственности на землю, ее купле-продаже через биржи. Это откроет шлюзы такому мощному потоку миллиардов долларов, который в два счета смоет все проблемы не только финансового, но и социального характера.

Жаль все-таки, что я не Президент. Анкета явно подкачала, а то ударился бы в политику. На фоне этих придурковатых умников и наглых хапуг, что вижу в телевизоре, я, безусловно, смотрелся бы выигрышно.

Ладно! Хватит пустяками голову забивать. Я выбросил папиросную гильзу порхать буревестником над демонстрантами и вернулся в гостиную.

Завещание писать — лишняя трата времени. Коли

завтрашний день унесет мою жизнь на обратную сторону Луны, все имущество и так отойдет маме, как самому ближайшему родственнику. На всякий случай карманную наличность и булыжники надо все же забросить мамуле. А то, если выпаду в осадок, ребятишки Медведя или опера все ценности в свою пользу зашмонают.

Вооружившись кожаным хозяйственным баулом, стал бродить по комнатам, сгребая в него достойные того вещи.

Через час такого бродяжничества в сумке оказались шестнадцать «лимонов» российских денег, две тысячи баксов, сберкнижка на предъявителя и заветный замшевый мешочек с давней моей маленькой слабостью — неограненными изумрудами. Недолго думая, сунул туда же и папку с рукописями.

Предварительно позвонив, так как условились, что дверь я никому без телефонной страховки открывать не буду, появился Цыпа.

За эти дни лицо его несколько осунулось, потеряв обычное самодовольное выражение. А фигура, наоборот, странно пополнела.

— Ты что это? Бронежилет стал таскать?

— Заметно? — явно расстроился Цыпа. — А еще «невидимкой» называется! Фирмачам штуку баксов за парочку отстегнул. Твой в машине.

— Благодарю. Но вряд ли приму презент. Не верю я в эти штучки. Профи шмаляют в голову. А валить нас с тобой других не пошлют. К тому же «калашников семь шестьдесят два» продырявит этот броник, как шелковую рубашку.

Цыпа доложил о проделанной работе. Место для пикника выбрано и соответствующим образом подготовлено. Наших соберется всего восемь человек — мы, Фрол и пять надежных ребят, которых Цыпа уже и раньше нанимал для подобных акций. Стрелка в гостинице «Кент» в полдевятого утра. Бригада Медведя на трех машинах подкатит в девять прямо к главным воротам зоны. Цыпа ожидает, что их должно быть никак не более пятнадцати рыл.

— Не подавимся? — усомнился я. — Восемь и полторы дюжины...

— Ништяк! Не забывай про брата Васю, нашу потайную козырную карту. И потом — видя, что у него людишек вдвое больше, Медведь расслабится и потеряет бдительность.

— Пожалуй, в твоих словах есть доля смысла. Ладно! Пусть будет то, что будет!

Цыпа нарисовал план расположения столов на поляне и показал, где мы должны сидеть, чтобы случайно не оказаться на линии огня собственного снайпера.

Ближе к вечеру скатали в Верхнюю Пышму, где проживает мамуля. По давно заведенной традиции часик почитал ей вслух Диккенса. На этот раз оказался увлекательнейший роман «Мартин Чезлвит». Поиграл с маминой любимицей, комнатной декоративной собачонкой по кличке Милашка и, оставив сумку, вернулся к верному соратнику, ожидавшему в машине в обществе песенок «Лесоповала» и терпкого аромата марихуаны.

Памятуя, что завтрашний день чреват панихидой не только для Медведя, оторвались на полную катушку, закатившись в наш ночной стриптиз-клуб «У Мари».

ПИКНИК С НАТЮРМОРТОМ

Очнулся благодаря активным стараниям будильника в семь утра. Так как диван в этой однокомнатной конспиративной фатере был всего один, Цыпа спал в двух сдвинутых креслах, смешно свернувшись калачиком.

— Вставайте, виконт, вас ждут великие дела! — гаркнул я, рывком поднимаясь с постели.

— Где-то я уже это слыхал. — Цыпа стал выкарабкиваться из своей цитадели. — Только там говорилось о графе.

— Верно, — я не скрывал насмешки. — Но до графа ты пока не дорос. Граф — это я! Усек?

— Так точно, ваше благородие! — Даже у Цыпы иногда случается приступ юмора. — Чего-с изволите? Как обычно — яишню с ветчиной?

— Действуй, голубчик!

Пока Цыпа грохотал посудой на кухне, я проверял десятизарядного «братишку». Откинув валик дивана, убедился, что «марголин» удобно покоится на подушечке в обществе своего неразлучного дружка — глушителя. Погладив рифленую рукоять, шепнул:

— Прости, «братишка»! Но сегодня мне нужен не ласковый, а грубый калибр. Спи дальше.

Закрыв тайник, прошел к стенному шкафу, где среди курток висела наплечная кобура с крупнокалиберным пистолетом-пулеметом Стечкина.

— Вот это правильно! — одобрил выглянувший из кухни Цыпа, увидев, как я навинчиваю на эту тяжеленную дуру глушак. — А то с твоим любимым «маргошей» только на ворон охотиться.

— Чего бы ты смыслил в волынах! Просто нынче

понадобится банальная скорострельность, а не ювелирная точечная работа.

Завтрак Цыпе вполне удался. Мясо было прожарено ровно, без безобразных угольных окалин. Очень кстати оказалось и пиво «Невское». Умеют же вот наши качественную продукцию сбацать, пусть и на пару с австрияками.

Наблюдая, как Цыпа старательно затягивается ремешками бронежилета, я неожиданно для себя решил последовать его примеру. Хорошо хоть, что броник был невесомо-легким — всего три килограмма.

Полдевятого мы приехали в «Кент», не дав заскучать ребятам, уже собравшимся в малом банкетном зале.

За длинным дубовым столом прохлаждались пять гавриков явно уголовной наружности и Фрол, ради торжественного случая сменивший кирзачи и телогрейку на лаковые туфли и коричневую замшевую куртку.

— Привет, братва! — махнул я рукой, разрешая снова садиться. — Времени у нас в обрез. Волыны у всех в наличии?

У ребят оказалось самое распространенное оружие наемника — отечественные «ТТ» с глушителями. А у Фрола немецкий «парабеллум» без глушителя.

— Шмалять будешь только накрайняк, — сказал я последнему. — А то своей гаубицей еще незваных гостей на пикничок зазовешь. Как у нас с транспортом?

Выяснилось, что трое из пяти головорезов на личных колесах — двух «Жигулях» и «Волге».

— Столько не нужно. Сядете всей кодлой в «волжанку», а ты, Фрол, в мой «мерс». Повторяю: за столом устраивайтесь в один ряд, чтобы бритоголовые оказались с другой стороны. Это упростит работу и снимет опасность получить орех от своих же. Работать только после сигнального выстрела. Вопросы?

— «Капусту» надо бы вперед получить, — подал голос один из киллеров. — Хоть половину.

— Как и раньше, расчет сразу после дела! — вмешался Цыпа. — Я вас разве когда-нибудь накалывал?

— А коли один из наших деревянный бушлат наденет — его доля делится между оставшимися? — уточнил другой.

— Без базара, — успокоил я. — И вот что: на выпивку сильно не налегать! После работы — сколько душе угодно. Поехали!

На Репина у ворот ИТК-2 было много машин, и мы не враз обнаружили три «девятки» с «медвежатами». Медведь с Ксюшей был в средней. Вышел навстречу, изобразив на лице благодушную улыбку.

— Все путем, Монах! Пересменка ментовская уже началась. Скоро выпускать будут.

— Провизию не забыл?

— Все в лучшем виде. Багажники битком набиты и хавкой, и пойлом.

— Ладушки! Цыпа, вернемся пока в машину. Прохладно.

— Всего их двенадцать человек, не считая Ксюхи, — заметил Цыпа, когда мы укрылись в салоне «мерса». — По-моему, вооружены.

— Констатируем: они далеко не идиоты. Если первыми пальбу откроют — мы там все костьми ляжем.

— Пусть рискнут! — зло ощерился соратник. — Медведя я по-любому успею сделать!

— Не хвались! Дурная примета. Фрол, ты плот смастерил?

— Само собой. В кустах своего часа дожидается.

Около десяти утра поодиночке стали выходить освободившиеся. Том оказался третьим по счету. В своей черной телогрейке, считавшейся в зоне чуть ли не признаком аристократизма, здесь, на воле, он смотрелся убого-нищенски.

— Кретин! — расстроился я. — Как мог про шмотки забыть?!

— Не переживай, Евген! — развеселился вдруг Цыпа. — Я учел это дело.

Захлопали дверцы автомашин. Том оторопело наблюдал, как к нему устремилось десятка два людей. Кто нес бокалы, кто шампанское, а Цыпа, кидая на меня победные взгляды, волок пластиковый пакет с одеждой.

По старой традиции Том переоделся тут же, стараясь не замечать любопытных взглядов прохожих.

Через минуту его было уже не узнать — туфли «Саламандра», джинсы, рубашка и короткая кожанка превратили Тома в крутого мэна. Все шмотки были черного цвета, прозрачно намекая на его принадлежность к воровской масти. Ну, Цыпленок, молодец! Есть масло в чайнике!

Своеобразным веселым салютом из дюжины бутылок вылетели пробки, выплескивая на волю пенную энергию выдержанного виноградного сока. Зазвенели бокалы.

Том стоял с побелевшим застывшим лицом и старался не моргать. Понимая его состояние, я рявкнул:

— По машинам! Пировать на Балтыме будем! — и увлек Виктора к «мерсу», по пути сунув в руку носовой платок. — Вытрись, братишка! Все нормально.

Наша машина шла головной. Меньше чем через

час в просветах между деревьями замелькало, искрясь на солнце, озеро Балтым.

Всю дорогу я решал — посвящать Тома в истинную цель пикника или нет. В конце концов выбрал нечто среднее:

— Слушай сюда, Том, и не задавай вопросов. Если начнется заварушка, падай на землю и не дергайся. Лады?

— Как скажешь, Евген. — Он почему-то нисколько не удивился. — Хочу надеяться, что первый день на свободе не станет для меня последним.

— Все правильно. — Я сделал неуклюжую попытку сгладить впечатление: — Надежда умирает последней. Вот и прибыли!

Место для пикника было выбрано удачно. Солнечная поляна, по размерам смахивающая на футбольное поле, располагалась на самом берегу озера. Высокий сосново-еловый лес по ее периметру создавал впечатление защищенности и некоторого уюта. В десятке шагов от берега стоял грубо сколоченный длинный широкий стол со скамьями без спинок.

Сколько я ни вертел головой, вычислить, где засел Василий, так и не смог.

Автомобили оставили в нескольких метрах от стола, который благодаря всеобщим стараниям мгновенно превратился в пиршественный.

Особенный шарм в окружающую обстановку привносила Ксюша своей пивной униформой — милицейской фуражкой и коротким кителем, хорошо контрастировавшим с белыми плавками «лепестки».

Я сел во главе стола. Цыпа, Том и пятеро киллеров — по правую руку, а Фрол и бритоголовые — по левую. Медведь, как и предсказывал умница Цыпа, нагло устроился напротив меня с другого конца стола.

— Братва! Нынче у нас большой праздник — откинулся наш коллега и мой близкий друг Виктор Томилов! — Я поднял бокал с шампанским. — Пятнадцать лет от звонка до звонка! Но за все эти годы лагерная администрация не смогла его сломать, пытаясь сделать общественником, и не сумела купить, пытаясь зачислить в шерстяные. С первого до последнего дня в зоне Виктор был «отрицаловкой», строго придерживаясь воровского закона. Выпьем за силу духа черной масти!

Бритоголовые пили мало и почти не ели. Явно выполняя полученные инструкции, чутко сторожили каждое движение моих людей. Пятеро киллеров от такого пристального внимания совершенно стушевались и, чтобы как-то скрыть свою неуверенность, если не боязнь, вели себя излишне суетливо-весело. Идиоты!

Цыпа делал вид, что не замечает нависшего над столом напряжения, и беспечно поедал красную икру, к которой и на самом деле был весьма неравнодушен.

Медведь, мрачно уставившись на белую скатерть, должно быть, прокручивал в голове заранее заготовленную речь. Наконец поднял тяжелый взгляд.

— Монах! Пользуясь случаем, раз мы вместе все собрались, давай решим финансовые вопросы. Ребята справедливо недовольны. Мы — твоя главная боевая сила, а имеем какие-то крохи с барского стола!

Разговоры и звон рюмок за столом стихли. Мои люди повернулись в сторону оратора, а его головорезы смотрели на меня, гадая, какая последует реакция. Как заметил, куртки у бритоголовых были предусмотрительно расстегнуты, а правые руки лежали на краях стола, готовые в любой момент нырнуть за огневыми аргументами.

— Кто ты без нас?! — уже жестче продолжал Медведь, приняв мое молчание за признак капитуляции. — Заурядный уголовник с непомерными амбициями! Гребешь только под себя! Но нас такая постанова больше не устраивает. Предлагаю тут же, не сходя с места, пересмотреть нашу долю. Верно, братва?

Его команда одобрительно загудела.

— И сколько же ты хочешь?

— Шестьдесят процентов! Тебе с Цыпой и сорок за глаза будет. Но я добрый. И учти — обмануть не удастся! Мы в курсах всех доходов, даже имеем список Цыпиных проституток. Так что накрайняк сумеем и сами вести дело. Без тебя!

— Ну что ж! — Я вынул из портсигара папиросу. — Я и сам собирался вашу долю увеличить. Но ты меня опередил. Ловкач! На ходу подметки рвешь! Уважаю! Расслабьтесь, ребята, я реалист — получите свои шестьдесят процентов. Цыпа, дай-ка прикурить!

Телохранитель с готовностью щелкнул зажигалкой. Это был условный знак для Василия.

Откуда-то сбоку раздался хлопок, и на лбу Медведя будто раздавили жирного клопа, запятнав кровяными брызгами все лицо. Умер он счастливым, в гордой уверенности, что сумел загнать Монаха в стойло.

Я выпростал из-под куртки руку с волыной и в три секунды опорожнил двадцатизарядный магазин, дав веерную очередь по бритоголовым. Менять обоймы не было нужды — уже вовсю кашляли пистолеты наемников и прицельными короткими очередями бил с колена Цыпа.

Какой-то «медвежонок» все-таки успел огрызнуться — один из киллеров скрючился под столом, зажимая хлеставшую пробоину на животе. Это был тот, кто любознательно интересовался увеличением гонорара за счет возможных потерь.

Я осмотрел поле скоротечного боя. Фрол старательно вытирал окровавленную рукоятку «парабеллума», которой он размозжил голову соседу. Наемники деловито шмонали трупы, выкладывая на стол оружие и бумажники. Том сидел перед бутылкой водки и как-то странно ухмылялся, поглядывая на меня.

— В чем дело? Чего скалишься, крыша дымится?

— Со мной ништяк. — Том плеснул себе полный бокал. — С тобой вот что-то... Зачем слово нарушил, пообещав бедолагам проценты?

— Пустяки. — Я успокоился насчет нервишек друга и усмехнулся. — Помнишь, как в зоне говорят? Я хозяин своему слову — хочу даю, хочу беру обратно!

— Узнаю тебя, Монах! — Виктор выпил и потянулся вилкой к банке с икрой. — Кстати, что со свидетельницей делать будем? Аппетитная деваха...

— Ксюху имеешь в виду? С завтрашнего дня она твоя подчиненная. Будешь у нас управляющим баром числиться. Можешь развлекаться с ней на всю катушку лагерной фантазии. Она своя в доску. Сдала нам Медведя со всеми потрохами.

Я нашел глазами Ксюшу. Она сидела прямо на земле, держа на коленях голову распростертого Медведя, и шевелила губами. Прислушавшись, разобрал слова:

— ...Глупенький! Ведь предупреждала — Евгений Михалыч ни за что не уступит...

— Может, и ее?.. — Цыпа повел стволом в сторону девушки.

— Сдурел?! — Я так врезал ему по руке, что он чуть

не взвыл от боли. — Надо ее просто домой отправить. Денек отдохнет, и завтра будет как новенькая. Не знаешь ее, что ли? Фрол, возьми медведевскую машину и доставь девчушку в город. Колеса потом брось на стоянке.

— Сварганю! — Фрол рывком поднял Ксюшу на ноги. — Ой, девка! Ты же себе коленки извозюкала! Колготки придется выбросить.

Ксюша послушно пошла к машине, даже ни разу не оглянувшись.

Тут только я заметил подошедшего Василия. Одет он был как заправский рейнджер — в пятнистую форму защитного цвета. И вооружен соответственно — на одном плече болтался карабин, на другом автомат Калашникова. Обе волыны с глушителями.

— Прошвырнулся вокруг. Никого не видать. Все спокойненько, — доложил он со своей вечной придурковатой ухмылкой.

— Отлично! Куда вы с Фролом плот загнали? Пора убирать жмуриков. Ландшафт портят.

Плот оказался спрятанным в кустах береговой осоки. Под руководством братьев работа по ликвидации следов происшедшего заспорилась. Наемники набивали карманы трупов галькой и складировали их на плот к Василию. Тот, орудуя длинным шестом, отплывал от берега на десяток метров и сбрасывал «груз» в воду. Так как плотик был хлипкий и больше четырех человек зараз не выдерживал, то рейсов понадобилось несколько.

Когда грузили последнего бритоголового, вспомнили и о киллере-подранке. Тот все так же валялся под столом, слабо постанывая и закатывая глаза. Под ним натекла уже приличная лужа бурой дымящейся крови.

Наемники без всякого почтения схватили своего товарища за ноги и отволокли к озеру, не обращая внимания на усилившиеся стоны раненого.

— Дешевки! — заорал я, не сдержавшись. — Пулю для подельника пожалели?!

Мои слова возымели действие — хлопнул одиночный выстрел, и подранок наконец перестал страдать, беспомощно наблюдая, как его же дружки набивают ему карманы галькой.

— Подбери «фигуру» по душе, — кивнул я Тому на груду пистолетов на столе. — А лучше цепляй пару для страховки.

Приятель сделал неплохой выбор, вооружившись «ТТ» и маленькой красотулькой «береттой», не выделяющейся даже в брючном кармане.

Совсем рядом раздалось характерное чавканье автоматных очередей, задушенных глушителем. Я нырнул под стол, с острым раскаянием вдруг вспомнив, что забыл перезарядить пистолет.

— Отбой, Евген! — Виктор говорил, явно стараясь скрыть усмешку. — Ложная тревога!

Защелкнув в «стечкин» свежую обойму, я выбрался из своего малонадежного убежища и тут разобрался, что к чему.

На берегу вповалку лежали четверо киллеров, буквально растерзанных «калашниковым» Василия. Цыпа уже деловито загружал их карманы галькой.

Через минуту он подошел и брякнул на стол четыре бесхозные волыны.

— Прости, что сначала не посоветовался. — Цыпа плеснул в свой бокал водки и с удовольствием выпил. — Они ведь не только исполнители, но и свидетели... Так что все в елочку. По твоей же методе. Да и стольник сэкономленных «лимонов» в жилу. Не сердись, Монах! Как ты часто говоришь — все к лучшему!

— Ладно! — Я уже успел охолонуть, да и понимал принципиальную правоту телохранителя. — Но впредь отсебятины не потерплю! Мы с Виктором уезжаем. Как приберетесь здесь, загоните тачки бритоголовых поглубже в лес. Волыны в «Приюте» оставь. Кстати, по-моему, сегодня не все «медвежата» присутствовали?

— Понял тебя, — Цыпа кивнул. — Я сверялся по списку — двоих гавриков не было. Разберусь. К утру проблема перестанет существовать. Гарантия.

— Ладненько! Удачи!

Через полчаса я вывел «мерс» к собачьему кладбищу.

— Что это? — удивился Том, разглядывая могильные статуи и приземистую избушку «Приюта».

— Наше дочернее предприятие. Здесь Василий заправляет. Брат Цыпы. Завтра ты его навестишь, чтобы оплатить снайперские услуги. Десять тысяч «зеленых» ему причитается... Неплохие бабки, а? Как раз бы тебе на обзаведение. Улавливаешь?

— Ты о чем?

— Можешь бабки себе забрать, закопав Васю. Лопата, кстати, в сарае. А Цыпа пусть думает, что брательник гуляет на югах, разменивая «зеленые» на земные утехи.

— Как же так?! Он ведь, можно сказать, жизнь тебе спас!

— Верно! Поэтому и не хочется самому его кончать. Неприлично как-то. Жаль, в натуре, такого классного снайпера лишаться... Но необходимость! Его карабин на учете, а за ним уже несколько акций. Рано или поздно зацепят менты ствол на баллистику. И провал. Нет — пора рубить концы! Поможешь?

Виктор долго бродил задумчивым взглядом холодных серых глаз по мрачноватым окрестностям кладбища.

— Странно все складывается. Поначалу твердо собирался в церковь наведаться — поблагодарить судьбу, что выжил в лагере, а вместо этого сразу попал в старую колею...

— И нормально. Случай правит миром. А в церковь ты сходишь! — Я улыбнулся, поняв, что он подписался на дело. — И не пустой. В избушке старинная икона есть. Подгонишь ее попу — заработаешь индульгенцию на всю оставшуюся жизнь. Ладненько! Детали дома обсудим.

Я сосредоточенно гнал «мерс» по трассе в Екатеринбург. Настроение катастрофически падало в минус.

— О чем молчишь? — поинтересовался Том.

— Грустноватая проблемка...

— Очень тебя понимаю. Пикник получился с натюрмортом... натуральный филиал морга!

— Пустяки. Я совсем не о том. Необходимо оперативно и грамотно провести акцию прикрытия.

— Что имеешь в виду? — не понял Том. — По-моему, все сделано чисто и профессионально.

— Ты так думаешь? А странное исчезновение Медведя со товарищи, считаешь, не вызовет бурные круги в нашей тихой заводи? Родственники без вести пропавших настрочат вагон заявлений и жалоб — менты вынуждены будут носом землю пахать. Может выйти крупный хипиш...

— Что же делать? — всерьез забеспокоился Том. — Этот момент я как-то даже и не учел.

— Ничего страшного. Пока в монастыре есть Монах — стены не обрушатся. Вчерне план прикрытия у меня уже готов...

НАИЛУЧШАЯ ОБОРОНА — НАПАДЕНИЕ

Опять мне приснился тот старый надоедливо повторяющийся сон. Ночной лес затаился. Ни шороха, ни ветерка. Хотя в небе явно свирепствовали смерчевые вихри, так как причудливые клочковатые облака проносились в вышине безобразными черными птицами, стремясь заслонить от земли далекие звезды и луну, лившую на неподвижные верхушки сосен мертвенно-бледный свет. Да и сами деревья выглядели неживыми. Голые корявые стволы с крючковато-бугристыми изогнутыми ветвями, отчаянно задранными к угрюмому небу. Чуть ли не под каждым деревом различалась сидящая человечья фигура. Их были сотни. «Кто это?» — спросил я у сопровождавшей меня безликой тени. «Все они убиты тобой», — получил тихий ответ. На этом сон, как всегда, оборвался.

Но на сей раз, проснувшись, я уже не удивлялся, откуда их так неправдоподобно много...

Чтобы растворить неприятный осадок от глупого сновидения, влил в свой органон стакан коньяку. Помогло — с глаз словно пелена спала, предметы стали выпуклы и ярко-красочны. Особенно радовали взгляд, сверкая в солнечном свете глубоким фиолетовым и изумрудным огнем, аквариумные кардиналы. Их деятельная суетливость была оправданна — наступил полдень, время кормежки. Уважая условные рефлексы маленьких созданий, насыпал в пробковую кормушку их любимое лакомство — растертых в порошок засушенных дождевых червей. Однажды, после веселого вечера с изрядными возлияниями, я вдруг вспомнил, что рожден под созвездием Рыб, и решил немного приобщиться к родственным созданиям, проглотив целую ложку сухого корма. По вкусу это смахивает на ржаные сухари, смешанные с дорожной пылью. Накрайняк есть можно, но все-таки очень верно догадались древние мудрецы: «Каждому — свое». Мне, как выяснилось, значительно больше по кайфу цыплята табака с белым вином.

Только успел принять душ, как нарисовался старший оперуполномоченный Инин. Впрочем, его приход не был неожиданным. Уже трое суток прошло со дня пикника, и от майора я вправе был ожидать известий.

— Добрый день, Монах. — Опер с удовольствием плюхнулся на свое обычное место у камина-бара и многозначительно поглядел на распечатанную коньячную бутылку.

Я его понял правильно и сразу налил до краев пузатую рюмку на короткой ножке. Заметив явное, ну прямо родственное, сходство майора с рюмкой, я еле сдержал смех.

— Давай штрафную, майор! Между прочим, я тебя еще вчера поджидал.

— Дела заели! Сам ведь в курсе — преступность буквально захлестнула город. — Опер, хохотнув, мелкими глоточками выцедил золотую жидкость и твердой рукой наполнил емкость снова.

— Имею право расслабиться, — пояснил он. — Просьбу твою выполнил в лучшем виде. События развиваются в нужном ракурсе.

— Поподробнее, пожалуйста!

— Заявлению твоей верной Ксюхи дан законный ход. Против компании Медведя возбуждено уголовное дело по факту группового изнасилования работницы бара «Вспомни былое». Как ты и предсказывал — все подозреваемые от органов следствия скрылись...

— Наверно, протрезвев, вкурили, что им срока светят, и взяли ноги в руки, — равнодушно обронил я, закуривая.

— Может быть, может быть, — с сомнением покивал майор. — Странно только, почему никто из них деньги и паспорта из дома не захватил?

— Перепугались сверх меры? — предположил я.

— Мне почему-то кажется, что этого никто уже не узнает. — Опер задумчиво смотрел на меня своими глазами-омутами. — Твои методы мне хорошо известны... А насчет родственников скрывшихся насильников можешь быть спокоен...

Я изобразил на лице удивление.

— Они все теперь уверены, что их милые чада просто прячутся от правосудия. — Майор усмехнулся и поднял рюмку. — Ладненько! Темни дальше! Хотя со мною мог бы быть и пооткровенней. Предлагаю своевременный тост: пусть земля им будет пухом!..

Чуть помедлив, я тоже поднял рюмку:

— Пусть!

Выпив и с наслаждением пососав дольку лимона, опер сменил тему:

— Надоело, Монах, все до чертиков. Махну на недельку в деревню. Порыбачу, понырю, расслаблюсь на всю катушку! Ты ведь тоже в отпуске давненько не был. Хочешь составить компанию? Гульнем на славу!

— В принципе — можно. А где это?

— На Балтыме. Вода там прелесть. Галечные пляжи. Поедем?

— Нет. Я в Верхнюю Сысерть подумываю махнуть.

Балтым не в кайф, — сказал я и, как мне казалось, весьма туманно добавил: — Я суеверен, как монах!

Но выяснилось, что я сильно недооценивал умственные способности старшего оперуполномоченного. Инин понимающе улыбнулся и по новой плеснул в наши рюмки.

— Выходит, промашка вышла. Нужно срочно исправить. Предлагаю новый, подкорректированный тост: да будет бедолагам земля пухом! На дне Балтыма... Не сердись, Монах, но конспиратор из тебя никудышный!..

— Умножая знания — умножаете вашу скорбь... — вслух подумал я, прикуривая «родопину» от настольной зажигалки-пистолета. Я с удовлетворением наблюдал, как лицо Инина вытянулось, с губ моментально стерлась нагловатая полупьяная улыбка.

— Монах, ты совершенно не так понял! Я ничего не знаю и знать, поверь, не хочу! А про Балтым я же пошутил. Конечно, глупо получилось... Прости.

— Не бери в голову, майор! — Я широко улыбнулся ему, оскалив зубы. — Просто мне случайно вспомнились вдруг мудрые слова автора «Экклезиаста».

ОТКРОВЕНИЕ ВЕНЕРЫ

Посвящается Татьяне Р.

1

Все же невыразимое наслаждение расслабленно растянуться на нежно-ласковой траве у озера и бездумно наблюдать за лениво скользящими в радужно-синей вышине кудрявыми барашками облаков.

Близкий лес, если закрыть глаза, создавал шум, похожий на далекий рокот прибоя. Правда, морскую иллюзию сводили на нет терпкие запахи сочившейся на солнце сосновой смолы и давно созревшей земляники.

Впрочем, именно за подобными ароматами и величаво-вековым спокойствием уральской природы я и забурился в Верхнюю Сысерть. А соленым запахом Черноморского побережья пусть дышат туберкулезники и индивиды, которым не обрыдло еще плавать в людской клоаке, именуемой общепитом и гостиницей. Ни к той, ни к другой категории я, к счастью, не принадлежал.

Снял вчера рубленый одноэтажный домик на окраине деревни в паре минут ходьбы от озера Сысерть и почувствовал себя настоящим Робинзоном. За полным отсутствием потерпевших крушение кораблей, служивших Крузо бесплатной базой снабжения, мне пришлось привезти с собой целый багажник разнообразных вещей, чтобы запастись всем необходимым для неголодного и сравнительно комфортного существования вдали от городской цивилизации с ее надоедливо-вечными проблемами.

Где я анахоретствую — знал только Цыпа, доставивший меня на место. Пообещав навещать меня каждую неделю, он еще вчера дисциплинированно отбыл обратно в Екатеринбург, продолжая блюсти разветвленные интересы нашей многопрофильной фирмы.

Глядя на задумчиво-плавное движение небесных туманностей, я невольно задремал, убаюканный тихим покачиванием верхушек корабельных сосен и ненавязчивым говором воды, игриво плескавшейся о берег.

Почему-то приснилась ожившая картина Боттичелли «Рождение Венеры». Сначала, когда увидел забурлившую на середине озера воду, я подумал, что сейчас высунется из глубины голова какого-нибудь препротивного чудища, но на поверхности появилась белокурая девушка, как в кресле, сидящая на волне, быстро несущей ее к берегу.

Через мгновение живая копия Венеры уже выходила из воды. Впрочем, некоторое существенное отличие от оригинала бросалось в глаза. Нарисованной богине было хоть чем прикрыть ослепительную наготу — длинной роскошной косой, а у этой буквально все оказалось на виду, так как короткая прическа «под мальчика» ничем в этом смысле ей помочь не могла. Правда, данная милая пикантность нисколько не смущала деву, широко распахнутыми небесными глазами изумленно смотревшую на меня, как на неразрешимую загадку природы.

— Чем могу служить, мадам? — бодрячески-молодцевато тряхнул я головой, глуповато уставясь на ее восхитительные прелести.

— Ничем, к сожалению, — ответило странное создание. — Услуги от тебя, Женя, не облегчают, а умножают ношу.

— В каком смысле? — удивившись, я сразу потерял интерес к шелковистым колечкам рыжих волос на ее лоне.

— Сам поймешь. У тебя есть еще время, — грустно улыбнулась чуть припухшими губками богиня и растаяла в пространстве.

Очнулся я с сильнейшей головной болью — видно, воспользовавшись моей беспечностью, полуденное солнце огрело меня по башке своей лучевой дубинкой.

Пришлось срочно искать спасения в воде. Несколько раз глубоко нырнув до самого скользко-илистого дна, я получил наконец искомое облегчение.

Надев свою летнюю робинзоновскую униформу — джинсовые шорты и легкую голубую безрукавку, бодро направился в личный форт — деревянную избушку на краю заросшего бурьяном оврага.

Кроме загара, непосредственное общение с матушкой-природой дарит также зверский аппетит. Посему, придя домой, первым делом включил электроплитку. Водрузив на нее чугунную сковородку, занялся приготовлением нехитрого спартанского обеда, состоящего из говяжьей тушенки и картошки. Последней в подвале был приличный запас, которым хозяйка дома, прощаясь, щедро разрешила пользоваться. Правда, должен признаться, отстегнул я ей за месяц столько, сколько берут за этот же срок в Минеральных Водах. Подозреваю, что она и уехала на юга, а не навестить дочку в соседнюю Тюменскую область, как говорила. Впрочем, вечная моя мнительность частенько с действительностью не имеет ничего общего.

Жареную картошку с мясом запил баночным мандариновым соком, стоически заставив себя демонстративно-равнодушно отвернуться от коробки с коньяком «Матр», призывно подмигивающей мне из угла комнаты. Все-таки я забрался в эту тмутаракань, чтобы укрепить на деревенском воздухе здоровье и не рисковать им, постоянно прополаскивая в огненной водице. Пусть даже и высшего качества.

Покончив с обедом, решил прогуляться по живописным окрестностям. Благо солнце, пройдя свой полуденный пик агрессивности, уже не жгло, а ласково грело.

Кроме того, тем, кто не собирается к сорока годам смахивать на откормленного на убой бычка, моцион после еды просто необходим.

Здешние места мне были неплохо знакомы. В юности я несколько раз приезжал в дом отдыха «Теремок», построенный в близком соседстве с озером прямо в лесу.

Туда и направился, желая вволю предаться ностальгическим воспоминаниям, мягкой кошачьей лапкой задевавшим какие-то струнки в душе. Почему-то картины детства и юности часто возникают в моем сознании, вызывая чувство умиления и какого-то мудрого спокойствия. А может, я банально старею.

Усыпанная опавшими сосновыми иголками тропа приятно пружинила под ногами, иногда взрываясь треском раздавленной еловой шишки. Не тропа, а минное поле. Прямо как моя жизнь. На первый взгляд легкая и приятно-беззаботная, а на деле куда ни плюнь — сплошь мины-ловушки и волчьи ямы.

Скоро показался «Теремок». Своим названием трехэтажное деревянное строение было обязано тому, что являлось старательной попыткой скопировать сказочное жилище мышки-норушки. Такие же резные наличники окон и дверей, чудные мини-балкончики в виде башенок и зубчатые мансарды. На красной черепичной крыше гордо-весело покручивался флюгер-петушок.

На солнечной лужайке перед домом были расставлены шезлонги, сейчас пустовавшие. Лишь на одном сидела белокурая молодая женщина, углубившись в чтение какой-то книжицы. Высоко задравшаяся светлая мини-юбка открывала стройные загорелые ножки вплоть до симпатичных розовых трусиков. Я вмиг забыл о ностальгии.

— Милая барышня, вы грубейшим образом нарушаете главное условие полноценного отдыха. — Я примостился на соседний шезлонг, изобразив на лице искреннюю озабоченность.

— Какое? — Блондинка подняла удивленные глаза, полные незамутненной небесной сини.

— Бог мой! — вырвалось у меня. — Я вас сегодня видел во сне.

— Неужели? — Девушка несколько снисходительно улыбнулась чуть припухшими очаровательными губками и закрыла книжку, заложив ее пальчиком. — Так какое такое правило я нарушаю?

— Самое основное, — заявил я, пытаясь незаметно определить через одежду, совпадают ли другие параметры ее тела с виденными мною во сне. — Отдыхающим женщинам категорически запрещается забивать головки книжными философскими премудростями, вызывающими тоску и пагубную склонность к мировой скорби.

— Ерундистика! — Блондинка тряхнула по-мальчишески короткой прической. — И потом, это всего лишь лирические стихи.

— Разрешите взглянуть? — Я взял у нее знакомую тонкую книжицу и прочел имя автора: — Виктор Томилов. «Письма к любимой».

Открыв страницу наугад, вслух продекламировал:

> Ты подари мне хотя бы слово,
> Душа — разъятая пустота...
> Она, как смертник, на все готова,
> Хоть ты совсем для нее не та...
> Был я ласков, порывен и светел,
> Только прошлое лучше не тронь.
> Я теперь словно северный ветер,
> Но в тебе я раздую огонь...

— Между прочим, мы с автором знакомы, — сообщил я, не уточняя, что Виктор совсем недавно освободился из исправительно-трудовой колонии и его бзик на поэзию объясняется частыми приступами сентиментальности, свойственной большинству профессиональных убийц. — И как, нравятся вирши?

— Очень! — Девушка глядела на меня, как на гуманоида с планеты Феникс. В холодном взгляде мелькала заинтересованность. — Они искренние. Сейчас это такая редкость. А вы тоже поэт?

— Бог миловал, — усмехнулся я. — Правда, балуюсь прозой дец... немного. Для души, чтобы развеяться от однообразия будней. Я коммерсант. В сфере индустрии развлечений.

— Как интересно! Это разные театрализованные шоу?

— Да, — вполне, по-моему, честно подтвердил я, посчитав, что номер стриптиза Мари можно, пусть и с некоторой натяжкой, отнести к театрализованному шоу. Сомнительного, впрочем, характера, с точки зрения общепринятой морали.

Через какую-то минуту, легко опрокинув последний бастион холодности, мы, представившись друг другу, уже весело болтали, вращаясь на орбите эстрадно-театральных тем.

Нам вторил радостный щебет невидимых в ветвях деревьев беззаботных пичуг, мудро напоминая, что жить нужно только настоящим мгновением, не ломая напрасно голову о вчерашнем и завтрашнем дне.

Со стороны озера потянуло прохладой. Затупившиеся за день солнечные стрелы были уже не в силах справиться с ней.

Вика зябко передернула плечиками.

— Уральская погода тоже блещет остроумием, — сказала девушка, тем в ненавязчивой форме по достоинству оценив мои способности. — В первой половине дня жара, а во второй хоть свитер натягивай. Вы, Женя, наверное, столь же легкомысленны и непостоянны?

— Я не повеса, — заверил я и, не утерпев, соврал: — К тому же однолюб.

— Это в том смысле, что одновременно у вас двух любовниц не бывает? — В лучистых глазах Вики прыгали насмешливые бесенята.

— Ваш юмор усыпан шипами, — улыбнулся я. — Шуточки, по ходу, на муже оттачиваете? Угадал?

— И совсем нет. — На лицо собеседницы отчего-то набежала легкая тень. — Знобит... Пойду, пожалуй, к себе в номер. Провожать меня совершенно излишне.

— Когда буду иметь счастье... — начал я.

— Завтра. В это время я обычно здесь, — не слишком тактично прервала блондинка. — Так что если возникнет сильное желание продолжить беседу...

Вика легко поднялась и покинула меня, даже не оглянувшись.

На шезлонге осталась сиротливо лежать забытая книжечка *лирических стихов.*

Сунув ее в карман, я отправился восвояси, размышляя, что так внезапно испортило моей новой знакомой настроение.

2

Многоголосый петушиный крик, на все лады приветствовавший приход нового летнего дня, заставил меня недовольно открыть глаза. За окном только-только начинало светать. В серой дымке проступал близкий лес, по земле стлался сиреневый туман, скапливаясь в оврагах и низинах.

Жаль, что я не любитель рыбалки — наверняка сейчас на озере самая поклевка в разгаре.

Спать больше не хотелось. Облачившись в спортивный шведский костюм, я собрался было совершить личный подвиг — заняться физзарядкой, а может, даже пробежаться вокруг избушки, но тут же передумал, успокоив свою совесть мыслью, что тренировать интеллект не менее важно, чем тело.

Открыл стихотворный сборник Тома и попытался разобраться, чем эти вирши подкупили Вику.

> Ты от меня все дальше... но упрека,
> Что отпустил легко, — не потерплю!
> Не знаю горше этого урока —
> Хочу проснуться, но все сплю и сплю...

Захлопнул книжку и закурил «родопину». Бесполезно. В стихах я полнейший профан. Что в этом может нравиться молодой обаятельной женщине — неразрешимая загадка. Вряд ли рифма. «Урока — упрека» к литературным находкам, скорее всего, отношения не имеет ни малейшего.

Выудив из кожаного «дипломата» толстую амбарную тетрадь, тоже попробовал заняться сочинительством, но творчество не клеилось, и я бросил это дохлое дело до лучших времен.

Мои мысли, а вернее, помыслы были направлены на идею активного продолжения знакомства с красивой обитательницей «Теремка». С дальнейшим логичным перерастанием прозаическо-товарищеских отношений в любовно-постельный роман.

Необузданное буйное воображение услужливо-нахально рисовало мне такие красочные иллюстрации к потенциальному роману, что я вынужден был сунуть голову под рукомойник, чтобы приструнить не в меру разыгравшуюся фантазию холодной водицей. Заодно умылся и почистил зубы. Как говорится — нет худа без добра, а то я, признаюсь, иногда забываю про эти обязательные для джентльмена утренние манипуляции. Этой забывчивости есть хоть и слабенькое, но оправдание — просыпаюсь я обычно уже во второй половине дня.

Прошвырнулся до озера. Купаться желания не было. Просто посидел на бережку, разглядывая от скуки немногочисленную отдыхающую публику. Преобладали здесь гости из города, приехавшие целыми семействами на личных авто, чтобы урвать у лета кусочек загара и глоток экологически чистого кислорода. Деревенские на берегу практически отсутствовали, наглядно подтверждая истинность пословицы: «Что имеем — не храним».

Когда маленькая стрелка «Ролекса» победно переползла цифру «двенадцать», я, сбросив с себя истому,

121

навеянную солнечной ванной, бодро зашагал по тропке, ведущей к «Теремку».

Сегодня-то я не позволю тамошней симпатичной мышке-норушке так легко скрыться в своем номере-цитадели. Все-таки азарт охотника у меня, видимо, в крови.

Вика сидела в шезлонге на прежнем месте в обществе какой-то бочкообразной татарочки лет тридцати пяти. Вежливо раскланявшись, я пристроился к их компании, с любопытством разглядывая сверх меры упитанное лицо незнакомки с неприлично пробивающимися над верхней губой усиками.

— Гульнара, моя подруга и коллега по работе. Номер на двоих снимаем. А это Евгений, отдыхающий от суеты коммерсант с литературными отклонениями, — представила нас друг другу Вика, озорно сверкнув на меня своими чудными глазками-озерами.

— Я рада знакомству, — басисто проворковала женщина-бочка, кокетливо одергивая на мясистых коленях цветастый сарафан.

Не зная, как реагировать на данное наивно-идиотское заигрывание, я лишь неопределенно хмыкнул в ответ.

Меня очень беспокоило подозрение, что появление на сцене усатой Гульнары далеко не случайно и что таким незамысловатым способом Вика просто решила надежно отгородиться от моих неприкрытых притязаний на углубление наших, шапочных пока, отношений. И это невеселое предположение имело под собой косвенное доказательство — коллега Вики явно не спешила оставить нас наедине, вдохновенно рассказывая мне скучнейшие детали их с Викой работы в вычислительном центре научно-исследовательского института. Единственная полезная информация, которую я выудил из болтовни Гульнары, — это то, что Вика замужем за начальником их отдела Михаилом Константиновичем. Ну а тот факт, что сама она незамужняя, Гульнара могла и не сообщать — я просек это сразу же, при первом взгляде на нее.

— Наступило время обеда, — прервала Вика, к моему огромному облегчению, словоизвержения подруги. — Женя, вы составите нам компанию?

— С большим удовольствием! Куда прикажете эскортировать?

— Тут рядом. Кафе «Плакучая ива» знаете?

— Несомненно. Это на берегу. Но ведь там подают только шашлыки. Забегаловка армянам принадлежит. Беженцам якобы.

— А мы неприхотливы. — Вика взяла под руку подружку. — Верно ведь?

— Конечно. Домашние разносолы дома надоели, — согласно закивала та. — А в шашлыке, к сведению непосвященных, есть буквально все необходимые для организма витамины. Про калории даже упоминать нечего.

— В таком случае уговорили. — Я рассмеялся. — Давайте понесем наши организмы для экстренного принятия витаминно-калорийной гаммы.

«Плакучая ива» была раскинута прямо на пляже. Состояла из брезентовой шатрообразной палатки — видимо, там располагалась кухня — и дюжины деревянных столиков под открытом небом. Кресла скромно заменяли табуретки. Кафе функционировало только в рентабельный летний сезон, посему всякие комфортные излишества армяне, видать, посчитали неоправданной роскошью.

Мы с Викой заказали по две порции шашлыков, а Гульнара целых три. Теперь понятно, откуда у нее такая чисто слоновья комплекция.

Запивали жареную баранину, за неимением лучшего, портвейном «две семерки».

Я искал приличный способ избавления от назойливого присутствия подруги Вики. Прийти к нужному мне знаменателю с очаровательной блондинкой можно только наедине. Но ничего путного сразу в голову не приходило. В конце концов остановился на решении пожертвовать сотню долларов какому-нибудь ловеласу-альфонсу, чтобы тот приударил за Гульнарой и увлек ее за собой куда подальше. В кусты хотя бы.

Для этой малопочтенной цели стал присматриваться к мужской половине публики. Лагерные годы лучше любых разведшкол учат с первого взгляда определять «кто есть ху» и чего стоит на самом деле, без фальшивой упаковки красивых манер и заграничного прикида. Как точно сказал русский классик: «Глаза — зеркало души».

Обладатель крайнего слева столика старательно прятал свое «зеркало», низко склонившись над тарелкой. А может, он просто слишком сутул? Из скучающего любопытства я не сводил с него взгляда, ловя момент, когда тот наконец поднимет голову.

Ждать пришлось недолго. Тип всего лишь на мгновение встретился со мной глазами и тут же опять склонился над давно пустой тарелкой. Но мне этого оказалось вполне достаточно, чтобы узнать Карата, одного из боевиков-охранников ночного стриптиз-клуба «У Мари». Я сам лично принимал его на работу всего с месяц тому назад.

— Прошу прощения, милые дамы, но я вынужден

вас на минутку покинуть — случайно повстречал старинного приятеля.

Я решительно направился к Карату и легонько постучал, словно в дверь, согнутым пальцем по его черноволосой макушке.

— Позвольте нарушить ваше гордое одиночество, господин Карат? Как это вы здесь вдруг очутились? Ветром надуло?

— Здравствуйте, Евгений Михайлович. — Удивительно, но, казалось, Карат испытывает искреннее облегчение от того, что обнаружен. — Вы не сердитесь...

— Можешь не продолжать. — Я уселся напротив него. — Тебя Цыпа прислал? Меня охранять?

— Ну да. Мало ли что... Он не знал, как вы отнесетесь, и потому велел не светиться. Незаметно вас страховать.

— Ну, Цыпленок... — Я не знал, сердиться ли мне на заботливого соратника или хвалить его. — Ладно. С ним я разберусь потом. Где ночуешь?

— В овражке рядом с вашим домом. У меня там шерстяное одеяло спрятано. — Карат как-то смущенно улыбнулся. — Вы не станете возражать, если я в сарайку переберусь?

— Замерзаешь под открытом небом?

— Да нет. Собаки бродячие одолели. Сегодня ночью еле сдержался, чтоб не шмальнуть по ним. Оборзели вконец!

— Ты подкован, значит? — Я кивнул на его пиджак, чуть оттопыривающийся с левого бока.

— Ну да. Само собой. Пистолет-пулемет Стечкина.

— Ладно. Можешь ночевать в сарае. А сейчас у меня к тебе ответственное задание. Если срастется — получишь премию. Слушай сюда. Познакомлю тебя вон с той толстушкой чернявенькой. Позаигрывай с ней и уволоки куда-нибудь к черту. Она мне мешает.

Когда мы направились к нашему столику, Карат огорошил меня уточняюще-деловым вопросом:

— Под несчастный случай работать? Или просто можно кокнуть?

— Ты не понял, братишка. — Я взял его за локоть и децал сжал для большей доходчивости. — Мешает она мне совсем в другом смысле. Тебе надо лишь сыграть роль галантного кавалера. Усек?

— Угу, — буркнул Карат, растирая свою пострадавшую руку. — Так сразу бы и сказали.

Женщины с любопытством разглядывали моего визави, по достоинству оценив его атлетическое телосложение и трогательный детский румянец на щеках. Объяснять дамам, что румянец этот вызван не их прелестями, а смущением, что он чуть было ошибочно не кокнул одну из них, я счел нецелесообразным.

— Познакомьтесь. Это Николай, мой коллега по бизнесу. А это Вика и обворожительная Гульнара.

Карат, знакомясь, раскланивался и расшаркивался, как заправский ухажер, а Гульнаре даже поцеловал ручку чуть выше запястья. Я подумал, что сейчас она влепит ему оплеуху, но, оказалось, совершенно зря беспокоился. Довольная Гульнара лишь басисто хихикала, принимая все за чистую монету и щедро одаривая Карата возбужденно-многообещающими взглядами темно-карих подведенных зеленой тушью глаз.

Вика, по всей видимости, тут же разгадала мой простенький заговор и с насмешливым любопытством наблюдала за развитием событий.

С обедом тем временем было благополучно покончено. Только что состоявшееся знакомство Николы с

Гульнарой стремительно переросло уже в доверительно-дружеские отношения. И немудрено — подружка Вики явно готова была клюнуть на любого плюгавого мужичонку, не то что на спортивного тридцатилетнего Николая.

Я щедро расплатился за всех, не принимая во внимание слабые попытки возражения моих спутниц, и поднялся из-за стола.

— Смею предложить вам, Вика, прогулку по берегу озера. Послеобеденный моцион полезен для оптимистичного восприятия скучной жизни.

— А как же правило — после сытного обеда по закону Архимеда... — Глаза блондинки искрились лукавым весельем.

— ...полагается поспать, — закончила за подругу глупая Гульнара и рассыпалась дробным смехом, больше похожим на кудахтанье курицы.

Николай солидарно-старательно подхохотнул и воззрился обожающим взглядом на пробивающиеся черные усики своей пассии. С проскальзывающими нотками страстной нежности спросил обеспокоенно:

— Неужели, милая Гуля, ты жестоко покинешь меня ради банального сна?

— Что же делать? — кокетничала та. — Привычка — вторая натура.

— Но ведь можно при желании соединить полезное с приятным, — с придыханием поделился свежей идеей Никола, перемещая вожделенный взгляд на выдающийся двугорбый бюст татарочки.

— Это в каком смысле? — непонимающе захлопала Гульнара своими длинными, явно приклеенными ресницами.

— В прямом! — бесстрашно заявил пылкий поклонник. — Сон — это полезное, а я — приятное...

— Ах ты, негодник! — Гульнара погрозила Николаю сосискообразным пальчиком и радостно добавила: — Ни стыда в тебе, ни совести. — По счастливо рдевшему лицу толстушки было очевидно, что данное обстоятельство ее весьма даже устраивает.

— Кажется, Женя, мы с вами здесь уже лишние, — с улыбкой заметила Вика и взяла меня под руку. — Гуля, будь умненькой и благоразумненькой. Николай, сразу видно, опаснейший сердцеед!

Звонко рассмеявшись, Вика увлекла меня на тропинку, ведущую к озеру.

При малейшей возможности в узких местах я вежливо пропускал Вику вперед, чтобы лишний разок полюбоваться стройными загорелыми ножками и соблазнительными ягодицами, волнообразно перекатывающимися при ходьбе под тугой мини-юбкой.

Я, признаться, не большой мастак по части ухаживания за девушками. Просто опыта маловато. С ранней юности начал кувыркаться по особой части Уголовного кодекса, а в тюрьмах и лагерях с женским полом напряженка. Есть, правда, женщины-контролеры, но попробуй-ка позволь с ними что-то лишнее — вмиг закоцают в наручники и сунут в карцер охолонуть.

Основной мой козырь в общении со слабым полом — голос, а точнее, его тональность. Давно заметил — слушая меня, женщина постепенно впадает в прострацию, даже в транс. Голос завораживает ее, как дудочка фокусника — кобру. И совсем не важно, о чем именно говорить. Главное, не молчать. Наверно, правильно кем-то подмечено: женщины любят ушами.

Однажды, помню, я решил разобраться с секретом

своего баритона и записал себя на стереомагнитофон. Но, сколько ни вслушивался потом в магнитную ленту, ничего волнующе-таинственного в голосе не обнаружил. Наверно, из-за того, что у мужчин совершенно иное, чем у женщин, восприятие, другая нервная конституция. К примеру, если хочешь заставить мужика заглохнуть и не рыпаться — надо просто врезать ему по физиономии. А попробуй ударь бабу — визгу не оберешься. Или вот еще любопытный научный факт. Доказано: мужчина больше боится при угрозе пистолетом, а женщина — ножом. Такая вот странно разная психология. Сплошные шарады у проказницы природы, куда ни плюнь.

— Женя, а почему вы обручальное кольцо не носите? Или, как все, на время отпуска просто снимаете?

— Вдовец. — Я соврал без зазрения совести, так как не считаю ложь слабому полу за особенный грех. В конце концов, что такое женщина? Всего лишь ребро доисторического мужика Адама. — Жена в автокатастрофе погибла. Два года назад, — продолжал я развивать мысль в нужном, накатанном направлении. Ведь не секрет, что сочувствие — родная сестра нежности.

— Ой, простите, Женя, я не хотела сделать вам больно.

— Ничего. Вы же не знали. — Мой глубокий тяжкий вздох должен был ввергнуть Вику в бездну раскаяния. — Да и зарубцевалась уже рана. Перестала кровоточить. С трудом, но жизнь берет свое... Тем более что детей у нас не было. Не успели просто — всего месяц как поженились, когда беда пришла.

Вика надолго замолчала, обычная ее лукавая насмешливость сменилась на лице задумчивой печалью. Я даже забеспокоился — не ошибся ли в выборе метода сближения? Депрессивное настроение партнерши меньше всего способствует радостям беззаботного флирта.

— Предлагаю с этого момента перейти на «ты», — с чувством заявил я, стараясь сбить Вику с минорной ноты. — Принципиальных возражений нет?

— Как хочешь, Женя, если только это ни к чему меня не будет обязывать, — равнодушно согласилась моя спутница, продолжая думать о чем-то своем.

— Кстати, милая Вика, я где-то слышал, что если поделиться заботой с ближним, то она становится не так тяжела... К тому же, если проблема как-то связана с финансами, я с удовольствием выручу...

— Спасибо, Женя, ты очень добр. Но денежные вопросы меня сейчас волнуют наименьшим образом. Видишь ли, когда ты рассказывал о своей несчастной жене, я ей позавидовала...

Совершенно сбитый с толку, я даже остановился, вдруг заподозрив, что блондинка просто насмехается надо мной.

— Да! — с ударением продолжала Вика. — Я на самом деле завидую ей черной завистью!

— Но почему, боже ты мой? — не выдержал я.

— Потому, что она была очень счастливая женщина. Ее искренне и горячо любили! И пусть она трагически погибла, но все-таки успела испытать радость взаимной настоящей любви. Это дается судьбой так редко!

— Вас, похоже, сильно обижает муж, — догадался я. — И вы его не любите?

— Я ненавижу его. — На чудные глазки Вики навернулись слезы. — Кобель проклятый! Ведь за каждой юбкой готов увиваться. В нашем институте на меня без жалости уже не смотрят. Все же на виду... Это так унизительно! Подонок! Хватило бы сил — убила бы!

— Он недостоин ваших слез! — сказал я, пытаясь нежно-ласково, но настойчиво привлечь обворожительно-бесподобную в гневе блондинку к своей груди, чтобы успокоить и приободрить. Как положено истинному джентльмену в подобной ситуации.

— Ты не коммерсант, а настоящий бандит, — заявила Вика, как обухом огрев меня этими словами.

— Что такое?! — Я даже выпустил ее восхитительную талию из рук.

— Только бандит может пытаться овладеть женщиной, пользуясь ее горем! — сквозь слезы улыбнулась Вика, одергивая на себе сбившуюся легкую кофточку.

Мне, по ходу, никогда не удается разобраться в движениях женской души. Настроение блондинки менялось на глазах. Она уже весело-заразительно смеялась! Знаю, что красивые девушки часто экзальтированны, но не до такой же степени!

Не выдержав, я тоже рассмеялся, ощущая себя полнейшим идиотом.

Мы еще долго бродили по берегу Сысерти, упражняясь в пикировке, словно две соперничающие в остроумии команды КВН. Волю рукам я больше не давал, был скромен, как монах, опасаясь возвратной реакции. Если в первый раз при моем прикосновении она от слез перешла к смеху, то при втором вполне может произойти наоборот. Наверное, психосостояние женщин чем-то похоже на кнопочный выключатель...

Когда стало темнеть, мы простились, условившись о полуденной завтрашней встрече.

Печально, но факт — очаровательная обитательница «Теремка» снова унесла от меня свои прелести невредимо-нетронутыми. Но не овладевать же ею силой? Может не понять.

Возвращался я в свою избушку, мысленно разрабатывая тактику завтрашней атаки. Если она опять не принесет мне вожделенной победы, придется на самоуважении ставить жирный крест.

Спать почему-то не хотелось. Долго сидел за столом у открытого окна, глядя на спокойный лунный свет, призрачно-холодной ладонью накрывший всю местность вокруг.

Я читал где-то, что полнолуние действует на рожденных под знаком Рыб возбуждающе-тревожно. Ерунда. Я разглядывал лунное лицо, совершенно не ощущая никакого дискомфорта.

Так как свет в комнате я не зажигал, то сразу засек темную горбатую тень, выбравшуюся из оврага и, не таясь, зашагавшую к моей избушке.

Это был Карат. На спине он нес рюкзак, должно быть, с одеялом. Когда телохранитель уже готов был нырнуть в дверь сарая, я тихо свистнул, привлекая к себе внимание.

— Зайди, Никола, составь компанию. Не спится что-то.

Чтобы стол выглядел гостеприимно, выставил бутылку «Матра» и сковородку с остатками жареной картошки.

— Включи свет и волоки из кухни стаканы, — сказал я неловко топтавшемуся в дверях Карату, распечатывая алкогольную емкость.

Заглотив полстакана огненной янтарной жидкости, я немного оживился. Слабая сороковаттка под небеленым потолком уже смотрелась почти праздничной люстрой, и даже каменно-застывшее лицо профессионального убийцы напротив показалось вдруг по-домашнему свойским и человечным.

— Давно собирался спросить, Карат, откуда у тебя такая кликуха? С драгоценными камешками как-то связано? — поинтересовался я, наливая в граненые стаканы по второй порции.

— Нет. Карат — сокращенное от «каратист», — немного смущенно улыбнулся боевик.

— Вот в чем дело. — Мне стало весело. — Ясненько. Кто ж тебя этак окрестил?

— Жора Интеллигент.

Мое веселье как рукой сняло. Нет, все же шарик маленький. И все на нем странно взаимосвязано и переплетено.

— Крякнул он в прошлом году от чьей-то пули, — продолжал Карат, не обратив внимания на смену моего настроения. — Выпьем, Монах, за упокой его души. Хоть ты наверняка его и не знал.

— Ладно. Давай помянем. — Я поднял свой стакан.

Какая-то идиотская традиция образовалась. Совсем недавно опер Инин предлагал мне выпить за Медведя, теперь Карат — за Интеллигента... Случайность? Но Случай, по определению философов-мудрецов, не что иное, как Неизбежная Необходимость... Ладно! Видно, не остается ничего другого как смириться!..

— Ты уже месячишко у меня на службе, — заметил я, чтобы сменить темку. — И что, по кайфу? Сперва-то, помнится, ты наотрез отказался в «кожаные затылки» идти. Верно?

— Ну да, — глухо ответил Карат. — Думал, сам смогу зажигать. В одиночку, согласись, Монах, работать безопаснее и выгодней. Мне, как помнишь, дело тогда Цыпа подбанчил...

— Что-то припоминается. Расскажи. — Я щелкнул серебряным портсигаром. — Курни для куража и начинай. Любопытно даже.

— Месяц примерно назад это было... — Пыхнув папиросой, Карат уставился стекленеющим взглядом в темное окно. — Оттягивался я тогда в твоем баре «Вспомни былое»...

* * *

...Уже третьи сутки Карат отмечал окончание последнего своего срока. Восемь лет прошли как мгновение и как вечность — одновременно.

В башке стлался по извилинам блаженный туман, быстро сгущавшийся благодаря старательным смешениям пива с водкой. Благо рыжая разбитная барменша, для смеху обряженная в короткий милицейский китель, понимала желания клиентов с полувзгляда и подавала гремучую смесь «ерш» в соотношении один к одному.

Правда, ломала кайф надоедливо-навязчивая мыслишка, что «капуста» на исходе и необходимо подыскивать дело, чтобы выправить финансовое положение.

Карат гнал прочь эту наглючую мыслишку, успокаивая себя тем, что у него в активе еще почти «лимон» — жалкие остатки от родительского наследства. Два года назад после смерти отца родная тетка продала деревянный домишко на окраине Екатеринбурга и почтовым переводом загнала ему деньги в зону на лицевой счет. Став миллионером, Карат уже смело смотрел в будущую свою жизнь по ту сторону забора. Он даже начал с интересом почитывать газетку «Коммерсант», прикидывая, куда вложит на свободе личный капитал. Но сумасшедший аллюр инфляции разорил его так же, как и всех прочих рядовых жителей страны дураков. В настоящий момент на «лимон» можно было купить разве что приличную кожаную куртку. На «инструмент» и то не хватит — банальный «ТТ» на оружейном черном рынке «весит» полтора миллиона рублей.

Почувствовав на плече чью-то тяжелую руку, Карат резко обернулся, чуть не сбив со стола кружки с пивом.

— Не суетись, братишка! Это пока всего лишь я, а не группа захвата. — Монах, усмехаясь, разглядывал опухшее лицо бывшего сокамерника. — Давно откинулся?

— Полнедели, как от Хозяина. Расслабляюсь вот. — Карат покосился на сопровождавшего Монаха рыжего верзилу. — Присаживайтесь. Угощаю!

— Упаковал, значит? А я, по наивности, помочь тебе собирался. — Монах и рыжий тип по-хозяйски расположились за столиком. — Но угощаю все же я. За счет нашего заведения. Ксюша!

Разбитная барменша, сверкая белыми плавками под куцым лейтенантским кителем, подплыла к ним и приняла заказ.

На столе мигом появились хрустальные рюмки, черная бутылка «Наполеона» и ваза с очищенными апельсинами.

— Давай выпьем за твое долгожданное свидание с этой непостоянной барышней — Свободой! — как всегда, излишне цветисто выразился Монах, поднимая рюмку.

— А как ты помочь мне хотел? — задал Карат волновавший его вопрос. — Материально или...

— Или, или. — Монах с удовольствием разделывался с апельсином, весело поглядывая на сразу поскучневшего Карата. — Постоянную работу собирался предложить. Мне хронически не хватает проверенных кадров...

— То есть «кожаных затылков»? Да?

— Верно. Для начала охранником, а дальше поглядим, на что ты годишься...

— Нет уж, благодарствую. На первое время бабки есть. Осмотрюсь пока. — Карат просто набивал цену, сознавая, что самому ему в этой новой рыночной действительности вряд ли удастся нормально пристроиться, не имея ни начального капитала, ни даже надежного «инструмента». — А сдельной нет работенки?

— Это к Цыпе, — кивнул Монах на рыжего детину, явно теряя интерес к разговору. — Ладушки. Мне пора. Цыпа, подбери нашему другу попроще что-нибудь. Увидимся вечером «У Мари».

Когда Монах вышел из бара, Цыпа неторопливо закурил, разглядывая сидящего напротив уголовника уже оценивающим взглядом работодателя.

— Есть небольшой пустячок в Каменске. За сутки, полагаю, сварганишь. Но одно обязательное условие — клиент должен крякнуть от несчастного случая. Подписываешься? После ликвида получишь тысячу «зеленых». Или, если больше по вкусу, в рублях по курсу.

— Черт с ним! Давай адрес клиента и детали.

На следующее утро колеса рейсового «Икаруса» доставили Карата по назначению.

Он шел по кривым улочкам Каменска с приземистыми деревянными домишками, резные наличники и

136

фантастические флюгера которых выглядели странно
в контрасте с типовыми пятиэтажными коробками.

Чудом сохранившиеся покосившиеся церквушки
тянулись облезлым золотом луковок к перистым обла-
кам и делали городишко каким-то домашне-уютным.

Вот и цель его поисков — полутораэтажный дом с
самодельной вывеской, как он знал, по-латыни «Частная библиотека». Пройдя маленький ухоженный дворик, толкнул скрипучую дверь и оказался в полутем-
ных сенях. Несколько высоких ступеней вели ко второй двери, должно быть, в комнаты. Карат вошел и
опасливо огляделся — никого. Первая комната, в которую он попал, не имела ничего общего с библиоте-
кой. Только большой старый альбом для фотографий
был кем-то забыт на зеленом обитом бархатом диване
с высокой спинкой. У распахнутых окон притулился
допотопный круглый стол в окружении стульев. Из
мебели в комнате еще стоял массивный комод с ярко
блестевшими медными ручками.

— Хозяин! — негромко позвал Карат и услышал
над головой чьи-то торопливые шаркающие шаги.
Проскрипели ступеньки невидимой лестницы, открылась дверь, и киллер увидел странную личность с
взлохмаченными седыми волосами. Это был сухонь-
кий, невысокого роста старик с ястребиным носом и
умными рыжими глазами. Хищный этот клюв рядом с
библейскими глазами выглядел на лице как случайный
чужеродный предмет. На старике был фланелевый
халат, из рукавов которого смешно вылезали длинные
волосатые руки. Эта комедийная фигура сделала два
неуверенных шага в сторону нежданного гостя и застыла в замешательстве.

— Извините за беспокойство. — Карат отвел глаза. — Виновато недоразумение...

Вдруг старикан повел себя совершенно дико: он всхлипнул и, ринувшись к Карату, грубо схватил того за руки.

— Случилось что-то ужасное? Да? С Оленькой? Скажите правду, умоляю!

— Нет. — Карат с трудом высвободил руки и невольно отступил к двери. — Внизу висит объявление, и я по ошибке принял это помещение за библиотеку.

Позеленевшее лицо старика стало понемногу возвращаться к своему естественному пергаментному цвету.

— Простите великодушно. Нервишки, знаете ли, за семьдесят лет поизносились до безобразия. — Он снова улыбнулся. — А вы попали как раз туда. Здесь моя частная бесплатная изба-читальня. Присаживайтесь, молодой человек!

— А зачем надпись вы на латинском языке изобразили? — не удержался от вопроса Карат.

— Это своего рода стратегический ход. — Старик напялил на свой выдающийся нос пенсне, лукаво блеснув толстыми вогнутыми линзами. — Любопытство — великая вещь. Одна из главных движущих сил человечества. Приведу простейший пример. Надпись: «Булочная» — вы равнодушно проходите мимо. Если, понятно, не голодны. Но, прочитав то же самое на иностранном языке, вы, ручаюсь, зайдете поглазеть на примитивные булки и батоны. И будете убеждены, что сподобились узреть что-то необыкновенное. Такова человеческая сущность...

— Выходит, — усмехнулся Карат, — это простой рекламный трюк?

— Не опошляйте. Хотя реклама, конечно, имеет

свое существенное место. Но мы заболтались. Пойдемте, покажу вам мой книжный актив.

План у Карата уже сложился. В комнате было печное отопление. Нужно всего лишь разжечь огонь, закрыть заслонку и окна. Старикан якобы задремал на диване и угорел. Но сначала, понятно, надо отключить клиента, пережав децал ему сонную артерию на шее...

Карат протянул к старику руки, прикидывая, как лучше захватить по-цыплячьи худую шею клиента, чтобы не оставить следов в виде синяков.

— Что вы, что вы! Я сам! — Старик явно неверно истолковал это движение и, проворно вскочив со стула, прошествовал в смежную комнату.

Карат, проклиная свою малодушную медлительность, направился следом. Ему с самого начала не очень нравилось задание кончать какого-то божьего одуванчика, а сейчас, на месте, он и вообще вдруг почувствовал себя совершенной мразотой, которая даже родного папашу за пачку баксов пришьет и не поморщится.

Все стены во второй комнате до самого потолка занимали книжные полки. Тут были полные собрания сочинений Бальзака, Голсуорси, Диккенса, Скотта, Мериме, Куприна, всех трех Толстых и многих других зарубежных и русских классиков. На полках бросались в глаза и пустые гнезда.

Старик печально пояснил:

— Это невозвращенные книги. Мой пассив.

— Может, еще вернут? — предположил Карат, зачем-то глубоко засунув руки в карманы своей джинсовой куртки.

— Сомневаюсь. Там стояли Хаггард, Чейз и Сименон...

— Богатая библиотека. Вы не в книготорге, случаем, трудились?

— Рад, что оценили. Дочка моя, Оленька, тоже высоко ее ценит. А к книжной торговле я никакого отношения никогда не имел, молодой человек. Я самый банальный бухгалтер на пенсии. Впрочем, нет, — добавил он, усмехаясь. — Не простой. Имею честь представиться — Иван Александрович, старший бухгалтер на заслуженном отдыхе.

Пока Карат равнодушно перебирал корешки книг, библиотекарь продолжал монолог, выказав себя большим любителем пообщаться. Пусть и односторонне.

Иван Александрович был коренным жителем Каменска. Заочно окончил экономический факультет института и стал бухгалтером на заводе, который сам начинал строить. На фронт, как ни пытался обмануть медицинскую комиссию, не пустили из-за никудышного зрения.

Ощущая себя полным идиотом, Карат чинно сидел за столом в первой комнате. Дружелюбно пыхтел, закипая, электрический чайник. Иван Александрович, раскрасневшись от воспоминаний, рассказывал, как он надеялся «обойти с фланга» своего главного врага в медкомиссии — окулиста, — схрумкав чуть не кило добытого с превеликим трудом сахара. Сибирские охотники издавна считают, что сахар на несколько часов обостряет зрение.

— Может, и так, но не мне, — сказал Иван Александрович. — Да и очень уж вредный председатель комиссии оказался. Кстати, он все еще в Каменске проживает. А вы, Николай, по каким надобностям в нашу провинцию?

— В командировку, — объяснил Карат, не вдаваясь

в подробности. — Неудачно скатался. Сегодня же обратно в Екатеринбург.

— Очень сочувствую, — встрепенулся библиотекарь-бессребреник. — А я ничем не могу быть полезен? У меня, знаете ли, много друзей.

— Нет! — Карат не сдержал кривой улыбки. — В данном конкретном случае вы помочь не сможете. Верняк.

Во входную дверь громко постучали, и, не дожидаясь ответа, в комнату вошел высокий человек с чеховской бородкой, в домашней синей пижаме и шлепанцах. В руках он держал потертый чемоданчик-баул. Нереально выглядели его черные вороные волосы, так как по возрасту он был явно старше хозяина дома.

Иван Александрович оживился:

— Позвольте представить вам, Николай, моего личного придворного лекаря Азгара Махметовича Аскерова. Между прочим, это и есть тот председатель комиссии, про которого я рассказывал.

— Нет, уважаемый! Я не твой лекарь, а участковый. По долгу службы вынужденный пользовать вот таких несносных пациентов.

Карату показалось, что гость хотел приподнять отсутствующую шляпу, но вовремя опомнился и, смутившись, поспешил дать объяснение своему домашнему виду:

— Я, извиняюсь, почти неглиже... Дело в том, что мы соседи огородами с моим другом Иваном Александровичем, и я позволил себе эту вольность, не зная, что у него гость. Сейчас схожу и переоденусь.

— Не придавайте таким пустякам значения, — сказал Карат, сам удивившись своей неожиданной манере изъясняться. — Мое правило — не приносить лишних хлопот.

— Хорошее правило...

— Николай, — подсказал Карат.

— Правило замечательное, Николай! Не мешало бы некоторым из присутствующих у вас поучиться. — Врач внимательно посмотрел на Ивана Александровича. — Вид у тебя неважнецкий. Опять на чердак лазил? Покой...

— ...нам только снится, — прервал пациент, шуткой пытаясь скрыть свое смущение.

— Давай, давай, иронизируй, — решительно взяв руку хозяина дома, чтобы послушать пульс, строго сказал Азгар Махметович. — И в реанимации юморить будешь?

— Я себя чудесно чувствую, — защищался Иван Александрович. — Вот чай с молодым человеком...

— Чай?!

— Не с заваркой. Нет. Протертая земляника с сахаром.

— Да? — Участковый врач подозрительно глянул на стол и тут же улыбнулся. — Ну да. Ты ведь, помнится, большой любитель сахара был... Ладно. С вареньем можно. Я тоже не прочь присоединиться. Только потом все-таки обязательно сделаю укольчик. А то через неделю не семидесятилетие твое справлять будем, а, прости господи, панихиду.

Отведав ароматной земляники, Карат вдруг вспомнил далекое детство, когда он бродил по лесу, азартно отыскивая ягодные поляны и складывая сладкую добычу в помятый эмалированный бидон... Настроение вконец испортилось.

Отказавшись от второй чашки чаю, Карат пересел

из-за стола на диван и стал от нечего делать листать фотографический альбом. Больше всего ему хотелось оказаться сейчас в какой-нибудь пивной. Но он отлично помнил, как однажды давно отец отчитал его: «Уходить из гостей сразу после угощения так же неприлично, как прилюдно испортить воздух!»

На первых листах альбома были фото курносенькой смеющейся девчушки лет трех с темными бусинками глаз. С каждой новой страницей она постепенно взрослела. Сарафанчики сменила школьная форма и приталенные платья. Исчезли косы, появилась модная прическа. Девочка превратилась в девушку.

— Кто это? — захлопнув альбом, полюбопытствовал Карат.

— Дочурка моя, Оленька, — с нежной отцовской гордостью сказал Иван Александрович. — Сейчас в областном центре живет. Актриса! В драматическом театре работает. Но меня, старика, не забыла. С праздниками поздравляет, навещает. Не зазналась.

— Поздравляю с такой достойной наследницей. — Карат решительно поднялся с дивана. — Мне пора. На рейсовый автобус надо успеть.

— Как же так? — совсем по-детски обиженно всплеснул руками библиотекарь-энтузиаст. — Вы даже книгу не выбрали. Непорядок. А в следующую командировку и вернули бы.

— Нет, не стоит. — Карат осклабился. — Да и, если честно, я ж только из обывательского любопытства заглянул. Иностранная вывеска заманила... Благодарствую за чаек.

— Я провожу гостя немножко, — вдруг заявил Азгар Махметович. — К тому же стерилизатор дома оставил.

Во дворик вышли вдвоем.

— У меня к вам, молодой человек, большая просьба. Но сначала, полагаясь на вашу скромность, должен рассказать о своем соседе. — Азгар Махметович доверительно взял Карата за руку, словно опасаясь, что тот уйдет, не выслушав. — Иван Александрович женат никогда не был. Какая тому причина — гадать не берусь. Но даже мимолетных связей с девушками за ним не припомню. Клинический бобыль! Лет тридцать назад удочерил девочку из местного детского дома. Назвал Олей и носился с ней как с писаной торбой. Подарками вечно баловал. Чтоб лишний рубль для нее сэкономить, курить даже бросил.

— Зачем вы мне все это рассказываете? — удивился Карат.

— Не перебивайте, молодой человек. Уже заканчиваю. После школы Ольга в Екатеринбург уехала поступать в театральное. Пока училась, часто навещала приемного отца. Еще бы! Ведь эта глупая старая образина, прости господи, посылал ей половину зарплаты. Потом приезжала все реже и реже, а последние два года вовсе носа не кажет. Писульками отделывается. К тому же поговаривают люди, что из театра давно ушла и пьет. Видели Ольгу неоднократно в ресторане «Большой Урал» с разными мужиками. Такой вот невеселый диагноз.

— Все-таки не возьму в толк, к чему вы посвящаете меня в эту банально-бытовую историю? — Карату уже наскучила болтовня назойливого эскулапа.

— От вас, дорогой Николай, зависит жизнь моего друга!

— Откуда вы взяли? — У Карата даже челюсть отвисла от изумления.

— Вы знаете, где я вчера обнаружил Ивана в бессознательном состоянии? Чуть ли не в коматозном? — Азгар Махметович явно разволновался. — У него на чердаке. Там он хранит детские игрушки и вещи Ольги. И, несмотря на мой категорический запрет, старая образина каждый день туда лазит. Когда-нибудь я найду его там холодненьким. Если Ольга и на семидесятилетие отца не появится — это произойдет очень даже скоро!..

— И вы хотите... — Карат уже просек замысел участкового врача.

— Именно! Вам не составит особого труда зайти в Екатеринбурге к этой неблагодарной эгоистичной особе и популярно объяснить всю пагубность ее поведения для любящего отца, пусть и неродного.

— Хорошо, — подумав, согласился Карат. — Адрес-то хоть имеется?

— Улица Макаренко, сто семнадцать, квартира сто двадцать один. Я весьма надеюсь на вас, Николай. Ваше искреннее, доброе лицо, молодой человек, сразу внушило мне доверие. Я разбираюсь в людях.

Карат успел купить билет на полуденный автобус.

Мягко укачиваемый в объятиях «самолетного» кресла «Икаруса», он устало прикрыл глаза, размышляя о своих новых каменских знакомых.

«Провинциальные чудаки, — подвел мысленный итог Карат. — Но Ольгу навестить стоит. Добрые дела надо творить хотя бы для разнообразия. Ведь это наверняка милая дочурка заказала Цыпе безвременную кончину приемного папаши!»

В Екатеринбурге, подавив сильное желание забуриться в ближайшую пивную, Карат сразу направился по указанному эскулапом адресу.

Отыскал нужный дом в длинной шеренге таких же безлико-типовых девятиэтажек. Не доверяя лифту, поднялся на шестой этаж пешком.

Обитая дерматином дверь после звонка открылась сразу же. Правда, надежно придерживаемая массивной стальной цепочкой. На Карата изучающе смотрели глаза, казавшиеся огромными из-за чрезмерно обильного слоя сине-фиолетовой туши.

— Вам кого?

— Привет, Ольга! Я от Цыпы.

Вопросов больше не последовало, что сняло у Карата остатки сомнений в факте знакомства хозяйки с рыжим подручным Монаха.

Освобожденная от цепочки дверь распахнулась, впуская гостя в уютную однокомнатную квартирку. Благоприятное впечатление от дорогой австрийской мебели несколько портил специфический запах всех подобных «гнездышек» — густо-приторная смесь парфюмерии, табачного дыма и пролитого на ковер коньяка. Не заглушал эти стойкие ароматы даже мощный воздушный поток из раскрытого настежь балкона.

— Присядем, — гостеприимно кивнула Ольга на квадратные пуфики у низкого журнального столика и подала пример, устроившись на одном из них. — Так в чем проблемы? Что вдруг понадобилось от меня господину Цепелеву?

— Пустячок. — Карат старательно всматривался в дочь Ивана Александровича, но ни малейшего сходства между ними не находил, пока наконец не вспомнил, что родство их не кровное. Даже поморщился от досады. — Ну да. Цыпа велел уточнить: в какой срок надо сварганить дельце в Каменске?

— Желательно побыстрей. — В глазах Ольги вдруг

вспыхнул огонек недоверчивости. — Но мы ведь с ним уже обсуждали этот вопрос... И почему господин Цепелев просто не позвонил? Пожалуй, я сама позвоню!..

Карат равнодушно наблюдал, как рука хозяйки квартиры неуверенно-медленно потянулась к кнопочному телефону на журнальном столике. Подрагивающими пальцами с длинными наманикюренными ногтями Ольга судорожно тыкала в цифровой код, сбивалась и, стараясь не смотреть на незваного гостя, начинала набирать сызнова.

— И откуда такая несусветная невоспитанность? — спросил Карат, опуская ладонь на рычажки аппарата. — Кажется, образованная женщина из хорошей семьи. Артистка, хоть и бывшая. Мы же еще не закончили беседу. Да и Цыпу не стоит по пустякам беспокоить. Он, как вы, наверно, знаете, человек деловой и очень занятой.

— Что вы от меня хотите? — взвизгнула Ольга, затравленным зверьком съежившись на пуфике.

— Пустячок. — Карат подобрал упавшую на ковер телефонную трубку и водворил ее на положенное ей место. — Цыпа мне поручил разобраться с вашим любимым папочкой. За что, любопытно, решили его в Сочи спровадить? Даже тысячу гринов не пожалели отстегнуть?

— Какую тысячу?! — справедливо возмутилась щедрая дочка, уже заметно оправившись от испуга. — Я Цыпе две тысячи обещала. Сразу после реализации дома и библиотеки.

— Вот оно что! — усмехнулся Карат. — Выходит, все упирается в банальное наследство? Кстати, статья сто вторая, пункт «а» — умышленное убийство из корыстных побуждений — верная «вышка». В курсе?

— А ты меня не пугай! Цыпа уж не первый год с делами такими управляется — и ничего. Все шито-крыто. А коли у тебя кишка тонка, нечего под ногами путаться. Или цену набиваешь? А может, даже в долю размечтался войти?! Не выйдет! Не на таковскую напал!

— Ясное дело. — Карат в задумчивости разглядывал кукольно-симпатичное лицо женщины. Проступивший на щеках румянец делал ее лицо миловидным и волнующим. — Хоть ты и проститутка, но крутая. Просто найдешь другого киллера. Не остановишься...

— Вот именно. Папаша свое уже пожил. Семьдесят лет — пора и честь знать. А мне надоело под вашего брата стелиться каждый день. Извращенцы проклятые. Вот и ты на мои губы все глядишь. Ведь не о поцелуе, а о минете думаешь.

— Ошиблась ты, детка! — Карат встал. — Пора мне. Давай поцелуемся на прощание.

— Что это вдруг? — Ольга неуверенно поднялась с пуфика. — Ну, может, у тебя другое на уме. Ты, сразу видно, галантный кавалер...

— Еще бы! — Карат притянул к себе мягкое податливое тело. Ольга не сопротивлялась, прильнув к нему высокими упругими грудями и готовно приоткрыв влажные губы с блуждающей улыбкой.

Работать с таким клиентом было совсем не сложно — ростом проститутка доходила как раз до плеча Карата. Плотно зажав ее голову под мышкой, киллер сильным рывком дернул резко вправо. Услышав хорошо знакомый слабый хруст сломанных позвонков, выпустил жертву из рук. С мягким стуком безжизненное тело упало на ковер. Сейчас, с неестественно вывернутой головой, Ольга походила на бракованный дамский манекен. Карат старался не смотреть на ее дико вытаращенные пустые глаза и разинутый в немом крике рот.

Правило есть правило: киллер-профи по возможности всегда должен загримировать свою работу под самоубийство или несчастный случай.

Кстати, в этом направлении есть ощутимые успехи — в России количество убийств, по данным МВД, значительно сократилось. Правда, они забывают добавить, что количество самоубийств, несчастных случаев и исчезновений людей возросло многократно. Ну, МВД тоже можно понять — нельзя же вконец перепугать обывателя, честно констатировав, что количество убийств ежегодно возрастает почти вдвое, но благодаря высокому профессионализму киллеров сводки МВД не выглядят слишком уж страшно...

Пришлось взять труп на руки, чтобы не оставить на ковре предательские улики — полосы от волочения. Благополучно перевалив тело через перила балкона, Карат вернулся в комнату. Следовало бы по уму досконально ошмонать фатеру на предмет ценностей, но времени уже не было. Он досадливо поморщился — нет чтобы сперва спокойно обыскать квартиру, а уж потом выкидывать труп на всеобщее обозрение. А сейчас с минуты на минуту могут нарисоваться соседи или того хуже — менты. По известному закону подлости, они ведь постоянно появляются когда не надо.

У входной двери он чутко прислушался. В подъезде пока было тихо. Стерев с дверной ручки отпечатки, вышел на лестничную площадку. Пользоваться лифтом в данный момент стал бы только дебил. Среди профи таких нет, а которые были — уже расстреляны. Застрять сейчас между этажами — не просто катастро-

Евгений **Монах**

фическое невезение, а расписка в собственном скудоумии и фатальной непредусмотрительности.

Поэтому, стараясь не слишком стучать каблуками, Карат покинул место преступления пешком.

Через полчаса он уже ловил кайф, забурившись в пивную забегаловку под звучным названием «Полярная звезда».

В голову навязчиво лезла мысль, что если бы он кому-то из коллег поведал про эту совершенно бесплатную свою «мокруху», то ему просто бы не поверили. Или, еще того хлеще, подняли бы на смех. Желая отделаться от наглючей мыслишки, Карат поспешил заказать двойную порцию «Кровавой Мэри».

На следующий день, хоть и очень не хотелось, он отправился во «Вспомни былое». Было неизвестно, как отреагирует на невыполнение каменского «ликвида» рыжий детина. Его ясные голубые глаза Карата не вводили в заблуждение. Он таких типов навидался в жизни. В лагерях в основном. И давно приметил весьма странную закономерность. Обычно такие невинные отстраненно-задумчивые глаза принадлежали самым отпетым и жестоким.

Слабо успокаивало лишь одно соображение — Цыпа, хоть и подписался на дело, но не успел получить гонорар...

Опасности надо смотреть прямо в лицо, рассудил Карат и уселся на самом виду в центре пивной. Для энергичного поднятия тонуса вооружился мощной батареей кружек «Жигулевского».

Хоть и ожидал этого, но, когда на плечо знакомо-тяжело легла рука, он все же вздрогнул. За его столиком по-хозяйски расположились Монах с Цыпой.

— Привет, братишка, — золотозубо улыбнулся

150

Монах. — Все разлагаешься? Не боишься в запой оборваться? Или уже?

— Запоя бояться — лучше вовсе не пить! — ответил Карат и покосился на рыжего детину. — Нынче завязываю. Да и лавэ на исходе. Завтра махну в Каменск на заработок...

— Забудь. Надобность отпала, — равнодушно обронил Цыпа. — Проблема крякнула вместе с заказчицей. Не везет тебе, Карат!

— Вы о чем? — поинтересовался Монах, закуривая «Родопи».

— Как ты велел, я Карату одно простенькое дельце подбанчил, — стал объяснять рыжий. — Но заказчица, из наших «ночных бабочек», к слову, вчерась самовольно «в Сочи» убралась, выпрыгнув с шестого этажа. Нервишки, по ходу, протекли. Пила она...

— На «унесенных ветром» сильно смахивает, — заметил Монах. — Колись, Цыпа, где девка солнце тебе заслонила?

— Обижаешь, Евген! — оскорбился рыжий. — Я пальцем ее не трогал. В натуре. Да и зачем? Она же доход нам приносила.

— Выходит, фирма терпит убытки? Почему меня не поставил в известность? — Монах недовольно нахмурился.

— Никаких убытков. — Цыпа уже успокоился. — Последнее время телка не активно подворачивала — заработок шел ниже среднего. По уму, надо было уж давно заменять ее в «Большом Урале». Кандидатура подходящая есть на примете. Так что все к лучшему.

— Лады! — Монах потерял всякий интерес к теме и повернулся к Карату. — Выходит, ты один пострадал в финансовом отношении. Чем заняться намереваешься?

— Если предложение твое все еще в силе, то я, пожалуй, его приму. — Карат досадливо вздохнул. — В одиночку у меня что-то не больно наваристо получается...

— Вот и ладушки! — Монах поднял палец, подзывая Ксюшу. — Необходимо отметить пополнение в наших рядах!

На столе, как и в прошлый раз, мигом появились хрустальные рюмки, коньяк и апельсины...

* * *

...За окошком избушки раннее летнее утро уже энергично рвалось к власти, расстреливая из-за горизонта солнечными трассерами ночное небо. Явно капитулируя перед этим мощным натиском, темное небо с каждой минутой все больше трусливо бледнело.

— Так и очутился я у тебя на службе, — закончил свою исповедь Карат. — Не раскаиваюсь в откровенности. Давно хотел рассказать, да случая подходящего все не было.

— Все путем, братишка, — успокоил я. — На твоем месте, по ходу, я действовал бы так же.

Карат открылся мне с новой, совсем неизвестной стороны. Я даже подумал, что уже не смогу относиться к нему как к простому наемнику. Все-таки есть в нем нечто человеческое... Хотя о том, что большинство киллеров-профи сентиментально-романтичны, я знал по себе. И последняя «мокруха» Карата — наглядное тому подтверждение.

Бутылка «Матра» была пуста. Новую открывать не хотелось. Условные рефлексы — великая штука. С приходом утра меня, как всегда, потянуло принять горизонтальное положение под одеялом.

— Ладно, браток. Было приятно пообщаться. Давай-ка на боковую.

Карат дисциплинированно отправился спать в свой сарай, а я, предварительно заменив спортивный костюм на фланелевую пижаму, с удовольствием нырнул в постель под махровое покрывало.

Надеюсь, в очень скором времени я смогу наконец ощутить в интимной близости роскошное тело Вики. В натуре, эта кровать невыносимо широка для одного!

3

Первой мыслью, когда проснулся, было — не прошляпил ли свидание с Венерой, сдуру загостившись у Морфея? Но «Ролекс» показывал всего лишь половину двенадцатого. Видно, меня пробудила собственная мозговая подкорка — ей ведь тоже необходима регулярная подпитка положительными эмоциями. А самый мощный их производитель — это радостный секс. Вот милая умница подкорка и подсуетилась.

По-быстрому перекусив остатками ужина, отправился на свидание к озеру. Будить Карата счел излишним. Если и сегодня назойливая Гульнара нарисуется и будет ломать мне любовный пасьянс, я ее убью просто-напросто. Морально хотя бы.

Вика меня уже ждала, нетерпеливо прогуливаясь на хлипких деревянных мостках лодочной станции. Нынче на обитательнице «Теремка» был надет простенький штапельный халатик с восточным рисунком в виде каких-то кабалистических знаков. Но и в этом дешевом наряде она смотрелась покруче лучших наших девочек, носящих исключительно модельные платья а-ля кутюрье. Халатик даже привнес образу Вики сильно недостающий ей нюанс: она стала выглядеть доступной — в хорошем смысле слова, без грязно-пошлых наслоений.

Памятуя, что вчера мы случайно опять сбились на «выканье», я тут же взял быка за рога, чтобы оперативно снова занять первую линию обороны, и так уже добровольно оставленную симпатичным противником.

— Милая Вика, как тебе спалось? Ты, признаюсь, не выходила у меня из головы, и я заснул лишь под самое утро. Легко можно догадаться, что и во сне увидел тебя. Но, щадя твою невинность, рассказывать, чем мы с тобой занимались без устали в чудном сновидении, безусловно, не стану. И не проси! Я же интеллигентный человек, а не сексуальный маньяк. Честное благородное.

Вика, должно быть, несколько озадаченная моим словоизвержением, не сразу даже нашлась, что сказать. Но ликовал я недолго.

— Здравствуй, Женя! Я счастлива, что оставила такой крупный след в твоей душе. — Негодница улыбнулась, видно, уже полностью оправившись от моей внезапной атаки и собрав воедино разбежавшиеся поначалу оборонные отряды своего насмешливого остроумия. — Надеюсь, Женя, след мой экологически чистый. Но на всякий случай тебе надо вывернуть душеньку наизнанку, и мы вместе внимательно поглядим, не осталось ли на ней грязных пятен. Береженого бог бережет!

— Ничего страшного. — Теперь уже я был вынужден лихорадочно собираться с мыслями. — Накрайняк выстираю душу в коньяке, и она станет как новенькая. Испытанный неоднократно способ.

— Фи! Так ты, оказывается, всего лишь банальный

несчастный алкоголик? — Вика надула губки и брезгливо наморщила носик, выказывая полное неприятие меня как личности и мужчины. Но глаза все же предательски ее выдавали — она еле сдерживалась, чтобы не расхохотаться.

— Ладно! — Я вынужден был первым прекратить игру, так как почувствовал себя почти загнанным в тупик. — Сдаюсь! Этим оружием я с тобой больше не сражаюсь. Бесполезно. Чем займемся?

— А ты что предложишь? Впрочем, знаю. Ты хочешь претворить свои мерзко-необузданные сновидения в жизнь! Меня не устраивает, хотя пока не посвящена в детали. Поэтому давай-ка покатаемся на лодке.

— Ну что ж, — легко согласился я. — И простенько, и со вкусом. Прямо как твой миленький халатик. Купальник, кстати, не забыла?

— Естественно. Неужели, Женечка, ты замечтался до такой степени, что вообразил, будто я голенькая под халатом к тебе на свидание примчалась? — Вика состроила озабоченную рожицу и приложила пальчик к моему лбу. — Температура вроде в норме. Тридцать шесть и шесть. А может, у тебя, Женик, просто приступ белой горячки?

Я уже начинал уставать от ее вечных приколов. В натуре, ведет себя, как девчонка-школьница. Взрослая ведь, замужняя женщина, и должна отлично понимать, что опытный мужчина от нее желает получить кое-что посущественней, чем шуточки-прибауточки.

— Лады. Кататься — так кататься.

Я выбрал легкую двухместную лодку с жирной желтой полосой по смоляному борту. Авось хоть желтый цвет — цвет измены — подтолкнет глупую мозговую подкорку блондинки к решению украсить голову ненавистного мужа ветвистыми роговыми отростками.

Не слишком ловко орудуя короткими веслами и все же умудряясь не забрызгать Вику, я выгреб на середину водоема. Солнце стояло в зените, но здесь казалось не так уж и жарко из-за поднимавшейся вверх в виде туманных испарений воды.

Вика, свесив босые ножки через борт в изумрудную воду, беззаботно болтала ими, словно девочка-гимназистка, впервые вырвавшаяся из-под опеки строгих наставников на природу.

— Искупаемся? — предложил я, чтобы прервать странно затянувшееся молчание. — Какую температуру показывает твой босой барометр?

— Вода — сама нежность! — сообщила Вика, улыбаясь. — Но с лодки нырять не хочу. Что это вон там? Остров, по-моему.

— Как прикажет моя госпожа! — Я налег на весла, взяв курс на небольшой — примерно квадратный километр — островок, симпатично окруженный со всех сторон цветущими плакучими ивами.

«Как зеленые стражники выстроились, — подумалось мне. — Хранят покой своих обитателей». Впрочем, сразу было ясно, что островок совершенно необитаем.

Даже наша лодка, приставшая к пологому песчаному берегу, была единственной.

Ухватившись за якорную цепь, выволок посудину на песок, так как предусмотрительность — главный мой пунктик. Я же не в курсе, какой интенсивности здесь отливы и приливы.

Единогласно порешили: более удобного места не искать — берег тут был из мелкого наносного песка и являлся естественным натуральным пляжем. От добра добра не ищут, как говорится.

Скинув шорты и безрукавку, я уже собирался лезть в воду, как меня остановила Вика, смотревшаяся в своем голубом купальнике не менее восхитительно, чем обнаженная Венера из недавнего сна.

— Женя, у меня народилась замечательная идея. Ты никогда не бывал на пляжах нудистов?..

— Признаться, нет. — Я был немного сбит с толку. Что еще выдумала эта экзальтированная особа?

— Я тоже ни одного разика! А мечтала всегда! Что такое купальник и плавки? Глупая условность, недостойная по-настоящему свободных людей.

— Ты предлагаешь... — Я, опасаясь очередного подвоха, продолжить мысль не решился.

— Ну конечно, Женечка! Мы ведь друзья, и стесняться друг друга — противоестественная ерундистика. Ты как хочешь, а я исполню давнее желание почувствовать себя единым целым с дикой природой.

Не обращая больше на меня ни малейшего внимания, Вика, ни капельки не смущаясь, освободила от купальника свое тело и преспокойно продефилировала к воде, соблазнительно покачивая той молочно-белой его частью, которую обычно солнечные лучи не ласкают, оставляя эту привилегию мужским рукам.

Излишняя скромность, к счастью, не входит в число моих недостатков, и поэтому, когда наконец поверил в реальность происходящего, я, не задумываясь, последовал примеру непредсказуемой блондинки, мигом превратившись в современного Тарзана.

Я отплыл подальше, где вода была не так согрета, как у берега, чтобы децал охолонуть и сбить возбужденное напряжение мужского естества.

Но, когда вышел на берег и увидел загоравшую на животе Вику, все мои хитрые водные процедуры оказались напрасными. Соблазнительно выделявшаяся задница могла возбудить, наверное, и папу римского.

— Оказывается, ты вооружен? — притворно испугалась Вика.

О полном смятении моих чувств говорит тот факт, что рука невольно дернулась под мышку, но я вовремя сообразил, что десятизарядный «братишка» остался в избушке.

—.Ты ошиблась, я не вооружен!

— А ну-ка, подойди ближе. А это что, по-твоему? Между ног настоящая дубинка торчит. Или это резиновый кулак? Надо убедиться лично.

Всякие виды приходилось мне наблюдать без малейших эмоций. Но, когда нежно-ласковые пальчики блондинки обхватили мой «телескоп» у основания, я невольно вздрогнул и даже, кажется, покраснел.

— Ложись на песочек. Я знаю, чего ты сейчас хочешь больше всего на свете. Все вы, мужики, одинаковые.

Губки и бойко-активный язычок Вики оказались значительно нежнее ее пальчиков.

— Видишь, какой я грамотный доктор, — улыбнулась влажными губами Вика. — Пяти минут не прошло, а твоя дубинка снова стала мягкой и неопасной... Признайся, Женечка, ты это видел во сне?

— Если честно — да, — не смог покривить я душой, все еще находясь во власти острого наслаждения.

— А теперь бежим купаться! Тебя я удовлетворила — теперь моя очередь. Секс в воде — это что-то бесподобное!

Через некоторое время пришлось с ней согласиться. Ощущения описывать даже не берусь — сами попробуйте. Единственный совет — заниматься этим следует на мелководье, чтобы ноги твердо стояли на дне. Кстати, водяной секс кое-чем смахивает на кофе по-турецки. Там, смакуя, перемежают ледяную воду с дымящимся обжигающим кофе. Здесь почти тот же эффект — холодная вода и горячее, ритмично сжимающееся влагалище создают ту же бесподобную разницу ощущений.

Когда, обессиленные, мы наконец выбрались на берег и улеглись на песочке, я закурил «родопину» и задумался о женских причудах.

Еще вчера Вика была недоступно далека, а вот уже сегодня мы пылкие любовники. Все-таки жизнь человеческая полна странных неожиданностей, построенных на непонятных парадоксах, которые, видать, и составляют основу умно-глупого мироздания.

Почему-то вспомнился случай многолетней давности. Тогда я вдруг увлекся собиранием изумрудов. «Левых» и поэтому, естественно, неограненных. Махнул в рудничный поселок под видом отпускника, отдыхавшего от городской толкотни. Подцепил в клубе на дискотеке средней свежести бабенку, чтоб не вызывать излишнего любопытства у органов, и поселился у нее на правах ухажера-квартиросъемщика. Целый месяц убил на шляние по пивнушкам, выискивая поставщика. Но либо морда моя не внушала доверия, либо сбыт «левых» камешков здесь был уже отлажен от и до.

Старательно доведя хозяйку квартиры до невменяемо-страстной кондиции, попытался через нее выйти на реализаторов или хотя бы одиночек-«несунов».

— Женечка, за кого ты меня принимаешь? Да, я работаю в конторе на руднике, но я честная женщина.

Убедившись в бесперспективности идеи, я решил на следующий день слинять по-английски, то бишь без предупреждения.

Но по свойственной мне доброте захотелось оставить о себе хорошую память. У хозяйки постоянно барахлил сливной бачок в туалете. Решил ликвидировать неисправность. Свинтив болты крышки, еще раз убедился, что женщинам нельзя верить ни на грош. На дне бачка, аккуратно запакованный в полиэтилен и перехваченный резинками для волос, лежал увесистый пакет. Когда я его надорвал, на пол сортира посыпались светло- и темно-зеленые камешки. Уже ничему не удивляясь, собрал изумруды в свой кейс и шутки ради сунул в тайник, так же обернув в полиэтилен, пачку соли — по размерам пакеты были один к одному.

Подобные невероятно-непредсказуемые счастливые случайности тенью преследуют мою личность всю сознательную жизнь. Впрочем, может, и всех других людей. Я не в курсе.

А нешлифованные изумруды я так и не продал, а решил сохранить на черный день. Хотя, если он все же придет, мне, по ходу, не изумруды понадобятся, а похоронные венки...

Но не будем раньше времени о грустном. Я суеверен до неприличия, и накликать беду могут лишь кретины, к коим я себя ни в какой мере не причисляю. Даже мысль материальна, как доказали ученые...

— Все хорошо в меру, — заявила Вика, вставая. — Еще полчасика, и мы в натуральных негров превратимся. Поплыли обратно. Да и время обеда пришло. А тебе, милый Женечка, необходимо сейчас усиленно питаться, если хочешь быть таким же сильным любовником, как сегодня!

«Ну что за люди женщины — все им обязательно надо опошлить. А я уж как дурак собирался блондинке в любви объясниться. Все же прав старикан Шекспир· «О женщины — ничтожество вам имя!» Ну да ладно».

Обратно плыли молча. Вика о чем-то сосредоточенно думала, и я посчитал нетактичным нарушать ход ее мыслей.

По берегу, беспокойно озираясь, разгуливал Карат. Да и понятно — если что со мной произойдет, Цыпа в лучшем случае закопает живьем его в землю. А коли будет не в духе — просто посадит очком на кол.

Помогая причаливать нашу лодчонку, он все же не стерпел и высказался:

— Вы, Евгений Михайлович, хоть бы предупредили об уходе и месте нахождения.

— Ладно, — усмехнулся я. — Будить пожалел. А вместо благодарности — нотации выслушиваю.

— Не сердитесь, Евгений Михалыч. Я же как лучше хочу.

— Ладушки. Сбегай-ка в «Плакучую иву» и закажи обед на троих. И быстренько, а то дама проголодалась и готова нас с тобой самих на шашлыки пустить.

Вика скромно-обиженно надула губки, но тут же рассмеялась:

— У тебя черный юмор висельника, Женик!

— Что ж тут поделаешь! — искренне отозвался я. — Натура вечно нахально напоминает об истинном цвете и состоянии души... Ладно, не будем о грустном!

Эти чрезмерно жирные шашлыки вызывали у меня неприязнь в желудке.

— Может, спалить по ночнику эту забегаловку? — предложил Карат, с полувзгляда уловив мою мысль.

— Не стоит, — решил я. — Мое кредо — живи и

давай жить другим. Коли, понятно, эти другие не заслоняют мне солнце. Кстати, что-то Гульнары не видать. Ты с ней ничего не сотворил?

— Как можно, Евгений?! Я ж помню твой наказ. У нас натуральный роман. Сейчас ждет меня в «Теремке» и, наверное, от ревности на стенку лезет.

— Нехорошо, брат, издеваться без крайней надобности над слабым полом. Давай-ка быстренько ступай к ненаглядной, а то еще сюда припрется. И не волнуйся. Шпалер у меня в наличии, — соврал я, — в кейсе отдыхает. С двумя полненькими запасными обоймами.

Вика, сама ходившая на кухню выбирать шашлыки, вернулась с двумя шампурами.

— Покушай, Женик! Эти вот не такие жирные.

Запивая белым вином, я смог все же осилить порцию жареной баранины. Карат уже исчез по своим амурно-усатым делишкам, и мы с блондинкой остались за столиком вдвоем.

— Малыш! У меня народилась гениальная идея, — заявил я, почувствовав после вина и мяса мощный юношеский прилив сексуального влечения. — Ты, наверное, думаешь, что книжечка стихов потерялась? Ошибаешься! Я ее сберег для тебя. Она в моем домишке. Приглашаю в гости, а заодно и стишки заберешь. Как моя мысль, поддерживаешь?

Вика понимающе улыбнулась.

— Да. Если сильно хочешь. Стихи, признаться, моя самая глубокая слабость...

— Тогда не будем терять драгоценного времени. Ладушки? Я ведь тоже обожаю стихи...

Чтобы превратить грубо сколоченный стол в избушке в какое-то подобие праздничного, я постелил на него свое махровое покрывало и выставил бутылку марочного «Матра». За отсутствием рюмок просто вымыл до хрустального блеска граненые стаканы.

— Есть шпроты и сардины в масле. Ты как?

— Нет уж. Я на еду смотреть не могу, — улыбнулась блондинка, оценивающе оглядывая мою широкую кровать.

Я мысленно возблагодарил милую судьбу, что как раз сегодня заменил простыни и наволочку на свежие. Будто предвидел неожиданно-ожидаемое посещение блондинки. Жаль, не прихватил из Екатеринбурга кассетник — сейчас в самый кайф были бы зажигательные мелодичные выкрики-всхлипы магнитной кассеты «Японский секс». Ну, ясно — задним умом мы все гении.

— Пить тоже совсем не хочется, — капризно заявила очаровательная гостья. — Может, Женик, сразу делом займемся?

Нет, Вика, видимо, никогда не перестанет поражать меня своими непредсказуемыми выходками.

Через минуту, уже полностью обнаженная, она стояла передо мной с насмешливым вопросом в ясных голубых глазах:

— Ты так и будешь стоять статуей Аполлона Бельведерского? Мы, кажется, не в государственном музее!

В подобных ситуациях меня уговаривать излишне. Хоть и не довелось служить в армии, но разделся со скоростью горящей спички.

— Что тебе еще снилось ночью? — лукаво поинтересовалась Вика, поглаживая-массируя свои восхитительные упругие груди.

— Если придерживаться сна, то вставай на локотки и коленки. Моя любимая позиция.

— Ну что ж, — легко согласилась блондинка. —

Поза хороша, но только если ты, Женечка, якобы по ошибке не спутаешь отверстия.

— За кого вы меня принимаете, сударыня? — высокопарно, но неискренне возмутился я, как лорд, пойманный с поличным на краже носового платка. — Все будет путем, как положено!

Гибко изогнувшись, Вика выставила вверх свой замечательный юный зад. Из-за необузданного нетерпеливого желания я поступил неинтеллигентно, даже предварительно не поласкав милую малышку, а сразу введя член в горяче-влажное лоно, живо откликнувшееся ритмичными сокращениями. Обычно я кончаю минут через тридцать-сорок, но Викина восхитительная попка, похожая по форме на сердечко и прелестно вздымающаяся под моими руками, вызвала мощный оргазм уже минут через десять.

Но, чтобы блондинка не посчитала меня за неблагодарного эгоиста, я, бережно уложив ее на постельку, ласкал-щекотал пальчиком бугорок клитора до тех пор, пока она, вскрикнув, не застонала в экстазе.

Мы расслабленно лежали на смятых простынях, страстно обнявшись, как молодожены. В голову лезли разные глупые мысли.

— Малыш, а может, нам пожениться? — поинтересовался я просто ради проформы.

— Что ты, Женик! Я ведь замужем. — Вика почему-то поспешно переменила тему: — Давай-ка попробуем твою импортную бутылку. На вид она очень даже привлекательна.

«Желание женщины — желание неба», — так выразился какой-то старинный ловелас. Посему, натянув пижамные брюки, я направился к столу обезглавливать коньячную емкость. Заодно вскрыл и банку шпрот —

где-то читал, что шпроты весьма способствуют мозговой активности. А она, при моей опасной деятельности, для сохранения жизни просто необходима.

Вика, не посчитав нужным одеться — в общем-то в комнате было достаточно тепло, — села, слегка поморщившись, на табурет у стола. Правильно ее поняв, я мигом приволок с постели одну из подушек и учтиво-галантно подложил под нее. Такая нежная женская попка не имеет права страдать от грубого прикосновения к шершавым доскам табуретки. Это было бы непростительным преступлением против очаровательных розовых округлостей.

Выпив всего полстакана, Вику почему-то потянуло на слезливость. Некрасиво размазывая по лицу потекшую с ресниц черную тушь, она сразу потеряла свою привлекательность.

— Детка, умывальник с полотенцем в углу, — сообщил я, наливая себе еще.

Вика, не говоря ни слова, направилась по указанному адресу.

Плескалась так усердно-долго, что я уж подумал, не пытается ли она утопиться в умывальнике.

Зато вернулась к столу такой же свеженькой, какой я встретил ее в первую нашу встречу.

— Я не шлюха! — неожиданно заявила блондинка, удивив меня своей категоричностью. — Думаешь, раз переспала с тобой, то такая же потаскуха, как и все? А вот и нет! Просто я за честное равноправие. Раз мой муженек спит с кем попало, то почему я не могу? А вот ему назло с сегодняшнего дня пойду по рукам! Имею право!

Противоречить пьяной женщине — себе дороже.

— Имеешь, маленькая, имеешь, — усмехнулся я,

наливая ей снова. — Давай выпьем за эмансипацию. Я всегда симпатизировал женской борьбе за равноправие с деспотами-мужиками.

Вика залпом выпила и даже для приличия не притронулась к закуске.

Мое мнение — убежден, что алкоголь ежегодно уносит жизней человеческих на несколько порядков больше, чем все пули и финки нашего брата...

— Представь только мое положение, — продолжала изливаться Вика. — Кормлю его исключительно свеженьким, с рынка, чуть не пылинки с него сдуваю. И что? Ни капельки благодарности. Кобель проклятый. Изверг, а не человек. Натуральный скот. И как мне продолжать жить в таком унизительном положении? Да лучше в петлю.

— Ну уж с этим спешить никогда не следует. — Я почти протрезвел. — Не переживай и положись на судьбу. Все, чувствую, будет путем. Надо, малыш, больше доверять провидению! У меня заночуешь или в «Теремок» проводить?

— Прости, Женя, ты тут ни при чем, но я не останусь. Если честно, мне невыносимо стыдно за свое безобразное поведение. Проводи, пожалуйста, а то сама я, кажется, не дойду...

— Ладушки! — Я крепко полуобнял Вику за талию и вывел из избушки на воздух. Из двери сарая сразу выглянула голова Карата, но я махнул ему рукой, чтоб зря не суетился со своей излишней бдительностью.

Шли по темному, странно тихому лесу, стараясь не сбиться с узкой тропинки. Неуютно мне не было, хотя лес напоминал сегодня тот периодически повторяющийся сон с сидящими под деревьями мертвецами.

Да и присутствие верного «братишки» в наплечной

кобуре как-то успокаивало и не давало впасть в мистику.

Холодно чмокнув на прощание меня в щеку, блондинка быстро скрылась за дверями «Теремка».

Обратный путь занял вдвое меньше времени. Подойдя к двери сарая, я громко сказал:

— Карат! Не спишь? Зайди, базар есть.

Телохранитель не заставил себя ждать. Морда была незаспанная — неужто он круглые сутки бодрствует? Правда, я читал про одного поляка, который вообще не спит уже двадцать восемь лет. Но, во-первых, Карат вовсе не поляк, а во-вторых, он профессиональный убийца. И если б нервишки не получали полноценную разрядку, коей является в первую голову сон, то Карат давно бы стал постоянным клиентом дурдома.

— Слушай сюда, братишка. — Я щедро выплеснул остатки «Матра» в стакан Карату. — Есть для тебя небольшое дельце. Поедешь утром в Екатеринбург и найдешь заведующего отделом научно-исследовательского института на улице Малышева. Зовут Михаилом. Его надо убрать. Мозгами зря не шевели — план у меня уже готов. Сработаешь под случайный наезд. Собьешь клиента на угнанной автомашине, когда он после работы домой отправится. Обязательно наглушняк. Гонорар, имей в виду, двойной. Подписываешься?

Карат непонятно долго молчал, затем выпил полный стакан коньяку и поднял на меня совершенно трезвые глаза.

— Заметано, Монах! Сварганю в лучшем виде. Но одно условие — ликвид этот последний. Отпусти меня. Уйти хочу с фирмы с концами. И даже без навара для тебя сделаю. Сработаю по-товарищески, бесплатно. Только отпусти!

Евгений *Монах*

Чтобы привести свои мысли в строй и разобраться что почем, я выставил на стол еще бутылку «Матра».

— Пей, Карат, закусывай шпротами — они, кстати, весьма помогают при умственных завихрениях — и давай рассказывай. Подробненько. Что произошло?

— Да ничего особенного, Монах. Надоела мне такая жизнь. В любой момент могут то свои, то чужие грохнуть — и не успеешь даже сообразить, где накосорезил! А сейчас появилась возможность чисто оборваться, без «хвостов». Гульнара в меня по уши втрескалась. Квартирка у нее двухкомнатная, обещает в частный банк охранником устроить. Кой-какая «капуста» у меня имеется. Заживу по-тихому. Может, понравится...

— И ты готов жениться на этом усатом басистом гренадере?

— А что? Меня ее усики, если откровенно, даже возбуждают. А все остальное у Гульнары такое же, как и у всех.

— На вкус и цвет товарищей нет, — усмехнулся я. — Лады. Согласен. Отпустим живым. Попытай радости постоянных семейных свар и передряг. Потом расскажешь. Вместе посмеемся. Кстати, имей в виду, она тебя ревновать будет даже к замочной скважине!.. Ха-ха!

— Это уже мои личные проблемы, — нахмурился Карат. — Значит, веряк, отпустишь после ликвида?

— Да ради бога. Я не возражаю и ребятам цынкану, чтоб не трогали. А как же воровской закон — не жениться?

— А я вроде тебя, Монах, — ухмыльнулся Карат, — беспредельщик... С первым автобусом двигать?

— Ладно. Действуй, молодожен!

168

4

Как говорил известный философ Ницше: «Идя к женщине, возьми с собой плеть».

Но все течет, все изменяется. Даже философия. Изречение мудрого немца явно и безнадежно устарело. В наше время на свидание с женщиной надо брать с собой веник цветов либо, на худой конец, зеленую бумаженцию с изображением президента США. Результат значительно эффективнее. Особенно у нас в России.

За отсутствием в деревне цветочного магазина по дороге в «Теремок» я нарвал целую охапку пахучих полевых цветов. Насколько разбираюсь в людях — презент в виде долларов Вика швырнула бы мне в физиономию, восприняв как прямое оскорбление.

Правда, надо будет обязательно подарить ей что-нибудь ценное — как бы между делом, не акцентируя внимания. За незабываемо сказочные минуты интимности.

Сегодня настроение Вики значительно улучшилось. Она даже одарила меня благодарно-обольстительной улыбкой, ставя цветы в трехлитровую банку с водой.

В силу своей врожденной самоуверенности я воспринял эту улыбку многообещающей...

— Твоя любимая «Плакучая ива» готовит явную халтуру, — забросил я пробный шар. — Подозреваю, что армяне скрытые националисты и спецом травят русских клиентов. Есть ценное предложение — махнем в какое-нибудь приличное заведение Сысерти. Устроим, как выражаются в некоторых местах, праздник живота. Прости за невольную пошлость. Кстати, а где Гульнара?

— Прочесывает деревню, — улыбнулась блондинка. — Разыскивает своего ненаглядного Николая.

— Вот и ладушки. Хоть не будет портить нам аппетит своими усами. Ну, едем?

— А на чем? На лошадках? Здесь ведь такси днем с огнем не найдешь, — засомневалась непрактичная Вика.

— Пустяки. На дороге левака возьмем.

— Ну, хорошо. Подожди минуточку в коридоре. Я переоденусь.

Выйдя в коридор, я закурил. Странные создания эти женщины. Вчера я ее видел и имел во всех видах и позах, а нынче она стесняется чего-то!..

Как я и предвидел, первый же автомобилист, узрев у меня в руке пятидесятитысячную купюру, гостеприимно распахнул дверцу.

До маленького городишки Сысерть ехали всего около четверти часа. Отпустив машину, прошлись в поисках чревоугодного заведения по главной городской улице, все еще, по вечному российскому разгильдяйству, носящей имя Ленина. Набрели на ресторанчик с громким названием «Золотое руно».

Заведение было всего на дюжину столиков. Да и те пустовали. У эстрады вольготно разместилась тройка ребят в кожанках. Явно здешняя «крыша», то бишь местная банда рэкетиров, контролирующая коммерческие точки района.

Полупьяный молодой официант с наглой холуйской рожей подошел к нашему столику только через десять минут.

— Что будем заказывать? — широко зевая, равнодушно спросил он, даже из приличия не прикрыв пасть рукой.

— Холодные закуски. Салат из креветок. Балычок, бутылку итальянского шампанского, фруктов и, будьте любезны, украсьте стол вазой с цветами. И побыстрей, мальчик! Дама не любит ждать!

— Цветов не держим, — заявил официант, поджав губы, и удалился с видом оскорбленного достоинства.

— Сменяли шило на мыло — «Плакучая ива» ничем не хуже этой забегаловки. — Я не сдержал досадливого раздражения.

— Женя, а ты и вправду литератор? — спросила Вика, видно, желая сменить тему и утихомирить закипавшую во мне злобу.

— Естественно! — Я постарался улыбнуться. — Могу писать на любую тему. Как говорил Чехов: «Покажите мне любой предмет, и я тут же сочиню рассказ». Кажется, ему тогда, шутки ради, дали выеденное яйцо. И он ведь написал!

— Правда? — изумилась Вика. — А давай проверим! Видишь на мне подвеску из нефрита? Сочини чего-нибудь. Сентиментальное, если можно.

— Лады. — Усмехнувшись, я вынул из пластикового стаканчика несколько салфеток и тут же, на краю стола, начал строчить текст, почти не задумываясь. Вика пересела ко мне поближе и читала из-за плеча рождавшуюся новеллу:

ПОДВЕСКА

Нина Васильевна, зябко кутаясь в старую шубейку, стояла на троллейбусной остановке. Вся ее фигура выражала нетерпеливое беспокойство. Видавшая лучшие времена облезлая меховая шапочка смешно съехала набок. Но никто из прохожих и не думал улыбаться — ее доверчивые, чуть напуганные глаза на усталом лице, испещренном ранними морщинами, вызывали лишь жалость.

С неба падали крупные, волшебно красивые снежинки, но, попав на землю, тут же превращались в обычную грязь.

Нина Васильевна была учительницей литературы. Ее сын год назад провалил экзамены в вуз и сейчас нигде не работал, говорил, что готовится к экзаменам. Запросы у него были большие. Нина Васильевна из сил выбивалась, брала репетиторство, только чтобы купить Валере новый костюм, лакированные ботинки, овчинный полушубок. Все силы и деньги вкладывала в свое «солнышко».

Но со вчерашнего дня она была сама не своя. Случайно зайдя в «Сувениры», увидела подвеску с нефритом на тоненькой серебряной цепочке. Денег с собой не было, и Нина Васильевна ушла из магазина ни с чем, насмешливо назвав себя «дворяночкой», скрывая под иронией разочарование.

Подвеска не давала ей покоя весь путь домой. Перед глазами словно маячил шлифованный камень цвета молодой травы, вправленный в серебряный кулончик.

Ей даже почему-то подумалось, что если бы у нее был этот красивый, скромный камешек, то он принес бы ей счастье...

Подвеска стоила недорого, но и эти небольшие деньги подрывали ее месячный бюджет.

Но сегодня Нина Васильевна все же решилась — имеет же она право на маленькие женские слабости.

Скрипнув тормозами, остановился троллейбус. До

«Сувениров» было всего две остановки, но ей они показались вечностью.

На дверях магазина, запертых большим висячим замком, болталась картонка с грубо намалеванной надписью «Ремонт». Нина Васильевна все стояла и стояла у закрытых дверей, не зная, на что надеется.

«Ну и хорошо, — успокаивала себя она по дороге домой. — Не зря говорится: все к лучшему... Зато вовремя внесу квартплату...»

В людском потоке Нина Васильевна скоро затерялась. И, конечно, никто из спешащих прохожих не заметил, как в уголках губ Нины Васильевны вдруг образовалась новая скорбная морщинка...

— Ну как, убедилась? — довольно откинулся я на спинку кресла, поворачиваясь к Вике.

Та беззвучно сидела, закрыв лицо ладонями. Между пальцев текли черные струйки. Я даже всерьез испугался, пока не просек, что она просто плачет и у нее снова потекла тушь с ресниц.

— Тут обязательно должна быть дамская комната, — как бы между делом заметил я, скатывая исписанные скомканные салфетки в компактный комочек, чтобы запихать его в пепельницу.

Увидев это, Вика тут же отобрала у меня салфетки и, аккуратно их разгладив, спрятала в свою сумочку.

— Милый романтик! Женечка, ты даже не представляешь, какая у тебя нежная, ранимая душа.

— Ладно, — рассмеялся я, — давай ступай умываться, а то на нас уже подозрительно оглядываются.

Блондинка упорхнула наводить марафет, а я закурил «родопину», высматривая куда-то запропастившегося официанта.

К моему столику, ухмыляясь сытыми мордами, подошли разболтанной — явно уголовной — походочкой трое ребят в одинаковых кожанках. Между прочим, вот эта походка, невольно вырабатываемая в лагере, является главной приметой бывшего зэка для ментов. Поэтому серьезные люди, освободившись, в первую очередь избавляются от этой дурацкой привычки наряду с жаргоном. Но эти трое — зелень, чайки, которым даже простейшие очевидные вещи надо вдалбливать в башку не словами, а кастетом.

— Ты чо, козел, так нескромно себя ведешь? — спросил старший из них, явно нарываясь на неприятность. — Официанта оскорбил, телку до слез довел. По ходу, тебя, падла, вежливости учить пора!

— Лады, — легко согласился я. — Пошли в туалет. Немного удивленная моим внешне не подкрепленным физической силой нахальством, троица сопроводила меня в туалет.

— А вот щас, козлина, побазарим с тобой всерьез, — с угрозой сообщил старший, подперев дверь изнутри шваброй. Он вынул из-за ремня эбонитовые нунчаки и довольно профессионально закрутил ими.

— Ладно, — искренне вздохнул я. — Хотел только почки вам опустить, но, раз вы вооружены, не получится.

— Еще бы! — загоготал старший. — Это мы щас тебе и почки, и печень подлечим.

Вот что мне нравится в таких ребятах — любят они порисоваться-покривляться перед делом. А самая продуктивная работа — быстрая. Я сунул руку под куртку и вынул новое действующее лицо — матово блеснувший воронением «марголин» с привинченным глушителем.

Явно не ожидавшие такого поворота событий, «кожаные затылки» замерли, дебильно разинув рты и ошарашенно уставившись на темный зрачок пистолета. Нунчаки, выпав из руки громилы, стукнулись о кафельный пол.

— Не ссыте, бакланы! Кончать вас не буду. Просто визитку оставлю на память. Чтоб впредь не вязались к людям, о которых даже понятия не имеете.

«Братишка» трижды вздохнул, отдаваясь в плече. По полу, освободившись от пуль, запрыгали три черные гильзы. Подбирать их я счел необязательным.

Точно посередине «ежиков» боевиков пролегла красная дорожка. Кровь, скапливаясь на узких лбах, капала на нос.

— Это вам, мальчики, памятка от «Пирамиды»! Сочувствую, но волосы на поврежденных местах расти уже никогда не будут. Если вам очень не повезет, еще встретимся. Тогда стрелять буду на два сантиметра пониже. Живите пока!

Я вышиб ногой подпиравшую дверь швабру и вышел в ресторанный зал. Официант вытаращил на меня глаза. Он явно был уверен, что я сейчас валяюсь в полной отключке и окровавленный в сортире.

— Ваш заказ давно готов! — стал он вдруг необычайно предупредительным. — Через секундочку подам!

Не обращая на него внимания, я подошел к нашему столику. Вика была уже в полном порядке.

— Малыш, нам, к сожалению, надо уходить. Могут быть крупные неприятности. И потом, знаешь, мне вдруг страшно стало не хватать твоих любимых шашлыков из «Плакучей ивы»!..

В этот день Вика была явно со мной необыкновенно ласково-нежна. Наверное, из-за литературного опуса «Подвеска». А может, она просто предчувствовала мой тайный подарок — ведь со смертью изверга-мужа Вика становилась свободной и счастливой женщиной. И если ей понадобится, на что я очень рассчитывал, мужчина-утешитель, то я всегда готов на эту замечательную роль.

Ближе к вечеру мы навестили избушку. На этот раз секс-позиции выбирала Вика. Выяснилось, что она больше всего возбуждается при положении наверху и на боку. Ну, боковой вариант и мне по кайфу — происходит самое глубокое проникновение и, что немаловажно для удовольствия, можно одновременно ласкать женский задик, что весьма возбуждает обоих.

Закончила секс-сеанс Вика даже без моей просьбы так же, как и начала нашу интимную близость на пляже маленького зеленого острова.

От провожания до «Теремка» блондинка отказалась. Признаюсь, к искреннему моему облегчению — никаких сил в организме практически уже не оставалось.

По свойственной щедрости, чисто по-монашески, я отдал все силы ближнему своему — Вике то бишь.

Ночью меня разбудило тихое постукивание в дверь. Нервишки уже не те. Сначала вынул десятизарядного «братишку», встал за косяк и только после этого спросил:

— Кто?

— Я это, — глухо ответил Карат. — Доложить сейчас или до утра терпит?

Я щелкнул задвижкой, впуская киллера внутрь.

— Рассказывай.

— Все чисто. Как ты и заказывал — сбил угнанным «ЗИЛом». Все путем. Узнавал по телефону в больнице — крякнул, не приходя в сознание.

— Где машину бросил?

— Загнал во двор какой-то девятиэтажки. Свидетелей не было. Да и загримировался я.

— Ладушки! Выпить не хочешь?

— Нет, Монах. Устал как собака.

— Тогда спать иди. Утро вечера мудренее.

5

Проснулся я поздно и в лучезарнейшем настроении духа. Все складывается как нельзя лучше. Расклад идет козырной. Вика теперь свободна, даже можно поразмышлять о семейной жизни. Конечно, смешно, но надо бы, по идее, наследника организовать, а то ведь можно и не успеть... И Вика идеально подходит для этой благородной цели — молода, здорова, без больших претензий. В принципе, можно с ней сразу и не расписываться. Если не захочет, пока не истечет срок траура. Традиции нарушать, понятно, крупный грех. Главное — пусть мальчонку вынашивает. А материально обеспечу их от и до.

Если уж совсем честно — нравится она мне до такой степени, которая, наверно, и называется любовью. И творчество мое литературное блондинку трогает — значит, чувствительная женщина и с маслом в голове. Душа есть — читая «Подвеску», расплакалась, как девчонка. Выходит, любит не только мое тело, но и интеллект. А это сочетание — большая редкость, насколько я замечал. Деньги мои ее не интересуют. Да она и представления о них не имеет. Ясно, бизнес наш ее вряд ли обрадует, но я же конспиратор со стажем. Можно при желании пропихнуть что-то правдоподобно-убедительное. Не впервой. Кстати, женщину облапошить, особенно если она к тебе неравнодушна, совсем не сложно.

Ну ладно! Размечтался что-то уже сверх всякой меры. Далеко заглядывать — примета дурная. Жить нужно сегодняшним, накрайняк — завтрашним днем. Надежнее.

С Викой, правда, придется погодить. Похороны, поминки, традиционный траур... Ладно. Будет день — будет пища, как говорят знающие люди.

Сегодня у меня другая проблема. И, по ходу, не слишком приятная. Терять Карата было бы глупо. Убрать Гульнару? Карат враз вкурит, что почем, и может затаить зло. Опасно. Надо сделать грамотнее. Если Гульнара вцепилась в него по принципу «на безрыбье — и рак рыба», то все просто. Найдем ей Аполлона из племени альфонсов. Дороговато, понятно, обойдется. Но игра стоит свеч. К Карату я все же привязался, и убирать его — сердце не лежит. А отпускать на все четыре — опасно, да и закон запрещает. К тому же ребята не поймут. Вредный прецедент... Нет, из нашего монастыря дорога одна — на монастырское кладбище. Так спокойнее. Но спешить с этим не буду, неинтеллигентно. Сначала побеседую с Гульнарой. Авось нащупаем общий язык и взаимовыгодное решение.

Во всем виновата вечная моя сверхчувствительность — жаль мне глупого Карата, и все тут. Заметано! Сам за дело не возьмусь. Если Карат не передумает уходить, пошлю Цыпу или Тома. У них к нему никаких личных симпатий нет. Они не знают, что он индивид — от выгодного «ликвида» отказался, а, наоборот, заказчика совсем бесплатно грохнул! В натуре, поступил как настоящий человек, а не банально алчный киллер.

Да... Проблема... Но не думай, Карат, что я сволочь. Гарантирую: если придется, умрешь ты легко, без мучений!

Немного успокоив свою слишком чувствительную совесть насчет моих возможно-вынужденных действий, я, сменив пижаму на спортивный костюм, съел банку шпрот в масле и пошел немного прошвырнуться по живописным окрестностям.

Обожаю природу — в ней все естественно-просто, без обмана и подлой расчетливости, присущей только людям. Правильно говорил когда-то покойный Артист, которому лоб зеленкой намазали за убийство мента: человек — это неблагодарное животное...

Вот взять, к примеру, обыкновенный полевой цветок — за каплю дождевой влаги и бесплатный солнечный свет он честно благодарит своей красотой, нежностью распустившихся лепестков...

А человеку дай только палец — откусит всю руку — чуток перефразировал я известную американскую пословицу. А я-то чем лучше? Такая же неблагодарная скотина! Хотя нет. Я не скотина, а зверь. И, выходит, мне многое прощается, так как основной природный инстинкт хищника — насилие.

Все-таки куда приятнее и благороднее быть волком, а не быком!

Весьма ободрившись данным умозаключением, я направил свои стопы к «Теремку».

В номере была лишь Гульнара. Выглядела она препротивно — зареванное опухшее синее лицо, прическа растрепана и вздыблена, словно она старательно готовилась к съемкам в фильме ужасов.

— Что это с вами, драгоценная Гульнара? — полюбопытствовал я, обшаривая глазами комнату. Ничего достойного внимания не обнаружил, разве что успевший уже завянуть мой вчерашний букет. Да еще раскрытый чемодан на кровати. — Ты что, уже уезжаешь?

Не отвечая, Гульнара не складывала, а просто беспорядочно бросала свои вещи в чемодан, явно не заботясь или не понимая, что он при подобном складировании ни за что не закроется.

— Тебе помочь? — из присущей мне доброты предложил я.

— Иди ты на... — буквально ошарашила толстушка, безуспешно пытаясь захлопнуть крышку чемодана.

— Да в чем дело? С Николаем, что ли, успели поругаться?

— Идите вы оба на!.. — заорала Гульнара, явно зациклившись на этом мужском органе. Правильно говорят: у кого что болит — тот о том и говорит.

Чисто из благотворительности, чтобы привести ее в чувство, я влепил ей увесистую оплеуху. Гульнара отлетела к кровати и шлепнулась своим мощным задом на чемодан, наконец захлопнув его. Нет худа без добра, как говорится.

— Рассказывай! — жестко приказал я, всем видом убедительно демонстрируя, что экзекуция в случае неповиновения повторится уже в более болезненной для толстушки форме.

— Все горести и беды от вас, мужиков! — заливаясь горючими слезами то ли от боли, то ли от обиды, сделала ценное открытие визгливая Гульнара, не обращая даже внимания, что такая фиолетово-черная физиономия не достойна ничего лучшего, кроме кирпича.

— Поподробней, милая, — сказал я тоном, каким обычно говорю слова типа: «Колись, падла!»

Закурив «родопину», устроился в кресле, приготовившись услышать какую-нибудь ахинею этой явно сбрендившей, истеричной бабенки.

— Во-первых, где Вика? У озера гуляет?

С Гульнарой опять случился бурный припадок. Разрыдавшись, она обхватила руками голову, словно желая ее оторвать, и стала монотонно раскачиваться, напоминая китайского болванчика.

— Вика в реанимации! Врачи со «Скорой» сказали: надежды нет никакой!

Я почувствовал себя так, как уже было однажды. Тогда, при очередном задержании, один из ментов группы захвата, перестаравшись, звезданул меня, сучара, откидным железным прикладом «калашникова» промеж лопаток. Дыхание мое начисто перехватило, все мысли и желания куда-то мигом улетучились, тело стало чужим и непослушным. Даже сердце, казалось, отключилось.

Сигарета, дотлев до фильтра, обожгла мне губы, вернув в действительность.

— А что случилось? Она ведь совершенно здорова была!

— Была, пока все мои снотворные таблетки не выпила. Хроническая бессонница у меня на нервной почве, всегда запас этаминала с собой вожу. И из-за кого на себя руки наложила?! Из-за кобелины этого, муженька своего ненаглядного. Утром телеграмма пришла — погиб он в автокатастрофе. Пьяный небось от очередной любовницы возвращался! Юбочник проклятый. Так и надо ему!

— Не может быть! — Я ушам своим не верил. — Ты что-то путаешь, дура. Она же его не любила!

— Да?! — Зареванные глаза Гульнары махом высохли от запылавшей в них неприкрытой ненависти. — Бегала за ним, чисто как собачонка! Сколько раз он от нее к разным шлюхам уходил — так она прямо на коленях умоляла вернуться. Недавно опять кем-то увлекся, стал даже на разводе настаивать. Так Вика, дура набитая, прости меня господи, нет чтоб дать согласие и развязаться наконец с кобелем этим ненасытным, упросила его еще месяц подумать и сюда вот уехала. Надеялась, что перебесится он за месяц со своей новой вертихвосткой, заскучает и снова к ней вернется. Полная кретинка! Все беды от вас, вьете из нас веревки, все жилы вытягиваете! Да и я-то чем Вики умнее? Связалась вот с Николаем этим, а ведь сразу видать — такой же кобелина ненасытный! Нет, сегодня же уезжаю обратно в Екатеринбург! Слава тебе господи, что вовремя образумил! А то бегала бы такой же собачонкой несчастной, как бедная Вика за своим муженьком!

— И правильно, — сказал я, поднимаясь с кресла. — К тому же Николай-то давно женат. Двое детей у него.

— Вот подлец! — Гульнару аж перекосило. — А говорил, что холостой!

— Ладно. Счастливого пути.

Внизу, на первом этаже «Теремка», стоял телефон на столике у дежурной.

В Сысерти больница была всего одна, и уже через минуту мне официально подтвердили, что доставленную из «Теремка» женщину с признаками острого отравления спасти не удалось. Летальный исход.

Не знаю, сколько времени таскался я по лесу без всякого дела, как лунатик, не разбирая дороги, но каким-то чудом не налетая на деревья и не сваливаясь в многочисленные овраги.

Когда стало темнеть, побрел в свою избушку. В дверях торчал листок бумаги. Развернув, прочел записку:

Монах, если желаешь черной смерти, то зайди в сарай. Я тебя жду.

Карат.

Отперев висячий замок, я прошел в комнату и вынул из-под подушки верного «братишку». Выщелкнув обойму, убедился, что все десять свинцовых птенчиков ждут своего смертельного для кого-то полета.

«Ясно. Карат, видно, узнал от Гульнары, что я наврал про его семью, и решил, глупый мальчик, со мной разобраться. Ладушки! Будь по-твоему!»

Чувство опасности дало необходимый выброс адреналина в кровь — я это ощущал по привычно напрягшемуся телу, по обострившимся рефлексам, зрению и слуху. Организм уже был готов к яростной борьбе за жизнь своего хозяина.

Мне даже стало весело.

— Хоть ты и Карат, но совсем не алмаз. И мои пули сейчас это докажут!

Выскользнув в окно, я бесшумно подобрался к сараю, стараясь оставаться в тени. Все же у Карата двадцатизарядный «стечкин» в наличии. И в калибре, и в скорострельности мой маленький «братишка» ему явно проигрывал.

Евгений **Монах**

К сожалению, в сарае не было окон, а то я мог бы легко расстрелять Карата, вообще сам не рискуя. Пришлось подойти к дверям. Стоя за косяком с поднятым пистолетом, долго прислушивался. Но напрасно — из сарая не доносилось никаких звуков. Может, Карат не такой дурак, сидит сейчас где-нибудь за деревом и смеется, держа меня на мушке? Но тогда почему я все еще жив?

Мне надоело мучиться сомнениями и, ударом ноги чуть не сбив слабенькую дверь с петель, я прыгнул в сарай, держа пистолет для верности обеими руками.

Карат мирно сидел в углу сарая на шерстяном одеяле за нехитрым ужином. Рядом с ним никакого оружия не просматривалось. Хорошо, что выдержка у меня на должном уровне — я не выстрелил, а лишь спросил:

— Что ты тут про смерть мне накорябал?

— Заходи, Монах, располагайся, — гостеприимно разулыбался Карат, еле ворочая языком. — В здешнем лабазе купил три бутылки новой водки. «Черная смерть» почему-то называется. Смешно, правда?

— Очень, — согласился я. — Если б в сарае окно было, вообще умер бы от смеха!

Рассмотрев этикетку уже пустой бутылки, убедился, что он не врет. На черном фоне был изображен белый человеческий смеющийся череп в высоком цилиндре. До чего только не додумаются эти веселые американские бизнесмены! Видно, отлично понимая, что в ближайшем будущем ожидает ограбленную и пьяную Россию, именно то и присылают. Остроумно! Как говорится за океаном: «Умирай с улыбкой!»

— А Гульнара уехала, — вяло сообщил Карат, распечатывая новую «Смерть». — Даже, сучка усатая, не

184

попрощалась. Ну и хрен с ней! Видно, судьба у меня таковская — всю жизнь одиноким волком жить!

— А от судьбы не уйдешь, — философски подтвердил я, беря свой уже наполненный стакан. — За что пьем?

— Давай по-гусарски — за красивых женщин, — предложил Карат тост, который, на мой взгляд, звучал бы сегодня неприлично-кощунственно.

— Нет уж! Уволь! И вообще красивые женщины — это сплошные проблемы. Часто совсем некрасивые. Давай-ка лучше в тему: за черную смерть.

— Точно! — захохотал в стельку пьяный Карат. — В елочку. Тема-то именно наша!..

На третий день беспробудного кутежа у нас кончилась не только коробка с коньяком, но и ящик с американским пойлом.

Утром на четвертый день мы сидели с телохранителем в избушке за столом у окна и опохмелялись баварским баночным пивом, поспорив, кто больше выпьет.

Во двор, солидно урча мощным двигателем, въехал наш «Мерседес-600».

Вошедший в комнату Цыпа сразу треснул моему верному собутыльнику подзатыльник.

«Собутыльник-подзатыльник», — весело подумал я. Видать, даже в полуобморочном состоянии во мне живет и действует литературный талант.

— Ты что, Карат, вконец оборзел?! Разве я тебя сюда для этой цели посылал? С понтом, ты не в курсах, что Монаху много пить нельзя? Вредно для здоровья! У него же ментами и печень, и почки сто раз на допросах отбиты!

Цыпа повернулся ко мне.

— Евген, ты же поправить здоровье сюда приехал.

А что на деле? Нет, ты как хочешь, а я тебя одного больше не оставлю. Все, завязывай! Возвращаемся в Екатеринбург. Да и срочных дел накопилось невпроворот.

— Ладушки! — Я с трудом поднялся с табурета. — Поехали. Мне самому эта деревушка надоела до смерти. Черной причем!.. Ха-ха! Между нами, Цыпа, Венера-то оказалась права — мои услуги приносят одни несчастья!..

— Он уже заговариваться начинает. — Цыпа обеспокоенно-мягко взял меня под руку. — Карат! Поддерживай Евгена с другой стороны. Пойдем, Монах, потихоньку к машине. В дороге хорошенько выспишься, снова человеком станешь. А вечерком бесподобная Мари тебя полностью поправит и поднимет. Последнее, как ты рассказывал, она умеет делать идеально!..

ВЫСТРЕЛ В СПИНУ,
ИЛИ ДОЛГ КРОВЬЮ КРАСЕН

1

Нежный запах гвоздик будоражил в душе какие-то неясные добрые воспоминания о том благословенном времени, когда мы воспринимаем жизнь как вечный праздник, наивно полагая, что все люди друзья-братья и никто никаких пакостных сюрпризов нам не преподнесет и тем паче — не выстрелит в спину. Воспоминания о счастливой поре детства, короче.

Цыпа неловко топтался у моей кровати, держа в вытянутых лапах букет-охапку красных гвоздик и явно не зная, как от них наконец отделаться.

— В тумбочке трехлитровая банка с маринованными помидорами есть, — пришел я на помощь молодому соратнику. — Выкинь содержимое и налей туда водицы. Замечательно вместительная ваза получится. Помидоры я все равно не слишком-то уважаю. Огурчики соленые мне больше в кайф.

— Отличная закусь. Я учту это дело, — кивнул Цыпа, скрываясь со стеклянной тарой в кабинетике туалета. В палате люкс я лежал в гордом одиночестве. Кроме туалета, здесь имелась даже крохотная душевая комната с сидячей ванной, не говоря уж о таких мелочах, как видеодвойка и холодильник. Больничные специфические «ароматы» не действовали мне на нервы благодаря постоянно работающему кондиционеру, неутомимо освежавшему воздушное пространство комнаты.

В этих апартаментах я отдыхал от дел праведных —

и не очень — уже почти неделю, схлопотав при выходе из «Вспомни былое» от неизвестного киллера огнестрельный сюрприз в спину. Контрольный выстрел подонок сделать, к счастью, не успел, тут же буквально выпотрошенный очередью Томиного «стечкина». Тупорылая «макаровская» пуля ударила мне в левую лопатку и выдохлась, не сумев преодолеть каких-то миллиметров, оставшихся до сердца.

В этот злополучный час на мне случайно не оказалось бронежилета, который я уже месяц терпеливо таскал на теле, устав от надоедливых увещеваний Цыпы. И вот, по известному вечному закону подлости, стоило лишь мне из-за несносной летней жары «забыть» бронежилет дома, как на тебе — сразу последовала наглая огнестрельная проверка шкуры Монаха на прочность. Но воровской фарт бдительно оказался на стреме и спас меня от неожиданной отправки «в Сочи». По всей видимости, негодяй палил из сильно изношенного ствола.

Левой рукой нормально шевелить я еще не мог, но в туалет перемещался уже на своих двоих. Только первые сутки мне пришлось терпеть унизительную «утку» в руках заботливой медицинской сестрички. Она была весьма молода, и я страшно смущался при этих интимных процедурах, но даже пошевелиться ладом самостоятельно тогда был не в состоянии — отходил после операции и наркоза. Если уж до конца откровенно, то смущало меня не само справление нужды, а предшествующие моменты. Когда юная леди брала член своими тонкими «музыкальными» наманикюренными пальчиками, я непроизвольно ощущал возбуждение, и совала она в «утку» уже не слабовольный орган, а натуральную «дубину», упрямо не желавшую сгибаться в предназначенное железное отверстие и явно жаждавшую иного удовлетворения и совсем в другом, более нежном и приличном отверстии.

Цыпа появился из санузла с довольной мордой, неся трехлитровую банку, битком набитую цветами.

— Поставь на тумбочку, — велел я, опасаясь, что он по наивности и необразованности пристроит букет на столик в ногах кровати, и получится, как у гроба покойника.

— Ты в порядке? — спросил телохранитель, выполнив указание. — Сердце не болит?

— Все тип-топ! — уверил я заботливого подручного. — Ты выяснил, что за недоносок шмальнул меня в спину? На кого он работал?

— Пока нет. Известно только имя покушавшегося: Кирилл Владимирович Кравченко. И все.

— И то хлеб! — оптимизировал я настроение соратника, хотя фамилия эта мне ни о чем не говорила. — Какие-нибудь его связи проглядываются?

— Еще нет. Никто из наших ребят с ним никогда не контактировал. По крайней мере, все в один голос так утверждают.

— Ладно. Ясно одно — Кравченко простой любитель. Профи сначала расстрелял бы телохранителя, а уж потом спокойненько за «объект» взялся. Согласен?

— В цвет, Евген! Солидарен с тобой. Несерьезный, в натуре, заказчик, — подумав децал, кивнул Цыпа. — Но тогда вконец запутано все! Какой олух пошлет на дело любителя-одиночку? Среди конкурентов я таких идиотов не встречал. Может, это какой-то ухажер одной из наших «бабочек»?

— Не будем гадать! Неблагодарное занятие! — отмахнулся я. — Подождем информацию от майора. Зря, что ли, мы ему пять «штук» зеленых ежемесячно отстегиваем? Пусть отрабатывает мент свою красивую жизнь!

— Чуток он уже отработал, — напомнил подручный. — Кабы не майор, сидеть бы Тому за ношение оружия! Гарантия! А с отмазкой майора объяснение Виктора, будто бы он случайно надыбал «стечкин» в туалете пивбара, — отлично проканало, словно менты не в курсах, что у Тома уже имеется на рогах судимость за мокруху.

— Ничего. Пусть покрутится опер на благо нашей фирмы на всю катушку, не развалится, морда протокольная. Как с моей охраной? Обеспечил по уму?

— Все в елочку, Евген! Три гаврика из охранной фирмы «Кондор» круглосуточно в коридоре больницы сидят и еще трое в машине под окнами. Второй этаж, но рядом с твоими окнами водосточная труба проходит — лучше подстраховаться на всякий случай, от греха. Меняются охранники по часам. С тутошней администрацией я утер это дело, главврач дал «добро».

— Почему не наши ребята? — спросил я чисто для проформы, так как уже и сам просек, «где собака зарыта».

— Надежнее. Менты могут наших ошмонать, а сотрудники «Кондора» имеют право легально оружие носить. Да не беспокойся — это мальчики надежные, можно положиться. Мы их парочку раз уже использовали на подхвате, если помнишь.

— Помню. Натуральные головорезы! Ладушки. С этим ясно. Как дела в заведениях?

— Все путем. Осложнений и наездов нет. Девки передком работают, прям как швейные машинки. Постельные стахановки, можно сказать.

В палату без стука заглянула молодая медсестра.

— Евгений Михайлович, к вам еще один посетитель. Примете? Не в форме, но, по-моему, из внутренних органов.

— Из каких конкретно? — ухмыляясь, уточнил мой подручный. — Не из прямой кишки, случаем?

— Не хами даме, братишка! — строго осадил я не в меру разошедшегося Цыпу. — И гуляй давай. По ходу, это наш незабвенный опер нарисовался. Как говорится: легок черт на помине! Кстати, огурчики завтра не забудь притаранить.

— Помню я, Михалыч, склероза нет, — надул губы Цыпленок и, отвесив нахально-двусмысленный реверанс покрасневшей девушке, исчез за дверями.

Я как в воду глядел — вторым моим сегодняшним посетителем оказался майор Инин.

— Не обрыдло здесь без дела валяться? А, Евген? — вместо приветствия весело пророкотал мент, скосив хитрый насмешливо-оценивающий взгляд на медсестру. — Впрочем, с тобой все понятно! От такой сахарной конфетки зараз не слиняешь! Верно говорю, милочка? Но ты поосторожней с пациентом. Евгений известный любитель женского пола — за уши не оттащишь. Хе-хе!

Не ответив разнузданному менту, медсестренка мигом юркнула в коридор и поспешно захлопнула за собой дверь, словно опасалась преследования со стороны этого нескромного мужлана.

— Присаживайся, майор. Выпьешь? В холодильнике есть водка «Господа офицеры», а в тумбочке коньяк. Сам хозяйничай, раз я на заслуженном больничном.

— На заслуженном? — сразу по своей легавой противной привычке прицепился к словам опер. — Выходит, ты знаешь, кому дорогу перешел? Кто заказчик ликвида? Из деловых?

— Понятия не имею. Я просто так сказал, — поморщился я. — Никаких сведений пока, к сожалению, не имею в наличии. На тебя вот рассчитывал по наивности, как на друга старого. Зря, по ходу?

— Ничего не зря! — неловко замахал Инин руками, занятыми уже бутылкой коньяка и двумя хрустальными стопками из тумбочки. — Кое-что могу сообщить. Кравченко дилетант и не из спецконтингента. Ни разу даже не сидел!

— Это я и сам догадался! — усмехнулся наивности старшего оперуполномоченного. — Кстати, это не доказано. Мог быть и профи, хоть и не судимый ранее.

— Лажа! Стопроцентный любитель! — Опер наполнил рюмки золотой амброзией и подал мне одну. — Знаешь, из чего он палил? Из газового пистолета, расточенного под «макаровский» патрон. Так-то, Евгений! Ни один маломальский профи с такой горе-волыной на дело ни в жизнь не пойдет! Верно говорю?

— Вот это в елочку! — пришлось мне согласиться под давлением столь убедительного довода. — Но ведь странно-глупо все выглядит, ни в какие ворота не лезет!

— Что да — то да! Непонятная, темная история. Стопроцентный «глухарь», — с удовольствием смакуя пахучую французскую жидкость мелкими глоточками, заявил майор, нисколько, видать, этим не огорченный. — Но ты не хипишуй раньше времени, Монах, — сделаю все, что смогу. И даже больше! Буду как экскаватор копать это дохлое дело, будто мне за его раскрытие полковничьи погоны светят!

— А кто он такой, Кравченко этот? — поинтересовался я, проглотив свою дозу и взяв из вазочки очищенный мандарин. — Закусывай цитрусовыми дарами природы, майор, не тушуйся.

— Время еще не пришло — я, как тот главный фраер из кинофильма «Судьба человека», после первой не закусываю! — осклабился опер, наливая себе по новой.

— Только этим ты на героя и похож, — слегка поднаначил я. — Ладно, проехали! По делу говори.

— Пожалуйста! — совсем не обиделся Инин, медленно-постепенно согревая собственный желудок второй стопкой. — Кравченко жил один, снимал комнату в трехкомнатной квартире где-то на Бебеля. Работал раньше техником в радиоцентре. Примерно год как безработным числился.

— Возраст?

— Тридцать три годочка.

— Прямо возраст Спасителя, — мрачновато усмехнулся я. — Но больше ни одной дельной ассоциации! Добудь мне список всех знакомых покойного. И точные координаты его фатеры. Авось пригодится.

— Сделаю. Это не проблема, — заверил собеседник и, покосившись на меня, спросил: — Тебе еще капельку плеснуть? Коньячок, хочу отметить, замечательного качества, без химической экспертизы видно.

— Ты у нас знатный криминалист в данном сложнейшем вопросе! — понимающе улыбнулся я. — Меня уволь, а ты хапни еще децал на дорожку. Для сердечной деятельности очень пользительно, говорят. Сосуды расширяет похлеще кофеина.

— Вот-вот! — сразу согласился Инин. — Об том и речь! Главное богатство — личное здоровье. О нем необходимо тщательно заботиться, холить и печься. К тому ж коньяк все вредные микробы в организме сжигает к чертовой бабушке.

— Гляди, чтоб однажды печень тебя не привлекла, — скаламбурил я, закуривая «родопину» и стараясь не смотреть в лицо оперу. Надоела мне уже его довольная лоснящаяся морда хуже пареной репы. Как лагерная баланда, короче.

Майор был не дурак и намек понял — поспешно приговорив стопку «на посошок», стал прощаться:

— Не хандри, Монах, и поправляйся ладом. И не слишком усердно разлагайся в теплом обществе с холодильником и тумбочкой!

— Чья бы корова... — усмехнулся я, выпустив в его сторону насмешливое колечко сизого дыма. — Ладушки. Ты тоже поменьше общайся с бутылкой — о деле мозги раскидывай, а не полощи их в алкоголе. В ближайшие дни ожидаю от тебя благоприятных известий об обнаруженном наконец заказчике.

— Очень надеюсь что-нибудь для тебя разузнать, — не слишком уверенно заявил опер, берясь за ручку двери. — Выздоравливай, Евгений!

— Ты не кашляй, майор!

После ухода этого бескорыстного любителя халявного коньяка жидкости в бутылке осталось меньше половины. Ладно. Тут уж ничего не поделаешь. Каждый человек имеет право на свои маленькие слабости. А менты, если всесторонне и беспристрастно разобраться, тоже как-никак люди, и ничто человеческое им не чуждо. Алкоголизм и меркантильность — в особенности.

В палату, предварительно убедившись, что я один, вошла медсестра с компактным приборчиком для измерения кровяного давления. Приталенный белый мини-халатик смотрелся на ней не менее соблазнительно, чем продуманный летний наряд какой-нибудь путаночки.

А может, мне лишь казалось из-за томительно-долгого отрыва от интимного общения с прелестями женского пола. Ведь уже вечность целую страдаю в вынужденном монашеском воздержании. Неделя почти. Медсестра присела на краешек моего ложа, отчего халатик на ней натянулся, восхитительно подчеркнув крутые бедра и высокую грудь.

Я выпростал из-под верблюжьего одеяла голую правую руку, и мой бицепс плотно окольцевала черная надутая тряпка, не в курсе, как она по-научному называется.

— Милая сударыня, а ведь мы с вами почему-то все еще не познакомились, — забросил я пробный шарик. — Непорядок это. Крупное упущение. Вы не находите?

— Лежите спокойно, больной! — чуть-чуть улыбнулась фея в докторском халате, накачивая пальчиками резиновую грушу, от которой шла гибкая трубка к тряпке. — Вам, Евгений Михайлович, много разговаривать пока вредно.

— Тем более непорядок! — не послушался я ее совета. — Вы меня знаете, а я вас — нет. Несправедливо как-то получается.

— Хорошо. Меня зовут Светлана Васильевна. Но можно просто Света.

— Замечательно! — искренне порадовался я первому сломленному льду между нами. — Но вы явно скромничаете, вы не просто Света. Нет! Вы луч СВЕТА в темном царстве страждущих! Ей-богу, ни капельки не преувеличиваю! Льстить с раннего детства не привык. Всегда и везде говорю исключительно голую правду, отчего и страдаю частенько.

Евгений **Монах**

— И стреляли в вас, конечно, за правду? — состроила невинные глазки медсестра, покачав белокурой головкой. О, жестокий мир!

— Неприлично насмехаться над опасно раненным, сударыня! — строго-наставительно заметил я. — Где верность медицинской клятве Гиппократа? Выбросили за ненадобностью? Вы усиливаете мои телесные муки душевными, подозревая в неискренности. Да, стреляли в вашего покорного слугу за правду!

— Голую? — улыбнулась неожиданно бойкая девчонка, принимая правила игры несколько фривольной пикировки. А ведь все эти дни я был совершенно уверен, что медсестричка скромна и невинна, как юная монашенка! Когда же я наконец научусь разбираться в женщинах?! Пора бы, кажется, — скоро сорок лет как небо копчу.

— Именно, барышня! Высказал одному негодяйскому «новому русскому» без утайки все, что о нем думаю, — и вот печальный результат налицо. Точнее — на спине. Как выяснилось, правда-матка нынче совсем не в чести.

— Кстати, рана не беспокоит? Обезболивающий укол не требуется?

— Благодарю покорно. Ничего не надо.

— Тогда, пожалуй, я пойду. У меня ведь еще две палаты на попечении. А давление у вас отличное, сто тридцать на восемьдесят. Будто и не больной вы вовсе.

Я еще долго зачарованно смотрел на закрывшуюся за Светланой дверь, мысленно продолжая любоваться волнующим покачиванием ее налитых бедер под узким халатиком. «Станок» хорошо развит, словно принадлежит взрослой опытной женщине, а не девятнадцатилетней девчонке. Да простится мне эта невольная пошловатость.

Остаток дня глядел телевизор, отдавая явное предпочтение боевикам и эротике — в тему с настроением. Думать о чем-то глобальном — к примеру, о причинах, уложивших меня на больничную койку, — желания не было. Да и не имелось в наличии достойного количества фактического материала, чтоб делать какие-то полезные выводы или хотя бы предположения.

Решил отдать себя во власть Морфея, когда на улице погасли фонари.

Из-за кондиционера и открытого окна в палате было приятно свежо. Несмотря на разгар августа, ночи на Урале отличаются своенравным прохладным характером.

Устроившись на правом боку, натянул на голову нежное верблюжье одеяло, оставив незакрытым только лицо. У меня с далекого детства такая привычка «закапываться», а вовсе не потому, что опасаюсь повторить злосчастную судьбу папаши Гамлета, которому родной брательник влил в ухо яд во время сна. К тому же мои братишки на подобную низкую подлость не способны. При надобности они просто стреляют вам в голову. Эффектно и без театральных затей.

2

Разбудил меня какой-то подозрительный шум за окном, будто что-то глухо стукнуло о подоконник. Приподняв голову с подушки, я разглядел при бледном свете луны торчащие над подоконником «рожки» деревянной лестницы. Под чьими-то тяжелыми неторопливыми шагами уже противно поскрипывали перекладины. Должно быть, лестница долгое время бесхозно валялась на солнцепеке и сильно просохла.

Поддерживая больную левую руку, я выбрался из-под одеяла и тихо подкрался к окну, встав у стены рядом с кондиционером. Конечно, кто предупрежден — тот вооружен, но ничего, кроме своих ослабленных ранением физических данных, я сейчас противопоставить нежданному ночному вторжению не мог. Все же слегка вооружился, прихватив с тумбочки пустую бутылку из-под коньяка.

Самое лучшее было бы спихнуть лестницу вниз, но я ясно чувствовал, что на сей подвиг сил мне не хватит.

В проеме окна показалась темная широкоплечая фигура гостя. Лицо его маской не прикрывалось, но было какое-то расплывчатое и явно незнакомое. По-кошачьи бесшумно спрыгнув на пол, киллер поднял руку в перчатке с зажатым в ней длинноствольным пистолетом с глушителем и направил на мою беззащитную кровать. Раздалась серия хорошо знакомых мне «пробочных» хлопков, и дорогое верблюжье одеяло на кровати сразу потеряло товарный вид, превратившись в шерстяное сито.

При тусклом свете желтого ночника над дверями больничной палаты злодей не сразу просек, что постель пуста и пули потрачены зря. Воспользовавшись этим, я изо всей силы пнул неизвестному врагу в печень. Но то ли промахнулся сгоряча, то ли удар получился совсем неубедительным из-за мягкой домашней тапочки, надетой на ногу. Как бы там ни было, но убийца даже не пошатнулся. Вот если б на мне сейчас оказались любые остроносые туфли, то наглый визитер мигом разлегся бы на полу отдохнуть на время от своей суетливой тяжелой профессии.

Продублировать удар я не успел. Киллер весьма легко отпрыгнул в сторону и направил свой шпалер в мою грудь, защищенную лишь тонкой фланелью спальной пижамы.

— Вот ты и приплыл, Монах! — раздался противно-скрипучий голос незнакомца. — Кранты тебе, браток!

Я сделал отчаянную попытку поднырнуть под руку с пистолетом и боднуть убийцу в солнечное сплетение, но был ослеплен встречной яркой вспышкой огня. Ноги мои моментально отнялись, а сердце пронзила острая режущая боль.

К счастью, все это было лишь обыкновенное кошмарное сновидение. Напрасно пожадничал, по ходу, позволив себе умять две порции говяжьей поджарки на ужин. Тяжелая пища на ночь отрицательно сказывается на психике — давно замечал. Впрочем, и на голодный желудок спать ложиться не менее чревато. В будущем надо быть все же поаккуратнее с этим делом, придерживаться золотой середины. Слишком не переедать то бишь.

А вот резкая боль в районе сердца оказалась всамделишной — неловко повернулся во сне на левый бок, потревожив простреленную лопатку. Оттого и пробудился.

Лежал с открытыми глазами, находясь под неприятным впечатлением привидевшегося удачного на меня покушения. Но скоро успокоился, вспомнив, что нынче не пятница и, значит, сон ни в коем случае не может быть «в руку», вещим то есть. Но все же встал и плотно закрыл окно от греха, защелкнув на оба шпингалета. Береженого бог бережет. Оптимистическое соображение насчет пятницы не является стопроцентной гарантией личной безопасности. По-любому: из всех правил бывают исключения, как известно. Перестраховаться никогда не лишне. И вовсе это не глупый страх, а просто присущая мне трезвая осторожность. В натуре.

Остаток ночи прошел спокойно. Никаких неприятностей в царстве Морфея больше не встретил. Наоборот, получил целую гамму непередаваемо-приятных ощущений, увидев себя веселым дельфином, беспечно резвящимся в искристых изумрудных водах с симпатичной молодой дельфинихой. Или дельфинкой, не в курсе, как будет правильней. Голубые глаза у нее, кстати, были почему-то совсем человечьи, точно такие, как у медсестры Светланы.

Но на следующий день, когда меня навестили Цыпа с Томом, я все же отдал должное несколько нервозному самочувствию:

— Ребята, оставьте-ка мне «фигуру» на всякий случай.

Цыпа с готовностью распахнул на себе джинсовую куртку, засветив громоздкую рукоять наплечного «АПС»; но я отрицательно покачал головой:

— Нет, такая волына и даром не нужна. Том, у тебя что в наличии?

Управляющий баром, примостившись на краешек моей постели, задрал левую штанину и отстегнул от лодыжки аккуратно-маленькую лайковую кобуру. Явно малокалиберный пистолет, но и этой «дамской» игрушки вполне хватит, чтоб обеспечить мне спокойствие и уверенность в себе. Я вынул из кожаной «колыбельки» совсем несерьезный на вид пистолетик и критически осмотрел:

— Что-то новенькое? Ты же, помнится, раньше красотульку «беретту» таскал?

— Было дело. Но она слишком тяжеловата для моей лодыжки. Натирает. А этот «лилипут» фирмы «Менц» на ноге почти невесом. Немчура — крутые доки в изготовлении малокалиберных вольын.

— «Люгеры» и «шмайсеры» у них тоже довольно нехило получаются, — для полной объективности добавил я к лестной для германцев характеристике соратника. — Какой калибр у «лилипута»?

— Четыре двадцать пять. Шестизарядный магазин. Работает безотказно, сам проверял. Бьет точно под «яблочко». Глушитель в кармашке кобуры. Совсем новенький, — похвастал Том.

— Отлично! — Я сунул боевой презент под подушку и закрыл тему:— Ладушки! Как там наш бизнес? Процветает?

— Бизнес в ажуре, — подал самодовольный голос Цыпа, пристраивая в холодильник новую стеклянную постоялицу — пятилитровую банку с солеными огурцами. — Как ему и положено, набирает валютные обороты. Сбоев не наблюдается.

— А как у тебя, браток? — улыбнулся я Тому, поощрительно ему подмигнув. Оно и понятно. Даже если у соратника и не все в порядке с торговлишкой спиртным, выговор делать я ему не собирался. Ведь он спас мне жизнь как-никак. Поэтому вполне может чувствовать себя нынче героем дня и именинником, которому благодарный шеф запросто простит возможные недоработки в коммерции. Закрою глаза даже на убытки — если, понятно, они в пределах разумного.

— Все путем. Доход на прежнем высоком уровне, — как-то без особого энтузиазма отозвался управляющий пивбаром, скосив на меня свои серые глаза с поволокой. — Знаешь, Михалыч, я вот мыслю расширить децал наше дело. Сейчас жирные бабки на рэкете можно срубить. Стоит лишь кулак частнику показать — и дело в шляпе. А коли пистолет засветить — враз, как Курочка Ряба, золотыми яйцами нестись начнет со страху. В натуре! А мы почему-то проходим мимо этих перспективных алмазных приисков.

— Не нравится мне это пакостное словечко — «рэкет»! — вздохнул я, закуривая, чтоб сосредоточиться. — В переводе с инглиша как-то малоинтеллигентно звучит — «вымогательство». Не находишь?

— Лажа! — недовольно отмахнулся от моих лингвистических изысков Том. — Не в слове суть! Это ж золотое дно, Монах! Нынче каждый дурак на этом крупные барыши поиметь в силах!

— Мы-то ведь не дураки, — встрял Цыпа, привнеся в деловой базар юмористическую нотку. — Дел и по нашему профилю, успевай только крутиться. Зачем нам еще и в эту блевотину залазить? Сдуру разве? Евген, лично мне идея не в кайф! Хлопот с конкурентами не оберешься! Ведь только в Екатеринбурге не меньше полусотни банд халявой этой кормится! Взорвут к чертовой бабушке нашу пивную «Вспомни былое» — и все дела, концов потом не найдешь! Портфель с миной любому посетителю под столиком «забыть» — нет проблем, как два пальца обоссать! И придется нам с тобой, Евген, отскребать от стенок то, что от Тома останется. А останется, учти, самый децал — даже в гроб нечего будет положить! С закрытой крышкой хоронить придется.

— Бой быков нам ни к чему, — подытожил я и сочувственно глянул на Тома, почти с ненавистью уставившегося на Цыпу. — Я понимаю, что ты жаждешь серьезного самостоятельного дела, но игра, по-моему, не стоит свеч. Другие перспективные идеи есть в наличии? Я поддержу — будь уверен, брат! Не журись раньше времени.

— Цыпа дует на воду, Михалыч! — стараясь говорить спокойно-убедительно, процедил сквозь зубы Том. — На рожон лезть я не собираюсь, гадом буду! Хочу подоить слегка лишь тех предпринимателей, которые не имеют боевого прикрытия. Никаких разборок не предвидится, поверь слову. Дело верное! У меня и списочек таких фирм, «крыш» не имеющих, составлен давно. Шестьдесят процентов от прибыли, понятно, тебе лично пойдет. «Лимоны» прям под ногами валяются — только не ленись поднимать! Конкретно, Монах!

— Ну раз конкретно — тогда ладно, уговорил, — усмехнулся я, не желая отказом опускать настроение «имениннику». — Дерзай, Том. Но гляди, чтоб слишком много дров не наломать! Если наметятся ликвиды, сперва со мной посоветуйся. В обязаловку!

— Будь спок, Михалыч! — расцвел Том, мигом воспрянув духом. — Закон знаю! Без твоего на то согласия ни одного делягу-эксплуататора к «вышке» не приговорю.

— Вот ладушки! — подвел я итог затянувшейся дискуссии и переменил уже поднадоевшую тему: — С органами, браток, осложнений не наблюдается? Менты, ясно, спят и видят, как бы привлечь тебя за незаконное ношение и применение оружия. Впрочем, думаю, майор Инин ржавые легавые потуги коллег пресек в корне. Не так ли?

— Я запросто обошелся бы и без страховки твоего толстого опера, — пренебрежительно вытянув нижнюю губу, заявил Том. — У меня были два свидетеля в заначке, которые бы подтвердили, что «стечкин» я случайно в углу туалета обнаружил и собирался лично отнести его в управу. А за мокруху им меня при всем желании не привлечь — я действовал строго в пределах необходимой обороны. Не подкопаться мусорам, рубль за сто!

— Насчет свидетелей молодец. Весьма оперативно подсуетился! Предусмотрителен, бродяга! — похвалил я коллегу и, заметив хмурую мордаху Цыпы, переключил свое внимание на него, решив отвлечь соратника от мрачных мыслей о полупустом гробе с намертво прибитой крышкой.

— Цыпа, проглот! По себе меня меряешь! Ты на кой леший столько соленых огурцов приволок? Думаешь, за те несколько дней, что я здесь проваляюсь, пятилитровая емкость благополучно опустеет? Чревоугодие — смертный грех! А уж ты-то должен отлично знать, что без особой нужды я святые заповеди стараюсь не нарушать! Такой благородный у меня принцип. Что можешь предъявить в свое оправдание?

Наивный соратник непонимающе захлопал пушистыми пшеничными ресницами, распахнув, как окна в жару, свои небесно-голубые глаза, но быстро вкурил, что раздражение мое лишь наигранное, и, расслабившись, широко усмехнулся:

— А я тоже предусмотрительный. Не хуже Тома! Вдруг ты решишь тут тормознуться? Я бы, к примеру, с такой аппетитной девахой, что градусник тебе ставит, не спешил распрощаться. Накрайняк, пока сам бы ей кое-что кое-куда не вставил!.. Хо-хо!

Оба моих подручных весело-солидарно рассмеялись, словно уличили шефа в какой-то пикантной человеческой слабости, которой и сами были весьма подвержены. Я тоже слегка хохотнул из чувства приличия.

Да и приятно наблюдать, когда соратники единодушны в проявлениях, редкий случай, пусть уж повеселятся чуток за мой счет — не жалко. Может, потихоньку и сдружатся наконец. Чем черт не шутит! Надоело, признаться, лицезреть их вечное соперничество во всем. Даже по пустякам.

На непривычный для этой обители скорби шум в палату обеспокоенно заглянул дежурный врач, напомнивший строгим тоном, что время свидания с больным давно истекло. По вмиг заострившимся скулам Цыпиного лица я понял, что сейчас пошлет зарвавшегося эскулапа куда Макар телят не гонял, и счел полезным тут же вмешаться:

— И правда, ребята, вам уже пора! Бизнес оставлять надолго без присмотра негоже. Не по-деловому. Ступайте восвояси, рад был пообщаться!

Послушные мальчики, культурно попрощавшись, нехотя ретировались, чуть не сбив по пути — случайно якобы — докторишку на пол. Тот еле успел испуганно отпрянуть в сторону, прижавшись к стене.

— О темпоре, о морес! — тяжело вздохнул старый эскулап, скосив на меня неприязненный колючий взгляд и тоже покидая больничный люкс. С латынью, кстати, я накоротке. Это было совсем не ругательство, а лишь беспомощное восклицание, означавшее: «О времена, о нравы!» Его счастье, что на интеллигентного пациента нарвался. Кто-то другой мог бы докторишку и не понять, истолковав иностранную тарабарщину на свой счет. Тогда злобный старикашка, в натуре, поимел бы малоприятную возможность близко и весьма ощутимо познакомиться с нынешними крутыми нравами.

Со скуки я с полчаса послонялся взад-вперед по

личному «апартаменту», пока не вспомнил — совсем некстати — тюремный прогулочный дворик. Такой же примерно квадратный метраж. Проклятое ассоциативное мышление! Мерить шагами расстояние от стены до стены враз расхотелось начисто.

Тупо пялиться в телевизор, как простой, затюканный жизнью обыватель, я не обожаю. Поэтому, щедро наплескав в высокий стакан ароматной золотистой жидкости из черной бутылки, пристроился на широком подоконнике полюбоваться из окна близлежащими окрестностями.

Больничный комплекс не имел забора, даже декоративного. Его роль выполняли банальные кусты аккуратно подстриженной акации. Привычно надоевший городской антураж. Ни ума, ни фантазии у администрации лечебного учреждения. Я бы, например, посадил под больничными окнами сирень или даже плодовые деревья. Для разнообразия и улучшения пейзажа. Выглядело бы значительно оптимистичнее. А хорошее настроение для болящих — наипервейшее и чудодейственное лекарство, как выяснили современные ученые. Сам лично читал об этом в одной популярно-медицинской брошюрке.

Цыпа был прав: хоть и второй этаж, а совсем невысоко над землей, да и водосточная труба рядом с моими окнами проходит. Не нужно иметь разряд по альпинизму, чтоб сюда в два счета забраться. Впрочем, особо беспокоиться причин нет. Вон на обочине дороги, всего в дюжине шагов от здания больницы, притулилась к кустам бежевая «девятка» с выключенным мотором. Это, безусловно, ребятки из «Кондора» за моими окнами старательно-бдительно пасут, отрабатывая свой хлеб со сливочным маслом и паюсной икрой.

Правда, для объективности надо отметить, в работе охранников я выявил существенные огрехи, непростительные профессионалам, коими они себя считают. В девять вечера их «жигуль» покинул место своей стоянки и отчалил в неизвестном направлении. Появился вновь лишь в одиннадцать часов. Наверно, в это время у охранников происходит пересменка. Как бы там ни было, но целых два часа из-за их беспечной халатности я оставался без страховки со стороны улицы. Надо не забыть при случае попенять Цыпленку за такую вопиюще неграмотную организацию моей безопасности.

Телеящик успел надоесть мне еще вчера, поэтому включать его я не стал. Да и что там глядеть, в натуре? Хочешь посмотреть про жизнь коллег, и вечно нарываешься на какую-то халтурную лажу, откровенную глупость. Вот, к примеру, фильм «По прозвищу «Зверь». Я сюжет даже воспринимать всерьез не смог из-за одного персонажа — вора в законе по кличке Король. Джигарханян сыграл роль неплохо, но мне не давала покоя мысль, что меня нагло надувают, гонят чистейшую туфту. Ни один авторитет, и тем более вор в законе, с такой кликухой просто в природе существовать не может! На блатном языке Король означает активно-пассивный гомик. Худшего оскорбления для вора и придумать нельзя. За подобное унизительное прозвище «черная масть» не только пасть порвет, но и на куски порежет за две секунды. Автор кинофильма, как я знал, отсидел в восьмидесятых несколько лет в колонии за изнасилование. Но, видать, весь срок гасился от братвы где-то у параши, раз даже воровской жаргон не сумел ладом усвоить.

Заняться было совершенно нечем, и я начал подумывать о том, чтоб взять, да и нарушить свои устоявшиеся привычки и традиции, завалившись в такую рань спать. Оригинальная идея. Ведь истинно свободный индивид не должен признавать оков даже собственных привычек. Да, пожалуй, отправлюсь-ка я в гости к дружищу Морфею. Вот-то он удивится такому незапланированно раннему моему визиту! Самые интересные красочные сны у него наверняка еще в наличии — не мог же он успеть до полуночи все свои «бестселлеры» людишкам раздать.

Приоткрылась дверь, впуская в палату медсестренку Свету, вооруженную маленьким пластмассовым подносом, на котором одиноко стоял полстаграммовый стаканчик с каким-то желтоватым пойлом.

— Евгений Михайлович, вам надо лекарство принять.

— Что это? — взяв стаканчик, подозрительно принюхался я.

— Обычное успокоительное. Микстура Павлова с небольшой добавкой транквилизатора, — пояснила Светлана, — лечащий врач прописал. Так как вы пережили нервный стресс, вам просто необходима медикаментозная поддержка психики.

— Да не было у меня ни стресса, ни шока. Ерунда какая! Думаете, в меня первый раз палят? Пустяки, я даже сознание не терял, сам лично в «Скорую» залез, без глупых носилок обошелся. Не стану пить всякую дрянь, так и передайте врачу-перестраховщику, который нахально о людях по себе судит!

— Больной! Нервничать вам сейчас категорически противопоказано! — состроив строгое выражение на миловидном кукольном личике, заявила медсестра сухим казенным голосом.

— А тебе, Света, категорически противопоказана холодная суровость. Явно портит врожденную внешнюю привлекательность. Нежное сочувствие и понимание тебе больше подходят. Уж поверь слову специалиста, — примирительно улыбнулся я, отставив стаканчик с дурацкой микстурой для слабонервных хлюпиков на столик у кровати. — Впрочем, могу предложить отличный компромисс: ты — мне, я — тебе. В ногу с канонами развивающегося российского рынка, так сказать. Бартер, по-научному.

— Любопытно. — Света впервые за время нашего разговора позволила себе улыбнуться, лукаво блеснув глазками. — Что вы имеете в виду? Надеюсь, не что-то сверхнахальное? Архифривольное, если — как вы любите — по-научному...

«Палец ей в рот не клади, — пришел я к печальному выводу, но тут же утешился. — Хотя ежели сильно постараться, то, возможно, удастся сунуть и кое-что посущественнее...»

— Во-первых, милая сударыня, перейдем наконец на дружеское «ты», давно назрело, мне кажется. Во-вторых, Светлана, прошу осветить своим милым присутствием мой скромный холостяцкий ужин. День рождения нынче у меня, — пришлось в финале немного соврать, чтоб подвести солидную базу под несколько, признаться, двусмысленное предложение.

— Я согласна, — неожиданно легко сдалась медсестричка. — Но непременное условие, Евгений: в конце ужина ты примешь лекарство без всяких глупых отговорок.

— По рукам, сударыня! — тут же словесно подписалея я под этим по-детски смешным соглашением, опасаясь, что Света может вдруг передумать, осознав всю опасность и зыбкость того пути, на который она столь легкомысленно-беспечно шагнула.

Не давая времени соблазнительной собеседнице пойти на попятный, я со спринтерской скоростью оперативно соорудил на столике у кровати нехитрый ужин, выудив из холодильника дежурный набор холодных закусок: балык, коробку фигурного шоколада, апельсины и упаковку сырных палочек. Увенчал все это дело бутылкой марочного «Матра». Коньячные рюмки по Цыпиному недосмотру в тумбочке отсутствовали, пришлось довольствоваться парой обычных хрустальных стопок.

— Терпеть не могу, когда трапезу прерывают случайные посетители, — заявил я, защелкивая шпингалет на двери в палату. — Это весьма пагубно сказывается на процессе пищеварения. Ты, как медработник, должна прекрасно знать сей научный факт.

Светлана довольно благосклонно приняла незамысловатую уловку. По крайней мере ничего не возразила, наблюдая за моими военными хитростями чуть насмешливыми блестящими глазами из-под кокетливо полуопущенных ресниц. А может, и не насмешливыми вовсе, а просто лукавыми и отлично все понимающими.

Моя палата хоть и называлась «люкс», но кресло или диван в ней почему-то не были предусмотрены. Впрочем, в данной конкретной ситуации это упущение завхоза медучреждения играло мне на руку. Пришлось нам с очаровательной гостьей усаживаться за столик, используя в качестве дивана банальную больничную кровать, что сразу весьма заметно нас сблизило — как в фигуральном, так и в очень приятном прямом смысле.

Отечественный медперсонал, как я знал по кинопродукции, почти весь поголовно не дурак выпить и глушит чистый спирт, как какой-нибудь лимонад. Поэтому, недолго думая, плеснул в стопки коньяк чуть ли не до краев.

Светлана не обратила ни малейшего внимания на явно неженскую дозу, утверждая тем меня в мысли, что все же не всегда кинофильмы гонят наглую полную ахинею. Необязательно все врут, почем зря то бишь.

— Странные у тебя продукты питания подобраны, — заметила Света, намахнув коньячную емкость и выбирая взглядом достойный объект для закуски. — Тут и соленое и сладкое вместе сосуществуют. Прямо как наша сегодняшняя жизнь.

— Бери шоколад, — посоветовал я, эгоистично сообразив, что ее милый ротик будет мне значительно приятнее после шоколада, чем после балыка или сырных палочек. — А разве современное бытие сладко-соленое? Вот никогда бы не догадался о таких мерзопакостных вкусовых качествах нашей жизни!

Впрочем, острил я совершенно напрасно — молодая собеседница даже не улыбнулась, сохранив на нежном личике напряженно-серьезное выражение, словно какой-то трудный вопрос решала.

— Ирония тут неуместна, Евгений. Разве ты не видишь, хотя бы на собственном примере, что оголтелые бандиты буквально затеррозировали город?

— Любопытно, — я невольно насторожился от такого неожиданного кульбита в разговоре. — Что ты имеешь в виду, дорогая? И при чем здесь солено-сладкое? Как-то странно прыгаешь с темы на тему, по-моему.

— И вовсе никуда я не прыгаю! — капризно опротестовала мой намек на ее женскую алогичность Светлана, очень симпатично порозовев свежими юными щечками. — Власти поманили народ сладкой конфеткой капитализма, а что на деле вышло?! Начинка-то у конфеты соленой оказалась! Вместо культурных рыночных отношений получились просто зверино-животные отношения. Бандиты буквально всех под себя рэкетом подмяли. Скажешь, неправда?

— Полностью с тобой солидарен, малышка, — кивнул я, с удовольствием закусывая шоколадным зайцем из коробки. — А ты-то чего вдруг по сущим пустякам переживаешь? Философски нужно мыслить. Богу — богово, кесарю — кесарево. Ты же не коммерсантка, не «новая русская», чтоб таким ядом на рэкет дышать.

— Да?! Думаешь, моя голубая мечта всю жизнь медсестрой горбатиться? Ошибаешься, Женечка! Я тоже хочу человеком стать, состоятельным и независимым. И кое-что уже сделала в данном направлении. Открыла на паях с двоюродной сестрой Людмилой прачечную «Белизна». Только-только на ноги стали становиться, а бандюги сволочные сразу тут как тут — долю от прибыли требуют. И что нам с Людмилой прикажешь делать? Закрываться, да?

— Ну, с этим спешить никогда не стоит, — обронил я, успокаивающе похлопав Свету по соблазнительно торчащим из-под короткого халата розовым коленкам. — Между прочим, я видел твою замечательную фирмочку. «Белизна» метровыми неоновыми буквами написана, верно? Тут недалече — первый этаж пятиэтажки занимает. Весьма прилично смотрится.

— Не весь этаж, — скромно уточнила медсестричка, явно польщенная. — Раньше это была обычная трехкомнатная квартира. Две комнаты мы соединили, убрав перегородки, под прачечную, а в третьей сами живем. Тесновато, конечно, но мы надеялись соседнюю квартиру через годик-другой купить. Накрылась, впрочем, надежда с появлением этих хапуг-вымогателей. Прямо хоть в петлю с отчаянья залезай!

— Ну-ну, Светлана, не говори так. Большой грех о самоубийстве думать, — настоятельно изрек я, порываясь повторить профилактическую процедуру с коленками прелестницы, но Света сообразительно прикрыла их своими ладошками, разочаровав меня слегка.

— Так вы мне поможете, Евгений? — буквально огорошила собеседница. И не этим вдруг «выканьем», а совсем неожиданной постановкой вопроса. Ребром.

— Само собой, милая, — благородно брякнул я, не имея возможности хорошенько поразмыслить под испытующе внимательным надзором чудных лучистых глазок соседки по кровати. — А сколько надо денег? Коли в допустимых пределах разумного, то я, естественно, со всей душой...

— В пределах! — не слишком тактично прервала мои излияния Светлана. — Раз можешь позволить себе за люкс с охраной почти тысячу баксов платить в сутки, то нам с сестренкой подсобить особой проблемы для тебя не составит. Правда ведь?

— Вполне возможно, — не очень уверенно откликнулся я, ибо такие невероятно крупные ежедневные расходы на содержание тут моей скромной персоны оказались для меня, в натуре, неприятным открытием. Нужно будет потом не забыть все досконально у Цыпы выяснить. Подобная расточительность просто ни в какие ворота не лезет. — А сколько все же требуется монет? И когда?

— Завтра. Тысячу долларов вымогают в качестве первого месячного взноса.

— Беспредел! — возмутился я наглой нахрапистости неизвестных бандитов. — Куда родная милиция смотрит?! Оборзели же вконец, оглоеды! Небось желторотое хулиганье какое-то из себя серьезных деловых корчит? Подростки-наркоманы?

— Нет, Женя, — вздохнула начинающая бизнесменка. — В том-то и дело, что это не шпана. На вид натуральные громилы, по рожам и повадкам — уголовники с тюремным стажем.

— И много их? — уточнил я из любви к полной ясности.

— Не знаю. К нам вчера вечером приходили два амбала в десять часов, сразу после закрытия прачечной. Сказали, что из «Пирамиды».

— Вот гады! Внагляк общеизвестную криминальную «марку» используют. Ладушки. Давай прекратим о грустном, я с бандой улажу как-нибудь. Лучше продолжим-ка наш милый интимный междусобойчик. Не возражаешь?

— Ну, уладишь иль нет — еще бабушка надвое сказала. А посулами сыта не будешь. Мне кажется, Женечка, что ты мог бы дать нам с сестрой требуемую сумму. Взаимообразно, понятно... — Юная вымогательница выбрала толстенькую рыбку из шоколадного набора и весьма эротично откусила у нее головку. — А если завтра деньги уже не понадобятся, то я их просто тебе верну. Обещаю.

— Обещанного три года ждут, — засветил я приличную подкованность в житейских пословицах-поговорках. — Шутка! Ладно. Для успокоения твоей душеньки сделаю так, как просишь. Благо личные вещи вместе с бумажником тут же обретаются. Неподалеку.

Подойдя к стенному платяному шкафу, распахнул тонкие дверцы и выудил из внутреннего кармана своей куртки объемный «лопатник» из эластичной лайковой кожи.

«Штуку» гринов вкупе с пачкой отечественных банкнот имею при себе практически постоянно, так как непредвиденные финансовые расходы в моей повседневной безалаберной жизни были совершенно предсказуемы и ужасно часты. Я ведь заядлый глупонаивный филантроп на самом дне души. И сколько ни льется туда горечи разочарований и желчи трезвого рассудка — все без толку. Таким уж, по ходу, законченным болваном уродился. Вечным добряком-оптимистом то бишь.

— Вот. Держи презент, Светик-семицветик. Зеленоцветик, точнее, — бодренько сказал я, подавая ей худощавую пачечку зелененьких стодолларовых купюр и с некоторым, тщательно скрываемым сожалением наблюдая быстрое исчезновение валюты в нагрудном кармашке халата медсестрички.

— А я ведь не верила, Евгений, что всерьез говоришь. Все вы, мужики, только на слова-обещания горазды, — призналась Светлана с очень довольным видом. — Думала, заливаешь, как и про свой день рождения — он же у тебя двадцатого февраля, не так ли?

— Откуда такая поразительная информированность? — полюбопытствовал я, усаживаясь на прежнее место рядышком с прелестницей. — Ты, случаем, в Интерполе не подрабатываешь на полставки?

— Все проще, Женя. Я твою медицинскую карту

глядела в регистратуре. За свои сорок лет ты, оказывается, в нашем лечебном заведении уже шесть раз сподобился побывать. Ветеран, можно сказать! Дважды «Скорая» сразу в реанимацию доставляла, верно ведь?

— Было дело. Не всегда же детские ранения судьбой-проказницей отламываются, как в тот раз. Впрочем, давай закончим о грустном. Не люблю. — Я наполнил стопки червонным золотом коньяка и предложил простенький тост: — Выпьем, дорогая сударыня, за те дружеские отношения между мужчиной и женщиной, которые без глупо-ханжеских проволочек быстро перерастают в тесные интимно-партнерские. К полному удовлетворению как духовных, так и чисто плотских желаний обеих заинтересованных сторон, что весьма пользительно для оптимистического восприятия действительности.

Одним махом опорожнив хрустальную емкость, я, пользуясь отсутствием в данный момент заградотрядов из рук соседки, приземлил ладонь на розовые округлости ее коленок и слегка погладил-помассажировал их пальчиками. Мне, кстати, подобные ласки не доставляют ни капли удовольствия — старался я исключительно для пользы Светланы. Ведь известно, что через кончики пальцев струится живительная электропсихическая энергия, которая в силах зажечь любую «лампочку»-женщину. Даже фригидную от рождения. Сам лично читал об этом в одной научно-популярной брошюрке. В достоверности коей еще раз смог убедиться — медсестренка даже попытки не сделала, чтоб освободиться от моих нахально-требовательных «электродов». Осмелев, я продолжил нежное пальчиковое путешествие к намеченной желанной цели и вдруг замер от неожиданности — на Светлане не оказалось нижнего белья. Выходит, под халатиком она в чем мать родила. Совершенно голенькая то бишь.

Света мягко отстранила мою парализованную руку и как-то очень уж по-взрослому усмехнулась:

— Жарко, летом я почти всегда так на работу хожу. Халат плотный, не просвечивает. Ты шокирован, да?

— Нисколько! — бодрячески сказал я, порываясь возобновить увлекательную атаку на бастион, который, кроме колечек шелковистых волос, ничем, как выяснилось, защищен не был.

— Какой ты нетерпеливый! — поощрительно улыбнулась законспирированная нудистка. — Но сначала, как условились заранее, прими лекарство. Будь пай-мальчиком.

Терять драгоценное время на явно бесполезные отнекивания было жаль. Потому я безропотно заглотил противно-горькую микстуру, зажевав миниатюрным шоколадным бочонком с вишневым ликером.

— А теперь ложитесь, больной, на кроватку. Я сама все сделаю, не потревожив ваше травмированное плечо, — наигранно-строго велела медсестра, расстегивая перламутровые пуговки на своем хрустяще накрахмаленном халате. — Ты как, Евгений, предпочитаешь: чтоб я сидела к тебе спинкой или лицом?

— Спинкой оно более как-то впечатляюще, — не раздумывая, выбрал я и пояснил: — Люблю, малышка, обозревать сразу все основные женские достопримечательности. Я ведь художник по характеру. Натуралист.

Видок и на самом деле получился знатно-потрясный: чуть полноватые молочно-ослепительные ягодицы вкупе с гибко-тонкой загорелой талией и спиной смотрелись ничуть не хуже какой-нибудь похабной картинки Пикассо. А в ритмических движениях «всадницы» был такой весело-задорный напор, что у меня закралось смутное подозрение, что трахаю не я, а меня. Ладно. По крайней мере, можно с удовлетворением отметить тот факт, что мой милый орган нашел-таки себе более интимно-приятное и нежное отверстие, чем то, которое ему предлагалось Светой в первый больничный день. Таким образом замечательный ощутимый прогресс налицо. На члене — точнее.

Впрочем, через пять-семь минут мне почему-то уже прискучило любоваться живой порнокартинкой, голова стала какой-то ватной и одновременно тяжелой, возбуждающий адреналин в крови весь куда-то испарился, превратив тело в бесчувственное бревнышко. К ужасу своему, я вдруг ощутил, что и «телескоп» мой начал заметно сокращаться — до размеров обыкновенной подзорной трубы. Карманного варианта.

Но страшного позора я все же избежал, успев выплеснуть мощный заряд мужской энергии в наседавшую «противницу», пока затвор моего орудия окончательно не заклинило от непонятного охлаждения. Удался сей постельный подвиг только благодаря непревзойденному личному творческому воображению: призывая оргазм, я мысленно представил себе такую красочную ошеломляюще-страстную оргию, которую, уверен, не лицезрел даже сластолюбец маркиз де Сад в своих развратных наркотических снах.

Света повернула ко мне довольное улыбающееся личико, хотела что-то спросить, но передумала и слезла с кровати. Да и о чем базарить — «подзорная труба» уже нагло съежилась до параметров банального театрального бинокля.

Я поспешно прикрыл свое увядающее хозяйство

верблюжьим одеялом и, делая хорошую мину при плохой игре, весело заявил:

— Благодарю, милая, за подаренное щедрое блаженство. На сегодня, пожалуй, хватит. Наверно, в схватке с коньяком я сильно переоценил свои силы. Прости, малышка, но спать хочу — просто спасу нет.

— Все нормально. Почти все мужики один раз кончают, — понимающе-снисходительно улыбнулась медсестра, натягивая халат и аккуратно застегивая пуговки на нем. — Спокойной ночи, пай-мальчик! Бай-бай!

Для собственной реабилитации и объективности я хотел внести полную ясность в вопрос и популярно разжевать этой нахальной девчонке, что обычно «кончаю» за любовный сеанс не менее трех раз, но пока мысленно выстраивал слова в стройно-убедительный ряд, Света уже упорхнула из палаты, плотно прикрыв за собой дверь.

Оно и к лучшему. Разговаривать сил уже не осталось, как и держать глаза открытыми. Веки словно были нашпигованы свинцовой дробью пятого номера. Сознание мое плавно-легко отделилось от бренного тела и воспарило в бездонную глубину черного неба на любовное свидание с какой-нибудь приглянувшейся звездочкой, наверное.

3

Пока я безмятежно дрыхнул, моя деятельная мозговая подкорка, как всегда, досконально проанализировала сложившуюся ситуацию и поутряне, когда проснулся, выдала уже готовое обоснованное решение:

«Это была не успокоительная микстура, а сильнейший снотворный препарат. Судя по специфическому привкусу и быстро последовавшей реакции, в стаканчике находился натрий-оксибутират либо самый его ближайший родственник».

Хорошо хоть, что не подлым клофелином попотчевала, а то бы мог просто вообще не проснуться. Движущий Светкой мотив ясен — не желала, негодяйка, всю ночь напролет отрабатывать мой валютный презент. Еще раз с прискорбием убедился на данном живом примере, что черная неблагодарность и махровый эгоизм свойственны буквально всему роду человеческому — как «сильной», так и «слабой» его половине. Тут уж, по ходу, ничего не изменить. Не зря мудрые медики пересаживают людям органы свиньи. Внутреннее строение у них совершенно идентично. Весьма знаменательный и все отлично объясняющий, по-моему, факт.

Но наука наукой, а свербившая мысль, что эдак безалаберно-глупо выбросил на ветер тысячу баксов, явно испортила мне оптимистическое восприятие жизни — даже позавтракал без малейшего проблеска аппетита. Просто забросил в топку желудка необходимое для нормальной жизнедеятельности количество калорий в виде овощного салата, яичницы с беконом и парочки маленьких бутербродов с маслом и паюсной икрой. Без всякого удовольствия, только для того, чтоб не есть всухомятку, запил все это нехитрое дело двухлитровой бутылочкой пивка «Монарх» и, закурив из портсигара, присел у широкого открытого окна полюбоваться от скуки на близлежащие окрестности.

Впрочем, любоваться было особенно нечем. Куда ни глянь, со всех сторон уныло торчали серые трех- и пятиэтажные домишки. На некоторых еще сохранились атрибуты древней архаики — печные трубы, свидетельствующие о почтенном возрасте строений — никак не меньше полувека. Уже несколько десятилетий трубы эти не коптили уральский небосвод, став безработными из-за победившего конкурента — природного газа. Небось всякую уже надежду потеряли по-новому вернуться в строй. А зря, по ходу. Отчаиваться никогда не стоит. Жизнь, как утверждают философы, развивается по спирали. Вон в Приморском крае — позавчера по телевизору сказали — население с отчаянья свечками уже запасается из-за бушующего там энергетического кризиса. Скоро он и до Урала докатится. Вот тогда-то и оживет снова дряхлое печное отопление. Когда новые башмаки украли, нужда заставит вспомнить о старых, как говорится. Представляю, сколько в трубах птичьего помета и паутины скопилось за годы их покойного бездействия. Сейчас, наверное, это натуральные авгиевы конюшни, которые привести в относительный порядок сможет лишь какой-нибудь новоявленный Геракл.

Правда, есть шанс, что правители на московском Олимпе вовремя одумаются, перестанут внаглую разворовывать народное хозяйство и не дадут экономической разрухе окончательно и бесповоротно захлестнуть Россию-матушку. Голодные бунты и погромы нуворишам вроде ни к чему.

Ладно, хватит всей этой ерундой личную голову забивать — еще заболит, не дай бог. У меня есть более важные проблемы в повестке дня. К примеру: как реагировать на ситуацию со Светкой, чтоб не выглядеть хотя бы в собственных глазах полнейшим наивняком. Лохом то бишь.

Конечно, девчонка меня просто использовала в своекорыстных интересах, ни о каких нежных чувствах и речи идти не может. Ну и наплевать. В конце концов, каждый зарабатывает как умеет. Житейская аксиома. И оскорбляться тут не на что, по сути.

Неожиданно проклюнувшаяся в мозгах неприятная мыслишка заставила срочно произвести ревизию бумажника. Но опасения оказались совершенно напрасными — все дензнаки были на положенном месте. Лопатник похудел лишь на тысячу гринов, которую я по доброте-широте душевной сам оттуда вчера изъял на чисто благотворительно-гуманитарные цели. Хотя, если пасьянс разложить с умом, то и эти испарившиеся в пространстве баксы могут вполне легально вернуться обратно...

Эта замечательная идея так мне понравилась, что я весь день обдумывал детали претворения ее в жизнь. Самым простейшим, понятно, было бы кликнуть Цыпу и поручить ему разобраться с оборзевшими вымогателями, напрочь отбив у них халявские замашки. Явно несерьезные рэкетиры какие-то подвернулись — так переть буром в привычках уголовных одиночек, а не солидных деловых. Рубль за сто, что за их спинами никто из влиятельных не маячит, действуют мальчики на свой страх и риск. Это значительно все упрощает. Пожалуй, Цыпленка привлекать нет надобности. С таким легким дельцем и сам управлюсь без проблем. Гарантия.

Я высвободил свою левую клешню из перекинутой через шею марлевой перевязки и осторожно пошевелил пальцами. Никаких болевых ощущений в плече не наблюдалось. Весьма этим ободренный, подвигал уже всей рукой. Потревоженная левая лопатка тут же отозвалась тупой ноющей болью, спеша возвестить, что еще не совсем оправилась после пулевой травмы и настойчиво требует покоя. Боль, правда, вполне терпимая, но я все же решил застраховаться и утихомирить ее перед акцией, оглушив уколом замораживающего новокаина. Хоть левая рука далеко не главная в нашей профессии, но без ее деятельной помощи мне нынче по водосточной трубе ни за что не спуститься, и тем паче не подняться потом. Как пить дать. Я не обезьяна — пятая хватательная конечность в виде цепкого хвоста в моей конструкции отсутствует. Приходится довольствоваться лишь тем немногим, что есть в наличии. Зато, на зависть всем зверям, у меня имеется отличная альтернатива их мощным клыкам и когтям — шестизарядный «лилипут». Необходимо, кстати, проверить пистолет в работе и заодно кокнуть лампу уличного фонаря напротив моих больничных окон. Его неоновый свет будет сегодня вернях не в тему. Совсем некстати то бишь.

Я даже мужественно решил совершить небольшой личный подвиг и не притрагиваться к запасам алкоголя до благополучного завершения вечерней прогулки. Такая невероятная самоотверженная ответственность вызвала у меня, не скрою, глубокое восхищение собственной силой воли.

Терпеливо дождавшись, когда наручные часы показали девять вечера, я приступил к воплощению разработанного замысла в реальную действительность.

Сперва вызвал дежурную медсестру и настоял, чтобы она вколола мне в левое плечо ампулу пятипроцентного новокаина, сославшись на беспокоящую острую боль.

Молодая сменщица Светланы, своими габаритами более смахивавшая на повариху кафе, чем на работницу медучреждения, сделала два купирующих укола и явно нехотя покинула палату, призывно покачивая мощным тумбообразным задом. По всей видимости, наглая Светка не только рабочую смену ей сдала, но и меня, как некую своеобразную почетную эстафету. Ничего не выйдет, хитромудрые девочки! Я не кретин, к вашему сведению, и не дойная коровка. Отстегивать по «штуке» гринов за ночь не намерен. Да и не по кайфу мне такие жирные телеса. Объемно-рельефные бедра я, признаться, весьма даже уважаю, но чтоб и талия обязательно у телки в наличии имелась.

Никак внешне не отреагировав на наивные заигрывания медсестрички, я закрыл за ней дверь и для надежности защелкнул шпингалет.

На улице за окном уже довольно внятно смеркалось. Этому хорошо способствовали плотно набежавшие на небосвод ненастные тучки, полностью скрывавшие грешную землю от бледного лика луны. Данный факт я счел за благоприятное для намеченной акции предзнаменование. Ведь вполне логично предположить, что раз мне подыгрывает сама Природа, то, значит, где-то наверху уже выдали «добро» на претворение моего плана в жизнь. Таким нехитрым способом мудрый космический Абсолют прозрачно намекает, что все путем — сегодняшнее «лыко» мне «в строку» не засчитает. Это приятно обнадежило и взбодрило личное тело и нервы не хуже ста пятидесяти граммов благородного коньяка. Люблю, если честно, когда высшие силы не считают западло подать мне знак, как равному.

Ладушки. Свою нежную сверхчувствительную совесть я благополучно успокоил, теперь пора и за дело приниматься.

Предательский уличный фонарь пока еще не горел, но был отчетливо различим на фоне трехэтажного домишки из белого силикатного кирпича.

Пузатенький цилиндрик глушителя лишал возможности воспользоваться прицельной мушкой пистолета, но, к счастью, от цели меня отделяли какие-то несерьезные десять метров — с такого дохлого расстояния я даже навскидку не промахиваюсь. В натуре. Одарил меня всевышний таким редкостным замечательным талантом — буквально кожей руки всегда чувствовать, куда пойдет пуля. Так что святую библейскую заповедь: «Не зарывайте свой талант в землю» — я очень даже чту и блюду. Стараюсь при любом подходящем случае ей послушно следовать. Из-за чего практически и не расстаюсь с пистолетом.

Автомашины охранников из «Кондора» поблизости не наблюдалось. По ходу, ребятки уже благополучно слиняли на пересменку. До их появления в одиннадцать часов я вполне успею сварганить свое маленькое дельце и вернуться обратно. Тьфу-тьфу, чтоб не сглазить.

Первая же «лилипутская» пуля расколола плафон фонаря, о чем свидетельствовал звон посыпавшихся осколков стекла, но я не стал излишне скупердяйничать и послал по тому же адресу свинцового дублера для полной гарантии.

Личную больничную экипировку менять не счел нужным. Только к спортивному костюму и кроссовкам добавил «лилипут», прицепив крохотно-изящную кобуру на лодыжку под левой штаниной.

К счастью, фрагменты водосточной трубы были основательно-плотно пригнаны друг к другу, и мне не пришлось испытать сомнительное удовольствие свободного парения. До земли я благополучно добрался за каких-то несколько минут. На подъем, ясно, потребуется значительно больше и времени, и физических усилий.

Мой любительский альпинизм остался, судя по всему, не оцененным случайными зеваками. Их просто не было в наличии. Улицы заметно обезлюдели, мне навстречу попадались лишь редкие прохожие. Этому имелось два объяснения: во-первых, вечерний Екатеринбург чреват весьма реальной угрозой не только для кошельков, но и для здоровья граждан из-за разошедшегося бандитизма, и, во-вторых, началась серия душещипательного мексиканского телефильма, так полюбившегося российскому обывателю.

Зрительная память у меня на неплохом уровне развития — нашел искомую пятиэтажку без особых хлопот на соседней улице. Фасад первого этажа здания украшала помпезно-вызывающая огромная вывеска «Белизна».

Вот если бы вывеска была поскромнее, вдруг подумалось, то, вполне возможно, и не привлекла бы прачечная к себе столь пристального внимания рэкетиров.

Обойдя дом с тыла, нырнул в двери нужного подъезда. Продолговатый «пенал» площадки первого этажа имел три двери. Какая их них вела в частную прачечную, я разбираться не стал, сразу заняв исходную позицию в единственном здесь темном месте — крохотно-тесном закутке под лестницей.

От двери подъезда меня почти полностью закрывал металлический шкаф электрического распредщитка. Тусклую лампочку под серым, давно не беленным потолком я выбивать не счел необходимым, так как визуально не знал «клиентов». Кромешная темень может в данном конкретном случае сыграть на руку не мне, а моим противникам. Вот кабы имелся в наличии фонарик, тогда другое дело.

«Ролекс» показывал без малого десять, визитеры должны нарисоваться с минуты на минуту. К теплой, вернее, горячей встрече я уже основательно подготовился: вытащив «лилипут» из колыбельки-кобуры, передернул затвор и снял его с предохранителя.

Громко хлопнула входная дверь, и по площадке тяжело затопали чьи-то башмаки. Выглянув из своего укрытия, я разглядел двух средних лет амбалов с короткими стрижками и в одинаковых черных джинсовых костюмах. По описанию Светланы это именно те, кого я поджидаю.

Спрятав правую руку с огневым «аргументом» за спину, я покинул засаду и шагнул навстречу парочке, которая вкопанно остановилась на середине площадки, подозрительно уставившись на неожиданную живую преграду.

— Привет, Монах! — широко-дружелюбно осклабился ближайший ко мне амбал, перестав суетливо лапать под курткой свой шпалер.

Ну что за напасть такая!!! Похоже, каждая уголовная морда в городе знает меня в лицо! Сейчас еще выяснится до кучи, что мы с ним где-то вместе тянули срок. Только теплых воспоминаний мне в данный момент как раз и не хватает для полного счастья!

Без лишнего базара я вскинул невесомо-легкий германский «лилипут» и парой точных выстрелов превратил рэкетиров в неких сказочных циклопов, щедро наделив каждого третьим красным глазом аккурат в середине лба.

Склонился над поверженными врагами, дабы убедиться, что их переезд из Екатеринбурга «в Сочи» уже благополучно завершен. На какой-то миг удивился их радикально изменившимся мордахам — обе вдруг стали густо веснушчатыми. Но тут же просек, что это не родимые пятна вовсе. Просто стрелял я практически в упор, и «фотокарточки» громил забавно усыпали крапинки пороховой гари.

Кажется, уже не дышат. Да и немудрено. Пуля такого мелкого калибра обычно пробивает лишь лобную кость, а дальше просто кувыркается внутри, многократно рикошетя от стенок черепной коробки. Выйти из башки слабеньких убойных силенок пульке не хватает. Но нет худа без добра, как говорится. Затылки потерпевших хоть и остались невредимо-целехонькими, но зато их мозги после суетливых зигзагов свинцового «гостя» сейчас наверняка на пошинкованную капусту смахивают. Поэтому контрольные выстрелы я благоразумно производить не стал, решив слегка сэкономить. Два патрона всего-то в обойме осталось. Лучше поберечь боезапас на всякий непредвиденный случай.

Сунув карликовый шпалер в кобуру на ноге, я перешагнул через некрасиво развалившихся на пыльно-грязном полу двух бездыханных бедолаг и вышел из душного подъезда на свежий воздух.

На скамейке у подъезда сидел какой-то крепкий мужик, сразу поднявшийся при моем появлении. Подумав, что это третий подельник рэкетиров, оставленный здесь на страховочном шухере, я уже сгруппировался, чтоб приветствовать его для начала своим коронным привычным приемом — левой в солнечное сплетение и правой снизу в челюсть, но недоразумение тут же бескровно-благополучно разрешилось, не успев довести меня до греха.

— Добрый вечер, Евгений Михайлович, — бодро сообщил незнакомец, одергивая на себе пятнистую куртку «афганку». — Совершаете оздоровительный моцион? Угадал? Ежели уже закончили променаж, то, может, обратно в больницу пойдем? Не возражаете?

— Ты, земляк, меня прямо заразил своей страстью всякие вопросы задавать! Кто ты такой? Как меня вычислил?

— А я от самой больницы за вами ехал. Вы так сильно спешили, я чуть вас не проморгал, пока с машиной возился. Понимаю, что желали с глазу на глаз с кем-то встретиться, без свидетелей, но вынужден был за вами хвостом увязаться. Я не нахал, но так как головой отвечаю за безопасность клиента, то...

— Ты из «Кондора»? — мигом просек я ситуацию и кивнул на примостившийся у детской песочницы бежевый «жигуль». — Твои колеса? Поехали, короче!

Когда «девятка» благополучно выкатилась на дорогу, я задал весьма интересовавший меня вопрос:

— Почему один? Куда делись коллеги?

— Ребята ужинают в «цыплятах». Вы не возражаете, если мы их прихватим по дороге? Чего мне зазря туда-сюда мотаться?

— Рация или сотовый телефон имеется в наличии? — не спеша отвечать, продолжал я выяснять очень существенные для меня моменты.

— Телефон только у старшего. Он его с собой забрал. Ну так как решили, Евгений Михайлович, заскочим по-быстрому за ребятами? Крюк тут невелик.

— Ладушки, — облегченно откинулся я на спинку сиденья, убедившись, что о моем вечернем походе дружки охранника, к счастью, не информированы. — Так и быть, подберем обжор.

Мне понадобилось целых полторы минуты, чтобы обстоятельно прошевелить в голове сложившуюся ситуацию и принять единственно верное решение. Да, весьма тяжек «крест» Монаха, но тут уж, по ходу, ничего не поделаешь. Не зря в священной Библии сказано: «Ровно по мере сил ваших дано вам будет...» Так что роптать тут глупо и даже, в натуре, грешно. Надо с должным смирением принимать на плечи неожиданные новые испытания. Хорошо хоть, что плечи у меня крепкие.

— Земляк, сверни-ка вон в тот темный переулочек. Отлить мне срочно требуется подале от глаз людских. Стеснительно-скромный я чересчур.

Через несколько мгновений у меня появился серьезный повод улучшить настроение, похвалив себя за проявленную на лестничной площадке аккуратную предусмотрительность: сэкономленный боезапас оказался точно в тему. Очень даже кстати то бишь.

Последние кварталы до больницы пришлось преодолевать чуть ли не вприпрыжку — грозовое небо так недвусмысленно нахмурилось кустистыми бровями туч, что было ясно — на подходе ливень. А коли родная водосточная труба станет вдруг мокро-скользкой, то мне подвиг восхождения верняк не совершить. Гарантия.

Но все обошлось. Хляби небесные разверзлись лишь тогда, когда я уже забрался в окно своей палаты.

В натуре, высшие силы нынче явно благоволят к моей скромной особе. За что я благодарно и искренне зауважал их еще сильнее.

4

Улыбчиво-солнечный день ничем не напоминал о пронесшейся ночью над родным Екатеринбургом грозовой буре. Разве что веселым матовым блеском свежеумытого асфальта и терпким запахом земли и акации, не изнасилованными пока еще смрадом вечного городского смога.

Впрочем, состояние любезной сердцу природы волновало меня в данный момент в наименьшей степени. Прислонившись к оконному косяку, я неторопливо курил и высматривал внизу автомобиль личных охранников. Скоро его отыскал — из густых кустов акации рядом с дорогой торчал черный бампер «Тойоты». Ребятишки из «Кондора» на своем боевом посту, хоть и на другой машине. «Эскадрон ускакал, не заметив потери бойца», — как в одной бодренько-печальной песенке поется... В любом случае ночное происшествие с шофером они на мой счет не отнесли — это ясно как дважды один.

Выходит, можно смело себя поздравить — подозрительной суеты не наблюдается, карты легли на ломберный стол Судьбы именно так, как я рассчитывал.

Вполне удовлетворенный сделанным оптимистическим выводом, я выбросил окурок в окно и вернулся к низкому столику у кровати с целью слегка подкрепиться: во-первых, время завтрака уже наступило, а во-вторых, пара банок баварского пива, что я успел с утра приговорить, пробудили в желудке нечто, сильно смахивавшее на проблески аппетита. Но сервис в медучреждении, надо отметить, явно оставлял желать много лучшего. Хотя солидным люксовым постояльцам могли бы, эскулапы задрипанные, вовремя хавку приносить. Нигде в несчастной России, по ходу, порядка и дисциплины уже нет. Сплошное разгильдяйство всюду и во всем.

Когда я, плюнув на отечественную систему здравоохранения, собрался уже лично соорудить себе легкий завтрак из бутербродов, дверь наконец-то отворилась и Светлана вкатила в палату квадратный столик на колесиках, уставленный фаянсовыми тарелочками с моим обычным скромным ленчем, состоящим из яичницы с беконом, овощного салата из помидоров со сметаной и парочки поджаренных тостов.

С некоторым разочарованием обратил внимание на неприятное нововведение в экипировке Светы — нынче на ней под халатиком красовались плотные зеленые «лосины», пуритански скрывая прелестные розово-загорелые ноги от моего плотоядного взора.

— Салют, Светик-зеленоцветик! — помогая ей переставлять тарелки на столик у кровати, двусмысленно пошутил я, желая снять с кукольного личика медсестренки слишком уж напряженно-серьезное выражение.

Но моя новая пассия не откликнулась даже улыбкой, старательно избегая встречи наших взглядов и сохраняя отрешенно-каменное лицо.

— У тебя что, зубы болят? Или какой-то молодой пылкий докторишка выспаться не дал? — невинно поинтересовался я, отправляя в пасть первый кусок дивно сочного бекона. — Ты уже завтракала? Если нет — смело присоединяйся. У меня тут запросто хватит для двоих, не сомневайся.

— Я не сомневаюсь. Вчера ведь твоих возможностей тоже хватило для двоих, верно? — Света вдруг вскинула на меня свои синеокие глаза-пистолеты, должно быть, желая застать врасплох, но не на того напала, наивная дурочка.

— Что конкретно имеешь в виду? — полюбопытствовал я, спокойно-деятельно продолжая утреннюю трапезу. — Если думаешь, что с твоей толстушкой сменщицей сексуально развлекался, то впадаешь в глубочайшее заблуждение. Несправедливо обидно, малышка, для моих искренних чисто-честных чувств к тебе!

Наверно, целую минуту Светлана не сводила внимательно-недоверчивых и одновременно растерянно-испуганных глаз с моих равномерно двигавшихся челюстей, затем вынула из кармашка халата плоский бумажный пакетик из газеты и осторожно пристроила его на краешке стола, будто это бомба была, а не безобидно-банальные баксы.

— Что это? — равнодушно спросил я, тщательно стерев непроизвольно наползавшую на губу довольную усмешку.

— Возвращаю ваши доллары, Евгений. Не понадобились... Вымогатели до прачечной дойти не смогли. Кто-то застрелил обоих вчера прямо в подъезде. Всю ночь милиция жильцов нашего дома допрашивала. Убитых не опознал никто. Мы с Наташкой тоже... Правильно сделали?

— Наверное, — пожал я плечами, откладывая в сторону вилку с ножом. — В уголовном деле лучше вообще не фигурировать. Даже в качестве свидетелей. Спокойнее как-то. Теперь-то я просек наконец твое странное поведение! Ты что же, милая глупышка, вообразила, будто я каким-то боком в этом замешан, да?

— Не знаю, что и подумать, — устало призналась Светлана, отводя от меня смущенный взгляд. — Но очень уж странное, согласись, совпадение получилось...

— И ничего странного тут нет! — решительно опроверг я сей безусловно-очевидный факт. — Сама здраво посуди: из больницы я не выходил, что может засвидетельствовать поголовно весь эскулапный персонал, посетителей ко мне вчера не было — то бишь поручить кому-нибудь разобраться с рэкетирами тоже не имел возможности. Убедил?

— Но ты ведь мог просто куда-то позвонить... — не слишком уверенно сказала Света, явно начиная сомневаться в своих поспешных первоначальных выводах.

— А вот и нет, малыш! — не счел я нужным сдерживать самодовольный смешок победителя. — Из палаты вчера вообще не выходил и телефоном ни разу не пользовался! Спроси у дежурной сестры, коли все еще сомневаешься.

— Обязательно спрошу, — твердо пообещала эта наглая девчонка, толкая столик на колесиках в обратный путь. — Прости, Евгений, но я пойду. Голова от всех этих волнений ну прямо раскалывается.

— От мигрени замечательно коньячок помогает, — поделился я ценным научным открытием. — Не хочешь принять капельку-другую? Чисто символически. Для поднятия тонуса.

— Как-нибудь в другой раз. Не обижайся. — Света сделала жалкую попытку улыбнуться, но ничего путного у нее не получилось, и поспешно покинула мой люкс вместе со своей передвижной «скатертью-самобранкой», выглядевшей сейчас уныло-пошло из-за тарелок с остатками недоеденной пищи.

«Ну и дьявол с тобой, золотая рыбка! — не стал я расстраиваться от такого откровенного проявления холодной отчужденности девчонки. — Не очень-то и хотелось!..»

Случайно вспомнив, что подобные слова говорила в знаменитой басне лиса, не сумев добраться до желанного винограда, я щедро плеснул себе в стопку фирменного французского «лекарства от мигрени» и, чокнувшись с бутылкой, провозгласил:

— Не переживай, кумушка-лиса, по порожнякам! Винограда и девок еще будет в жизни с избытком! Зато из шкур наших ни одна падла шубу себе не сошьет! Гарантия!

— С кем это ты базаришь, Евген, в пустой комнате? — подозрительно прищурившись, поинтересовался Цыпа, появляясь в дверях палаты, как черт из коробочки.

— Думаешь, у меня шифер съехал и гуси улетели? — усмехнулся я, отправляя коньяк по прямому назначению. — Пальчиком в небо, братишка! Высокоразвитые в интеллектуальном плане личности частенько сами с собой прикалываются — ведь так иногда нестерпимо хочется поговорить с умным человеком. Для разнообразности хотя бы...

Цыпленок, не обратив внимания на мою почти неприкрываемую колкость, пристроился на краешке кровати и вынул свой вечный «Кэмел». На лице соратника было серьезное задумчивое выражение, смотревшееся на его обычно самодовольно-беспечной мордахе непривычно и даже весьма забавно.

— Кури, — добродушно разрешил я, закуривая сам. Но, конечно, не американскую «дымовую шашку» Цыпы, а благородную душистую «родопину». — Появились новые проблемы?

— Нет, — чуток помедлив, ответил Цыпа. — Новых

проблем у нас не имеется. Но есть кой-какие неприятности. Вчерась двоих наших гавриков кто-то внагляк расшмалял в упор. Они были при козырях, но применить оружие почему-то не успели.

— Где это произошло? — нахмурившись, спросил я, хотя уже ни на децал не сомневался в ответе.

— Тут недалече. Чуть ли не на пороге прачечной «Белизна», куда ребята и направились по делу.

— По какому такому делу? Почему я не в курсе?!!

— Но ты же сам дал «добро» Тому подоить местных коммерсантов, — удивленно вскинул пшеничные брови Цыпа, не понимая, чего это я расхипешевался. — Вот он и начал крутиться в данном направлении. Нанял парочку недавно откинувшихся мальчиков. Сильно странно это, между прочим. Почему нашим основным контингентом не воспользовался? Похоже, Том собирался собственную группу заиметь, чтоб рулить ею единолично. Тогда даже неплохо, что его гавриков шлепнули. Все к лучшему, как ты любишь выражаться. Хотя, в натуре, жаль ребятишек. Тем паче, что кокнул их какой-то дешевый фраер.

— Почему дешевый и почему фраер? — Я даже слегка оскорбился в глубине души.

— Гарантирую, Евген! — Для большей убедительности, наверное, Цыпа ткнул в мою сторону своей безбожно кадящей сигаретой. — По-другому просто быть не может! Откуда у хозяина какой-то занюханной прачечной деньги на профессионала? Бьюсь об заклад, что замочили ребят за какую-нибудь штуку-другую «зеленых». Ясно ведь — заказчик ликвида именно он, больше некому. Мыслю навестить гада нынче и побазарить с ним по душам перед отправкой «в Сочи».

Уверен, что он махом у меня в руках расколется и назовет падлу-исполнителя.

— Запрещаю! Чтоб никакой боле самодеятельности и отсебятины! — зарубил я на корню план соратника. — Сам лично прошевелю дело с «Белизной» после похорон ребятишек.

— Хочешь лично участвовать в траурной церемонии? — удивился телохранитель. — Зачем? Ты же ребят не знал! Да и вообще слишком жирно для наемников, чтоб шеф их хоронил!

— Начисто отсутствуют в тебе, браток, человечность и гуманность, — посетовал я, слегка опечалясь. — Но в данном случае пусть будет по-твоему. Не забудь только парочку красивых венков послать на похороны от моего имени.

— Как обычно — из черных роз? — уточнил ответственный Цыпа.

— Да. Не будем ломать традицию, — немного подумав, согласился я. — Пусть все видят, как мы высоко ценим личные кадры, раз не считаемся с такими безумными расходами. Репутация превыше всего.

Я с ненавистью уперся взглядом в газетный пакетик на краю стола с той злосчастной тысячей долларов, из-за которой и случилась вся эта совершенно дуровая история.

— Стопроцентный кретинизм! — пробормотал я, не сдерживаясь.

— Ты о чем, Евген?

— Да так... Сам с собой прикалываюсь для разнообразия. Кстати, слыхал, что мое здесь содержание в золотую копеечку нам влетает? Отстегиваешь тысячу баксов за сутки якобы. В цвет или лажа?

— Около того, Монах, — уловив явное мое недовольство, Цыпа перешел на официально-деловой тон. — Двести баксов за люкс и шесть сотен за охрану «Кондору» за круглосуточное обеспечение.

— Да это ни в какие ворота не лезет! — искренне возмутился я. — Натуральное лоховское расточительство, возведенное в абсолют! Чего ты раньше молчал?! Нет, я здесь ни дня больше не останусь! Собирай вещички, Цыпленок, пока я собираюсь.

Распахнув обе створки платяного шкафа, сдернул с пластмассовых плечиков слегка покоцанную пулей куртку и надел сверху на свой спортивный костюм. Черные джинсы и рубашку, скомкав, сунул в объемный кожаный баул и бросил его Цыпе, который уже деятельно сворачивал в тугой сверток мою постель. Даже в тюрьмах и лагерях я умудрялся спать на домашнем постельном белье — уютнее телу и спокойнее душе. Правда, нелегально затягивать бельишко с воли весьма накладно выходило. Но тут уж ничего не поделаешь: привычка — вторая натура, как известно. Приходилось, наплевав на бережливость, щедро одаривать алчных прапорщиков-контролеров разумными бумажками, но с одной роднящей их особой приметой — вереницей нулей как на лицевой, так и на тыльной стороне банкноты.

— Все в ажуре, Евген, — доложил Цыпа, успешно запихав мое постельное хозяйство в баул. — А ты уверен, что уже окончательно поправился? Даю добрый совет: отдохни здесь хоть недельку для полной гарантии. С пулевым ранением шутки плохи. К тому же за люкс все одно до конца месяца уплачено. Пропадут деньги зазря.

— Раньше надо было думать! — поставил я крест на меркантильных соображениях телохранителя. —

Месяц, по ходу, выпал у нас такой — сплошных убытков и потерь. А против судьбы не попрешь, сам понимать должен!

— Вообще-то авось оно и к лучшему, что домой переберешься, — неожиданно кардинально поменял свое мнение Цыпа. — Там тебя охранять попроще будет. Не хотел говорить сразу, чтоб не нервировать раньше времени, Евген, но нынче ночью при невыясненных обстоятельствах погиб также и один из охранников «Кондора». Убит выстрелом в затылок. Он почему-то покинул свой пост у больницы и уехал на соседнюю улицу. Там его и кокнули. Я вот мыслю, не связано ли это с тобой как-то?

— ?!

— Не подбирается ли к тебе эдак сбоку та сучара, что покушение организовала?

— Навряд ли, — облегченно переведя дух и состроив задумчивое лицо, будто сосредоточенно прогоняя в мозгах эту версию, откликнулся я, выплескивая остатки коньяка в стопку. — Слишком мудрено. Логики заказчика не вижу. Скорее всего это лишь глупое случайное совпадение. Ладушки! Все шмотки собрал?

— Само собой. А это что? — Цыпа держал в руках надорванный газетный пакетик, откуда торчали грязно-зеленые купюры. — Ты чуть свои баксы не забыл, Евген! В натуре — месяц сплошных подлянок! Держи!

— Нет! — Я невольно отдернул руку от злосчастно-пакостных долларов и, чтоб как-то скрыть свое идиотское замешательство, тут же поднял со стола наполненную стопку с французским эликсиром. — Оставь себе. Они пойдут на поминки нашим боевикам, пусть будет им земля лебяжьим пухом!

Намахнув скорбные сто грамм и даже не закусив с

расстройства, хотя это очень вредно для здоровья, я поспешно вышел из больничной палаты. Все-таки чересчур уж чувствительно-нежная у меня психика. Но ничего поделать с собой не мог — искренне жаль было мне погибших мальчиков, хотя и не знал я их. Почти.

Процедура выписки из больницы не заняла и пяти минут.

Находясь в глубокой печали, по дороге домой я почти не любовался в окно «мерса» на чудный солнечный день и на прогуливавшихся по обочине трассы потрясных молодых дев в коротких мини-юбках, туго обтягивавших не просто призывно-роскошные бугры ягодиц.

Цыпа тоже молчал, уважая понятную скорбную «минуту молчания» шефа, совсем недавно узнавшего о человеческих потерях в сплоченных рядах нашей организации.

Весьма приятно было вновь оказаться в родных пенатах. Я прошвырнулся по всем четырем комнатам с визуальной ревизией. И получил полнейшее удовлетворение ее результатами — мебельная полировка сияла ухоженными поверхностями, ковры были тщательно пропылесошены, а пепельницы пусты. Здесь явно недавно вовсю постаралась моя двоюродная сестренка Наташа, имевшая ключ от квартиры и следившая по родственной доброте душевной за тем, чтоб фатера моя не слишком смахивала на авгиевы конюшни. Надо отдать должное Натуле: содержать в идеальном порядке и чистоте четырехкомнатную берлогу одинокого и — чего греха таить — довольно-таки безалаберного в быту мужика — труд, в натуре, геркулесовский.

Цыпленок сразу скрылся на кухне, деятельно занявшись приготовлением холодных закусок, так как мудро предвидел, что я с ходу предприму фронтальную атаку на спиртные запасы камин-бара. Вот и суетился, милый бродяга, заботясь, чтоб желудок шефа не оказался один на один в жесткой схватке с коварным алкоголем.

Вызванный по телефону, вскоре и опер нарисовался, как всегда жизнерадостный и беззаветно готовый составить мне компанию в трудном общении с иностранцем — пузатым «Наполеоном».

— Зачем звал? — полюбопытствовал майор, заглотив «штрафную» рюмку и аппетитно захрустев яблоком.

— А ты не догадываешься? — слегка даже удивился я, хмуро разглядывая его сытую, лоснившуюся самодовольную рожу.

— Без понятия. Опять, наверно, какие-то новые проблемы? По моему ведомству? Угадал, Монах?

— Как обычно, пальцем в небо! Все проблемы старые и отлично тебе известные! Я желаю знать — долго мне из квартиры не высовываться? Есть или нет у следствия хоть какие-то карликовые сдвиги по раскрытию покушения на убийство в городе коммерсанта?

— Ты про себя говоришь? — зачем-то уточнил этот кретин.

— Естественно! — Я чуть было не вспылил при виде такой непроходимой тупости.

— Я так и понял, Евген, — равнодушно протянул опер, как-то странно скосив на меня свои замороженные синие «омуты». — Не о чем беспокоиться, Монах. Гуляй куда и когда хочешь. Ответственно заявляю: опасности для твоей персоны пока не наблюдается. Да ты и сам это лучше меня знаешь!

— По ходу, ты последние остатки мозгов уже пропил! — не сдержался я, глядя, как Инин, не дожидаясь меня, спроваживает в свое неуемное нутро следующую рюмку качественного коньяка. — Чистую лажу гонишь! Что я, по-твоему, знаю?!

Майор, закурив, откинулся в кресле и, явно не торопясь с ответом, обратился к Цыпе, сновавшему из кухни в гостиную и обратно:

— Не мельтеши перед глазами как метеор, братец. Кайф ломаешь. Ты и так уж весь стол тарелками заполнил, скоро даже для бутылки места не останется. Угомонись, милый. Тут хватит взвод накормить до отвала!

Цыпа, вняв совету мента, а может, просто уже благополучно закончив свою продуктово-снабженческую миссию, молча уселся за стол и сразу, время даром не теряя, стал накладывать столовой ложкой на тонкий ломтик хлеба зернистую икру, которую давно и преданно любил. Кстати, паюсную икру он почему-то даже в рот не берет. Хотя она дороже в несколько раз. Такой вот странный парадокс.

— Хорошо, Монах! Давай без лишних экивоков и реверансов, — всласть напыхтевшись вонючим «Данхилом», заявил опер, решительно вминая окурок в хрустальное дно пепельницы. — Для какой цели тебе вдруг понадобился этот любительский спектакль с покушением? В толк, признаюсь, не возьму! Поясни, будь так любезен.

— Что?! — Я чуть не поперхнулся от неожиданности коньяком и со стуком поставил рюмку обратно на стол. — Ты о чем? Считаешь, я сам организовал покушение? По-твоему, я шизик и самоубийца?!

— Ладно, кончай темнить, Монах, — поморщился

Инин, набулькивая себе новую порцию халявного горячительного. — Против фактов не попрешь, брат!

— Каких конкретно? — Я взял себя в руки и деланно-неторопливо запалил «родопину», глубоко вдыхая успокоительно-душистый болгарский дым. — Выкладывай свои идиотские доказательства. Внимательно выслушаю даже бред сивой кобылы. Я добрый нынче — пользуйся редким моментом!

— Только давай без всяких обид, Евген, — явно забеспокоившись, предложил майор тоном примирения. — А еще лучше — замнем этот щекотливый вопрос для ясности...

— Не покатит, голубчик! — пресек я попытку мента уйти от ответа. — Раз начал — заканчивай! Занятно даже. В натуре.

— Ну ладно, — не очень уверенно хмыкнул Инин, — разжую конкретно по пунктам. Во-первых: баллистическая экспертиза установила, что убойная сила стрелявшего в тебя пистолета вполне достаточна для того, чтоб пробить до четырех миллиметров стали. Хоть и самодельная игрушка, без нарезов на стволе, но весьма, как выяснилось, серьезная...

— Ну и что, любопытно, из этого следует? — не понял я многозначительно-лукавой мины на красной роже опера.

— А то, дорогой Евгений, что спина твоя не из листового железа и бронежилетиком в момент покушения защищена не была! Вывод сам напрашивается: из патрона убийцы кто-то предварительно высыпал порох.

— Необязательно. Мог оказаться обычный заводской брак, — высказал банальную идею Цыпа, перестав жевать. — Либо патрон попался отсыревший.

— Все возможно в подлунном мире, — ухмыляясь,

слегка пофилософствовал майор, наполняя, с моего молчаливого согласия, себе следующую рюмку.

— Навряд ли! — не согласился я с оптимистично-наивным молодым соратником. — Слишком уж подозрительная случайность. Все остальные патроны, как догадываюсь, оказались в норме?

— Факт! — фальшиво вздохнул опер, подцепив на вилку сочный ломтик балыка и приготовившись к любимому священнодействию — неторопливо-смачному оприходованию даров моего гостеприимного стола.

— Выпей, майор, и давай дальше сыпь свои факты. Или уже кончились?

— Ну почему же? — последовав совету, выдохнул перегаром Инин. — Это был лишь цветочек, а настоящая ядреная ягодка впереди. Вот она: у Тома, твоего верного подручного, было в наличии два свидетеля, подтвердившие, что «стечкин» он случайно будто бы в туалете надыбал. Улавливаешь, Евгений?

— Признаться, не очень.

— Ну как же?! — благодушно развел руками опер. — Не станешь ведь ты уверять меня, что так и произошло в действительности?

— Ясно, не стану. Я не кретин, да и тебя за такого не держу. Продолжай.

— Уже заканчиваю. Вся соль в том, что мои коллеги из райотдела на место происшествия прибыли буквально через минуту после перестрелки. У Тома ни практически, ни теоретически просто не имелось времени подговорить двоих лжесвидетелей. Вывод очевиден: акция покушения — розыгрыш, заранее и всесторонне подготовленный спектакль. Кстати, везет твоему кадру по-черному: показания свидетели уже не смогут поменять даже при желании. Вчера грохнули зараз обоих. Ювелирная работа, доложу я тебе — каждому по пулевой дырке точно промеж глаз кто-то выписал. Если б не знал, что ты в больнице в то время загорал, то, извиняй, на тебя бы, Евгений, грешил. Уж больно почерк знакомый и запоминающийся...

— Весьма польщен, — поморщился я. — Но ты что-то про розыгрыш базарил?

— Не нужно быть крупным аналитиком, чтоб просечь про розыгрыш. Не пойму только, зачем тебе понадобилась данная инсценировка, да еще с мокрухой в оконцовке? Какая-то сложная многоходовая мутка? В цвет, Евгений?

Некоторое время я задумчиво курил, пытаясь слепить в воздухе из дымовых колец восьмерки. Но ничего путного не выходило, и бросил это глупое занятие, с раздражением вдавив «родопину» в квадратное дно хрустальной пепельницы.

— Знаешь, майор, пожалуй, я приму твое мудрое предложение — замнем это дело для полной ясности. Ладушки?

— Без проблем! Нет возражений! Я ведь сразу такой вариант предлагал! — явно очень довольный собой, хохотнул Инин.

Впрочем, в прекрасном расположении духа он пребывал совсем недолго. Наблюдая за нашими с Цыпой хмурыми замкнутыми лицами, опер благоразумно стер со своих змеевидных губ горделивую улыбку и заметно поскучнел мордой, наверно, прикидывая в уме, не зря ли поспешил так неосторожно поделиться со мной личными соображениями. Ведь хорошо известно, что «лягушечья болезнь», свойственная большинству людей, чревата неожиданным падением с заоблачных высот в грязное болото.

— Ладно, Евгений, мне пора в контору возвращаться, не провожай, — вдруг засобирался майор, уяснив наконец, что его присутствие здесь стало уже нам в тягость. Уходя, счел целесообразным добавить на всякий случай, вложив в голос максимум возможной убедительности: — Даже не бери в голову, Евгений! Своими выводами я с коллегами не делился, можешь быть уверен на все сто!

Цыпленок сидел в кресле весь какой-то нахохлившийся, не спуская с меня напряженного взгляда и начисто забыв про свой недоеденный бутерброд с зернистой икрой, что наглядно свидетельствовало о крайней степени растрепанности мыслей соратника.

— Михалыч, что ты обо всем этом думаешь? — мрачно поинтересовался Цыпа сразу, как только за Ининым защелкнулась входная дверь квартиры.

— А ничего! — отрезал я и, полюбовавшись на вытянувшуюся физиономию подручного, пояснил: — Думать сейчас бесперспективно, а потому — бессмысленно. Мозги требуют добавочной информации для качественного повышения продуктивности мыслительного процесса. Рвем когти во «Вспомним былое». Требуется слегка побеседовать с нашим милым Томом! Задать ему парочку вопросов, отвечать на которые ему будет трудновато и, ручаюсь, совсем не в кайф!

— Пусть лишь попробует уклониться! — ласково и многообещающе проворковал Цыпа, оттягивая затвор своего тяжеловесного шпалера и ставя боевую пружину на предохранитель. — Я уже готов, Михалыч, поехали!

Шипованные колеса «мерса» за пять минут доставили нас к полуподвальному пивному заведению. Но и за это краткое время я успел мысленно пробежаться в памяти по нашей многолетней с Томом дружбе и искренне поскорбеть о явном несовершенстве человеческой натуры, «по-пионерски» всегда готовой к разным пакостям в виде подлого предательства и черной неблагодарности.

В родной забегаловке все было как обычно. Под потолком кучковались плотные облака сигаретного дыма, молодая барменша Ксюша радовала осоловелые глаза многочисленных завсегдатаев своей стриптизно-ментовской униформой. Запах вареных раков смешивался с испарениями разгоряченных водкой и пивом человечьих тел.

Оперативно миновав общий зал, мы прошли в кабинет управляющего. Но служебное помещение оказалось пустым. Том отсутствовал. Меня успокоило трезвое соображение, что отлучился он, видно, ненадолго, раз даже дверь не потрудился запереть.

Я привычно устроился в кожаном кресле за широким дубовым столом, кивнув подручному на диван. Но Цыпа, прежде чем сесть, сперва выудил для меня из холодильника пару зеленых банок чешского пива. Ничего не попишешь, это у него уже условный рефлекс такой.

Только я успел сделать первый глоток горьковато-пряной пенной жидкости, как в кабинет ввалился какой-то неряшливо выбритый тип в изрядно потасканном джинсовом костюме и стоптанных черных кроссовках.

— Привет, Монах! А Тома нет? — задала глупейший вопрос эта затрапезная личность.

— Как видишь, — усмехнулся я, пытаясь припомнить, где и при каких обстоятельствах пересекались наши жизненные тропы. Эта одутловатая бордовая морда с глазами навыкате казалась мне полузнакомой, но откопать в памяти что-то конкретное не удалось. Скорее всего знакомство наше чисто шапочное — просто когда-то отбывали срока в одном лагере.

— Ну, тогда я потом загляну, — с явным сожалением вздохнул гость, намереваясь исчезнуть из поля зрения.

— Погоди, браток! — тормознул я бывшего солагерника, обратив внимание на малогабаритный, но заметно увесистый пакет в его руке. — Груз можешь оставить. Он для Тома?

— Ну да. — Джинсовый тип сделал несколько неуверенных шажков к столу и остановился. — Только не в курсах, нужна ему вторая «фигура» или без надобности. Может, тебя эта вещица заинтересует? Недорого совсем. Почти даром.

— Вполне вероятно, братишка. Если в тему — столкуемся, — подбодрил я продавца. — Цыпа, глянь-ка товар.

Соратник живо расковырял бумажную упаковку и извлек на свет божий штукенцию, которую я, признаться, увидеть совсем не ожидал. По удивленной физиономии Цыпы я с удовлетворением определил, что не один я такой недогадливый оказался.

Цыпа повертел в руках импортный газовый пистолет и молча положил передо мной на стол.

— Сколько просишь? — полюбопытствовал я, взяв волыну и заглянув в ствол. — Под какой патрон расточен? Девятка, кажись?

— Точно. Под «макаровский» переделан, как и раньше. С Тома я триста баксов взял, а тебе всего за пару сотен уступлю. Из чистого уважения треть скошухи дам. В натуре, Монах, для тебя не жалко!

— За что вдруг такие милости? — прищурился я, напустив на себя высокомерную суровость. — В поблажках не нуждаюсь! Или, может, сомневаешься в моей платежеспособности? Напрасно, браток! Худшего оскорбления для бизнесмена даже и придумать нельзя! По ходу, вконец оборзел, земеля?!

Торговец самоделками был совершенно сбит с панталыку этим неожиданным и необоснованным «наездом». Вылупил на меня свои мутные буркалы, стал торопливо оправдываться враз охрипшим голосом:

— Совсем не в ту степь, Монах. Ты не так понял. Гадом буду — ничего такого и в мыслях не держал! Я к тебе как к брату! Без туфты!

— Луну крутишь! — продолжал я гнать пургу. — Если б меня уважал, то не продал бы Тому шпалер на стольник дороже настоящей цены! Мы с ним одно целое — кенты по жизни. Наколов Тома, ты наколол меня. Сечешь подляну?

— Секу, Монах. Но с Томом другой расклад был. Он сам лично цену назначил, давая заказ на такую фигуру. На исполнение выделил всего два дня — мне пришлось крутиться как бобику. Так что сотняга баксов за срочность вполне законная.

— Смог уложиться в срок? — поинтересовался я, старательно помягчев лицом и голосом.

— А как же! — облегченно разулыбался оружейный барыга, приняв мою игру за чистую монету. — Как договорились. В пятницу он заказ сделал, а в воскресенье я товар представил в лучшем виде. Клиентов никогда не подвожу, себе дороже.

— Ладушки! — поощрительно усмехнулся я, доставая бумажник. — Коли за срочность, тогда понятно, претензий не имею. На, получи свой честный гонорар. Кстати, не проболтайся Тому про нашу сделку. Я ему дружеский сюрприз хочу сделать.

Разбогатев на двести американских долларов, довольный мужичонка исчез из кабинета так же стремительно, как и нарисовался в нем. Удерживать барыгу я не стал, так как успел выведать у него уже все, что хотел.

— Зачем тебе это фуфло? — спросил Цыпа, пренебрежительно выпятив нижнюю губу. — От такой детской игрушки в нашем деле толку чуть. Да и ненадежная она — запостоянку перекос патрона дает, заклинивает от перегрева. Одно баловство, короче, а не инструмент.

— А я в глубине души сущий ребенок. Меня паюсной икрой не корми — дай только поиграть да позабавиться, — поделился я с соратником сокровенным, выщелкивая обойму из своей новой «детской игрушки».

Вынув верхний патрон, отделил тупорылую пулю от гильзы и высыпал из медного цилиндрика черный бездымный порох в пепельницу. Получилась совсем несолидная мизерная кучка. Даже не верилось, что она таит в себе такую мощную жизненную силу. Точнее — убойную.

Поднеся зажигалку к пепельнице, крутнул колесико, добывая из кремня искру. Пороховой холмик коротко вспыхнул ярким оранжево-фиолетовым пламенем, распространив вокруг хорошо знакомый едкий запах сгоревшей серы.

— Я понял! — радостно поделился своими невероятными умственными достижениями Цыпа. — Ты пистоль в качестве вещественного доказательства приобрел! Чтоб Тома к стенке припереть! Или поставить!

Я лишь загадочно улыбнулся в ответ. Пусть и дальше самостоятельно шевелит мозгами — это будет весьма полезно для увеличения их извилистости.

Проделав прежние хитрые манипуляции с патроном в обратном порядке, вернул его в теплую компанию медных сородичей и легким ударом ладони загнал магазин в пистолетную рукоятку.

Вдоволь налюбовавшись на недоуменно вздернутые вверх пшеничные брови соратника, я уже собрался было развеять его явные опасения в здравомыслии шефа подробным объяснением своих странных поступков, но тут дверь отворилась и в кабинет вошел долгожданный Том, держа под мышкой целую кипу толстенных тетрадей. В таких, как я знал, он ежедневно кропает собственные вирши, возомнив себя, по ходу, вторым Франсуа Виньоном. Каждый сходит с ума по-своему, как говорится. Особенно люди нашей нервной профессии.

— Уже выписали? — как мне показалось, искренне обрадовался доморощенный поэт и тут же весь напрягся, подозрительно принюхиваясь. — Тут стреляли? Что произошло?

Не дожидаясь ответа, заглянул под широкий приземистый стол, явно намереваясь узреть там спрятанный свеженький труп, а то и пару.

— У тебя слишком богатое творческое воображение, — снисходительно улыбнулся я. — Мнительный ты, как все настоящие поэты. Здесь полный ажур. Почему дверку не запираешь, когда сматываешься из заведения? Ведь запросто обчистят кабинет, не дай бог. Слошное же ворье кругом.

— Да нет, — отмахнулся Том, прекратив наконец свои глупые поиски бездыханных тел. — Я всего на несколько минут отлучился в «Канцелярские товары». Да и какой идиот рискнет сюда храповик сунуть?

— Вот как раз идиот и рискнет. Умный-то поостережется, — наставительно заметил я, покидая уютное кожаное кресло. — Пойдемте, ребятки, децал покатаемся. Давненько с природой-матушкой не общался.

Видно, памятуя мою легкую нотацию, выходя из кабинета, Том старательно запер дверь на оба внутренних замка.

Когда все расселись в машине — мальчики спереди, а я, как всегда, на заднем сиденье, Цыпа скосил на меня деланно-равнодушный взгляд и будничным голосом спросил:

— Куда держим путь, Михалыч? В ближайший лесок?..

— Нет, — подумав секунду-другую, ответил я. — Не будем слишком уж от цивилизации отрываться. Давай жми в парк Маяковского. Подходящее во всех отношениях местечко.

ЦПКиО имени пролетарского поэта на самом деле наилучшим образом подходил для намеченной мною акции. Имел в наличии все необходимые «аксессуары»: не страдающая многолюдством лесистая местность, очень редко посещаемая ментовскими патрулями, и в то же время телефоны-автоматы заботливо расставлены чуть ли не на каждом перекрестке аллей. Причем умопомрачительный факт явно из ненаучной фантастики — больше половины телефонов было в прекрасном рабочем состоянии. Прямо готовый сюжетец для телепередачи «Очевидное — невероятное».

Припарковав колеса на автостоянке у главного входа в парк, мы углубились в святилище культуры и отдыха, выбрав приглянувшуюся мне тихую боковую аллейку.

Приятно похрустывал под ногами гравий дорожки, словно целая банда невидимых сладкоежек деятельно хрумкала сахар-рафинад.

Буйно цветущая зелень акаций и тополей по краям извилистой аллеи надежно хоронила нашу далеко не святую троицу от ненужных посторонних глаз. Открыты мы были только ясному безоблачному небу, но с этой стороны никаких неприятных сюрпризов я не ожидал. Даже в виде примитивного дождя.

— Шпалер в наличии? — нарушая слишком затянувшееся молчание, поинтересовался я у Тома.

— Нет, строго по твоей инструкции я оружие лишь на дело цепляю, — напряженно ответил управляющий пивбаром, подозрительно покосившись на Цыпу, который, вдруг споткнувшись, облапал Тома, якобы чтоб равновесие удержать. Весьма грамотно работает мой мальчуган, ничего не скажешь.

— В натуре, пустой он, — разочарованно подтвердил Цыпа, не скрывая своего глубокого искреннего недоумения. — Дурак, выходит. Кинул подлянку шефу, а сам без козыря рассекает. Вконец оборзел, козлик безрогий!

— Отвечаешь за козла, гад?! — взъерепенился Том, демонстративно сжимая кулаки и порываясь встать в боксерскую стойку. Но бледное лицо и суетливо прыгающий взгляд с головой выдавали его полную растерянность, если не панику.

— Ладно. Ты и верно не козел, — неожиданно легко согласился Цыпа и после паузы жестко добавил:— Ты всего-то обыкновенный бычара. В натуре. Мразота подлючая и тупая!

— Ша! Кончай свару! — вмешался я в словесную перепалку, грозившую перерасти в плебейский мордобой. — Мы же приличные люди как-никак! Решим наш вопросик тихо, по-семейному, без балагана и хипиша.

— Это в тему, Михалыч! Лишний шум нам ни к чему, — кивнул дисциплинированный Цыпа и выдернул из-под куртки свой любимый «стечкин», снабженный пятнадцатисантиметровым цилиндром глушителя. — Все будет тише некуда, гарантия!

Том отшатнулся от ткнувшейся ему в живот крупнокалиберной волыны и нервно заозирался по сторонам, явно намереваясь срочно «взять ноги в руки».

— Пуля догонит, — спокойно внес я ясность в бесперспективность его побегушной затеи. — Стой и не рыпайся зря. Ноги тебя не спасут, а вот язык — может. Рассказывай!

— Спрашивай! — нагло откликнулся Том, желая, видно, прежде выяснить, какой конкретно счет вдруг предъявлен ему к оплате.

Я отлично понял его хитро-наивную «пробивку», но решил не обращать внимания на подобный маневр, вполне простительный в данной ситуации.

— Значит, утверждаешь, что оружие лишь на дело берешь? — начал я несколько издалека, но точно обозначая направление главного удара. — Почему же в таком случае при тебе пистолет так удачно вдруг оказался, когда вышел проводить меня до машины?

— Это простая случайность, Евген! — Том сделал попытку невинно улыбнуться, но ничего путного у него из этого не вышло. Врать с убедительной мордой он был явно не способен — сразу видать. Что ж, в какой-то мере данный нюанс меня обнадежил.

— На «неосознанную необходимость» хочешь спереть? Может, это и была необходимость, но очень даже осознанная! Верно, братишка? Ты ведь отлично знал о покушении заранее. Давай признавайся, кончай луну крутить. Мы же серьезные люди.

Так как Том угрюмо-подавленно молчал, лихорадочно соображая, наверно, какую тактику запирательства понадежнее избрать, то я благородно решил выложить на стол главные свои козыри, дабы мальчик окончательно просек, что игра проиграна бесповоротно и пытаться продолжать ее — дохлый номер. Глупо и несолидно то бишь.

— Свидетелей «находки» пистолета ты загодя подговорил — факт доказанный. И палил в мою шкуру Кравченко из переделанной газовой волыны, которую предоставил ему ты, предварительно высыпав из первого патрона порох. Это тоже доказано железно. Чего в молчанку играешь? Кстати, молчание — знак согласия! Автор дурацкой инсценировки покушения и мой старинный лагерный кент — одно лицо. Печальная наблюдается картина: верный, как я думал по наивности, соратник чуть было не спровадил шефа к праотцам. Если б твой Кравченко угодил мне не в лопатку, а в затылок, я запросто мог деликатесом для земляных червей стать! Ударной силы гремучей ртути капсюля вполне достаточно, чтоб черепок расколоть. Или ты этого не учел, по свойственной поэтам дурости? В розовых эмпиреях витал, когда планировал спектакль? В цвет, дорогуша?

— Да ничего подобного, Евген! — оскорбился явно задетый за живое Том. — Дело было спланировано от и до! С учетом всех деталей! Кто ж мог знать, что как раз в тот день на тебе бронежилета не окажется?! Я не ясновидящий, поимей в виду!

— Не ори, всех пташек в округе насмерть перепугаешь! То бишь выходит, это я сам виноват, что в больнице очутился? Так, по-твоему? — Я, признаться, даже слегка опешил от такого нахально-оригинального расклада нашего пасьянса.

— Ты ни в чем не виноват, Евген! — весьма великодушно заверил некоронованный король наглецов, словно делая мне крупное одолжение. — Просто накладка небольшая вышла. Но и с себя, понятно, я вины не снимаю — признаю, что допустил по отношению к тебе серьезную вольность. Но уж очень хотел доказать, что цена мне не ниже Цыпиной, — завсегда готов тебя от пули заслонить. Но все случая подходящего никак не выпадало. Вот и пришлось самому его организовать!

— Раз гора не идет к Магомету, то Магомет идет к горе? — понимающе усмехнулся я, с неподдельным любопытством разглядывая честную мордаху соратника, явно, несмотря на покаянные слова, не испытывавшего в душе ни глубокого раскаяния, ни капли смущения. — И тебе не жаль бедолагу Кравченко или хотя бы той валюты, что отстегнул ему за мое якобы убийство?

— А чего ханыгу этого жалеть? — искренне удивился Том. — А насчет денег ты, Евген, меня опять сильно недооцениваешь. Я же продуманный — обещал заплатить только после выполнения заказа. Так что все тип-топ, по уму.

— Ты так считаешь? Зря. С меня ведь причитается, верно? А долг платежом красен. В нашем с тобой случае кровью. Ступай не торопясь по аллее. Если не будешь оглядываться, вполне даже возможно, что живым останешься. Башка твоя, как мы сейчас точно выяснили, почти из одних костей состоит. На редкость твердолобая. Легкоранимых умных мозгов в ней с гулькин нос. — Я вытянул из заднего кармана брюк недавно приобретенную «игрушку» и снял затвор с предохранителя.

— Как так? — вытаращил глаза Том, не веря в происходящее. — Ты в меня шмалять будешь?

— Без всякого сомнения, — подтвердил я. — Проверю твой «чайник» на прочность. А что, доктору не нравится собственное снадобье? Тут уж ничего не поделаешь. Карты розданы — надо играть. Ежели выживешь, мы в расчете. Ментам скажешь, что прогуливался по парку в гордом одиночестве, когда на тебя напали неизвестные грабители. Ступай, братец, не дергайся зря. Коли побежишь, помни — Цыпа мастер палить по движущимся мишеням...

Поняв наконец, что словами делу не поможешь, Том круто повернулся на каблуках и медленно-обреченно пошкандыбал вперед по аллее, смешно втянув голову в плечи. Создавалось такое впечатление, будто шея у него начисто отсутствует.

Мне даже на краткое мгновение стало искренне жаль этого дуралея где-то в глубине моей слишком уж чувствительной и сентиментальной души. Но я мужественно отбросил в сторону ненужные в данной ситуации сантименты и поднял пистолет, поймав ершистый затылок старого приятеля в прорезь прицела.

Когда проштрафившийся соратник отдалился от нас на полдюжины шагов, я плавно вдавил курок, отправляя боек на жаркое свидание с круглозадой гильзой.

Выстрел вышел значительно громче, чем я рассчитывал. Солидно грохнуло, словно всерьез. Мне даже подумалось — не перепутал ли, случаем, патрон?

Но Цыпа развеял самые худшие мои опасения, наскоро осмотрев валявшееся на гравийной дорожке неподвижное тело.

— Дышит пока, тварь! — поднимаясь с колен, явно разочарованно констатировал Цыпленок, шаря лапой у себя под мышкой. — Можно добить гада? На хрен тебе сдался такой мутнорылый кадр?

— Нет. Коли выживет, значит, так в Книге Судеб записано. А корректировать дату чужой смерти — это против закона природы, — наставительно изрек я, разглядывая слипшиеся от крови волосы на затылке Тома. — Все. Уходим. Тут недавно я исправный таксофон видал, необходимо «Скорую» для нашего друга вызвать. Грех непростительный не помочь ближнему своему в беде. Негуманно как-то. Тем более, за палату в травматологии все одно вперед уплачено, чего добру зря пропадать.

— Неужели? — нагло скалился Цыпа, профессионально-быстро выворачивая карманы раненого, чтоб происшествие в парке смахивало на банальное ограбление. — Как-то не замечал я раньше, Монах, чтобы ты сильно каких-либо законов придерживался. Даже воровских.

— Плебейским верхоглядством страдаешь, брат! — популярно разжевал я молодому соратнику его вопиющее заблуждение, ставящее под сомнение наличие у меня твердых жизненных принципов. — К твоему сведению, я запостоянку следую каким-нибудь правилам и законам. Но их столько разных развелось, что хоть пруд пруди, и не моя забота, что они почему-то частенько противоречат друг другу. Ладушки! В настоящий момент закон сохранения собственной шкуры требует от нас срочно и без пустых базаров рвать когти отсюда. Все, обрываемся!

5

В просторной палате люкс Центральной травматологической больницы за несколько дней ничего не изменилось. Все так же радовали глаз высокий габаритный холодильник «Стинол» и телевизор «Панасоник». Ненавязчиво-тихо гудел кондиционер, старательно сохраняя в помещении мягкий двадцатитрехградусный климат. Веселенькие шелковые желтые шторы на окнах хорошо гармонировали с оранжевой ковровой дорожкой на полу.

Правда, благостный вид люкса слегка портила бледная, слегка осунувшаяся физиономия Тома, лежавшего на койке посередине палаты. Впалые щеки соратника цветом своим могли смело конкурировать с плотной марлевой повязкой на его крупной голове. Не шибко умной, к слову сказать.

Обычно блестящие серо-стальные глаза Тома потеряли живость и глядели на нас с Цыпой каким-то отсутствующим потусторонним взглядом. Оно и понятно — несколько дней бедолаге пришлось проваляться в реанимации, болтаясь между жизнью и смертью, как тюльпан в проруби. Но запаса жизненной энергии у братишки оказалось вполне достаточно, чтоб костлявая все же отступила и убралась восвояси в преисподнюю.

— По-моему, Михалыч, крыша после сотрясения у него окончательно съехала набекрень, — равнодушно заметил Цыпа, пристраивая букет желто-белых гладиолусов на тумбочке у изножия кровати. — Не соображает уже ни хрена, в детство впал.

— А тебе даже и впадать не надо — на десятилетнем уровне благополучно тормознулся! — желчно проскрипел с больничного ложа Том, моментально рассеивая все подозрения в дееспособности его покоцанного пулей «чайника».

— Вот и ладушки! Оклемался, значит? — искренне порадовался я за старого приятеля и задал вопрос, давно и живо меня интересовавший: — Говорят, что когда человек находится в коматозном состоянии, то его неприкаянная душа бродит на том свете. Ты вот лично чего-нибудь видал в беспамятстве? Есть загробный мир или все это пустые базары проповедников?

— Ангелов с крылышками не наблюдалось, впрочем, как и рогато-хвостатых чертей, — слабо улыбнулся синими губами Том. — Мне только казалось, что бесконечно лечу-падаю в кромешной темноте к яркокрасной точке, которая почему-то никак не хочет увеличиваться в размерах. Такая вот ерунда.

— Это тебя дьявол на раскаленную сковородку волок, а атеисты-врачи не давали, — съязвил Цыпа, мстительно отыгрываясь за «десятилетний уровень». — Верняк, душа в ад попала. Коли бы в рай, то не вниз, а ввысь бы летела. Гарантия! Скажи, Михалыч!

— А я не в курсе, — отмахнулся я, не желая принимать участия в обсуждении столь деликатного теософического вопроса. — Доставай-ка лучше наши скромные подарки для больного друга.

Ну, слово «скромные» я употребил, понятно, чисто для понта, а вернее — из-за большой собственной скромности.

Цыпа, почему-то недовольно насупившись, снял с плеча ремень объемного баула и стал извлекать на свет божий щедро-царские дары природы-матушки. Низкорослый треугольный столик у кровати буквально заполонили многочисленные представители семейства цитрусовых, дыня, парочка спелых ананасов и веселенько-красочные импортные коробки с шоколадом и пирожными. Венчала все это дело дорогая темная бутылка «Хванчкары» в бумажном кульке.

— Я же помню, Том, что ты, как и я, не дурак перед сном стаканчик-другой пропустить для поднятия тонуса. Правда, я-то больше уважаю коньячок, чем все грузинские вина, вместе взятые. Но на вкус и цвет товарищей нет, как гласит народная мудрость. В собственную веру обращать не собираюсь — каждому свое. Так что пей свою разлюбезную «Хванчкару» и не думай слишком уж худо о Монахе. Ладушки, брат?

— Благодарю, Евген! — как мне показалось, вполне искренне сказал Том, отводя странно заблестевшие глаза от подарочного изобилия. — Честно признаюсь — даже не ожидал от тебя...

— Гляди-ка, да он растрогался! — удивился Цыпа и жестко добавил: — Как в Михалыча из шпалера палят — спокойно глядел, а на простые апельсины смотреть без слез, вишь ты, не может! Шизик, в натуре!

— Ша! Кончай базлать! — резко одернул я не в меру разбушевавшегося телохранителя. — Лучше устрой-ка наши гладиолусы по-нормальному. Чего они на тумбочке валяются? Да еще и в ногах у бедного Тома! Он же не умер, а всего лишь приболел чуток! Ну ни капельки в тебе христианского понятия нет! Давай исправляй свою накладку. Пустая банка должна в тумбочке быть. Вода — знаешь где.

Дисциплинированный Цыпа, пробурчав что-то маловразумительное, занялся цветами, а я повернулся к лежачему приятелю:

— Менты не слишком надоедают со своими глупыми вопросами? Наведывались уже?

— Нынче утром приходил районный следак. В версию об ограблении не верит. Считает, что это кто-то из дружков Кравченко хотел счеты со мной свести из мести.

— Ну, ясное дело, — усмехнулся я. — Наши доблестные органы в своем обычном репертуаре: сразу хватаются за самое простое и легкое решение. Работнички! Впрочем, что это мы все о пустяках. Есть тема значительно важнее: как твое самочувствие? Сильно головушка болит? Небось осерчал на меня, браток, за вынужденный постельный режим? В цвет?

— Нет, Евген, — открыто-честно и даже не моргая встретил мой изучающе-выжидательный взгляд Том. — Ты сделал все правильно, по закону. Наказание я, в натуре, заслужил, потому зла не держу. А голова практически не болит. Мне здесь столько всякой лекарственной гадости в задницу вкололи, что до конца жизни, по ходу, никакую боль ощущать вообще уже не буду. Так что не бери в голову, Евген, я зла не держу и даже благодарен тебе за этот урок. Гадом буду!

Я придирчиво долго вглядывался в усталые серые глаза соратника, пытаясь уловить в них хотя бы намек на подлую неискренность, но ничего подозрительного не обнаружил. Если прав русский классик, утверждавший, что «глаза — зеркало души», то душа Тома передо мной чиста и невинна, как слеза ребенка.

Из туалетной комнаты нарисовался Цыпа, неся на вытянутых лапах трехлитровую банку с высоко торчащими из нее гордыми гладиолусами.

— Поставь на подоконник, — решил я, — там нежные создания все же поближе к солнышку будут. Ладно, Том, пожалуй, мы дальше погребем. Дела зовут на служение мамоне. Держи «краба» в знак нашей нержавеющей дружбы!

Я взял похудевшую слабую ладонь приятеля и осторожно пожал, стараясь не причинить ненароком боль. Том из глупой вежливости попробовал приподняться в постели, но явно не рассчитал силенок — тут же упал обратно на подушку. На его землистом лице выступили обильные капельки пота.

— Не суетись зря, браток, вредно это для здоровья. — Я заботливо поправил на друге сползающее на пол одеяло и встал. — Пожалуй, пьянствовать тебе еще рано. Лучше поберечь организм. Ослаб он вконец, как вижу. Выздоравливай, короче, давай — Ксюха по тебе скучает, прямо спасу нет!

Выходя из палаты, я прихватил со стола кулек с бутылкой кавказской амброзии. В коридоре никого не было, кроме бабульки-нянечки, старательно елозившей по полу тряпкой, намотанной на швабру. Охрану я Тому не приставил, справедливо посчитав за совершенно излишнюю роскошь.

— Ты прямо святой, Михалыч! — то ли осуждающе, то ли восхищенно заявил Цыпа. — Но не стоит Том твоей апостольской доброты. Я бы ему после всего даже руки ни в жизнь не подал. Не простил бы! А ты еще кудахчешь над ним, как курочка над птенчиком!

— Эй, полегче в идиотских сравнениях! — усмехнулся я. — Такой вот я гуманист уродился, ничего не поделаешь. Если хорошо отношусь к человеку — то уж до самого конца. До смерти то бишь. А с натурой собственной не поспоришь, как известно.

— Это на тебя кликуха так сильно влияет, — высказал догадку улыбающийся Цыпа. — Ты Монахом не только для блатных стал, но и внутри самого себя! Правда же?

— Вполне возможно, брат, — милостиво согласился я с явно завиральной мыслью соратника — пусть порадуется пацан, мне ведь эта филантропия ничего не стоит.

Когда подошли к автостоянке, прежде чем забраться в машину, я швырнул в бетонную урну кулек с «Хванчкарой». Услышав звон разбитого стекла, Цыпа обиженно поморщился:

— Не нравится грузинское вино — мне бы подбанчил. Зачем добро портить?

— После этого «добра» ты бы ровно через две секунды загнулся наглушняк, — пояснил я, усаживаясь на свое привычное заднее сиденье. — Заводи давай.

— В вине был цианит? — Цыпленок ошалело уставился на меня, совершенно игнорируя свои шоферские обязанности.

— Само собой. Неужто ты думаешь, что я старому другу что-то подешевле-похуже подмешать способен? Чтоб он страдал? Нет уж! Если хорошо отношусь к человеку — то до самой его смерти. Принцип у меня такой. Поехали, говорю! Заснул, что ли?

Цыпа наконец повернул ключ зажигания и вывел «мерс» на трассу в общий поток.

Стрелка барометра моего настроения забралась далеко в плюсовой сектор. И тому была весомо-приятная причина: братишка Том остался в нашей команде и «в Сочи» не уехал. Думаю, что я верно поступил, отменив собственный приговор. Не злопамятен соратник и, значит, не опасен. Накрайняк, всегда ведь можно обратно переиграть, коли снова народятся подозрения на его счет.

В мою голову вдруг забрела одна замечательная идея:

— Слушай-ка, Цыпленок! Рули к городскому пруду, будем с тобой диких гусей хлебом кормить. Ведь как нас учит святая Библия? «Не уставайте творить добро!» Насытим бедных пернатых тварей — вот уже и второе благодеяние за день в свой актив запишем.

— А какое первое, Михалыч? — как-то странно покосился на меня соратник.

— Уже забыл?! — искренне подосадовал я. — Короткая же у тебя память! Мы ведь только что не стали мочить Тома, строго блюдя главную христианскую заповедь: «Не убий!» Надо всегда, брат, стараться жить по закону божьему. Святым, понятно, при нашей профессии весьма трудно стать, но стремиться к этому очень полезно для души и сохранения общей гармонии в мире. Ты согласен?

— Угу, — буркнул Цыпа, сосредоточенно уставившись на дорогу, словно любимый боевик смотрел. Желания побазарить на высокие темы у него явно не наблюдалось.

Вот уже не первый раз с ним так: только мне захочется приколоться на серьезные материи, поделиться личными мыслями, как Цыпленок вдруг замыкается в скорлупу и таращится оттуда на меня, будто на чудо-юдо какое-то. Такое вот странно-непонятное поведение у друга. Выкрутасы его изношенной психики, по ходу.

Впрочем, нельзя слишком уж многого требовать от Цыпы. Надо быть более снисходительным к недостаткам приятеля. Ведь кто он такой, по сути, есть? Как ни прискорбно это констатировать — натуральный зверь, толстокожий громила-головорез. Где уж ему понять движения моей тонкой, чувствительной натуры? Цыпе, к сожалению, это просто не дано — у него ведь душа вся мохом обросла, как волчья шкура.

Придя к такому печальному умозаключению, я сочувственно глянул на вихрастый рыжий затылок соратника и вздохнул про себя:

«Все же я не буду терять надежду, что мое ежедневное благотворное влияние рано или поздно скажется на этом прожженном бандите — сделает его более предсказуемым и хотя бы чуточку человечнее».

ДУРА ЛЕКС, ИЛИ УБИЙСТВО КАК ПРОФЕССИЯ

ГЛАВА 1

Франт восседал в ресторации «Большой Урал», наслаждаясь и отлично сервированным овальным столом, покрытым хрустящей, накрахмаленной до синевы скатертью, и роскошным ужином, состоящим из омаров в белом вине, и легкой танцевальной музыкой, умело добываемой из своих инструментов музыкантами в солидных черных фраках. А сиреневые бабочки на их манишках вообще вызывали у Франта чувство, сходное с восторгом.

Добавляла хорошего настроения и та немаловажная мысль, что все это великолепие не стоит ему ни рубля, даже платить за ужин не придется. Такая приятная традиция. По пятницам, когда он сюда наведывается, ресторанный счет оплачивает здешняя «крыша».

Вон за крайним столиком у эстрады сидит ее рыжеволосый представитель, носящий смешную кличку Цыпа. По мнению сорокалетнего Франта, слишком уж тот розовощек и молод, чтоб контролировать такой солидный кабак, но нынче ведь все перевернулось с ног на голову. Желторотые юнцы и бывшие «шестерки» вес набрали, такими делами заправляют, о которых раньше и паханы не мечтали в пьяном угаре. Беспредел, в общем. Гримасы нарождающегося капитализма. Заработанный в лагерях и тюрьмах авторитет ни черта уже не стоит, сейчас достаточно заиметь «шпалер», чтобы тебя зауважали.

Евгений **Монах**

Рыжий детина за крайним столиком, похоже, с пистолетом даже спать ложится. «Вон как левый локоть нагло оттопырен! — Франт кривовато-пренебрежительно усмехнулся. — Форсит малолетка! Зоны, по ходу, еще не нюхал, а то бы поостерегся двести восемнадцатую статью цеплять. Ведь пять лет строгой изоляции ломится».

Сам Франт брал оружие исключительно только на дело и даже держал его подальше от греха — в автоматической камере хранения железнодорожного вокзала. Береженого бог бережет. Франт не амбициозный щенок, а битый волчара. Пятнадцати лет в общей сложности за колючей проволокой с него вполне достаточно, более «залетать» охоты нет. Нахлебался баланды на всю оставшуюся жизнь, до блевотины. Пускай глупые малолетки зря рискуют, а ему лагерная «романтика» уже давно без надобности.

Никогда уважающий себя Франт не стал бы пахать на этого сосунка Цыпу, если б не стечение обстоятельств. Год назад погиб его работодатель Хромой при разборке с конкурирующей бандой «Каратисты Урала». Последние с этого поиметь так ничего и не успели. Начавшаяся кровавая бойня уничтожила обе враждующие группировки. Франту тогда даже не хватило времени вникнуть в ситуацию и принять посильное участие в междоусобице, как он лишился хозяина. Но «Большой Урал» недолго оставался без «крыши». Тут мигом нарисовался этот Цыпа с целой кодлой таких же зеленых мордоворотов. Конечно, свято место пусто не бывает.

Уже успевший привыкнуть к регулярным контрактам на «ликвиды», дававшим хороший постоянный доход, Франт, подавив в себе самолюбие и гордость,

предложил свои специфические услуги новому «куратору» кабака. К его удивлению, Цыпа воспринял его жертву как должное и пообещал посоветоваться с неким шефом по вопросу трудоустройства киллера. Слово, видать, сдержал, сообщив Франту через неделю, что все катит в елочку и тот может твердо рассчитывать на благополучное продолжение контрактных отношений. А еще через пару дней Франт получил от Цыпы проверочный заказ. Качество выполнения «ликвида» не вызвало нареканий со стороны новых хозяев, и он снова заимел привычную постоянную работу. Все оказалось даже легче и проще, чем при Хромом. Нужно было всего лишь в последнюю пятницу месяца появляться в «Большом». Заказ поступал через Цыпу в обыкновенном почтовом конверте. Там находился необходимый набор: фотография «клиента» с домашним адресом и три тысячи гринов гонорара. Иногда на фото была проставлена цифра — желательный срок исполнения приговора. Эти цифры Франт воспринимал за чистой воды пижонство, но, дорожа своей не запятнанной проколами репутацией, неукоснительно старался им следовать.

Вздохнув, Франт отвел взгляд от пузатенького графинчика с водкой. У него был принцип, который он сам считал глупым, — до получения задания не принимать за воротник ни капли спиртного. А сегодня рыжий детина как будто специально тянет время, проверяя этот старый принцип на прочность. Но не на того, мальчишка, напал! Франт откинулся в кресле, чтоб быть подальше от соблазнительно-манящего хрустального сосуда, и демонстративно-равнодушно закурил.

Евгений **Монах**

Краем глаза наблюдал, как Цыпа поднялся из-за стола и направился наконец-то к нему.

— В одиночестве разлагаешься? — ухмыльнулся представитель «крыши», усаживаясь напротив. — Может, девочку тебе подбанчить? Со своих они совсем недорого берут. Подписываешься?

— Благодарю, не нуждаюсь. — Франт неодобрительно оглядел пышущую здоровой молодостью и наглым самодовольством физиономию собеседника.

— Хозяин — барин. — Цыпа вынул из своей джинсовой куртки запечатанный конверт и бросил перед Франтом на стол. — Халтурка тебе подканала. Дельце простенькое, за денек-другой сварганишь.

— Охрана? «Козырь» клиент носит?

— Охрана отсутствует, а вот пугач какой-нибудь у него вполне может оказаться в наличии. Пустяки. Ведь право первого выстрела всегда за тобой, верно? — Рыжий детина насмешливо прищурил свои небесноневинные глаза. — Ладно. Отдыхай. Мне шефа встречать пора.

Оставшись за столом один, Франт первым делом налил себе полный фужер из графина, совершенно проигнорировав стоявшую рядом красивую, но маловместительную рюмку. Надежно поместив приятно пухленький конверт во внутренний карман своего твидового пиджака, поднял фужер и, стараясь не глядеть на публику за соседними столиками, мелкими смакующими глотками загнал огненную жидкость туда, где ей давно уж пора было находиться. По сторонам Франт не смотрел из-за глупого пунктика — всегда почему-то стеснялся чужих взглядов, когда принимал внутрь первую за день порцию алкоголя.

Сразу заслезившимися глазами увидал, как гордонеприступный с виду метрдотель вдруг согнул спину, почтительно встречая новоприбывшего гостя. Это был средних лет мужик с очень бледным лицом, одетый во все черное. Лишь кроваво-красный галстук, небрежно повязанный на мощной шее, немного смягчал нарочито траурный прикид незнакомца. Кроме мэтра, его встречал и Цыпа, радостно улыбавшийся своим детски-наивным круглым лицом.

«В натуре, как простая «шестерка» стелется! — подумал Франт. — И на такого фраера мне пахать приходится!»

Впрочем, воспоминание о толстеньком конверте сбило его раздражение и почти примирило с действительностью. В конце концов, главное — приличный навар, и совсем не важно, из чьей «кастрюли» он добывается. «Деньги не пахнут», — говорил какой-то импортный король. И в этом с ним Франт был, безусловно, согласен.

«За солидарность короля и киллера!» — усмехнулся Франт, наполняя фужер по новой. Как и всегда, спиртное настроило его на фривольно-игривый лад.

За полчаса опустошив пятисотграммовый графинчик, Франт уже подумывал повторить заказ, но вовремя одумался. Не следует Цыпе с черным типом видеть его сильно подшофе. Из тактико-стратегических соображений — они все-таки являются работодателями...

Придя к этим очевидным выводам, Франт благоразумно покинул «Большой Урал», отправившись добирать свою ежедневную дозу по месту жительства. Благодаря регулярным поручениям Цыпы с финансами у Франта напряженки не ощущалось, и бар-холодильник в его квартире чисто по-пионерски всегда был готов к исполнению своих прямых обязанностей.

Проживал Франт недалеко от ресторана, в многоквартирном доме на седьмом этаже, в двухкомнатной квартире. Одиночество его скрашивал маленький волнистый попугай, свободно летавший по комнатам и любивший спать, зацепившись кривыми коготками за люстру в гостиной. Франт прозвал его Наркошей, так как попугай соглашался есть только семена конопли. Хозяин все еще надеялся научить птицу разговаривать. Приобрел он Наркошу три года назад. Продавщицы зоомагазина уверяли, что попугай обязательно когда-то заговорит, мол, порода у него такая.

Но либо нагло накололи Франта ушлые продавщицы, либо попугай попался на редкость тупой. Всего-то одно-единственное заветное слово пытался втолковать ему упорный хозяин, но упрямый попка ни в какую не желал запоминать такое простое и милое сказуемое — «наливай!».

В клетке Наркоша не хотел селиться принципиально. Видно, в хозяина характером пошел. Эта гордая его черта немного утешала Франта, и он не препятствовал свободолюбию, хотя попка, по недомыслию птичьему, гадил где ни попадя.

Франт долго ковырялся с многочисленными замками квартирной двери, больше похожей на металлический вход в секретный бункер.

Чтоб сохранить невесомо-парящее настроение, зажег в обеих комнатах и даже кухне электрический свет. Зачвокав что-то неодобрительное, Наркоша перепорхнул с любимой люстры на шкаф, с опаской кося оттуда на своего хозяина оранжевым глазом. Он-то отлично знал, какие непредсказуемые поступки случаются у того. Вчера вот тапки в него швырнул. Если б бдительный Наркоша вовремя не увернулся — запросто заимел бы сотрясение своих попугайских мозгов.

По укоренившейся привычке Франт никогда не смешивал алкогольные напитки. Поэтому достал из бара немецкую «Смирновку», с которой и начал сегодняшний полет в искристо-лазурное пространство счастливого забытья.

И только после этого вынул из кармана конверт с вынесенным кому-то смертным приговором.

— Приговор окончательный и обжалованию не подлежит! — хохотнул Франт, вытряхивая содержимое надорванного конверта на обеденный стол. Сначала, как всегда, пересчитал деньги. Три тысячи долларов полусотенными купюрами. Аптечная точность. С цветной фотографии «Полароида» на него жизнерадостно глядел пятидесятилетний импозантный мужик с ухоженной седой бородкой клинышком. Франт пристрастно всматривался в глянцевое фото, стараясь отыскать какую-нибудь неприятную черту в благообразной внешности мужика. Всегда легче работать, если «объект» не внушает тебе ни малейшей симпатии. Не найдя в лице даже намека на скрытые пороки, Франт за неимением лучшего придрался к улыбке:

— Ишь, как лыбится ласково-нежно! По ходу, гомик по жизни! И бородку мефистофельскую отрастил! Гонит, в натуре, что такой же продуманный! Козел мохнорылый!

Успокоившись этими, весьма полезными для будущей работы проблесками неприязни, Франт повернулся в кресле к нахохлившемуся Наркоше:

— Ну что, браток? Западло тебе «наливай» сказать? Чудо в перьях! Обойдусь и без тебя.

Плеснув в высокий бокал импортной водки, смакуя, выпил. Уже немного непослушными пальцами вставил в видеомагнитофон кассету с концертом Любы Успенской. Хрипловатый и одновременно трогательно-нежный голос русско-американской певицы, с успехом «зажигавшей» в кабаках на Брайтон-Бич, давал Франту необходимый настрой. Непритязательные, казалось бы, песенки, пропитанные волнующим грустным весельем, являлись важной приправой, превращавшей заурядную выпивку в милое интимное мероприятие. Даже чуточку праздничное.

В своих потаенных мечтах-грезах Франт любил представлять, что он женат на подобной породистой женщине. Не девочке уже, конечно, но умеющей держать себя в отличной форме и красиво, с шармом одеваться. И пахнет от Любы, наверно, возбуждающе-головокружительными парижскими духами «Черная магия».

Жениться Франту ни разу не пришлось. Просто времени не было. С двадцати лет начал кувыркаться по статьям особой части Уголовного кодекса, начав с банального «гоп-стопа» и закончив «мокрухой». Хотя женщин в его жизни было немало. Но все какие-то малоопрятные, цинично-грубые и полупьяные. Мысль связываться с кем-то из них всерьез и надолго даже случайно в голову не забредала. Разве что в «головку». Но та, получив желаемое, становилась вяло-равнодушной и не реагировала уже на женские прелести мимолетных подруг.

К собственной внешности Франт относился трепетно, с детства усвоив истину, что «по одежке встречают». Даже в лагере щеголял в до блеска начищенных хромочах, а под рабочей спецовкой постоянно имел рубашку, что в зоне было большой редкостью. Там и

274

заработал от братвы кликуху Франт. Чувствовалась в этом прозвище, правда, толика пренебрежительной насмешки, но оно почему-то ему нравилось.

А уж на воле Франт отрывался на всю катушку в неуемном стремлении производить на окружающих впечатление человека состоятельного и с большим аристократическим вкусом. Стенной платяной шкаф в его квартире был битком набит всевозможными атрибутами мужской одежды, включая даже сшитый на заказ смокинг. Правда, Франт никак не мог решиться выйти в нем куда-нибудь. На великосветские рауты «новых русских» его, понятно, никто никогда не приглашал. Но он не терял надежды. Когда-нибудь, накопив крутых деньжат, махнет в столицу-матушку и сам станет вальяжным бизнесменом. Дом мод, к примеру, откроет. В Москве ведь одни жулики и прохиндеи скучковались. Никому и в голову не взбредет поинтересоваться, откуда у него взялся первоначальный капитал.

Литровая бутыль «Смирновской» уже опустела на треть. Франт любовался Любашей Успенской и грустил. Но долго хандрить он не умел. Печаль, как всегда, привычно переросла в озлобленную агрессивность. Блуждая взглядом слезящихся глаз по комнате в поисках, на что бы выплеснуть душившую беспричинную ярость, наткнулся на фотографию «клиента».

— А, дорогуша! Щас я тебя уважу! — списав в блокнот адрес с фотографии, прицепил ее булавкой к оконной шторе.

Таким незамысловатым образом Франт часто развлекался, испытывая при этом истинное удовольствие. В такие моменты его вполне можно было бы принять за играющего великовозрастного мальчишку, если б не злобно ощеренный рот и не налившиеся кровью глаза.

Не считая, привычно зарядив обойму игрушечного «кольта» восемью пластиковыми шариками, Франт азартно стал расстреливать нагло улыбавшийся портрет. Уже первым шариком точно угодил в цель, продырявив левый глаз «объекта». Через минуту от красивой глянцевой фотографии остались одни ошметки.

Удовлетворенный своими снайперскими способностями, Франт снова до краев наполнил бокал. Покосился на милую Любашу, душевно певшую с экрана про какой-то кабриолет. Накал агрессивности он с себя сбросил, теперь можно немного и взгрустнуть...

ГЛАВА 2

Джамиль долго стоял у окна, придирчиво рассматривая из-за тюлевой занавески улицу. Как будто ничего подозрительного. Обычная для центра города суета. Бегают туда-сюда автомобили, прохожие спешат по своим делам, никто и не думает заглядываться на его окна на втором этаже.

Пора линять из города. Промозглый и неуютный Екатеринбург Джамилю никогда не нравился. Эти ледяные северные ветры, старательно гнавшие из-за Уральского хребта на город дождевые тучи, словно им за это деньги платят! Вот опять его где-то прохватило сквозняком. С утра левый глаз чешется, не иначе, простудный печь-ячмень набухает. Была бы его воля — еще вчера укатил бы в родной Душанбе. Там тепло, уже алыча давно расцвела, люди в одних рубашках ходят. Но бизнес есть бизнес. Ахмет говорит, ему надо еще два-три дня, чтобы весь чеснок по настоящей цене на базаре столкнуть. Восемьдесят ящиков всего осталось из ста пятнадцати, что пригнали они три дня назад на грузовике из благословенного Таджикистана на этот забытый Аллахом, неприветливый Урал. Чеснок лишь прикрытие. Главный товар — опийный сырец, спрятанный в ящиках.

А сколько страха натерпелся он в пути с этим грузом! ОМОН прямо свирепствует на трассе. Ясно, тоже хочет свою жирненькую долю поиметь, не за ментовский полунищий оклад так стараются. Найдут наркотики и делят меж собою, а владельцу драгоценного товара «выпишут» для профилактики «выговор» в печень или в зубы — и «гуляй, Вася!». Так уже с Джамилем пару раз случалось. Глупый был — опий в помидорах возил. Натасканные на мак собаки за три метра ханку чуяли. Даже обрызганную одеколоном. Сейчас-то Джамиль поумнел, черные катыши опия-сырца в чесноке транспортирует. Псины все поголовно нос воротят, не нравится, вишь, терпкий чесночный дух.

Но в этот рейс Джамиль чуть было не спалился на выезде из Магнитогорска. Как увидел, что у ног патрульных автоматчиков меланхолично лежит тощая кудлатая собачонка, даже подумал, что отвернулся от него за что-то всемогущий Аллах. Было сразу ясно, что сучка старая наркоманка, а такие гору Арарат насквозь когтями пророют, чтоб свою поощрительную дозу дурмана получить. Но пронесло. Выгружать ящики для проверки содержимого не заставили, а через пять ящичных слоев чудесного спасительного чеснока даже эта полумертвая тварь ничего не смогла учуять, как ни старалась.

Все бы ничего, да начинал его беспокоить Ахмет. Совсем недавно тот был нищим попрошайкой без роду и племени, а туда же, наглец, лезет. Хочет иметь долю с навара за опийные рейсы. И так ведь получает чуть не половину от продажи чеснока! И что с того, что Ахмет скупает сырец по аулам? Это ничего не значит, ведь все сделки происходят на деньги его, Джамиля! И риск для него значительно больше, чем для нищего Ахмета. Тому же нечего терять!

Да, трудно сейчас найти честного и бескорыстного напарника. Верно старые люди говорят: зависть и жадность разъедают человека похуже сифилиса.

Расстроившись от этих мыслей, Джамиль включил воду и забрался в просторную ванну. Та всегда повышала его жизненный тонус, вызывая приятные воспоминания о неглубоких арыках, в которых он пацаненком обожал часами бултыхаться.

Как он и ожидал, мысли тут же плавно потекли в оптимистичном направлении. Рейс на этот раз вышел очень удачным. Весь товар ушел Монаху. С ним Джамиль успешно сотрудничал более года. Знающие люди посоветовали навестить пивную «Вспомни былое». Стоило лишь намекнуть рыжей разбитной барменше, чего хочет, как та мигом свела его с нужным человеком. И даже комиссионных за посредничество с Джамиля почему-то не взяла. Монах тогда забрал всю партию — пять кило — по оптовой цене в пятьдесят миллионов. Так и покатило. И дальше бы все продолжалось, к обоюдному удовлетворению сторон, не познакомься он случайно позавчера в ресторане «Космос» с явно деловым цыганом. Только одного золота на том висело миллионов на тридцать, что сразу внушило Джамилю почтительное уважение и расположило к доверию.

Цыган представился Бароном, а узнав, что сосед по столику из Душанбе, тут же без лишних слов предложил ему доставлять в Екатеринбург опий по цене двенадцать «лимонов» за кило. Джамиль, решив пока не посвящать нового знакомого в то, что он уже привез пять килограммов, промолчал. Барон, видно, неправильно истолковав молчание, добавил:

— Могу десять зараз взять. Прикинь — дело стоящее. Если решишься и доставишь груз — шепни любому здешнему официанту. Я махом нарисуюсь. Меня тут каждая собака знает. По рукам, брат Джамик?

Уклонившись от прямого ответа, Джамиль заказал новую бутылку шампанского и перевел разговор на женщин. Благо, их в «Космосе» было предостаточно. Доступных и красивых, но шибко дорогих — сто долларов за час нахально требуют. Вперед причем. Подозрительны и недоверчивы, как, наверно, все здесь на Урале. «Богатый город, все с жиру бесятся, — подумал Джамиль. — У нас в Душанбе проститутки поскромнее. За десятку баксов любую можно на всю ночь взять».

Барон создает впечатление делового и серьезного партнера. С ним бизнес не только станет прибыльнее, но и вдвое увеличатся объемы продаж. Если в следующий раз пригнать сразу десять кило, то наварится аж сто двадцать миллионов! Десять — крестьянам, собирающим для него маковое молочко, а сто десять — чистая прибыль! Даже, пожалуй, можно будет и голодранцу Ахмету что-то отстегнуть, чтоб перестал коситься на хозяина с плохо скрываемой злобной завистью...

Немного жаль терять проверенного постоянного клиента. Но Монах сам должен понимать, что прибыль превыше товарищеских отношений. Мужик он не промах, найдет себе другого поставщика по старой цене, раз новая не устраивает. Хотя вчера Монах взял все же весь товар с наценкой по два «лимона» за каждое кило. Чуть полноватые губы Джамиля растянула довольная улыбка. Десять «лишних» миллионов, как с куста! Чтобы укрепить свое радостное настроение, Джамиль стал вспоминать удачную вчерашнюю сделку во всех деталях.

Монах появился в квартире в полдень, как и было условлено заранее по телефону.

— Привет, джигит! Чего смурной такой? Хотя не говори. Я уж догадался. Небось своей любимой бараниной объелся. Верно? — снисходительно усмехнулся гость, проходя в комнату.

— Нет. Дело в другом. — Искусно-ловко изобразив на загорелом лице искреннюю печаль, Джамиль уселся на диван и сложил пальцы «домиком». — Видишь ли, уважаемый, я вынужден отказаться от сделки.

— Как так?! — не сдержал эмоций Монах. — Неужто «груз» спалился? Вот досада!

— С товаром все в порядке, — успокоил Джамиль. — Просто у меня появились более выгодные предложения.

— Но так дела не делаются! — сразу посуровел Монах. — Обязан был заранее цынкануть! У меня же договор с реализаторами! Нынче я должен им товар предоставить!

— Ничем помочь не могу, — неискренне вздохнул таджик, искоса наблюдая за гостем. — Бизнес есть бизнес. Мне двенадцать тысяч за грамм дают... Сам должен понимать, уважаемый господин Монах.

— С тобой все ясно! — Гость вынул пачку «Родопи» и несколько минут задумчиво курил, как-то странно и по-новому разглядывая хозяина. — Ладушки! Как качество?

— Высший сорт, без дураков! Сбор исключительно только с белого мака! — облегченно заулыбался Джамиль, теребя от волнения свою «чеховскую» бородку. — Засветить?

— Действуй.

Джамиль, покряхтывая от усердия, выудил из-под дивана чемодан. Откинув крышку, продемонстрировал содержимое. Среди одежды и целой коллекции пакетиков с цветными французскими презервативами беспорядочно ютились десять завернутых в фольгу катышков по пятьсот полновесных граммов каждый.

Монах, зная на опыте аккуратность Джамиля, «товар» никогда не перевешивал. Просто взял, как обычно, один из «мячиков» и, понюхав, лизнул сырец, очень похожий визуально на банальную коровью жвачку.

— Ништяк! — похвалил покупатель, заворачивая черный «мячик» обратно в фольгу. — Ты меня припер к стенке, джигит. Вынужден взять по двенадцать. Кстати, твоя новая цена оказалась совсем рядышком с мрачноватой чертовой дюжиной. Примета нехорошая, как считаешь?

— Я не суеверен, — отмахнулся хозяин, пакуя опий в непрозрачный пластиковый пакет. — Да и десятка сверху убедительно склоняет к материализму! Хе-хе!

— Тебе видней! — Монах выложил на стол у дивана толстую стопку стодолларовых купюр. — Здесь одиннадцать тысяч восемьсот гринов — все, что имею с собой. Оставшуюся мелочь доставит кто-нибудь из моих людей. Лады? Не беспокойся, все, что тебе причитается, получишь.

— Да пустяки! — неожиданно для самого себя вдруг расщедрился Джамиль, проворно пряча серо-зеленые банкноты во внутренний карман пиджака. — Не стоит даже беспокоиться!

— Ну уж нет, джигит! — как-то деревянно улыбнулся гость. — Расчет получишь полностью и в срок. Слово я привык держать. Бывай пока!

Прихватив со стола увесистый пакет с опием, Монах в качестве прощания дружески хлопнул по плечу хозяина и покинул квартиру.

Джамиль повернул краник горячей воды. Ванна уже порядком остыла и требовала добавочных вливаний для согрева. Решив соблюсти внешнюю и внутреннюю градусную гармонию, Джамиль извлек из аптечки хранившуюся там чекушку со спиртом. Обычно он им протирал ноги перед сном. Климатические перепады температур, а может, его опасная нервная работа вредно на них сказывались — ноги постоянно потели, как у какого-нибудь простого батрака-крестьянина. Себя же Джамиль считал аристократом, так как предки его произошли от ханских кровей. И старался высокому званию соответствовать. По мере сил и денежных возможностей, понятно.

Спирт был питьевой и вполне годился не только для ухода за ногами. Сделав пару добрых глотков из чекушки, Джамиль удовлетворенно крякнул и вновь погрузил свое волосатое тело в ласково-теплую воду, отдаваясь нахлынувшему блаженству. «Наташку сюда бы сейчас, — мечтательно подумалось в сладкой истоме, — чтоб спину потерла... И я бы что-нибудь хорошенько ей натер...»

Наташка работала проводницей фирменного поезда «Урал» и сейчас находилась в рейсе. Квартира принадлежала ей, а Джамиль лишь снимал комнату. Оплачивать приходилось не только жилплощадь, но и любовные утехи. Проводница была девахой жадной, но большой чистюлей, что внушало постояльцу спокойную уверенность в невозможности венерического заражения. Наташка соглашалась заниматься сексом исключительно только с презервативом, развратно отдавая предпочтение французским изделиям с «усиками».

Замечтавшись, Джамиль опять не заметил, как вода в ванне остыла. Но корректировать температуру не стал, так как водные процедуры уже наскучили. Набросив на тело Наташкин махровый халат, вернулся в гостиную. По привычке подошел к окну и понаблюдал за внешней обстановкой. Ничего тревожного и подозрительного. Скорей бы уж в родной Душанбе. Зухра хоть и не так дородна и бела телом, как Наташка, но тоже женщина ничего себе. Да и законная жена ведь, как-никак, мать его троих сыновей...

ГЛАВА 3

Огуречный рассол пошел в тему — охладил воспаленные после вчерашних возлияний горло и язык, а также обманул желудок, принявший едко-соленую смесь за желанный алкоголь.

С наслаждением опустошив литровую эмалированную кружку, отдышался. Разорванно-клочковатые мысли утихомирились и поплыли плавно-последовательной чередой.

Нынче просто край необходимо вернуться в норму. Тело должно стать привычно послушным, отработанные годами навыки-рефлексы надежно-безотказными и быстрыми. Киллер, как минер, ошибается всего один раз. Но если минеру прокол в работе приносит лишь спокойное небытие, то киллеру — очень беспокойное бытие в заколюченной зоне с вышками автоматчиков по периметру и надоедливо-круглосуточным остервенелым лаем овчарок из лагерного вольера. Могут, конечно, и просто «лоб зеленкой намазать», и все дела. А верней, никаких тебе уж дел — кранты, одним словом.

Сидя на люстре, трещал что-то невразумительное Наркоша, требуя себе привычный завтрак.

— Чего разоряешься? — уставился слезящимися красными глазами на попугая Франт. — Безмозглое чудо в перьях, а туда же — права качать!

Но все же насыпал в миску-кормушку горсть зеленых конопляных семян. О себе тоже позаботился. Зажарил яичницу из трех яиц и, преодолевая приступы тошноты, заставил себя все съесть. Долго и мучительно боролся с внутренним «я», убеждавшим, уговаривающим принять хотя бы стограммовую дозу живительной сорокаградусной влаги. В конце концов сошлись на примирительном компромиссе — банке пива.

Выходя на улицу, Франт чуть не запачкал свой бежевый твидовый пиджак. Опять стены в подъезде побелили. «Деньги некуда ЖКО девать! — чертыхнулся Франт. — Голову можно прозакладывать, что и недели не пройдет, как малолетки испоганят побелку! Лучше бы облезлый фасад обновили, олухи!»

Первым делом заехал на железнодорожный вокзал. Извлек из автоматической камеры хранения кожаную сумку-планшет. Там лежали его «инструмент», рабочая роба и парик. Не мудрствуя, прямо в туалете вокзала переоделся. Точнее, просто натянул на свой костюм черную спецовку, которая специально для таких целей была на два размера больше. Застегнув все пуговицы, полностью скрыл предательски торчащий ворот пиджака. Курчавый темный парик сделал его весьма похожим на татарина. Перекинул планшетку с пистолетом «ТТ» через плечо и вышел из воняющей хлоркой кабинки.

Работать заказ Франт предпочитал днем. Люди не так внимательны и настороженны, как вечером. Беспечны даже.

Правда, недисциплинированные «клиенты» иногда подводят и не оказываются дома. Но нынче суббота, а накрайняк можно и в подъезде гулену подождать. Не впервой.

Добравшись на троллейбусе до нужной улицы, пружинистым деловым шагом отправился на поиски дома. Похмелья уже почти не ощущал, бодро-агрессивная энергия уничтожила вялость и апатию, устремив все мысли и силы на выполнение задания. Так с ним было всегда. Словно повинуясь какому-то звериному чутью, в считанные минуты нашел пятиэтажку клиента.

Заходя в подъезд, Франт даже не взглянул на автостоянку, расположенную рядом. И напрасно. В шеренге разномастных авто стояла серая «Волга», за рулем которой сидел Цыпа, наблюдавший за киллером задумчиво-туманным взглядом своих небесно-голубых глаз.

После требовательно-настойчивого звонка Франта долго разглядывали через дверной «глазок». «Все-таки работать наскоком, без предварительной «пробивки», не всегда оправданно, — немного занервничал Франт. — А если там несколько вооруженных человек?»

— Вам кого, уважаемый? — спросил в полуоткрывшуюся дверь мягкий бархатный баритон.

Франт увидел знакомую по фотографии бородку, рука его непроизвольно дернулась к планшетке, но он вовремя сдержал порыв. Дверь была на массивной стальной цепочке. Если первый выстрел не окажется смертельным и лишь отбросит клиента в невидимый с лестничной площадки коридор, то каким же манером ему потом добивать подранка?

— Горгаз! — буднично представился Франт, изобразив сонное безразличие затурканного однообразной скучной работой трудяги. — Разрешите вытяжку посмотреть.

— Конечно, конечно, — засуетился восточный мужичонка, сбрасывая цепочку. — Я сам вас на кухню провожу.

Франт решил не суетиться и выяснить сперва, есть ли кто-либо еще в квартире. Покрутившись для блезиру вокруг газовой плиты, зажигая конфорки, Франт наконец повернулся к терпеливо наблюдавшему за его манипуляциями хозяину. Никакой посторонний шум не указывал на присутствие в квартире нежелательных третьих лиц. «Наплевать! — решил Франт. — Если кто высунет храповик — кокну, и все дела!»

— Распишись, хозяин, что профилактику у тебя сделали, — обронил Франт, расстегивая планшетку.

— Авторучка имеется, уважае... — начал Джамиль и осекся, увидев направленный ему в лоб пистолет с трубой глушителя. Пролепетал вмиг посеревшими губами: — Не стреляйте! Я всю валюту отдам! — И зачем-то глупо добавил: — Честное благородное!

При волшебном слове «валюта» указательный палец Франта, уже почти вдавивший курок, замер.

— Отдавай, — благосклонно разрешил киллер. — Она где? В комнате? Веди!

Держа пистолет наготове, Франт, слегка подталкивая хозяина в спину свободной рукой, прошел за ним в гостиную.

— Ну?! Где? Или луну крутить вздумал?

Джамиль немного оправился от ужаса, по крайней мере, к нему уже вернулась привычная восточная сообразительность.

— Почти двенадцать тысяч долларов в чемодане под диваном, а остальные восемнадцать в камере хранения на вокзале. Они тоже будут ваши.

— Ну конечно! Ты еще золотой запас России мне пообещать забыл! — осклабился Франт и, бдительно не опуская пистолет, вышиб ударом ноги чемодан из-под дивана. — Сядь на пол и руки на голову!

Чемодан оказался даже не заперт на ключ. Вытряхнув его содержимое на диван, Франт не сдержал злобный смешок:

— Вот эти резинки валютой зовешь?! Старый козел!

— Нет-нет! — загораживаясь трясущимися ладонями от пистолетного зрачка, запротестовал Джамиль и поспешно добавил: — Там второе дно.

Он не врал. Сковырнув обтянутую дерматином картонку, Франт наглядно в этом убедился. Сложив вместе аккуратно разложенные по всему днищу стодолларовые ассигнации, Франт сунул приятно пухлую пачку в свою планшетку. От такой неожиданной удачи почувствовал нечто похожее на головокружение от успехов.

«А может, это чудо в перьях не лепит горбатого? — вкрадчиво шепнул его внутренний голос. — И в камере хранения «в натуре» лежит еще восемнадцать «зеленых» кусков?»

— Уважаемый, неужто вам мало тридцати тысяч, чтоб не брать грех на душу? — подал с пола голос Джамиль, всем нутром чувствуя близость страшной развязки. — Я даже не спрашиваю имя того, кто велел меня убрать! Я уеду нынче же из города, а вы доложите, что меня не нашли. Все очень даже просто! Подумайте сами!

«Что, если рискнуть? — не отставал от Франта приставучий внутренний голос. — Придется мочить «клиента» при множестве свидетелей, правда...»

Когда Франт скрылся в подъезде «объекта», Цыпа глянул на наручные часы, засекая время. Прикинул: на «ликвид» уйдет минут пять, а после Франт обязательно шмоном в квартире займется, разыскивая ценности. Есть у него такая милая привычка... Итого — минут двадцать ему на все потребуется. Значит, через четверть часа и мне там пора придет нарисоваться...

Вчера за ужином в «Большом Урале» Монах посвятил Цыпу в план действий.

— Передал заказ Франту? — поинтересовался Монах, принимаясь за десерт, состоящий из торта-мороженого. — Кстати, сколько за ним уже дел?

— Точно не знаю. Раньше он ведь на Хромого работал. — Цыпа задумался, производя мысленный подсчет. — Лично я поручал ему восемь заданий. Пока ни одного прокола.

— Ясно. Думаю, достаточно за Франтом уже грехов собралось. Пора рубить концы...

— Понял тебя. Завтра все устрою. — Цыпа нисколько не удивился, зная привычку шефа отправлять киллеров следом за их жертвами после пяти-шести выполненных заказов.

— Сам лично этим делом займись, — благополучно прикончив десерт, Монах сыто откинулся в кресле. — Нужно грамотно сработать. Франт, конечно, как всегда, на фатеру Джамика заявится. Своей излюбленной кавалерийской атакой. Как он закончит, ты его хлопнешь и создашь видимость гибели обоих в схватке меж собой. Справишься?

— Ясное дело! — самодовольно усмехнулся Цыпа. — А к чему такие сложности?

— Так мы махом решим сразу несколько проблемок. Во-первых, застрахуемся от возможных разборок с кентами Джамиля, раз убийца будет налицо. Во-вторых, отделаемся от Франта и не доставим ментам новой головной боли. Они, бедненькие, и так зашиваются вконец. Дадим же им удачный случай списать обоюдную «мокруху» в архив. Не поскупимся для органов на столь щедрый подарок. Я ведь, брат, в глубинах души большой гуманист и филантроп...

В связи с этим вчерашним разговором и сидел сегодня Цыпа в машине неподалеку от «объекта», высматривая исполнителя уже с одиннадцати часов дня.

Когда пунктуальный Цыпа по истечении пятнадцати минут собрался выходить из «Волги», чтобы поставить последнюю пулевую точку в жизни Франта, тот неожиданно сам показался из подъезда, по-дружески придерживая за локоток совершенно живого и невредимого Джамиля.

Пока Цыпа соображал, что бы это вдруг могло значить, странная парочка остановила такси и покатила к центру. Дав их машине немного удалиться, Цыпа выехал на шоссе, незаметно пристраиваясь сзади.

Такси на обычной скорости и не виляя по переулкам прибыло на железнодорожный вокзал.

Расплатившись с водителем, Франт жестко ухватил Джамиля за правое запястье и шепнул в бледно-серое, студенисто подрагивающее лицо коммерсанта:

— Без глупостей, чучмек! Только дернешься — враз пулю промеж глаз схлопочешь! Идем!

У кабинок-сейфов автоматических камер хранения было многолюдно.

— В которой? Давай открывай! — Физиономия Франта пошла бордовыми пятнами от волнения.

— Простите, но у меня больше ничего нет, — заикаясь, проблеял Джамиль, бродя загнанным взглядом по сторонам в поисках спасения.

— Луну крутишь, козел старый! Давай сюда баксы! — прошипел Франт, так стискивая руку Джамиля, что тот, не выдержав, охнул. — Молчи, сука! В которой камере?! Убью, падла!

— Честное благородное, все отдал! А про восемнадцать тысяч придумал, чтоб живым остаться! Здоровьем детей клянусь!

Тупая покорность Джамиля перед ликом смерти была непонятна Франту и поэтому сбивала его с толку. Если бы тот попытался бежать или хотя б закричал, то Франт, не раздумывая, выстрелил бы. Но Джамиль, возможно, понимая все это каким-то шестым звериным чувством, ничем не провоцировал киллера, обреченно замерев на месте и уставив пустой взгляд куда-то в пространство.

Франт мысленно оценил обстановку. После выполнения заказа шансы убраться отсюда невредимым есть. Но их не так много, как хотелось бы. В здании вокзала полно ментов, зорко высматривающих подозрительных субъектов. Да и опера в штатском небось тут тоже тусуются. Можно попробовать рвануть через подземные переходы на железнодорожные пути... Был бы у него в наличии автомат-пистолет Стечкина вместо слабенького «ТТ»... А так — слишком рискованно. Накрайняк, вернет он Цыпе три «штуки» гринов — и все дела. На кармане ведь останется двенадцать тысяч этой трусливой овцы...

— Кончай журиться! — Франт оскалился в улыбке, от которой Джамиля передернуло. — Верю я тебе! Ладно, живи. Но рви когти из города. Иначе — сам понимаешь... Покеда!

Резко развернувшись на каблуках, Франт спорым деловым шагом покинул здание вокзала, благополучно миновав у главного входа двух милиционеров с немецкой овчаркой на коротком поводке.

«Сволочуги! — позволил себе мысленно ругнуться киллер. — Даже намордник на этакую зверюгу не надевают! Ведь общественное место!»

Еще не до конца поверив в свое спасение, Джамиль обессиленно опустился на скамейку, не забыв все же пробормотать слова благодарности всемогущему Аллаху, спасшему раба своего от неминучей, казалось, смерти.

Наблюдавший за ним из-за колонны Цыпа пребывал в сомнениях. Первым его порывом было догнать Франта и потребовать объяснений, но «клиент» вполне может за это время «сделать ноги», и потом его днем с огнем разыскивать придется. Нет, разборки с недобросовестным наемником подождут, в первую голову — дело, которое, как часто повторяет Монах, — превыше всего.

Словно специально облегчая Цыпе работу, Джамиль вдруг поднялся со скамьи и скрылся за дверью общественного туалета. От пережитых волнений у него скрутило живот.

Стараясь не глядеть по сторонам, чтоб не привлечь к себе случайное внимание, Цыпа исчез за той же нулевой дверью.

Через пятнадцать секунд появился снова. Над головой приятный женский голос сообщил через репродуктор, что рейс шестьсот шестьдесят шесть Екатеринбург — Сочи задерживается по техническим причинам.

«А вот и ошиблась, детка! — усмехнулся Цыпа, покидая ставший опасным вокзал. — Один пассажир, ручаюсь, «в Сочи» уже улетел!»

В крайней туалетной кабинке сидел на унитазе, привалившись к стенке, Джамиль. Вместо левого глаза у него было кровавое месиво.

Выстрела никто не услышал. Глушитель со своего многозарядного «АПСа» Цыпа свинчивал лишь в редких случаях, когда возникала необходимость заменить выгоревшие прокладки на новые.

ГЛАВА 4

Екатеринбургский городской рынок деятельно просыпался рано, радуя глаза покупателей разнообразными и многочисленными дарами щедрой матушки-природы.

В дальнем закутке его огромной территории, где размещались «кавказские» ряды, стоял пошарпанный грузовичок «ЗИЛ-130» с откинутым задним бортом. В кузове, прямо на ящиках с чесноком, понуро сидел чернявый мужик в брезентовой робе и стоптанных кирзовых сапогах.

Сегодня Ахмет не радовался, как прежде, ласково-теплому весеннему солнцу и высокой безоблачной синеве неба. И причины тому были веские.

Ночью — а спал он в грузовике, охраняя товар от расхитителей, — его разбудил луч карманного фонаря, направленный в лицо. Решив, что подвергся нападению злоумышленников, Ахмет схватился за монтировку. Но тут же выронил железяку, узрев в луче фонаря руку с пистолетом Макарова. Собрался было упасть на колени с мольбой о пощаде, но тут выяснилось, что нежданные гости не рэкетиры, а милиционеры. Хотя — если по большому счету — хрен редьки не слаще. И те, и другие так ловко навострились обкладывать заезжих торговцев данью, что частенько можно было смело ставить знак равенства между понятиями «милиция» и «бандиты».

Эти оказались из уголовного розыска. Без каких-либо объяснений защелкнули на Ахмете наручники и доставили в горотдел. Правда, вели себя с задержанным на редкость уважительно и прилично — всего один синяк поставили под глазом. Не со зла, а так, чисто для профилактики. Ахмет это понимал и был искренне благодарен уральским блюстителям законности и правопорядка.

В тесном кабинете с зарешеченными окнами Ахмету популярно-доходчиво разъяснили, что для его здоровья будет полезнее, если он не станет валять дурака и облегчит душу чистосердечным признанием в убийстве своего земляка и партнера по чесночному бизнесу.

К счастью, хвала Аллаху, очень скоро выяснилось, что в момент убийства Ахмет мирно торговал на рынке и даже при самом хитром раскладе на вокзале оказаться был не в состоянии физически. Это могли подтвердить десятки свидетелей.

Несколько опечаленный данным неоспоримым фактом, следователь скрыл свое разочарование за казенной процедурой — сводил Ахмета в морг на опознание трупа Джамиля.

Таким образом в шесть утра Ахмета уже выпустили на волю, взяв с него обещание, что завтра он труп заберет для отправки в Душанбе. Мол, у мэрии Екатеринбурга на похороны и своих-то «жмуриков» денег нет, не то что на погребение разных там незваных пришельцев с юга, нагло заполонивших город, как голодная саранча.

Транспорт еще не ходил, и пришлось Ахмету на своих двоих добираться до рынка.

Сидел сейчас он на ящиках с чесноком, весь в тяжких заботах, нежданно свалившихся на его стриженную под ноль голову. Последняя даже вспотела под тюбетейкой от непривычного умственного напряжения.

«Придется отдать оставшийся товар за полцены жучкам-перекупщикам, чтобы было на что отправить хозяина самолетом в Душанбе. Коли его на грузовике домой везти — протухнет вконец. Ох, совсем неудачный рейс получился. Но на все воля Аллаха! Конечно, Джамиля тоже жаль, хоть и никудышный был человечишка, скупердяй и бабник. Небось из-за какой-то толстозадой русской шлюхи и отправили к праотцам...»

Ахмет не сразу заметил появившегося у грузовика рыжеволосого детину, беззастенчиво разглядывавшего его своими ясными голубыми глазами.

— Привет, земеля! Базар есть. К тебе забраться или ты ко мне спустишься? — спросил рыжий.

— Мы же и так на базаре, — не понял жаргона Ахмет.

— Разговор, говорю, есть, — усмехнулся детина и, легко запрыгнув в кузов, нахально уселся рядом с немного растерявшимся таджиком.

— Ты кто будешь, уважаемый? — забеспокоился

Ахмет, ощутив неприятный холодок в животе от этой близости с атлетически сложенным странным типом.

— Не хипишуй, братишка! Все путем! Мы не меньше тебя огорчены безвременной смертью Джамиля, но о деле не забываем. Дело, земеля, оно превыше всего!

— Ты о чем говоришь-то? — Ахмет снял тюбетейку и вытер ею струившийся по лбу едкий пот.

— Не строй из себя целку! — строго заметил рыжий бугай, но тут же дружески полуобнял вздрогнувшего Ахмета за плечи. — Джамиль для нас молочко доставлял. Просекаешь? Надо решить, как дальше работать будем. Бизнес не должен останавливаться.

— Какое молоко? Мы чеснок возили, — враз охрип Ахмет, вспомнивший вдруг о недавней болезненной жестокости стальных наручников.

— Маковое молочко, маковое, дорогуша, — терпеливо пояснил атлет, насмешливо кривя губы. — Не пугайся. Я не мент и не ихний провокатор. Джамиль возил нам ежемесячно по пять кило сырца, упакованного в фольгу. Верно? В виде мячиков по пятьсот граммов каждый. Убедился? Предлагаем тебе, брат, такие же выгодные условия. Пятьдесят «лимонов» за рейс. Подписываешься?

— Пятьдесят? — от волнения Ахмет окончательно взмок и снял брезентовую куртку, оставшись в одной полинявшей футболке. Из скромности, наверно, он постеснялся сказать, что негодяй Джамиль называл ему вдвое меньшую сумму навара от их поездок.

— Да. Десять тысяч в долларах, — подтвердил оптовик, понимающе улыбаясь. — Значит, договорились! Рекомендуем транспортировать товар по-прежнему, в чесноке. Вполне надежно, как показывает практика. Грузовик тебе принадлежит?

— Мне, — важно кивнул Ахмет, ощутив себя крупным наркодельцом, вроде тех, которых он видел в красивых американских кинобоевиках.

— Отлично. Значит, все остается по-старому. Джамиль тебе говорил, как он сообщал о прибытии товара?

— Нет, — отвел взгляд Ахмет, но тут же очень ловко, как ему казалось, нашелся: — А может, я просто позабыл...

— Ясно, дорогуша! — сказал Цыпа, чья странная привычка постоянно брать собеседника за плечи и заглядывать в глаза вызвала у Ахмета сильное подозрение, уж не гомик ли тот. — Тогда сделаем так. В следующем месяце, как нарисуешься с товаром в городе, зайди в пивной бар «Вспомни былое» и цынкани управляющему, что «привез корм для цыплят». Управляющий все сделает, как надо. Усвоил, земеля? Лады! Я только тебя увидал, сразу вкурил — мужик ты весьма мозговитый! Хо-хо! Ну, бывай! Удачи!

Быстро управившись с поручением Монаха, Цыпа поехал к нему докладывать об успешном выполнении своей дипломатической миссии.

Монах, видно, был поднят прямо с постели. Длиннополый стеганый халат и недовольное выражение помятого лица свидетельствовали о том, что он явно не намеревался так рано прекращать дружеский контакт со сновидениями.

— Добрый день, Михалыч! — бодро приветствовал Цыпа. — Не помешал?

— Ладно. Пустяки. Проходи, раз невтерпеж.

Устроились на привычных местах у камина-бара.

— Так как ты у нас по утрам не потребляешь, придется выпить в гордом одиночестве, — свинчивая золотую головку с коньячного «Матра», улыбнулся Монах. — А чтоб ты не портил удовольствие своей постной физиономией, ступай-ка, Цыпленок, на кухню. Сваргань нам легкий завтрак из яичницы с ветчиной. В этом деле тебе, в натуре, равных нет.

Цыпа дисциплинированно удалился на кухню, подавив в себе желание хвастливо дополнить, что и в разных других делах он тоже крупный дока.

Полюбовавшись сквозь наполненный бокал на солнечных зайчиков, игравших на полированной мебели, Монах заглотил ароматную жидкость, чтобы прополоскать склеившиеся после короткого сна мозги. Почти физически ощутил, как умственные извилины, получив необходимый допинг, начали привычно-весело изгибаться в энергичной утренней зарядке.

Появился Цыпа, неся на жостовском подносе две тарелки с яичницей, присыпанной для аппетитной красоты и духовитости зеленым укропом.

— Догадываюсь, что с Ахметом все в елочку? — поинтересовался Монах, когда с завтраком было покончено.

— Само собой. Он весьма доволен старыми расценками, и перебоев с товаром можно не опасаться. Джамик, по ходу, не посвящал его в финансовые детали бизнеса. — Цыпа закурил «Кэмел». — С Ахметом выгорело, как ты и говорил. А вот с Франтом что будем делать? Он же, козел, отпустил «клиента», нагло нарушив закон.

— Тут надо хорошенько все обмозговать, — заметил Монах, доставая свои излюбленные «Родопи».

— А чего мозговать? — удивился Цыпа, ярый приверженец простых решений. — Выписать ему «путевку в Сочи» — и вся недолга!

— Да? И что мы с этого поимеем? Конкретно!

— Это ж ясно! — еще больше удивился Цыпа. — Уберем уже ненужного исполнителя и заодно накажем за неисполнение заказа!

— Это лирика! — отмахнулся Монах, наполняя свой бокал снова. — А какие материальные стимулы?

— Не знаю даже, — признался Цыпа, сунув вдруг загорчившую сигарету в пепельницу.

— А ведь у Франта наверняка приличный запасец валюты имеется. Да и Джамиля, думаю, он не за красивые глаза отпустил.

— Ага! Понял тебя! — заулыбался довольный Цыпа. — Налет на фатеру?

— Может не дать результата, — усомнился Монах. — Баксы, конечно, надежно в тайниках затарены. Не пытать же коллегу! Это было бы совсем неинтеллигентно. У меня народилась одна дельная мыслишка... Помнишь, как Япончик любил работать? Позвонит жене какого-нибудь торгового воротилы-взяточника и предупредит, что сейчас к ней явятся менты с обыском. Та в панике соберет по углам самое ценное и выскакивает из фатеры, чтоб припрятать добро, неправедным путем нажитое. А в подъезде мальчики Япончика уже дожидаются... Улавливаешь идею?

— Не совсем, — признался Цыпа, старательно морщивший свой детски гладкий лоб. — У Франта жены ведь нет.

— И бог с ней! — усмехнулся Монах. — Главное, есть ценности! Нужно, чтоб Франт запаниковал и выудил свои накопления из «курков», дабы слинять от опасности, на дно залечь.

— И тут я нарисуюсь! — догадался Цыпа.

— В точку! Сделаем так. — Монах достал из ящика

секретера фотографию, исполненную на «Полароиде», и что-то черкнул фломастером снизу на обороте.

— «Дура лекс», — прочитал Цыпа. — Твоя любимая латынь?

— Верно. «Закон жесток» в переводе. Отдашь Франту в конверте. Сегодня он обязательно в «Большом Урале» засветится, чтобы сообщить об исчезновении «объекта» и вернуть тебе гонорар.

ГЛАВА 5

Разноцветные неоновые вывески многочисленных питейных заведений призывно подмигивали, но Франт стоически удерживался от соблазна, держа курс на «Большой Урал».

Было только начало вечера, и публика в зале ресторана являла собой разношерстную братию среднего достатка. Завсегдатаи прибудут на иномарках и с обязательными телохранителями значительно позже, когда начнет функционировать мюзик-холл с крутобедрыми девочками.

Узнав «своего», к столику Франта мигом подплыл молодой официант, предлагая значительно более полную, чем на столе, книжку меню.

— Полагаюсь на твой вкус, милейший! — отмахнулся Франт, рыская взглядом в поисках Цыпы.

Он немного нервничал, хотя и считал, что этого рыжего верзилу бояться глупо. Ведь у того на морде прямо написано, что молоко на губах еще не обсохло. Пустое место против такого матерого волчары, как он, Франт.

Цыпа неожиданно вынырнул откуда-то сбоку, по-хозяйски усевшись напротив киллера.

— Нынче воскресенье, а не пятница, — напомнил он, странно улыбаясь. — Какие-то проблемы?

— «Клиент» потерялся. По ходу, вы его спугнули раньше времени. — Франт вынул из кармана бумажный сверток и положил перед заказчиком. — И вчера, и сегодня наведывался по адресу — без понта. Загасился он наглухо. Вряд ли уже объявится. Это твои три «штуки». Возвращаю, раз прокол получился. Хоть и не по моей вине.

— Ну что ж! — Цыпа сунул руку под куртку, очень довольный тем напряженным взглядом, с каким следил за его движениями Франт. — Есть новый заказ. Даем только сутки на выполнение. — Положив тонкий почтовый конверт поверх свертка с деньгами, придвинул все это к Франту. — Так что бабки можешь обратно взять.

— Заметано! — испытывая большое облегчение, кивнул Франт. — Сделаю в лучшем виде! Останешься доволен!

— Ты уж постарайся, — ухмыльнулся Цыпа и, полуобняв киллера за плечи, заглянул ему в глаза. — Помни: только сутки у тебя! Ну отдыхай. Удачи!

Оставшись один, Франт с удовольствием приступил к ужину, запивая остро наперченную баранью поджарку ледяной «Смирновской» из пузатенького запотевшего графинчика. Мысль о неожиданно быстро вернувшихся к нему в карман трех тысячах долларов приятно грела душу не хуже, чем водка желудок.

Домой прибыл на такси, спеша по-тихому удвоить алкогольный отряд, орудовавший в его нервной системе, чтобы окончательно победить остатки черной депрессии, всегда накатывавшей на Франта по вечерам.

Выпив рюмку, расслабленно откинулся в кресле и

вскрыл конверт, вытаскивая фотографию приговоренного к смерти «клиента».

Целая минута потребовалась ему, чтобы со всей очевидностью осознать, что с любительской цветной фотографии на него глядит он сам.

Только что лениво плавающие в разных направлениях мысли, словно заслышав трубный сигнал тревоги, мигом выстроились в единый ряд. Опьянение практически полностью улетучилось, только предметы окружающей обстановки смотрелись все так же выпукло и красочно-сочно.

«Выходит, Цыпа со мною просто играл! Крутым умником себя считает, малолетка тупой! Но как он узнал, что я отпустил «клиента» на все четыре? Или только подозревает? Хотя уже все равно. Надо срочно рвать когти. Кретин Цыпа мне щедро целые сутки на самоубийство выделил. Что ж, времени вполне достаточно, чтобы вы, ребятки, меня уже никогда не нашли! — Франт перевернул фото и прочел непонятную надпись. — Падла обмороженная! Дурой какой-то еще обзывает!»

Машинально порвал фотографию и запалил обрывки в пепельнице. Наблюдая за зеленоватыми язычками пламени, прикинул, что из шмоток необходимо взять с собой в дорогу. Если б твердо был уверен, что располагает временем, вывез бы все свои костюмы и видеодвойку. Цыпа, ясно, заявится сюда не один и, не обнаружив хозяина, сожжет со злости фатеру к чертовой матери! Ну и ладно, снявши голову, по волосам не плачут. Да и двенадцать тысяч гринов послужат ему неплохой компенсацией грядущих материальных потерь.

Отвинтив внутреннюю крышку холодильника, открыл нишу-тайник, где хранилась вся его денежная собственность. Около сорока тысяч в купюрах пятидесяти- и стодолларового достоинства. Сложил их в кейс-«дипломат», добавив туда же семь миллионов рублей из стола секретера.

У платяного шкафа решил не задерживаться, чтоб не оплакивать по-глупому свой гардероб. Все же сунул в объемную туристическую сумку шведскую дубленку и смокинг. Сам же переоделся по-походному — в джинсовый костюм и легкие черные кроссовки.

Перекинув ремень сумки через плечо и взяв кейс, хотел уже покинуть квартиру и только тут вспомнил о Наркоше, который неподвижным чучелом восседал на шкафу, кося на хозяина подозрительный глаз. Четверть часа потребовалось, чтобы загнать свободолюбивого попугая в ненавистную ему клетку. Франт изрядно запыхался и вспотел.

По новой нагрузившись, протянул руку к клетке и услышал злобно-насмешливый скрипучий голос:

— Чудо в перьях!

Перепугался не на шутку, пока не понял, что слова принадлежат попугаю. Волна дикой ярости буквально затопила мозг Франта, выступив на лице бордовыми пятнами.

— И ты туда же, сволочуга! Издеваешься?! — сграбастав клетку, Франт с размаху швырнул ее на пол. Клетка треснула и распалась на части. Выпавший Наркоша, перевернувшись на спинку, засучил своими голыми лапками, вытянулся и затих, широко разинув клюв.

Несколько минут хозяин смотрел на погибшего пернатого дружка пустыми, бессмысленными глазами. Затем, подхватив кейс, поспешно покинул ставшую ненавистной квартиру.

«Глядишь, еще и не все потеряно! Выпутаюсь! — успокаивал он себя, запирая по привычке дверь. — Можно ведь опередить ребятишек. Если оперативно «разменять» Цыпу вместе с его шефом...»

Додумать мысль до конца Франт не успел. Просто нечем уже было. Девятимиллиметровая медная пуля Цыпиного «шпалера» начисто снесла крышку его черепной коробки, выплеснув хитрые мозги Франта на недавно побеленную стену и сразу превратив их в простую буро-фиолетовую грязь.

Похоронили киллера в его черном смокинге — нашлось все же тому достойное применение.

Среди малочисленной траурной процессии, состоявшей в основном из полупьяных уголовных дружков покойного, выгодно выделялся молодой рыжий детина с небесно-чистыми трезвыми глазами на детски-наивном цветущем лице. В руках он торжественно-печально нес роскошный венок из живых черных роз, перехваченный шелковой лентой с надписью, исполненной красиво-строгими готическими буквами: «С ЛЮБОВЬЮ ОТ МОНАХА».

КИТАЙСКАЯ ЗАБАВА

1

Полуподвальное кафе призывно подмигивало мне разноцветной неоновой вывеской с изображением главного персонажа актикварной блатной песенки «Цыпленок жареный».

Ночной город уже который час атаковали снег с дождем в сопровождении порывов неласкового северного ветра, и выходить из уютного салона автомобиля на промозглую сырость совсем не хотелось.

Но голод не тетушка, и, припарковав «мерс» на стоянке, я нырнул в теплое нутро забегаловки, насыщенное аппетитными ароматами жареного мяса и картофеля.

Выбрав столик на двоих, бросил на свободное кресло перчатки, чтоб никто не покусился нарушить мое одиночество, и поднял палец, подзывая официанта.

В ожидании сделанного заказа закурил «родопину» и осмотрелся. Кафе представляло собой нечто среднее между питейной забегаловкой и столовой для шоферов. Хотя натюрморты на стенах и музыкальный автомат в углу явно претендовали на большее. Но замахнуться — еще не значит ударить.

Впрочем, разрекламированное на вывеске фирменное блюдо заведения — цыплята табака — оказалось на весьма приличном уровне. А под красное вино цыплята и вовсе были бесподобны.

— Разрешите вас побеспокоить? — прошелестел у меня над ухом вкрадчивый голос, и напротив бесцеремонно уселся худощавый лысый мужичонка потрепанного вида и неопределенного возраста.

— Вы сели на мои перчатки! — заметил я, с насмешливым любопытством разглядывая незнакомца. Побитый молью черный костюм-тройка, мятая нейлоновая рубашка без галстука вкупе с морщинистым одутловато-алкогольным лицом выдавали в нем проходимца.

— Пустяки! Они мне нисколько не мешают, — заявил этот представитель пены людской, чем несказанно меня удивил, если не огорошил.

— Интересно, а сломанная челюсть вам тоже не будет мешать? Жевать, например? — спросил я, демонстративно сжимая кулак.

Но странный человечек не испарился, как я наивно ожидал, а, наоборот, доверительно придвинулся ко мне и, понизив голос чуть не до шепота, сообщил:

— Нам предстоит серьезный разговор, уважаемый Евгений Михайлович. Я за вами весь день следил, пока наконец смог подойти. Между прочим, на такси целое состояние сжег. Очень надеюсь на достойную вашего размаха компенсацию моих финансовых затрат. После разговора, разумеется.

— Ладно. — Я сразу стал серьезен. — Говори!

— Думаю, нам лучше уединиться, — собеседник с явной опаской огляделся. — В вашей машине, например.

Я бросил на стол купюру и решительно поднялся.

— Ступай за мной!

Когда оказались в салоне «мерса», первым делом ошмонал этого подозрительного субъекта на предмет спрятанного оружия. Хоть он совсем не походил на подосланного киллера, но береженого бог бережет.

Обыскиваемый вел себя безропотно, послушно поворачивался и не делал резких движений.

— Зря вы так, Евгений Михайлович! Я к вам со всей душой!

— Не спорю, дорогой. Но привычка — вторая натура. Откуда меня знаешь? Кто ты?

— Олег Сапешко я. Не помните? Летом восемьдесят пятого в Свердловском следственном изоляторе я себя в нарды проиграл...

И я вспомнил.

...Лето выдалось необычайно для Урала жаркое. В камеру с двадцатью тремя шконками набили шестьдесят «тяжеловесов» — подследственных по тяжким статьям.

Два высоких окна, забранных, кроме решеток, еще с внешней стороны «шторами», почти не пропускали воздух. Наоборот, стальные листы «штор», раскалившись на солнце, дышали мартеновским жаром, вызывая ассоциацию с преисподней.

Я под следствием загорал уже второй год и как старожил, к тому же раскручиваемый по всеми уважаемой сто второй статье — умышленное убийство, считался в камере старшим, а если по-блатному — смотрящим.

После обеда пригнали новый этап из трех человек. Мой подручный Жора Интеллигент по давно отрепетированному сценарию завел с ними душевный разговор, целью которого являлась «пробивка», попытка узнать, есть ли у кого-то из новоприбывших золотые коронки. Свою речь он ловко перемежал шутками и анекдотами, стремясь вызвать у собеседников улыбки и смех, что сильно облегчило бы задачу.

Уже через несколько минут Жора подошел, явно довольный, к моему шконарю у окна.

— Все путем, Монах! У одного мужика есть рыжий мост справа на верхней челюсти. По базару чистый фраер. Вон тот худой, как моя жизнь. На игру раскрутить или по беспределу проехать?

— Жора, ты же Интеллигент! Зацепи его в нарды на «просто так». По виду он, в натуре, лох. Дерзай.

Дальнейшие события развивались по накатанной дорожке. Жора предложил клиенту развлечься в нардишки. Обронив, что игра не на деньги, а на «просто так». Не подозревавший подвоха новенький согласился. Интеллигент был нардист моего уровня, и выигрыш являлся предрешенным. Так и вышло. Новенький проиграл с коксом, не успев даже перевести фишки за бортик в «дом».

— Расчет хочу получить сразу! — заявил Жора. — Как предпочитаешь? При всех или за ширмочку для приличия пойдем?

— Да в чем дело? — Лицо обритого наголо мужика студенисто подрагивало. — Мы ведь без интереса играли!

— Не финти, лунокрут! — завизжал Жора. — Мужики, подтвердите, что ставка была на «просто так»!

Обступившая стол братва, в предвкушении бесплатного развлечения, согласно загудела.

Тут пришел мой черед вмешаться в происходящее.

— Ты чего хай поднял, Интеллигент? — спросил я, поднявшись со шконки и подходя к столу.

— Да вот этот волк тряпочный прошпилил свое очко, а рассчитываться не желает. Рассуди по закону, Монах!

— Закон един для всех! — жестко сказал я. — Раз проиграл — плати! Как кличут?

— Олег Сапешко.

— Тут уж ничего не попишешь. Не стоило задницу на кон ставить. Будешь теперь не Олегом, а Олей. Место тебе у параши определим.

— Да вы что, мужики? Это же беспредел! — взвился проигравший. — Я не в курсе был! Разве бы стал на себя играть?!

— Все так базарят, проигравшись, — отмахнулся я. — А при другом раскладе ты бы Интеллигента раком ставил!

— Никогда! Я не педераст!

— Ты на что намекаешь, козел? — заверещал Жора. — По-твоему, я педераст?! Да тебе надо почки и печень отстегнуть перед тем, как закукарекаешь! Петух мохнорылый!

— Ша, Жора! Может, Олег, в натуре, не знал, что означает «просто так»? — сделал я вид, что засомневался.

— Незнание законов не освобождает от ответственности! — хищно осклабился Интеллигент, демонстрируя некоторую начитанность.

— Это так. Но, может, с Олега плату по-другому возьмешь? Пожалей мужика. Ведь петухом ему срок в десять раз длинней покажется!

— А меня кто пожалеет? — продолжал выкобениваться Жора. — Я уже три месяца без бабы! Да и чем ему расплачиваться, кроме натуры?

— Есть! Есть чем! — Бледное лицо Олега децал порозовело. — Мост золотой пойдет? Три зуба и две коронки.

— А он верняк рыжий? — уточнил Жора. — Если

луну крутишь, вся камера тебя трахать будет. Без выходных и перерыва на обед!

— Гадом буду, мужики! Медицинское золото! Пятнадцать грамм с мелочью. Только как снять?

— Это не проблема, — я поощрительно похлопал лоха по плечу. — Интеллигент, волоки инструмент!

— Он у меня как раз с собой, — усмехнулся Жора, выкладывая на стол ложку и стальную спицу, загнутую крючком. — Слушай сюда, Олежек! Накали ложку спичками и приложи к коронкам. Цемент в них потрескается, и сдергивать будет не слишком больно. Действуй!

После вечерней проверки я загнал золотой «трофей» прапору-контролеру за три косяка чуйской «травки» и полкило чая.

...Включив освещение в салоне «мерса», я внимательно посмотрел в глаза давнему сокамернику.

— Насколько понимаю, уважаемый, у вас имеются претензии насчет того зубного протеза? Логично. Пятнадцать грамм по сегодняшнему курсу — это...

— Перестаньте, Евгений Михайлович! Как можно?! — Мой собеседник, казалось, был искренне возмущен. — Это я вам еще должен остался за то, что спасли меня от такого животного, как Жора Интеллигент!

— О покойниках плохо говорить грех, — строго заметил я, закуривая «родопину».

— Он умер? Совсем ведь молодой был, — как-то радостно опечалился Сапешко. — Несчастный случай?

— Да. Пал жертвой своего увлечения криминалистикой, — туманно пояснил я. — Вернемся к земным делам. Что тебе от меня надо?

— Ничего. Просто решил вмешаться в ситуацию,

как вы тогда вмешались. Только сейчас опасность грозит уже не мне...

— Ладушки. Рассказывай!

— Мне заказали составить точный график ваших передвижений по городу. Для чего обычно используются такие сведения, сами отлично понимаете.

— И кто так любознателен?

— Максим Максимович. Мы в баре «Полярная звезда» познакомились. Дал мне вашу визитку, фото и сто тысяч на расходы. Правда, по выполнении задания обещал пол-«лимона». То, что я вас знаю, я ему не сказал.

В задумчивости я повертел в руках свою фотографию, сделанную «Полароидом» в тот момент, когда я выходил из «Вспомни былое». От визитки тоже толку было мало — тираж составлял пятьсот штук, и раздавались карточки мной налево и направо.

— Опиши этого Максима Максимыча. Когда у вас стрелка?

— Встречу он не назначил. Сказал, сам найдет через несколько дней. Это нетрудно. Я же в том баре с утра и до закрытия ошиваюсь. А внешность у него самая обыкновенная. Лет тридцати, рост и телосложение средние. Гладкое лицо без особых примет. Шатен.

— Не знаю такого, — констатировал я сей прискорбный факт. — Ладно. Давай свои координаты и держи вот двести штук на мелкие расходы. Когда разберусь, получишь «лимон». Цынкани, если заказчик вдруг нарисуется. Телефоны в визитке.

— А что с графиком сегодняшних ваших поездок? Отдать?

— Обязательно. И благодарю за работу. Бывай!

Когда Сапешко вышел из машины и растворился в

ночном городе, я еще долго не включал зажигание, с пристрастием обозревая окрестности. Когда наконец отъехал от стоянки, за мной никто не увязался. Это обнадеживало. Слежку организовал явно не профессионал. Дублеров у Сапешко не было.

2

Двухэтажное здание гостиницы «Кент» когда-то под скромной вывеской «Дом колхозника» давало приют неприхотливым сельским гостям.

Но ускорение и новое мышление сделали свое дело. Перестройка коснулась Дома колхозников буквально. После капремонта и переоборудования шестиместных номеров в одно-двухместные здание превратилось в трехзвездочный отель уже на правах частной собственности.

Обычно все текущие дела мы решаем в малом банкетном зале на первом этаже. Место строго официальное и уютное одновременно. Массивный дубовый стол от одного конца комнаты до другого окружен двумя десятками удобных кожаных кресел с высокими спинками. Стены задрапированы веселеньким желтым шелком, а на двух окнах, почти всегда задернутых, висят красные бархатные портьеры с кистями. Конечно, все это весьма смахивает на чисто купеческий понт, но завсегдатаям данный антураж нравится.

Гостиницей «Кент» можно считать лишь условно. Все номера «забронированы» за девочками Цыпы, исправно кующими благосостояние нашей конторы на своих рабочих местах — двуспальных кроватях.

Учитывая тот факт, что постоянная клиентура почти сплошь состоит из бывших зэков, в восьмом номере, на случай возникновения прихотливых лагерных желаний, проживает представитель сексменьшинств с забавным именем Арнольд. Несмотря на свои двадцать восемь лет, девять из которых прошли в зоне, он сохранил по-мальчишески стройную фигуру и свежий цвет лица. Здесь, видимо, сказались его любовь к кисломолочным продуктам и искреннее неприятие спиртного.

Сегодня наша рабочая «планерка» проходила в полном составе. Кроме Тома, управляющего баром «Вспомни былое», присутствовал Цыпа, досрочно вызванный мною из отпуска.

— Больше в одиночку нигде не светись, — озабоченно резюмировал мое сообщение о слежке Цыпа. — Для обеспечения твоей безопасности одного меня будет уже недостаточно. Если разрешишь, прицеплю к нам парочку вышибал отсюда. Пусть катаются за «мерсом» и страхуют тыл.

— За Сапешко нужно наблюдение установить, чтоб не зевнуть этого Максима Максимыча, — вставил Том. — Сам за это возьмусь.

— Ладушки. Кстати, дадим-ка Сапешко псевдоним, чтоб случайно не спалить. Фигаро, думаю, будет в цвет. — Я был доволен своим поистине творческим подходом к делу. — И не стройте такие траурные рожи. Наверняка на воду дуем! Так непрофессионально готовить покушение могут только кретины.

— Масса умных голов разбита как раз пулями дураков! — сделал ценное замечание Цыпа, претендуя на глубокомыслие. — Так что охрану я все-таки увеличу. Даже если ты против!

— В любом случае, пока не выловим Максима Максимыча, делать выводы рано. — Том явно стремился сгладить резкие слова Цыпы.

— Ладно, — подвел я итог затянувшейся дискуссии. — Пусть будет по-вашему. Надеюсь, Том, ты сегодня-завтра нам этого Макса представишь! Живого или мертвого.

— Скорее всего — полумертвого! — Тонкие губы Тома скривила улыбка, предвещавшая весьма занимательные минуты пока еще неизвестному врагу.

День проскочил, нагруженный привычными буднично-коммерческими заботами, незаметно. Вечером, когда уже собирались с Цыпой забуриться в клуб «У Мари», раздался неожиданный телефонный звонок от Черняка с мягко-настойчивым приглашением навестить. Мы с ним знались давно. Григорий Константинович был «законник», коронованный по всем правилам ворами на крытом режиме «Белого Лебедя». Я же всю блатную жизнь считался «махновцем», который вспоминает о воровских законах и традициях только в тех случаях, когда выгодно. В какой-то степени это верно, но я все же не скатываюсь в трясину чистого беспредела и к законникам отношусь с искренним уважением. Хотя в глубине души и считаю воров в законе людьми прошлого, этакими динозаврами, которые не могут и не хотят уяснить, что их эпоха безвозвратно ушла.

В настоящее время Черняк занимал стойкое положение в коммерческой инфраструктуре города, владея казино «Екатеринбург», разместившимся в «Орбите» — самом крупном и фешенебельном городском кинотеатре.

В маленьком ресторанчике при казино и была назначена стрелка.

Сопровождаемый Цыпой и двумя «кожаными затылками» из «Кента», я прошел мимо сразу насторожившихся охранников казино в зал ресторации.

Григорий, как обычно, восседал за столиком у эстрады в обществе двух подручных костоломов. Одного из них я знал — с Пашей Беспределом мы пересекались в зоне. Странно, что вор в законе приблизил к себе человека, чья кликуха указывала на совершенно иное мировоззрение. Впрочем, для истинных законников закон не писан.

— Добрый вечер, Евгений! — Черняк приветливо оскалил золотозубый рот. — Присаживайся с господином Цепелевым к нам.

Освобождая кресло, неизвестный мне телохранитель пересел за свободный соседний столик. Мои мальчики, недолго думая, устроились там же, надежно его заблокировав.

— Здравствуй, Григорий! Рад составить тебе компанию. — Я поднял палец, призывая официанта.

— Не трудись, ужин уже заказан. Против «Кьянти» и жареной форели нет принципиальных возражений?

Удивительный, но давно мною замеченный факт — матерые рецидивисты, основную часть жизни проведшие в каменных джунглях тюрем и лагерей, почти все разговаривают интеллигентно и доброжелательно. Наверное, даже, спуская курок, ободряюще улыбаются, словно говоря: «Не волнуйтесь, уважаемый! Я убью вас не больно».

Через минуту на столе красовались темные вытянутые бутылки «Кьянти» и аппетитные, с подрумяненными боками сочные королевские крабы.

Проглот Цыпа тут же накинулся на них с вилкой,

забыв, по ходу, свои прямые обязанности — страховать меня от Паши Беспредела.

— Ничего не попишешь, молодость... Инстинкты довлеют над разумом, — понимающе усмехнулся, заметив мое недовольство, Григорий. — Мы с тобой, Евген, не такие ярые чревоугодники и можем параллельно решить возникшую проблему.

— Внимательно слушаю тебя, Григорий.

— Нехорошие вести до меня доходят, — скорбно поджал губы Черняк, следя цепким взглядом желтокарих глаз за моей реакцией. — Будто бы ты недоволен, что Цыпиных девок сюда снимать клиентов не пускают...

— Полная лажа, Григорий! Гадом буду! — Я так удивился, что почти забыл про остывшую форель. — Казино и кабак твоя территория. Соваться сюда даже в мыслях не держал. Кто тот козел, что нас поссорить хочет?!

— Аноним телефонный. Доброжелатель якобы. — Григорий пригубил вино и снова остро взглянул мне в лицо. — Сегодня ты личную охрану удвоил. Если не со мною, то с кем разборку наметил?

— Чистая профилактика, так как засек за собой «наружку».

— Очень надеюсь, что так оно и есть, Евген! Твои люди профи и, конечно, многого стоят, но я возьму вас количеством при необходимости. Людишек хватает. Ты, помнится, любитель афоризмов. Не забывай, жадность фраера погубит!

— Я не фраер! — Оскорбляться я не стал, понимая обоснованность беспокойства Григория. — Хоть махновец, но права твои уважаю. Гадости от меня не жди.

— На том и порешим. Я тебе верю, Монах! Да и

мыслю, устал ты, брат, от крови, никак не меньше других. Покончили с недоразумением! Давай отведаем рыбки и послушаем мой ансамбль. Солист новую песенку выучил — «Братва, не стреляйте друг друга...».

— Не слыхал. Но сразу могу сказать, песня дельная! — Я наполнил свой фужер красным вином. — Выпьем за то, чтобы все непонятки так разрешались. Без лишнего хипиша.

Цыпа и Паша Беспредел, до сего момента угрюмоподозрительно косившиеся друг на друга, также подняли фужеры, и над столиками радостно поплыл чистый хрустальный звон.

3

В полдень следующего дня я все еще нежился в постели, лениво размышляя, какой крепости допинг извлечь из холодильника, когда позвонил встревоженный Цыпа и сообщил, что нынче утром в подъезде собственного дома неизвестным киллером зарезан вор в законе Григорий Черняк.

Прибывшая «Скорая» констатировала смерть, наступившую от множественных колото-резаных ранений в шею и грудь. Очевидцев происшедшего, как всегда, не оказалось.

Собравшись в гостинице «Кент» в том же составе, что и накануне, чтобы как-то разрядить обстановку, я заказал бутылку с именем французского императора.

— Не след сейчас пить, Монах! — Цыпа был настроен явно нервозно. — Надо срочно обмозговать упреждающие шаги. Ведь псы Черняка уверены, что это мы их хозяина грохнули! Они не Максим Максимыч — размениваться на разведку не станут. Зашлют сюда боевиков и устроят нам ночь вифлеемскую!

— Варфоломеевскую, — поправил я, даже не улыбнувшись. — Ты дело говоришь, но паниковать не стоит. Начерно план у меня готов. Ситуация, согласен, серьезная, но не тупиковая. Вляпались в непонятку, и отмазаться, что не при делах, шансов практически ноль. Поэтому сделаем следующее. Цыпа, слепи список группы Черняка, повесь наружное наблюдение за основными. Особенно за Пашей Беспределом. Том, подбери из нашего контингента бригаду надежных ликвидаторов. Сидите во «Вспомни былое» и ждите своего часа.

— А как с Фигаро? — уточнил Том.

— Побоку! Обойдемся денек-другой без присмотра. У тебя дело поважнее.

— Ты здесь остаешься? — Цыпа встал из-за стола. Было ясно, что моя речь вдохнула в него энергию и уверенность в том, что и на этот раз мы выплывем.

— Нет. Буду у себя. Действуйте!

Ребята ушли, а я остался сидеть наедине с откупоренной бутылкой «Наполеона». Секунду помедлив, все же намахнул стопку. Глупо лишать себя удовольствия на краю могилы. Себе-то врать смысла нет. Пасьянс сложился так, что сегодняшний день вполне может оказаться для меня последним.

Но все-таки надо бултыхаться до конца. Хотя бы для самоуважения. Мне всегда нравилась та мышка, что взбила из сметаны масло, упрямо не желая тонуть. Выпив за ее здоровье следующую стопку, направился на второй этаж. В первую голову необходимо обеспечить себя колесами, неизвестными кодле Черняка.

Восьмой номер не был заперт. Обстановка его смахивала на женский будуар. Обилие зеркал, даже на потолке, указывало на обычные сексуальные пристрастия клиентов Арнольда. Сам хозяин в розовой пижаме с черной шелковой оторочкой возлежал на белой софе и читал, а может, просто разглядывал яркий глянцевый журнал.

При моем появлении он выронил журнал и противно заулыбался накрашенным ртом.

— Какая радость! Вижу, Евгений Михайлович, вам наконец наскучили девки, и вы соблаговолили почтить вниманием меня. Какая поза вам по душе?

— У меня другие заботы! — отвел я глаза от его мерзкой самодовольной рожи. — Ключи от твоей «волжанки» нужны. Напрокат. На днях верну, и с приличным гонораром. Лады?

— Нет проблем, милый Евгеша, — замурлыкал Арнольд, открывая ночной столик. — Вот, пожалуйста. Моя розовая мечта вам услужить и... услаждать!

— Скорее — голубая, — буркнул я, забирая ключи с золотым брелоком в виде возбужденного фаллоса.

Когда выходил из гостиницы, на миг задержался у дверей на улицу, сообразив, что на чердаке противоположного дома вполне может уже сидеть снайпер. Но вышел спокойно, вовремя вспомнив любимую пословицу: «Кому суждено быть повешенным, тот не утонет».

Белая «Волга» гей-мальчика стояла на привычном месте, под окнами банкетного зала. Вставляя ключ зажигания, подумал, что покойный Черняк меня бы осудил. По воровскому закону пользоваться вещами гомиков западло. Но не такси же мне, в натуре, заказывать! Надо быть выше глупых предрассудков. В конце концов, мы ведь свободные люди!

И все же, приехав домой, я сразу полез под душ.

Комбинируя горячие и холодные струи, наконец отделался от навязчивого впечатления, что весь пропитался помадой и духами.

Накинув длиннополый махровый халат, прошлепал в гостиную к телефону и набрал служебный номер майора Инина.

— Хотелось бы увидеться, — сказал я, услышав в трубке знакомое бурчание. — Узнал старого приятеля? Перезвони.

После недавнего, широко известного узкому кругу лиц скандала с заместителем начальника Управления внутренних дел, где в качестве доказательства коррупции фигурировали магнитозаписи его телефонных разговоров, осторожный опер о делах предпочитает говорить только по телефону-автомату.

Ждать пришлось недолго — майор, видать, не слишком мудрствуя, перезвонил мне из автомата, что висит на первом этаже их конторы.

— Монах? Это я. В чем проблемы?

— Мне нужна полная ориентировка по группе Черняка. С адресами и характеристиками боевиков.

— Зачем? Его же замочили поутряне. Отпрыгался голубчик.

— В курсе. И все же просьбочку выполни. Когда подгребешь?

— Через час устроит?

— Ладушки! Тогда не прощаюсь.

Пока майор пачкал свой милицейский мундир должностным преступлением, похищая для меня оперативную разборку по Черняку, я занимался добрыми невинными делами — полил из лейки цветочные горшки на балконе с нежно-розовыми петуньями и флоксами, а также насыпал корм аквариумным рыбкам, носящим миленькое название «кардиналы».

Опер, как всегда, нарисовался в штатском. Неизменная замшевая куртка и черные джинсы делали его моложавым и чуточку спортивным, несмотря на грузную низкорослую фигуру. Правда, светлые молодежные кроссовки были уже явным перебором, свидетельствуя об отсутствии чувства меры.

Опер по давно заведенной привычке сразу прошел к камину-бару и погрузил тело в мягкие объятия кресла. Я, также придерживаясь традиции, устроился напротив и открыл засветившийся бар.

— Как обычно, «Наполеончик»?

— Разумеется. Вот, ознакомься. — Майор с важным видом извлек из кармана тонкую пачку ксерокопированных листков. — Все, что имеется у нашей конторы по интересующему тебя вопросу. У ФСБ, понятно, информации побольше, но у меня туда доступа нет. Чем богаты, не обессудь.

Я углубился в чтение. Ничего нового для себя в записках не обнаружил. Заслуживала внимания лишь последняя страница с перечнем уголовников, активно контактирующих с Черняком. Под фамилией Паши Беспредела значилось: «Начальник службы безопасности казино. По неподтвержденным данным, принимал прямое участие в убийстве г-на Топоркова, банда которого пыталась внедриться в игорный бизнес Екатеринбурга».

Я хотел присвоить этот листок себе, но Инин меня остановил извиняющимся тоном:

— Нет, Монах. Выписки нужные сделай, а бумагу я заберу с собой. Береженого бог бережет. Лучше перестраховаться.

Когда закончил писанину, занеся в записную книжку соратников почившего законника, присоединился к майору, уже успевшему нанести существенный урон содержимому бутылки.

— Насколько понимаю, готовится очередная крупная разборка? — делая равнодушное лицо, обронил опер. — Учти, список этот наверняка неполный. Лишь верхушка айсберга. Я бы не советовал тебе связываться с игорной братией. Может боком выйти. Там сплошные мокрушники.

— Я тоже не учитель танцев! — Выпив золотую пахучую жидкость, я пожевал дольку лимона и поморщился. — Да и не все от меня зависит. К сожалению, карты уже розданы. Надо играть!

— Тебе виднее, — с явным сомнением сказал оперуполномоченный, странно поглядывая на меня своими рыбьими глазами. — Знаешь что? Выдай мне валюту за этот месяц на недельку раньше. Я, пожалуй, в отпуск слиняю от греха. Пусть коллеги о твои мокрые «глухари» карьеры ломают. А я пережду вашу бойню на югах.

— Хозяин — барин, — согласился я, доставая из серванта пачку «зеленых». — Но мне почему-то кажется, что причина в другом. Сомневаешься, что я смогу благополучно дожить до дня твоей получки. Верно?

— Человек предполагает, а бог располагает, — туманно высказался Инин, проворно пряча баксы в свой пухлый бумажник.

Мы без всякого удовольствия прикончили бутылку и стали прощаться.

— Искренне желаю удачи, — пожимая мне руку, сказал опер. — С игровыми мальчонками она тебе непременно понадобится!

4

По идее, нужно быть паинькой и не высовывать носа из приватизированного четырехкомнатного блиндажа, но, послонявшись по квартире, вызывавшей сегодня у меня мрачную ассоциацию с волчьей ямой, я не выдержал и набрал номер Цыпы.

— Хочу проветриться. Заезжай.

— Монах, это слишком рискованно! Давай выждем.

— Без обсуждений! Я сейчас на стенку полезу. Рви когти, если не хочешь застать шефа свихнувшимся!

— Буду через десять минут.

Повинуясь странному желанию, я оделся во все черное — рубашку, джинсы, кожаную куртку. Оживил ансамбль кроваво-красным галстуком. Пристроил под мышку верного «братишку» и сунул в задний карман брюк две запасные обоймы.

Конечно, я отлично понимал, что все эти приготовления яйца выеденного не стоят, так как противниками на этот раз выступают истинные профессионалы.

Чтоб сбить кладбищенский привкус подобной мысли, намахнул целый фужер «Матра» и запалил папиросу из серебряного портсигара.

Тут и Цыпа нарисовался в сопровождении двух горилл из «Кента».

— Надеюсь, Монах, ты осознаешь, что творишь, — сказал он, поджав губы.

— Заглохни, мальчик! Жить нужно в кайф! Давай к Мари!

Ночные улицы, обычно приводившие меня своими неоновыми выкрутасами в умиление, на этот раз фамильярно-раздражающе подмигивали вывесками и рекламой, вызывая с трудом подавляемое желание шмальнуть по ним для острастки автоматной очередью. Разрывными трассерами было бы в самый кайф.

Но уже в первом зале ночного клуба «У Мари» агрессивность мою как рукой сняло. Играющие в бильярд ребятишки чуть ли не во фрунт выстроились, отлично понимая, кто их истинный хозяин.

— Сегодня вход исключительно по членским билетам! — заявил Цыпа, вперев в вышибал замороженный взгляд синих глаз. — При проколе не премии, а жизни лишитесь!

Мы прошли за наш постоянный столик у эстрады. Намертво привинченная к нему медная табличка в память о Кисе нынче смотрелась удручающе и даже, более того, символически-мрачно.

Так как чревоугодие этим вечером меня интересовало меньше, чем когда-либо, ужин на свой вкус заказывал Цыпа.

Равнодушно пожевав шашлык и запив его белым вином, я оживился только при выходе на эстраду Мари. Ее номер стриптиза под аккомпанемент «Армии любовников», как и прежде, возбуждающе волновал. Видимо, потрафляя желаниям публики, на этот раз стриптиз исполнялся при ярком свете софитов, а не в полутьме, как обычно. Поэтому все потаенно-интимные ложбинки и манящие округлости Мари стали особенно привлекательными.

— Ослепительно, милая девочка! — похвалил я, когда она, набросив на тело шелковый черный халат, присела за наш столик. — Вот только попочка у тебя децал потяжелела. Впрочем, смотрится потрясно. Но все же на пирожные поменьше налегай.

— Что ты, Женик! — возмутилась Мари. — Я на строжайшей диете. Тебе просто показалось, признайся!

— Ладно, вполне возможно, — милостиво согласился я. — Сегодня я с ночевой. Диван в твоем будуаре-костюмерной не развалился еще?

— Что за недостойные тебя намеки, Женечка? Кроме как с тобой, я его ни с кем не делю.

— И очень правильно делаешь. Я, правда, не ревнив, но это ложе разрешаю пятнать только со мной. Ладушки?

— Ну как не стыдно так выражаться при господине Цепелеве? — вполне натурально покраснела Мари. — Ты грубеешь день ото дня. Это все из-за вашей нервной работы. Через полчаса у меня последний выход, и я буду в полном твоем распоряжении. Ты сможешь наконец успокоиться и расслабиться. Понянчу тебя, как только я умею!

Обольстительно улыбнувшись и не менее обольстительно покачивая своими, все же заметно потолстевшими бедрами, стриптизерка упорхнула за кулисы.

— Расставь вооруженную охрану на главном и запасном выходах, — отдал я распоряжение Цыпе. — Лестницу на второй этаж совсем заблокируй. Лишку не пей. Лучше курни. — Я выложил на стол заветный Кисин портсигар с двуглавым орлом на серебряной крышке. — Ну, до утра! Оно, говорят, мудренее!

Поднявшись на второй этаж в комнату Мари, первым делом защелкнул дверные замки и опустил на окна тяжелые бархатные портьеры.

— Ну, моя малышка, займемся-ка земными утехами, пока на небо не призвали!

Проснулся утром от нежно-осторожного путешествия женских пальчиков по моей шевелюре.

— В чем дело? — не открывая глаз, поинтересовался. — Времени натикало много?

— Да нет, девять всего, — проворковала Мари, продолжая гладить мне волосы, как маленькому. — Я вот всегда удивляюсь тому, как странно, Женечка, ты седеешь. Вся голова черная, а затылок совершенно белый почти...

— Так и задумано. Кем-то. — Я окончательно проснулся и сел на постели. — Нарисуй-ка мне чашечку кофе, да я отчалю. Столько дел намечается, что, боюсь, затылок станет белым без «почти».

— Не поняла, — захлопала своими пушистыми ресницами зеленоглазая стриптизерка.

— Это сказка не для маленьких девочек, — туманно пояснил я, разыскивая куда-то запропастившиеся плавки. — Ненаглядная, кажется, я кофе заказывал.

Пока Мари колдовала над кофеваркой, я успел полностью одеться и прицепить кобуру с милым «братишкой». Подойдя к двери, прислушался. Коридорная тишина нарушалась чьим-то нахальным похрапыванием.

Стараясь не щелкнуть замками, приоткрыл дверь и увидел сидящего на стуле у стены Цыпу. Верный телохранитель беззаботно спал, свесив голову набок, и даже улыбался во сне. Вот-вот слюни потекут.

— Маришка, иди сюда, — прошептал я в комнату. — Хочешь увидеть истинно профессионального боевика? Таким способом во всем мире реакцию тренируют.

Когда Мария встала у меня за спиной, я гаркнул:

— Шухер! Менты!

Рука Цыпы рефлекорно нырнула под куртку, он вскочил, направляя на голос свой крупнокалиберный пистолет-пулемет, и только тут открыл еще бессмысленные глаза.

— Расслабься, — усмехнулся я. — Проверка бдительности. Айда кофе пить.

Когда с традиционным утренним кофепитием было покончено, я как бы между прочим поинтересовался:

— Надеюсь, Цыпленок, ты ночью не подслушивал у двери?

— Обижаешь, Евген! — искренне оскорбился телохранитель. — Я не извращенец какой-нибудь. И потом — в любом завалящем порнофильме эти стоны и охи куда натуральнее звучат!

— Ладно, неизвращенец, — я не сдержал понимающей улыбки. — Поехали, навестим Фигаро. Может, о таинственном ММ новости появились. Кстати, ты не задумывался, что этот Макс и ребятишки Чёрняка — ягоды с одной лужайки?

— Скорее всего, — подумав, согласился Цыпа. — Тогда все становится в елочку. Но одно непонятно: кто же вора в законе «на луну» отправил?..

Наша белоснежная «волжанка» в сопровождении «девятки» мальчиков из «Кента» затормозила на маленьком пятачке у полуподвального бара с претенциозным названием «Полярная звезда».

Заведение было явно из разряда низкопробных, где суррогатное качество спиртных напитков возмещалось их дешевизной. И клиентура под стать — безработные с пустыми отрешенными лицами и алконавты с сизыми носами.

Чтобы не выглядеть чужеродно в этой специфической среде, мы с Цыпой взгромоздились на высокие табуретки у липкой стойки и заказали пару пива, похоже, единственного напитка, который можно здесь потреблять, не слишком рискуя здоровьем.

— Что-то не видать нашего дружка Олежки Сапешко, — благожелательно кивнул я упитанному бармену, презрительно-снисходительно взиравшему с высоты своего положения на утоляющую жажду публику. — А я его как раз угостить обещал.

— Дак уже были из вашей конторы, — скривил толстые губы в наглой усмешке бармен. — Я им все как есть рассказал. Мне таить нечего.

— Из какой такой конторы? — Я чуть не поперхнулся безбожно разбавленным пойлом.

— Из вашей, из уголовного розыска, откуда же еще? — продолжал ухмыляться толстяк. — Ушел вчера гражданин Сапешко отсюда в одиннадцать вечера. Один. Больше его не видал. А что его рядом тут зарезали, сам только поутряне узнал от клиентов. Они его, бедолагу, в «Скорую» грузили.

— Понятно. По ходу, мы просто разминулись с коллегами. — Я бросил на стойку купюру и спрыгнул с табурета.

— Как можно?! — воскликнул хозяин забегаловки, отшатнувшись от купюры, как от мины замедленного действия. — Сейчас же заберите обратно. Ребята из наших доблестных органов завсегда угощаются за счет заведения, разве не знали?

— Захлопни пасть, падаль! — Я звезданул по стойке так, что кружки припадочно запрыгали. — Иначе пойдешь париться ко мне в изолятор за свое разбавленное пойло!

Когда мы уселись в машину, Цыпа тоже солидно высказался, верно поняв мое негодование:

— Нет, какой козел! Принять нас за ментов! Сучье вымя!!!

— Ладно, — я уже успел охолонуть. — Давай заскочим в травматологию. Раз Фигаро «Скорая» увезла, может, жив еще.

В городской травматологической клинике на Большакова мне бывать уже приходилось. Сразу пройдя в приемный покой, я в две секунды выяснил у дежурной сестры, что господин Сапешко поступил ночью в тяжелом состоянии с проникающим колотым ранением в грудную клетку. Операция прошла успешно, и за его жизнь уже можно не опасаться.

Мне бы хотелось самому убедиться, что дело пошло на поправку.

— В какой он палате?

— Это против инструкции! — категорически отрезала сестра. — Посещать больного можно будет не раньше чем через неделю.

— Убедительно прошу разрешить краткое свидание. Он мой троюродный брат. — Я просунул в окошко стодолларовую купюру и отвел взгляд — неприятно было наблюдать отразившуюся на увядающем лице медработника жестокую внутреннюю борьбу. Финал ее являлся предрешенным. Грязно-зеленая банкнота составляла месячную зарплату главврача.

— Только в виде исключения. Как близкому родственнику, — промямлила, густо покраснев, медсестра. — Девятая палата. Халат на вешалке возьмите.

Дав знак Цыпе, чтобы ждал в машине, я отправился на поиски.

Отыскал нужную палату на втором этаже в начале коридора, безвкусно выкрашенного в противненький грязно-желтый цвет. Своей перенаселенностью больничная палата сильно смахивала на камеру следственного изолятора. На двадцати квадратных метрах впритирку размещалось восемь железных кроватей. Все больные были явно из категории потерпевших — заплывшие синяками глаза всех оттенков радуги, перевязанные бинтами головы и загипсованные конечности вызывали у меня воспоминание о безобразном побоище из советской кинокомедии «Веселые ребята».

Олег Сапешко лежал у мутного окна и грустно наблюдал слезящимися глазами за клочковатыми дождевыми облаками, оперативно кучковавшимися в черные грозовые тучи.

Заметив меня, как-то виновато улыбнулся и попытался подняться на своем ложе.

— Не трепыхайся, дорогой. Тебе это вредно. — Я чуть нажал на его плечо, возвращая тело на исходную позицию. — Кто это тебя так неаккуратно?

— Тот же самый... Максим Максимович. На улице возле «Полярной звезды» поджидал. Только я успел ему передать маляву с графиком, как получил укол в грудь. В сердце, гад, метил. Наверно, из жадности на «мокрое» пошел. Пожалел обещанные пол-«лимона»!

— Может быть. Хотя вряд ли. Скорее всего решил подчистить свой хвост, избавиться от единственного свидетеля, знавшего его в лицо... Одно непонятно, почему он тебя не добил? Глупо.

— Струхнул он, дешевка. Дело было прямо на тротуаре, а тут как раз выскочила из-за угла машина с мигалкой. Гад, перо выдернул, и ноги в руки. Но это не менты оказались, а случайная «Скорая». Она меня и подобрала с обочины.

— Кстати, о ментах. Ты им дал наколку на Макса?

— Чтоб я мусорам помогал?! Да ни в жизнь! За кого меня держишь? Показал, что подвергся нападению неизвестного грабителя.

— Ладушки! Не хипишуй. А то твои братья по несчастью начали на нас лишнее внимание обращать. Прислушиваться к базару. Лучше вспомни-ка что-то конкретное по Максиму Максимовичу. Детали какие-нибудь, манеру держаться, особые приметы. Сам просекать должен, надо его поскорее разыскать. Слишком много у меня вопросов к нему накопилось.

— Какие детали, боже мой? — Осунувшееся лицо Сапешко приняло плаксивое страдальческое выражение. — У меня кумпол вот-вот расколется. Опохмелиться вы случайно не захватили?

— Нет, но не переживай. Я «капусту» принес, что обещал. — Вынув из бумажника «лимон», который всегда был при мне на случай непредвиденных расходов, я сунул денежную пачку под подушку этому недобитому алкашу. — Оскал капитализма и рыночных отношений действует даже на больничной территории. Купи медицинского спирта или няню в ларек зашли, когда я уйду. А сейчас напряги извилины. Уж постарайся. Вот, к примеру, в первый вечер, когда с Максимом Максимовичем познакомились в баре, он по пьянке ничего лишнего не сболтнул? Вспоминай!

— И нечего даже вспоминать! — Сапешко чуть не хныкал. Было ясно, что все его помыслы крутятся вокруг близко замаячившего долгожданного опохмела. — Да и не пил он вовсе. Коктейль «Кровавая Мэри» заказал, да так и не притронулся. Хотя сразу видать, что законченная пьянь.

— Из чего ты это заключил?

— Одеколон пьет. Я с лета учуял. Опустившийся человечишко, хоть и прилично одет — в кожаное пальто.

— Необязательно. — Я разочарованно вздохнул. — Может, язва желудка у него. Одеколон, говорят, помогает.

Сколько я ни бился, ничего путного Фигаро так и не выудил из своей болящей головушки. Пообещав скоро снова навестить, я наконец покинул сразу повеселевшего потерпевшего.

В салоне «волжанки» плотно плавали терпкие клубы анаши.

— Как успехи? — распахивая дверцу, встретил меня вопросом Цыпа.

— Никаких. А ты что, дорвался до халявы? Верни-ка портсигар. Всю машину провонял.

— Ты не так понял, Евген! — Цыпа отдал портсигар и запустил мотор. — Просто пытался перебить запах одеколона.

— Невежа! Это цветочные духи, а не одеколон! — Я осекся, буквально потрясенный вдруг возникшим у меня подозрением. — Рвем когти в «Кент»! Нужно срочно кое-что прояснить!

«Волга» взяла с места рывком. Заметив, что Цыпа что-то очень часто стал поглядывать в зеркало заднего вида, я не выдержал и спросил:

— В чем дело? «Хвост»?

— Не знаю, возможно, ошибаюсь, но мне показалось, что за нами пытался увязаться «Опель Адмирал». У ребят из казино, между прочим, три такие машины. Но на перекрестке отстал, может, их спугнул наш эскорт — «девятка» с мальчиками?

— У тебя просто нервишки гуляют, — отмахнулся я. — Вряд ли черняковская братва так скоро смогла проведать о смене машины.

Через десяток минут мы уже находились в «Кенте» и поднимались по ковровой дорожке лестницы на второй этаж.

Дверь в восьмой номер, как обычно, была не заперта. По ходу, таким незамысловатым образом хозяин демонстрировал свое гостеприимство.

Арнольд на этот раз зажигал не в розовом неглиже, а в темно-синих джутовых брюках и такой же рубашке навыпуск. На ногах красовались фасонистые туфли под крокодила. Гей-мальчик развлекался с игровой приставкой «Денди», подключенной к телевизору.

— Какой приятный сюрприз! — радостно всплеснул он руками. — Сразу два клиента. И каких! Хозяин со своим главным помощником. Желаете одновременно? Вертолетиком?

— Ты не ошибся. Мы наведались, чтобы доставить тебе целую гамму острых ощущений. Но совсем другим способом. — Я прошел к окну, отрезав последнюю, хоть и весьма призрачную, возможность для Арнольда уйти от предстоящего разговора по душам. — Тебе не повезло. Сапешко жив. Сиди смирно, Максим Максимович! Умей проигрывать достойно!

С густо накрашенных губ Арнольда медленно сползла угодливая улыбка, и ее место тут же занял злобный оскал.

— Все-таки ты везунок, Монах! Даже перед смертью тебе фарт катит!

Сообразительный Цыпа, вмиг вкурив, что почем, защелкнул дверь и подошел вплотную к Арнольду.

— Не дергайся, дорогуша! — проворковал он, принимаясь за его тщательный шмон. — Если, конечно, хочешь и на мраморном столе смотреться привлекательно, без уродливых кровоподтеков. Авось тебе еще и повезет — соблазнишь сторожей морга. Они же все маньяки-извращенцы! Хе-хе!

Очень довольный проявленным сомнительным остроумием, Цыпа быстро закончил обыск, выудив у своего клиента из заднего кармана брюк пружинный нож. Нажав на кнопку, выщелкнул длинное узкое лезвие, похожее на жало стилета.

— Евген, наверняка вот этим самым кнопарем Фигаро подколот. — Цыпа явно претендовал на мою похвалу за сообразительность.

— Не только Фигаро. — Я не сдержал усмешки, наблюдая удивление на лице телохранителя. — На нем также кровь владельца казино Черняка. Верно, Арнольд?

Тот продолжал молча сидеть в кресле, пустым, безжизненным взглядом уставившись на экран телевизора, где появилась английская надпись, означавшая конец игры.

— Сами решайте свои ребусы. Говорить я не буду. Смысла нет. Но и вы недолго меня переживете. — Арнольд весь напрягся, увидев занесенный для удара Цыпин кулак.

— Будешь! Еще как будешь. Запоешь как миленький. — Цыпа глянул на меня, ожидая разрешения приступить к привычной работе с заартачившимся «клиентом».

Я отрицательно покачал головой:

— Погоди, Цыпленок! Мы же интеллигентные люди, а не мясники. Попробуем договориться. Слушай сюда, Арнольдик. Я сейчас расскажу, как вижу эту историю. Если в чем-нибудь ошибусь, поправишь. Всего-то и делов. Зато, обещаю, умрешь быстро, без всяких мучений. Ладушки?.. Даю десять секунд. Время пошло.

Я отвернулся к окну. На улице опять моросил нудный дождь. Не люблю эту осеннюю слякоть. Нет чтобы после лета сразу пришла зима! Печально, но, по ходу, даже в природе нет совершенства...

Так как время истекло, а Арнольд упрямо продолжал изображать героя, я уже хотел было дать знак Цыпе, но тут мое внимание привлекли два механика в комбинезонах, деятельно копавшихся в моторе белой «волжанки». Обвел взглядом всю автостоянку. Сомнений больше не осталось. Среди скопища машин другой «Волги» белого цвета не было.

Механики, уже закончив работу, аккуратно захлопнули капот и вышли на проезжую часть. Рядом тут же притормозил, забирая их, «Опель Адмирал».

Я закурил и повернулся к Арнольду:

— Отдаю должное твоему мужеству. Поэтому предлагаю новые условия. Если будешь до конца откровенен, я тебя отпущу на все четыре. Живым.

Арнольд вскинул на меня изумленные глаза. Но слабая надежда тут же погасла и сменилась недоверчивостью.

— А-а, просек. — Губы его судорожно скривила диковатая усмешка. — Ты меня отпустишь, а Цыпа сделает все остальное. И ты якобы не при делах.

— По себе меряешь, Арнольд. Если что обещаю, то обещаю от имени всех моих людей. Повторяю для скудоумных: мы гарантируем, что уйдешь отсюда невредимым и никто из мальчиков за тобой не пойдет.

— Ладно! — в голосе Арнольда звучала решимость отчаяния. — Будем считать, что я поверил. Спрашивай.

— За что, любопытно, ты меня так ненавидишь? Гомиком делал тебя не я. Насильно работу в «Кенте» не навязывал, гонорары почти не обстригал, даже услугами твоими голубыми не пользовался. Давай, поясни.

— Я тебя не ненавижу, а презираю! — высокопарно заявил Арнольд, совсем сбив меня с толку. — За что, хочешь знать? Да за то, что ты наглый везунок! Сели мы по одинаковой сто второй статье пункт «г», но ты чистым лагерь прошел, а меня в первый же год опустили по беспределу, ни за что. Весь срок ты сыром в масле катался, хавку из столовой «шестерки» тебе в каптерку носили, а мне даже за общий стол с мужиками сесть запрещено было. Тебе анаша за положняк шла, а для меня простая пачка «Примы» праздником считалась!

— Неплохо информирован, хоть и в разных зонах чалились, — усмехнулся я. — Ну-ну, гони дальше. Интересно даже...

— Не нукай, не запрягал! — почему-то окрысился Арнольд. — И здесь, на воле, опять тот же расклад. Все у тебя в елочку катит, а мне, как в лагере, собой торговать приходится.

— Каждому — свое! — философски заметил я. — А разница между нами существенная. В интеллекте и силе характера. Я, к примеру, и дня бы «голубым» не прожил. Лучше уж вздернуться. Ты же за бабки каждому подмахивать рад стараться. А про интеллект уж и говорить не приходится...

— Ошибаешься, Монах! — Гомик радостно оскалился, вот-вот захохочет.

Нет, в натуре, я совсем перестал его понимать. Либо утратил знание человеческой психологии, либо психология у «голубых» совсем не человеческая.

— Как раз про умственные способности и побазарим, — продолжал изливаться Арнольд. — У меня масла в чайнике не меньше, чем у тебя. Может, и поболе. По крайней мере, я такую мутку соорудил, что вечно-

Евгений **Монах**

му фарту твоему наконец-то каюк пришел. От костоломов Черняка тебе не уйти. Ни схорониться, ни отмазаться от них не сможешь. Дураку, согласись, столкнуть вас лбами было бы не под силу...

— Начинаю понимать. — Закуривая очередную
«родопину», я с интересом взглянул на Арнольда, от-
крывавшегося с совершенно неизвестной стороны. —
Выходит, ты не чуждаешься восточных забав? Китай-
ская мудрость гласит: лучшее развлечение — сидеть на
высокой горе и любоваться, как в долине дерутся два
тигра... Так, что ли? Однако не вкурю: Сапешко-то зачем мне на хвост вешал?

— На этом строился весь расчет, — с наглым видом
превосходства, снисходительно пояснил Арнольд. —
Я искал какого-нибудь ржавого алкаша, который сразу прибежит к тебе с предупреждением о слежке, чтобы урвать двойную плату. Для этого наведывался в
«Полярную звезду». Мне повезло, услыхал, как один
пьяный ханыга хвастался знакомством с тобою. Его и
вербанул. Дальше все вышло, как рассчитывал. Ты сразу
усилил личную охрану, тем дав основания для беспокойства Черняку, который уже получил цинк с якобы
исходившей от тебя угрозой. Узнав, что вы встреча-
лись, я понял: время пришло, и утречком отправил хозяина казино туда, куда тебя вскорости спровадят его
подручные. Лихо все задумано, согласись? — Арнольдик явно ликовал, видно, совершенно забыв, что и
сам-то находится далеко не в лучшем положении.

— Лихо, лихо. — Давя окурок о край хрустальной
пепельницы, я, как всегда, не смог удержаться от удачно
подвернувшегося каламбура. — Боюсь только, что
лихо это для тебя настоящим лихом обернется!

Арнольд подавился улыбкой и отвел забегавшие глаза.

— Я с самого начала знал, что на слово Монаха полагаться глупо, — глухо проговорил он. — Тогда хоть кончай скорее.

— На кой ты мне нужен? — Я смерил его презрительным взглядом. — Сам ведь в курсе, у «голубых» что-либо отбирать западло по закону. Даже жизнь! Так что убирайся! Не желаю тебя больше видеть в городе. Рви когти, пока я добрый.

— Монах, он же, пидор, нас подставил! — попытался опротестовать мое решение Цыпа.

— Захлопни пасть, Цыпленок! — безжалостно пресек я вредную игру в демократию. — Пусть сматывается. Кстати, отдай мутнорылому ключи от его «волжанки».

Арнольд с посеревшим лицом поднял брошенные ему под ноги ключи с экстравагантным брелоком и неуверенно попятился к вешалке, где висел его кожаный плащ. Явно не верил, козел, в мою порядочность, так как ни на секунду не засветил нам свой затылок. Так и вышел из номера, по-рачьи пятясь и даже не поблагодарив. Все-таки неблагодарность людская — самый распространенный порок. Впрочем, какое понятие о вежливости может иметь гомик!

— Монах, неужто ты его так и отпустишь?! — Цыпа порывался броситься вслед за любителем китайских забав. — Я тебя не узнаю.

— Сядь и не рыпайся! Все путем. На вот, расслабься. — Я дал ему серебряный портсигар. — И потом, как давний член нашего монашеского ордена, ты бы должен больше доверять Провидению.

На улице грохнуло так, что на мгновение мне почудилось, будто я оглох.

— Вот я и говорю, — снисходительно повторил я распластавшемуся на ковре телохранителю, вообразившему, по ходу, что мы подверглись обстрелу из гранатомета. — Надо больше доверять Провидению!..

— Что это было? — Цыпа принял вертикальное положение, пряча от меня смущенные глаза.

— Судьба! Или, как сказал бы покойный Арнольд, опять мой верный фарт!.. Кстати, не забудь стекольщика вызвать. Боюсь, на первом этаже гостиницы все стекла менять придется.

5

Ночные улицы Екатеринбурга смахивали на рождественскую елку. Разноцветное сияние витрин и реклам расцвечивало праздничными бликами три наших автомобиля, катавших на малой катафалковой скорости, чтобы не нервировать гаишников, к ночному клубу «Фаворит». Данное заведение являлось дочерней фирмой казино, этаким междусобойчиком, где собирались только свои.

Размещался «Фаворит» в дореволюционном двухэтажном особнячке на улице Котовского. Внешне ничем не выделялся. Такая же, как у соседей, отвалившаяся штукатурка стен, давно не крашенные деревянные наличники окон. Так как на доме отсутствовала даже банальная вывеска, непосвященный человек ни за что не мог предположить за ветхим на вид покорябанным фасадом наличие обшитых дубом комнат, застеленных толстыми коврами полов и по-купечески дорогой престижной мебели.

За пару кварталов до «объекта» наша автокавалькада свернула на пустырь и остановилась. Место было выбрано удачно. Со всех сторон оно защищалось от любопытных глаз кучами земли. Должно быть, здесь рыли котлован под очередную новостройку.

— Жаль, Василий еще на югах гуляет, — вздохнул Цыпа, гася фары. — Его снайперские способности могли бы нынче пригодиться.

— Без сомнения, — согласился я. — Брательник твой — редкостный талант. Пишет хоть?

— Телеграммы посылает. Да и то редко. Пьет, наверно, да с бабами кувыркается. Вот и на письма времени нет.

— Ладно, не будь к нему слишком строг. — Я повернулся к молчавшему на заднем сиденье Виктору. — Ну, действуй, Том. Удачи!

Возглавляемый Томом ударный отряд из десяти наемников бесшумно растворился в ночи.

— Сейчас в «Фаворите» станет весело, — предвкушая, ухмыльнулся Цыпа, ставя «стечкин» на боевой взвод. — Почему, Евген, мне не разрешил поучаствовать?

— Тебе работенки хватит, — успокоил я. — А Виктору пора привыкать к самостоятельности. Быстрей заматереет.

Сколько ни напрягал слух, никаких подозрительных звуков со стороны особняка не улавливал. Это обнадеживало. Значит, если волыны сейчас и работают, то скорей всего наши, снабженные глушителями.

Глянув на «Роллекс», отметил, что с начала акции прошло уже десять минут.

— Пора, Цыпа. Айда с ревизией!

Около самого заведения тоже было тихо. От стены у дверей отделилась тень человека.

— Все срослось, Монах. Путь свободен.

Евгений **Монах**

Мы с Цыпой вошли. В просторной прихожей «Фаворита» пахло недавно сгоревшим порохом. В углу раздевалки наспех прикрытые каким-то тряпьем аккуратно лежали два тела.

— «Кожаные затылки», — пренебрежительно бросил появившийся Том. — Пытались, чайники, оказать сопротивление. Отправил «на луну».

— Где Паша Беспредел? Живой?

— Естественно. Как ты заказывал. Ждет в комнате наверху.

В сопровождении Тома и Цыпы я поднялся на второй этаж.

— Всего в доме оказалось девять человек. Двоих в раздевалке не считаю, — информировал по дороге Том. — Всех собрал в баре на первом этаже. Ведут себя пока смирно, но ребята все одно их надежно пасут.

— В баре, это правильно, — одобрил я. — Пусть повеселится братва, пока не решим, что с ними дальше делать.

— А чего тут решать? — подал капризный голос Цыпа. — Лучше перестраховаться... А домишко спалить. Пусть потом менты из пережаренных бифштексов пули выковыривают.

— Цыпа, ты пижонистый мизантроп, — заметил я, берясь за дверную ручку указанной Томом комнаты.

Она была небольшая и явно служила тем же интимным целям, что и номера в моем «Кенте».

Паша Беспредел понуро сидел на незастеленной софе, охраняемый одним из наших ребят.

Мы устроились в низких креслах за журнальным столиком, а охранник, повинуясь моему знаку, вышел из комнаты, плотно прикрыв за собою дверь.

— Привет, Пашок! Чего невесел? Поминки по Монаху справляешь? — полюбопытствовал я, даря ему ослепительно-доброжелательную улыбку.

— Еще изгаляешься? — весьма невежливо ответил вопросом на вопрос Беспредел.

— Дурашка! — мягко, но все же осудил я его невоспитанность. — Я ведь с миром пришел. Побеседовать просто.

— После твоих, Монах, простых бесед очень непросто живым остаться. Возьмем Черняка, к примеру, — презрительно кривя губы, буркнул Паша, демонстрируя некоторую склонность к мрачным каламбурам. Это мне понравилось.

— Неверное представление, Пашок. Как видно, ты совершенно меня не знаешь. Могу признаться как брату: я сентиментальный добряк, каких свет не знал.

— Ну, ясно. Исключительно по доброте душевной ты и кокнул наших ребят в вестибюле.

— А в чем дело? Они твои кенты?

— Да нет... Обычные наемники.

— Или Черняк, земля ему пухом, брат твой родной? Сколько, кстати, он тебе отстегивал?

Паша долго молчал, обдумывая ответ. Видно, вкурил наконец, что пока убивать его никто не собирается.

— Черняк был моим шефом. Всего лишь. В доле я не состоял, сидел на окладе в тысячу пятьсот гринов. За спецпоручения, понятно, отдельно...

— Негусто, — посочувствовал я головорезу. — Ты, безусловно, заслуживаешь значительно большего. Что скажешь о трех штуках?

Беспредел лишь смущенно-недоверчиво усмехнулся, как старая проститутка, которой неожиданно предложили за услуги вдвое больше ее обычной таксы.

— Я готов подписаться, но как, Монах, ты собираешься все обтяпать? Казино принадлежит вдове Черняка. Совет директоров постановил выкупить его у нее. Она согласилась уже...

— Пустяки. Я отстегну ей больше. Составь-ка, Пашок, для начала сотрудничества списочек ваших директоров, то бишь бригадиров. И пометь крестиком тех, с кем полюбовно договориться нам не удастся...

Беспредел колебался всего лишь пару секунд, тем полностью оправдав свою кличку.

Взяв заполненный им блокнотный лист, я сравнил данные со своей записной книжкой. Информации Паши и оперуполномоченного Инина совпадали.

— Кто-нибудь из непримиримой оппозиции в заведении присутствует?

— Из тех, кто крестиком помечен? — уточнил начальник безопасности казино. — Да. Шарташский здесь.

— Знаю его. С ним не договориться, точно. И почему это у всех воров в законе начисто отсутствует гибкость дипломата? Ладно. С него начнем. Везет тебе, Пашуля. Сразу халтурка подканала. Цыпа, дай ему Арнольдово перышко.

Цыпа, ухмыляясь, вынул кнопарь и бросил на колени побледневшему Беспределу.

— Волыну мы тебе позже вернем, — сказал я, вставая с кресла. — Не переживай. Во всем находи что-то приятное. Вот поработаешь пером — молодость вспомнишь... А братве вашей поfor, что Шарташский, как выяснилось, и пришил Черняка, желая стать первым человеком в игорном бизнесе города. Ребят своих тебе оставлю — будут числиться в штате охраны казино. Ну, бывай! Да, чуть не забыл, внизу надо прибраться, мы в раздевалке наследили децал. Том! Останься и проследи, чтобы все срослось как надо. Чуть что не так, всех отправляй «на луну». Удачи!

Спускаясь по лестнице, я сунул Цыпе блокнотный лист:

— Сам домой доберусь. Тебе, как обещал, работенка еще предстоит. Возьми парочку ребятишек и навести «крестообразных». Чтоб к утру все они уже деревянный крест поимели.

Мы вышли на улицу. Заметно похолодало. Деревья у тротуара, скрючив голые ветви, застыли, видно, заранее готовясь к глубокому зимнему сну.

Фонари уже не горели. Муниципалитет, как всегда, экономил электроэнергию. Но окрестности ярко высвечивала полная луна, низко повиснув над землей.

— Замечал, Евген, что луна на человечье лицо похожа? — с чего-то потянуло Цыпу на лирику. — Она словно пасет за нами.

— Луна — самая крупная поклонница китайских забав. — Я покосился на космическую шпионку. — Но с ней затевать разборку, пожалуй, не станем...

ЖИЗНЬ ДОРОЖАЕТ, ПАДАЯ В ЦЕНЕ

Посвящается Татьяне Р.

НЕ РОЙ ЯМУ...

Нащупав на влажной бетонной стене выключатель, я зажег тусклую сороковаттку под низким потолком. Подвал, в который меня без всякого почтения втолкнули, по-видимому, служил кладовкой-холодильником для домашних солений-варений. Все стены занимали грубо сколоченные стеллажи с пылящимися на них трех- и пятилитровыми стеклянными банками. В основном с огурцами и баклажанами.

По крайней мере без закуски меня не оставили, против воли усмехнулся я, окидывая взглядом все это изобилие. Правда, никакого спиртного на полках не наблюдалось.

Руками старался лишку не шевелить. Стальные самозатягивающиеся браслеты и так уже буквально вгрызались в мои запястья своими бульдожьими челюстями.

Помещение было небольшим — три метра на четыре — и вредным для здоровья: стены и даже пол цементные. Температура не выше плюс десяти. Удачно, что на мне утепленная куртка, но все одно здешний климат мой организм долго не выдержит. В воздухе невидимыми флюидами наверняка шастали мириады туберкулезных палочек.

Немного приободрил вид матраца, брошенного на пол в углу подвала. Еще свежи в памяти тюремные карцеры, где после ночи, проведенной на голом бетоне, кости ныли и стонали, словно насквозь пропитавшись мерзопакостной ледяной сыростью.

Матрац оказался сухой, видно, он здесь появился совсем недавно и ожидал постояльца — меня то бишь. Это косвенно свидетельствовало о том, что подземелье выполняет роль камеры не слишком часто, эпизодически.

Загнав половину матраца на стену, я соорудил некое слабое подобие кресла. Зажигалку и курево мне оставили вместе с серебряным портсигаром. Воспользовавшись этим, закурил папиросу.

Выхватили меня около часа назад. Взяли грамотно и нагло — в тот момент, когда утром возвращался из клуба домой. В дневное время суток охрану я обычно не беру — впредь будет мне наука. Бурная бессонная ночь с Мари сильно притупила бдительность и реакцию. В подъезде у лифта ко мне приблизились трое, причем один из незнакомцев, бывший в милицейской форме, сразу рявкнул:

— Предъявите документы, гражданин!

Этот «гражданин» вкупе с ментовской шкурой ввели меня в заблуждение, и я замешкался на какую-то пару секунд. Но и этого им вполне хватило, чтобы я оказался обезоруженным и с самозатягивающимися браслетами на запястьях. Рыпаться было уже поздно, и я, делая хорошую мину при плохой игре, спокойно последовал за «ментом». Двое его подручных страховали по бокам, галантно придерживая меня за локотки. Направлялись мы не в квартиру, а к выходу из подъезда. Что нисколько меня не удивило. Я уже просек, правда, с досадным опозданием, что группа захвата липовая. Имея за плечами богатый печальный опыт задержаний и арестов, я преотлично знал, как «работают» настоящие опера: для профилактики непременно звезданут сначала по болевым точкам — печени или почкам, а уж потом только закоцают. Причем наручники застегнут обязательно сзади, а не как сейчас — спереди. Хотя и без этих деталей я должен был сразу догнаться, что почем — у типа в ментовской форме поверх кителя была беспечно надета черная импортная куртка из плащевки. А ведь общеизвестно, что легавые, по инструкции, могут ходить либо в штатском, либо в форме. Смешивать же атрибуты гражданской и служебной одежды категорически запрещается. Если б не моя усталость — не возникло бы двухсекундной заминки, и валялись бы эти наглые ребятишки сейчас у лифта с аккуратными дырками во лбах и намертво застывшим недоумением в пустых глазах. Банальная история — задним умом мы все гении.

У подъезда уже поджидала «девятка» с затемненными окнами. В машине мне залепили пластырем глаза, что вселяло некоторый оптимизм — значит, в ближайшее время «мочить» меня не собираются. И то вперед, как говорится.

Примерно через сорок минут въехали во дворик полутораэтажного бревенчатого дома. Ни слова не говоря, с меня содрали лейкопластырь и втолкнули в боковую низкую дверку, ведущую в подвал. «Группа захвата», видать, уже выполнила свою функцию, и душевно беседовать придется с кем-то, пока неизвестным. Или молчанием просто на психику пытались давить, козлы.

Я отбросил выкуренную папиросу и закрыл глаза. Особой тревоги не испытывал. И дело тут вовсе не в чудной чуйской «травке». Просто ноги были обуты в австрийские полусапожки на каблуках. Эти замечательные коры подарил Цыпа после истории, приключившейся со мною прошлой весной...

Как-то вечером я решил немного изменить заведенный распорядок и вместо традиционно-привычного стриптиз-клуба отправился в Театр музыкальной комедии. Зная негативное отношение Цыпы к любому виду лицедейства, тревожить его не стал, а просто вызвал по телефону такси.

С билетами проблем не было, почти половина кресел партера оказалась свободной. Давали оперетту «Мэкки-нож». Симпатичная вещица, но в исполнении Андрея Миронова главный герой смотрелся значительно круче. Правда, видел я его только по черно-белому телевизору в лагерной комнате отдыха, но все одно, Миронов — Мэкки произвел тогда сильнейшее впечатление, близкое к восторгу. И, судя по выражению лиц сидящей рядом братвы, не на одного меня.

На сцену я почти не смотрел. Не потому, что отлично помнил сюжет. Мое внимание буквально примагнитила к себе девушка, занимавшая соседнее кресло. Как сразу вычислил, в музкомедию она тоже пришла одна. Лет двадцати с маленьким гаком, хотя строгий темно-вишневый костюм вовсю старался сделать ее немного взрослее. Костюму совершенно не соответствовало личико с шаловливым взглядом искристых голубых глаз и непослушным белокурым локоном, норовившим упасть на розовую щечку. «Бутончик», — махом окрестил я театральную соседку, любуясь ее свежей молодостью и восхитительным бюстом, который не скрывал, а скорее даже подчеркивал приталенный жакет.

Такое неприкрыто пристальное внимание не осталось незамеченным. Несколько раз девушка вызывающе поглядывала на меня, словно спрашивая: «Вы что-то желаете сказать? Или просто страдаете косоглазием?» Но, убеждаясь, что я ни капельки не реагирую на эти молчаливые выпады, всякий раз первой отводила взгляд.

Я вдруг остро пожалел, что давно не бывал в парикмахерской, да и прикид мой слишком уж пролетарский — вечная кожанка, джинсы и шелковая рубашка без галстука. Все по старой лагерной привычке траурно-черное. Небось выгляжу на все полста лет, хоть и сорока нет еще. По ходу, надо будет обновить-омолодить личный гардероб как-нибудь на досуге.

В антракте, претворяя мою тайную надежду в жизнь, Бутончик отправилась в буфет. Я незамедлительно последовал за незнакомкой. В очереди мне удалось пристроиться прямо за ней, и заказал я то же, что и она, — бутерброд с ветчиной и бокал «Варны». Естественно, мы оказались за одним столиком.

— Вам не кажется, что вы чересчур навязчивы? — Бутончик насмешливо прищурила чудные глазки-омуты.

— Нет. — Я выдал свою коронную лучезарную улыбку. — Дело в том, что я ярый противник всякой фальшивой скромности и неискренности. Коли человек вызывает во мне приступ восхищения, я никогда не скрываю этого. Счастлив убедиться, что и ваш нежный милый голос соответствует по качеству всему остальному. Уверен, что имя у вас замечательное! Меня, кстати, Женей зовут.

— Имя у меня самое обычное — Ольга, — отозвалась девушка, несколько ошарашенная моим словесным натиском, но тут же улыбнулась. — А приступ побочно не вызовет инфаркт?

— Надеюсь, нет. Хотя сердцебиение уже явно зашкаливает за черту нормы. Но это не страшно. От положительных радостных эмоций не умирают. А имя

Оля очень удачно вам подходит. От него словно веет ласковым теплом, уютом и истинно женской добротой. Честное слово! — Я сначала хотел сказать для убедительности наше расхожее «гадом буду!», но вовремя одумался, сообразив, что данное блатное выражение никак не предназначено для нежных ушек моей собеседницы. От такой идиомы они просто увянут, чего доброго.

— Как-то непривычно, Женя, говорите. Вы случайно не учитель словесности?

— В некотором смысле. Я литератор.

— Наверное, поэт? Угадала?

— Прозаик. Работаю в довольно редком жанре черного детектива.

— Я люблю детективы не меньше, чем сухие болгарские вина, — призналась Оля, пригубливая «Варну».

— А я обожаю болгарские сигареты. Выходит, у нас много общего. Обнадеживающий признак...

Третий звонок уже звал зрителей занять свои места, и мне пришлось на время завязать галантно любезничать, незаметно расставляя браконьерские сети на молодую особу. А если точнее — на невинность великолепной особи женского пола. Впрочем, навряд ли она так уж невинна, как чудится на первый взгляд. Хотя отсутствие обручального кольца на ее безымянном пальце давало некоторую пищу для размышлений.

Во время второго акта я уже не отвлекался на прекрасную соседку, отдавшись бурному течению оперетты, рассказывающей о хитросплетениях судьбы моего старинного коллеги. В уголках сознания прочно угнездилась уверенность, что Оля никуда от меня не денется.

Так и вышло. После длительного театрального представления вполне логично прозвучало мое предложение отужинать в ближайшей ресторации. К счастью, Оля не думала ломаться и без колебаний ответила согласием, я даже вдруг подумал: не на профессиональную ли «бабочку» нарвался? Но ее заявление, что за себя она будет платить сама, развеяло все нехорошие сомнения на ее счет.

Кабак «Император» мог похвастаться только одним — своим названием. Кухня и обслуживание явно оставляли желать много лучшего. В моих заведениях я такой постановы и дня бы не потерпел. Гадом буду!

Хорошо хоть шампанское «Мадам Клико» оказалось не фальшивое и своим непередаваемо изящно-изысканным вкусовым букетом немного украсило весьма посредственный ужин.

На стоянке такси я рискнул пойти напролом:

— Оленька, на мой непредвзятый взгляд, нам просто необходимо сейчас выпить кофе, чтобы сбить привкус безбожно пережаренного ростбифа. Как считаете?

— Женя, вы необычайно придирчивы. Ростбиф как ростбиф.

— А вы слишком снисходительны. Из-за спешки мясо явно готовили на сильном огне, а это говядине, поверьте слову знающего человека, противопоказано.

— И кофе, надо понимать, предлагаете дегустировать у вас дома? — Бутончик как-то уж очень повзрослому понимающе улыбнулась и отрицательно покачала белокурой головкой. — Не согласна. Категорически.

— А что так? — потухшим голосом спросил я, острее, чем когда-либо, вдруг осознав, что давно уже не юноша и все мои старомодные ловеласные потуги смотрятся со стороны по меньшей мере жалко.

— К малознакомым мужчинам в гости я не хожу принципиально. Это ведь сразу накладывало бы какие-то обязательства... А двусмысленность мне тоже претит. Поэтому, Женя, приглашаю вас к себе. Кофе, правда, у меня лишь растворимый.

— Это не беда! — Я так удивился-обрадовался, что даже не стал сдерживать в голосе поток ликования. — Натуральный прихватим по дороге. Далеко нам ехать?

— Не очень. До Радужной. — Глаза Оли весело смеялись, наблюдая мое нескрываемое воодушевление.

Такси попалось то же самое, что доставило меня к Театру музкомедии. Посчитав это хорошим предзнаменованием, я не скупясь расплатился с водителем, когда тот донес до дверей квартиры Бутончика объемно-тяжеловесный пластиковый пакет с покупками, сделанными мной по пути в центральном гастрономе.

Однокомнатная квартирка выглядела уютной благодаря своей стерильной чистоте и ухоженности. Тщательно натертый паркетный пол матово блестел при свете симпатичной стеклянной люстры под горный хрусталь. Диван и два пуфика у овального стола неплохо гармонировали песочным цветом со светложелтыми шторами на окнах. Один только серьезный недостаток — так как первый этаж, то окна были надежно забраны ажурными решетками, вызывая ассоциацию с неласковыми тюремными апартаментами. Поэтому первым делом я плотно задернул шторы, избавляясь от сомнительного удовольствия лицезреть хоть и красиво стилизованные под старину, но все одно металлические напоминания о томительных годах моего вынужденного затворничества — строгой изоляции то бишь.

— Опасаетесь нескромных глаз? — полюбопытствовала Оля, следя за этими шторными манипуляциями.

— Отнюдь. Просто создаю интимный уют. Или уютный интим — как вам больше нравится.

По-хозяйски пройдя на кухню, я опорожнил пакет. Пару шампанского сразу благоразумно сунул в морозильник, апельсины, палку копченой колбасы и банку настоящего «Мокко» оставил на столе.

— А я всегда думала, что писатели очень деликатный, скромный народ, — обронила Бутончик, появляясь в дверях кухни.

— Так оно и есть, — поспешил я ее успокоить. — Но, поверьте, Оленька, теплое шампанское — это преступление, не имеющее смягчающих обстоятельств, и посему...

— Хорошо. Я поняла. Пойду принесу вазу под апельсины.

Стол получился на славу. Аппетитно лоснящиеся кружочки колбасы, ароматные солнечные представители цитрусовых и распечатанная бутылка полусухого шампанского создавали нужный колорит. И чешские фужеры из разноцветного тонкого стекла были в тему.

Хозяйка квартиры успела сменить свою официозно-строгую амуницию на домашнюю шелковую юбку и легкую блузку светлых тонов и наконец перестала напоминать собой неприступный бастион. Сейчас глухой воротник и длинные рукава уже не скрывали нежно-розовый бархат шеи и рук. А туго обхватывающая короткая юбка наглядно демонстрировала моему восхищенному взору прелестные округлости выдающихся — в прямом смысле — бедер молодой женщины.

«Кажется, меня пытаются соблазнить», — с удовлетворением отметил я, поднимая фужер с весело пузырящейся виноградной влагой.

— Выпьем, Оля, за наше случайное знакомство, — не мудрствуя, предложил я. — Все-таки Его Величество Случай, если разобраться, отличный малый, не позволяющий людям окончательно заплесневеть, погрязнув в пошло-однообразных буднях.

— А ты, Женя, философ, — с улыбкой констатировала Оля, легко переходя на «ты» и одаривая меня дразнящим взглядом незамутненных голубых озер.

— Я простой литератор, — скромно уточнил я, благородно решив не реагировать на насмешку. — Впрочем, это почти одно и то же. Инженеры человеческих душ, как говорится.

— А у меня место на социальной лесенке самое тривиальное. — Щечки Бутончика после шампанского по-девчоночьи раскраснелись, напоминая нежные лепестки цветущего мака. — Работаю секретарем-референтом в АОЗТ «Гармония».

— Очень современно, — одобрил я, наполняя фужеры по новой. — И название фирмы полностью соответствует твоим прекрасным формам. Если не ошибаюсь — 90/60/90?

— Близко к истине, но не точно. — Бутончик лукаво глянула мне в глаза откровенно томным взглядом. — Со второй попытки, возможно, верно угадаешь...

Она поднялась с кресла и, нисколько не смущаясь, легко освободилась от блузки с юбкой, оставшись в купальнике красного цвета.

— А ты у нас, оказывается, ярая коммунистка, — невольно задержавшись вниманием на узеньких кумачовых полосках, заметил я, стараясь за плосковатой шуткой скрыть некоторое удивление перед слишком молниеносно, на мой взгляд, развивающимися событиями.

— Я облегчила тебе задачу. Давай угадывай.

— Глазомер что-то подводит. Насколько помню, в спорте разрешены три попытки... — Поднявшись с кресла, я шагнул к Бутончику. — Вторую предлагаю пропустить за ненадобностью и перейти сразу к третьей. Заключительно-главной. Для этого, отбросив ложную скромность, необходимо избавиться от остатков твоей драпировки. Такое чудно-роскошное тело грех непростительный прятать от благодарных мужских глаз.

Все еще не веря в столь стремительный успех, я полуобнял податливое женское тело и опытными пальцами расстегнул лифчик. Но тот нахально не желал сам сползать с теплого местечка — повис унылым транспарантом на гордо торчащих, налившихся возбужденной упругостью молодых грудях. Пришлось помочь. Я ожидал любой реакции, кроме последовавшей. Рука Бутончика юрким мягким зверьком скользнула за мой брючный ремень и ласково, но уверенно захватила в свою власть главное орудие самоутверждения. Как и следовало ожидать, «орудию» мигом стало невыносимо тесно в плавках, и оно настойчиво-нетерпеливо попыталось вырваться наружу, протаранив ткань. Брюки были новые, да и не в моих правилах подавлять естественные инстинктивные желания — я расстегнул ремень и «молнию», выпуская готовое к бою «орудие» на оперативный простор...

Только часа через четыре Оля забылась глубоким сном, утомленно раскинувшись на смятых в гармошку простынях. Мне же, несмотря на физическое изнеможение и полное опустошение мужской копилки жизненной энергии, спать совсем не хотелось. Я любовался совершенными формами лежавшей на животе женщины, блуждая ненасытным ласкающим взглядом по молодому голому телу и невольно задерживаясь на очаровательно возвышавшихся налитых холмах ягодиц. Почувствовав, что во мне опять просыпается неугомонное вожделение, благоразумно отвел глаза в сторону. Изматывать себя до последнего предела — глупое и вредное излишество. Да и будить Бутончика было искренне жаль.

Выкурив сигарету, я погасил желтый ночник у тахты и отправился наконец в гости к давно уже поджидавшему Морфею.

Очнулся, ощутив на губах жадные губы Оли. Ее ищущий влажный язычок быстро отыскал мой и вступил с ним в схватку-братание. Видя, что я еще не вполне готов сменить объятия Морфея на ее, Бутончик перенесла свои горячие поцелуи мне на грудь, спускаясь все ниже и ниже. Когда ее губки нежно-требовательно окольцевали мой «телескоп», я застонал от наслаждения, с некоторым неудовольствием одновременно все же мысленно отметив, что бойкий язычок Оли ласкает слишком уж умело-профессионально. Если зажмуриться, то вполне можно было подумать, что занимаюсь пиршеством плоти с Мари или Ксюшей. А в сексе для меня главный кайф — новизна. Даже если это полная неопытность и банальная неумелость. Но из-за присущей мне чисто интеллигентской деликатности озвучивать свои крамольные соображения не стал, активно включаясь в предварительную любовную игру. Ведь по натуре я совсем не эгоист, да и отлично понимаю, что от партнерши можно требовать ровно столько удовольствия, сколько сам даешь ей. В этом и заключается коронное условие радостного секса.

Так как наступила суббота, Оле собираться на службу надобности не было.

Моя незаурядная постельная техника, основанная на старинном индийском трактате «Кама сутра», не осталась не оцененной партнершей. О чем красноречиво свидетельствовал тот факт, что всю субботу и воскресенье мы практически не вылезали из постели, делая краткие передышки от любовных утех только для набегов на холодильник и совместных веселых походов в ванную. К вечеру воскресного дня, наверно, не осталось ни одной из ста двух позиций «Кама сутры», не испробованной нами на практике. Надеюсь, мне даже удалось сказать некое новое слово в искусстве секса, создав оригинальный гибрид из позиций «колун», «всадница» и «цветок лотоса».

В эти дни я до такой безобразно-легкомысленной степени погрузился в сладкую негу, что совершенно запамятовал о Цыпе, с которым мы собирались в выходные дни проинспектировать наши забегаловки. Впрочем, в квартире отсутствовал телефон, и предупредить верного соратника об изменении моих планов я не мог. А тащиться на улицу в поисках несломанного телефона-автомата было не в кайф, да и просто лень. Ничего, перетопчется как-нибудь Цыпленок децал без шефа, не сосунок.

Оля деятельно брякала на кухне посудой, готовя ужин, а я расслабленно покоился в кресле, дымя сигаретой и прикидывая, сколько потерял килограммов живого веса в замечательных схватках с милым Бутончиком. Не меньше трех, судя по всему. Что ж, ничего не попишешь — искусство требует жертв, особенно любовное.

Спиртные запасы давно иссякли, поэтому запивать жаренную в майонезе телятину пришлось кофе.

После ужина Оля закурила из моей пачки и, серьезно глядя мне в глаза, спокойно-категорично сообщила:

— Сегодня у нас ночь прощания. Больше мы встречаться не будем.

— Почему? Что случилось? — Я даже, признаться, несколько опешил от неожиданности.

— Ничего. Успокойся, Женик. Ты был бесподобно мил. Дело не в тебе. Просто я ненавижу всякого рода тривиальности. К ним относится и затянувшаяся связь...

— Затянувшаяся?!

— Пойми, Женик, утром мы расстанемся. Я пойду на работу, а ты по своим делам... И все.

— Не понял, крошка!

— Ну, хорошо. Хочешь совсем откровенно? Пожалуйста, раз так настаиваешь. Мужчина меня интересует, лишь пока он неизвестная величина. Для разгадки которой мне уик-энда вполне хватает...

— Как так? — Я немного разозлился. — Ага! Вкурил! Ты у нас, как царица Екатерина Вторая? Бешенством матки страдаешь? И тебе каждый божий день подавай нового партнера?

— Зачем же каждый день? — слабо улыбнулась Оля и жестко добавила: — Раз в неделю — самое оптимальное.

Настроение мое явно срывалось в крутое пике. Ощущение мерзопакостное, как если бы выгодно купил партию анаши, а закурив, вдруг обнаружил, что это всего лишь прессованный примитивный пустырник.

Евгений **Монах**

Со мною вечно приключается такая подлая история: только счастливо расслабишься, словишь кайф, возблагодаришь судьбу за благоволение, и хлоп — получаешь к своей ложке меда целый бочонок дегтя. Или два. В качестве бесплатного приложения.

В прихожей противно заверещал электрозвонок у входной двери. Оля пошла открывать, удачно лишив себя сомнительного удовольствия выслушивать все мои народившиеся соображения на ее счет.

В комнату, настороженно зыркая по сторонам, вошел Цыпа, сопровождаемый двумя звероподобными охранниками из «Кента». Из-за их широких спин робко выглядывала Оля.

— Женя, они тебя спрашивают, — испуганно-удивленно сообщила последовательница пороков Екатерины Второй.

— Вижу, Михалыч, с тобой все в порядке, — почему-то вроде как разочарованно заметил Цыпленок, каменным гостем застыв посреди комнаты. Костоломы из «Кента», наткнувшись на мой взгляд исподлобья, сразу ретировались в прихожую.

— В чем проблемы, Цыпа? — Видя искренне смущенно-расстроенную мордаху телохранителя, я подавил в себе приступ негодования.

— Прости, Евген, но я забеспокоился вчера, когда не нашел тебя ни во «Вспомни былое», ни «У Мари». Бросил ребят на поиски. Только сегодня выцепили таксиста. Он и навел. — Цыпа обернулся к хозяйке квартиры. — Просим извинить за грубое вторжение, но вы должны и нас понять — Михалыч иногда бывает опасно беспечен... Мы уже уходим. Провожать не надо.

— Погоди, братишка. Мне тоже пора обрываться.

В дверях я остановился и поднял лицо Оли к себе, взяв за подбородок.

— Счастливо оставаться, милый Бутончик! Боюсь, что долго не смогу тебя забыть... Желаю на следующей неделе встретить достойный мужской экземпляр!

Поздним вечером я кутил в обществе Мари, а когда наступило время привычных интимных ласк, зажмурился, представив, что на ее месте старается бесподобная Оля...

Через пару дней предусмотрительный Цыпа торжественно преподнес мне австрийские полусапожки, заявив:

— Когда уходишь куда-то без предупреждения, Монах, надевай, пожалуйста, эти коры. Нам будет меньше хлопот. В каблуках смонтированы радиомаяки на всякий пожарный...

Как сейчас выяснилось, забота телохранителя не оказалась беспонтовой. Пожарный случай все-таки настал, нагло проигнорировав мое полное в него неверие.

Жаль, я совершенный невежда в радиотехнике. Что, если глубокий подвал гасит радиоволны? Тогда участь Монаха предрешена и необратимо печальна... Скорее всего, мне уготовили поездку «в Сочи» и, весьма вероятно, самой малой, садистской скоростью...

Хватится меня Цыпа уже нынче вечером, но серьезные поиски организует, по ходу, лишь утром. Чтобы засечь радиомаяк в черте города, понадобится часа два-три... Да, к полудню завтрашнего дня мальчики уже должны вышибить дверь в мое подвальное узилище. Значит, надо продержаться живым менее суток...

Несколько воодушевленный этими нехитрыми арифметическими прикидками, я выудил новую папиросу из портсигара, чтобы терпким дымом задушить некстати народившуюся мрачную мыслишку, что, возможно, держать меня здесь целые сутки похитители вовсе не планируют и где-то рядом на огороде уже хищно разинула черный зев свежевырытая яма, готовясь заглотить мой труп.

Словно подтверждая мои худшие опасения, чья-то нетерпеливая рука забрякала засовом и замком, отпирая дверь в подвал-камеру.

В проеме нарисовался высокий лохматый детина в джинсовом костюме. Яркий до боли в глазах дневной свет из-за его спины не дал разглядеть лицо, но мне показалось, что уже имел счастье где-то встречать этого верзилу.

— Монах, на выход! С вещами! — заржал джинсовый тип, явно подражая ментам. Как видно, с чувством плоского юмора у него ништяк — все в порядке то бишь.

Далеко идти не пришлось. Не слишком учтиво подталкиваемый в спину долговязым, я свернул за угол бревенчатого дома и поднялся на невысокое скрипучее крыльцо. Здесь нас поджидали. По ходу, я удостоился чести стать некой своеобразной эстафетой, которую бережно передают из рук в руки.

В доме почетный эскорт мне составляли уже два «качка». Их я сразу узнал — «кожаные затылки» из казино «Екатеринбург». Ситуация начинала проясняться. А когда воочию увидел, к кому меня привели, последние сомнения моментально испарились, как плевок в мартеновской печи.

В красном углу под единственной закопченной иконой Николы Чудотворца восседал на скамейке перед столом Паша Беспредел, начальник охраны казино, главным владельцем коего являлся я. Лицо его выражало тупое самодовольство, в своем воображении он явно казался этаким крутым феодалом, к которому доставили провинившегося вассала.

— Привет, Монах! — осклабился Паша, обнажая стальные зубы не только верхней, но и нижней челюсти. Наверное, от избытка чувств. Я явственно ощутил искреннее желание своего правого кулака вбить все эти произведения зубопротезного искусства в горло хозяину. Но благоразумно сдержал порыв, да и наручники, признаться, весьма убедительно гасили глупую при моем нынешнем положении агрессивность.

— Привет, Пашок! Что это у тебя за идиотские шуточки?

— Шутковать и не думаю. Тебе кранты, Монах, давай осознай и смирись. Ты ведь мужик далеко не глупый, как говорят. Луну крутить не буду — отсюда живым ты не выйдешь.

— Ценю, Пашок, за искренность и определенность, — выдавил я из себя, чувствуя, как от нахлынувшей ярой ненависти начало ломить виски от боли. Нервы, черт их забери!

— Чего скривился, Монах? Не в кайф такой расклад? Но другого не предусматривается. Хотя кой-какой выбор у тебя все-таки имеется. В натуре.

— Просекаю. Способ ухода в подлунный мир выбрать предложишь?

— Нет. У нас без затей. Пуля в затылок — и все дела. А альтернатива вот какая: либо закопаем тебя, переломав все кости, живьем, либо совсем безболезненно — с одной только пулевой дыркой в голове. Прилично-интеллигентно, так сказать. Чего молчишь?

— Жду предложений. Ты еще не поведал, какую плату за «интеллигентность» хочешь наварить.

— Соображаешь! — хохотнул довольный Беспредел. — Ясно, за безболезненно-скорый переезд «в Сочи» тебе заплатить придется. Сам понимаешь — мы не вшивые благотворители.

— Это точно. — Я даже невольно усмехнулся. — И каковы же условия такой миленькой взаимовыгодной сделки?

— Самые простые. — Паша Беспредел закинул ноги на стол и полюбовался блеском своих начищенных желтых туфель из свиной кожи. Он явно чувствовал себя превосходно и в полнейшей безопасности — два его гаврика старательно пасли каждое мое движение, по ходу, не слишком доверяясь наручникам.

— Самые простые, — повторил Беспредел. Он, быдло, безусловно, и понятия не имел об афоризме, гласившем: «Повторение — признак скудости ума». — Чего лыбишься, Монах? Шифер со страху поехал?

— Не обращай внимания, Пашок. Это я о своем. Продолжай.

— Ха! Как раз ведь в тему. — Идиотские смешки Беспредела начинали меня уже децал утомлять. — Я именно о твоем и базарю, дорогой ты наш! Сколько «лимонов» в неделю весишь? Пришло время поделиться.

— Каким образом?

— Твоя личная собственность — только гостиница «Кент» и стриптиз-клуб «У Мари». Но хоть бар «Вспомни былое» на Тома оформлен, а «Приют для друга» на Цыпу, доходы-то тебе идут.

— Ты про казино забыл.

— Нет. Но там я сам финансовый вопрос утрясу. Сомневаешься?

— Да нет... А как остальное прибрать к рукам думаешь?

— Самым простым и банальным... Ты малявы управляющим заведений черканешь с распоряжением отстегнуть навар мне, пока ты отсутствуешь...

— Не смеши! Никто из моих ребят в эту туфту не поверит.

— А это и не требуется. Кто не поверит и начнет дергаться — последует прямиком за тобою! Большинство смирится, будь спок. Или в преданность веришь? Тогда ты бык.

— Но это же несерьезно! Якобы я отказал все свои доходы тебе, своему служащему.

— Так считаешь? А по-моему, ничего странного тут нема. Я же, Монах, все заранее прикинул к носу. Не глупее тебя, волк тряпочный.

Я так рванул звякнувшие наручники, чуть не поверив, что их на самом деле можно порвать без помощи спецкусачек. Читал где-то, что разорвать такие стальные зажимы настоящие личности могут всего лишь мощным усилием воли. Но сейчас окончательно убедился в полном несоответствии этой мульки действительности.

— Не кипятись, Монах. Это вредно для здоровья и совсем беспонтово в закоценном положении. А для кодлы твоей легенда заготовлена: ты куда-то слинял, лег на дно, так как сильно загрубил с «законниками» и опасаешься за целость своей шкуры. А покуда отсутствуешь, оставил меня управляющим всем хозяйством... По-моему, достаточно правдоподобно и логично! Ну, Цыпа, в натуре, не поверит. Предан тебе как пес. Так что составит любимому Монаху компанию в могилке, которая сейчас оперативно сооружается в сарае. Я велел поглубже рыть. По ходу, туда и Тома пристраивать придется... В тесноте, да не в обиде! Хо-хо! Зато втроем вам будет веселей топать из блатного в загробный мир. Ценишь мою заботу, а, Монах?

— Благодарю, Пашок! Твердо обещаю, если смогу, оказать тебе такую же милую услугу. Долг ведь платежом красен.

— Да ты шутник, как погляжу. — Беспредел удивленно вылупил на меня свои совиные буркалы, решая, возмутиться на наглую выходку или пропустить мимо ушей. Остановился на последнем. — Ну, шуткуй, дорогой покойничек, раз в кайф. Напоследок можно. Не возбраняю. Добрый я нынче прям до беспредела, хо-хо!

Я устало прикрыл глаза, прикидывая, есть ли смысл поторговаться с этой мразью, возомнившей себя князем. Но из дегенерата никогда не выйдет аристократа. Решил все-таки прощупать почву:

— Пашок, ты же в курсе — жадность фраера погубит. Мало тебе стало тех пятнадцати «лимонов», что имеешь от меня за охрану казино? Давно бы сказал. Я и сам подумывал увеличить твою месячную ставку. В натуре.

— Не лепи горбатого, Монах, — осклабился Беспредел, растянув губы в две ниточки. — Не на лоха нарвался в этот раз! Сейчас я в силах взять весь куш, и посулы твои дохлые на быка рассчитаны. Если б вдруг дурканул и отпустил тебя, уже через час я протухал бы с пробитым кумполом. Верно?

— Ну почему же через час, браток? — Хоть я и не очень-то рассчитывал на успех дипломатии, все же немного расстроился, а потому разозлился. — Думаю, мне вполне полчаса хватило бы, чтоб привести всю твою «голубую» группу к общему красному знаменателю...

— Вот-вот! — искренне восхитился Беспредел, чуть в ладоши не забил от полноты чувств. — А я о чем говорил? Так что сегодня умри лучше ты, а я завтра!

Стоявшие по бокам боевики Беспредела одобрительно загоготали, выражая свое полное согласие с этой старой уголовной аксиомой.

Момент был весьма удобный для попытки вырваться на волю, но я отбросил эту малоперспективную отчаянную идею — все одно дальше двора мне уйти не дадут. А зря трепыхаться глупо и совсем не по-мужски. Да и просто неинтеллигентно, в конце концов.

Беря быка за рога, Паша толкнул по столу маленькую стопку чистых бумажных листков в мою сторону и разом стер с лица улыбку.

— Ну как, Монах? Усвоил расклад? Добровольно будешь писать своим оглоедам или сперва поработать с тобою? Давай решай по-быстрому, а то морда твоя протокольная мне уже изрядно поднадоела. Да и примета плохая — долго на покойника смотреть...

— Уговорил, Пашок! Доводы твои, должен признать, очень убедительны. Делать нечего. Вынужден согласиться. — Я протянул обе руки к столу и взял бумагу. — Авторучка у меня в наличии. А чтоб глаза тебе не мозолить, разреши написать в одиночестве. Да и хорошенько обмозговать так-то надо, чтоб вполне натурально смотрелось. Часа два на малявы уйдет. Не меньше.

— Пакость какую-то задумал? — подозрительно уставился в мои невинные глаза Беспредел. — Может, порешить себя хочешь?.. Хотя вряд ли. Ты ведь только с чужими жизнями не церемонишься. Хорошо! Даю тебе ровно час на писанину. И чтоб без фокусов — никаких там намеков или хитростей со знаками препинания. Знаю я вас, писателей. На всякий случай браслетики на тебе пусть остаются.

Сопровождаемый двумя бдительными охранниками из казино, я без лишних приключений вернулся в свой подвал-камеру, показавшийся сейчас мне даже чуть ли не уютным.

Когда прогрохотали за спиной замки, опустился на холодную бетонную ступень и постарался спокойно прошевелить в голове возможные варианты последующих событий. Да, выбор весьма невелик... Насчет самоубийства Пашок, конечно, маху дал. Шкурой своей я дорожу не больше, чем все люди нашей профессии. Правда, и не меньше. Но вздернуться все же будет куда приятнее, чем беспомощно-унизительно ползать в собственной крови и блевотине под ногами Беспредела и его костоломов.

Взгляд невольно заскользил по нехитрой обстановке подземелья в поисках подходящей веревки или электрошнура. Но ничего такого не обнаружил. Конечно, можно разбить банку с соленьями и осколками стекла вскрыть вены. Но чтобы таким образом концы отдать, необходимо поболе имеющегося в активе часа. Это я знал доподлинно, неоднократно наблюдая одиночные и даже групповые вскрытия в тюремных пресс-камерах. Зрелище жутковатое, но способ малоэффективен из-за своей затянутости...

А со временем у меня как раз напряженка. Обычный закон подлости.

Ладно, может, это и к лучшему. Уходить, громко не хлопнув дверью, малодушно и, значит, недостойно

Монаха. Хотя бы одну голову я успею все же расколоть, прежде чем пыточные мальчики примутся терзать мой организм. И то вперед, как говорится. Впрочем, есть надежда, что в пылу схватки прикончат сразу.

Трехлитровая банка вполне подойдет для благородной карательной роли. Первый, кто сюда сунется, испытает сей предмет на своем узколобом черепе. Хорошо бы угодить в висок или по затылку — тогда посетителю верняк кранты.

Что ж, коли доброжелательно улыбавшаяся обычно мне фортуна на этот раз нахально повернулась задом, дьявол с ней! Использую оставшиеся минуты с наибольшей пользой. Обкурюсь до счастливого отупения. Но закон падающего маслом вниз бутерброда сработал снова. В заветном портсигаре осталась лишь одна «забитая» папироса. Доза явно недостаточная, чтобы хоть на время отвлечься от мрачных мыслей о быстро приближающейся неминуемо мучительной смерти. Может, помолиться?.. Впрочем, не в тему будет. Я же собираюсь на тот свет попутчика прихватить. А Христос учит совсем иному: «возлюби врага своего, как самого себя» и «прости врагов твоих, как Я прощаю тебя»...

При таком раскладе мне, по ходу, прощение не светит. Не везет так не везет!

Я закурил последний «косяк» и постарался глубиной затяжек компенсировать в какой-то мере их малочисленность.

Среди череды мыслей, плавно-лениво плывущих по расслабленным «травкой» извилинам, неожиданно выделилась одна трезвая: надо оставить радиомаяк здесь. Тогда, глядишь, Цыпа доберется до Беспредела раньше, чем тот до него. А из уготованной мне ямы сигнал навряд ли локатор сможет уловить.

Сняв с ноги левый сапожок, я стал внимательно изучать каблук. Ничего сверххитрого. Тот банально откручивался слева направо. Как я и ожидал, внутри каблук оказался полым. Там помещалась «таблетка» радиомаяка, подсоединенная к микробатарейке «Панасоник». Насмешница-судьба и здесь преподнесла мне свою кривую ухмылку, лишив даже той слабоутешительной надежды, что буду отомщен. Срок годности батарейки истек еще пять месяцев назад... Ну и Цыпа! Легкомыслен до безобразия! А ведь говорил — год электропитание менять не надо. Сколько раз я вдалбливал в его пустую башку: будь повнимательнее к мелочам! От них зависит практически все!.. Впрочем, я тоже молодец — с прошлого года ни разу не удосужился произвести ревизию Цыпиного презента.

Швырнув бесполезный обесточенно-мертвый маяк в угол подвала, вернул сапог на его законное место и посмотрел на часы. Мое время истекало. Верный золотой «Роллекс» беспечно отсчитывал последние двадцать минут жизни своего хозяина.

Несмотря на жесткое сопротивление стальных браслетов, я крепко ухватил приятно тяжеловесную банку с солеными огурцами и встал за косяк входной двери, погасив верхний свет. Окна в подвале отсутствовали, так что сразу навалилась кромешная темнота. Даже сейчас не отказавшись от своей глупой привычки язвить по любому поводу, я улыбнулся-оскалился: «Неплохая прелюдия к вечному мраку... Пора привыкать».

Ждать визитеров оставалось только несколько минут. Любопытно, кто войдет в подвал первым? Наверно, в эти самые мгновения где-то в космосе кто-то решает этот вопрос, сверяясь для верности с Книгой Судеб...

Час прошел, а по мою душу почему-то никто не являлся. По ходу, пунктуальность не вписывается в кодекс поведения Беспредела. Это меня устраивало, хотя руки начинали уже уставать от неудобного стеклянного оружия. Одолевал сушняк во рту. Даже подумал было хлебнуть, пока суд да дело, огуречного рассола. Но отбросил эту мыслишку как явно шизофреническую Нужды тела меня уже не должны волновать, раз с минуты на минуту жду перехода в совершенно иную субстанцию. Снявши голову, по волосам не плачут.

За дверью послышался какой-то неясный шум. Я изготовился, подняв над головой свое трехлитровое оружие. Брякнули замки, и дверь широко распахнулась, впуская в подвал солнечный свет. На ступеньки упала тень человека. Во, падла продуманная! Он, видно, даже и не собирается перешагивать через порог. Придется бить его в лоб, что весьма малосмертельно. Неужели отправлюсь «в Сочи» один?

— Монах, ты тут? — раздался встревоженно-хрипловатый голос, показавшийся мне чудесной, божественной музыкой. Это был верный Цыпа.

Я вышел из своего укрытия, с досадой чувствуя, как губы против воли сводит глуповатая улыбка.

— Что это у тебя? — Цыпа узрел банку с огурцами.

— Отличная закуска, — не стал я объяснять истинное предназначение банки. — Необходимо отметить столь неожиданное освобождение. Вот и прихватил — не зря же столько часов здесь торчал. С паршивой овцы хоть шерсти клок! Где Паша Беспредел? И как, главное, ты меня нашел?

— Все в доме. А разыскал просто. После обеда в «Кенте» нарисовался Фунт, сказал, что хочет с тобой встретиться по делу. Я знаю, что он тебе небезразличен, потому поехали с Фунтом к тебе. Ты на звонки не отвечал, и я, на всякий пожарный, заглянул к твоему соседу. Он у меня на содержании, мои глаза и уши. Прости, но ты же сам говорил, что всегда нужно страховаться и не пренебрегать деталями... Сосед сообщил, что видел в окно, как тебя увезли в наручниках. Номера «жигуля» он предусмотрительно срисовал. Пришлось премию за бдительность выдать.

— Чистый фарт! Повезло!

— Ничего подобного, — опротестовал мое мнение самолюбивый Цыпленок. — Если б он не был у меня на жирном довольствии, то глядел бы в телевизор, а не в окно.

— Ладно! Не хвались лишку! — усмехнулся я. — Дальше что было?

— Остальное — дело техники. Вызвал ребят, и махом выцепили трех «ментов», что тебя брали. Перед отправкой «в Сочи» они признались, кто заказчик. Ты же в курсе — у меня и жмурики заговорили бы. Ха-ха!

— Это точно! — серьезно согласился я и, забросив банку с огурцами обратно в подвал, зашагал к крыльцу дома.

— Эти-то все живы?

— Нет. Аккуратно не вышло. — В голосе Цыпы явственно слышалось смущение. — Пришлось дверь вышибать. Одного нашего они тоже успели в деревянный бушлат одеть. В багажнике лежит. Но Паша жив еще.

Завернув за угол дома, я увидел наши «мерс» и «волжанку». Возле них разгуливали, настороженно косясь по сторонам, два вышибалы из «Кента».

Дощатая входная дверь была грубо сорвана с петель и валялась на крыльце своеобразным треснутым ковриком.

В комнате, вопреки ожиданию, сохранился относительный порядок. Только едко пахло недавно сгоревшим бездымным порохом да в углу кучей окровавленного тряпья валялись трое подручных Беспредела. Сейчас я узнал своего тюремщика-верзилу. Это был один из швейцаров казино. Странный, любопытный факт — ведь когда он был живой, я его вспомнить так и не смог.

Паша сидел за столом под строгим присмотром двух мальчиков Цыпы. Хотя в этом не было никакой необходимости — начальник безопасности казино с трудом сохранял сидячее положение, обеими руками зажимая рану в груди и кривясь от боли. Между его пальцев густо сочилась кровь, некрасивыми ржавыми пятнами пачкая белую накрахмаленную рубашку и капая на стол. На нем уже образовалась небольшая дымящаяся лужица, в которой отражалось осунувшееся лицо враз постаревшего Беспредела. Мне даже стало его где-то жаль.

— Привет, Пашок! Невесел ты что-то. Не захворал ли, часом? А я ведь предупреждал тебя, как брата, — жадность фраера погубит!

— Давай кончай короче, хватит изгаляться! — хрипло заявил Беспредел, явно не желающий признавать пагубную ошибочность своих действий.

— Ты упрям как бык. А быки всегда идут на заклание... — Я повернулся к Цыпе: — Долго мне еще в браслетах зажигать?!

Телохранитель мигом освободил мои запястья от наручников и вернул отобранный лжементами десятизарядный «марголин». Ощутив под мышкой привычную тяжесть милого «братишки», я сразу успокоился и даже повеселел.

— Кстати, Пашок. Я, помнится, по доброте душевной обещал оказать тебе ту же услугу, что ты для нас с Цыпой и Томом изготовил. Слово надо сдерживать — мы ведь интеллигентные люди. Так что в сарае покоиться будешь в обнимку со своими «шестерками». Надеюсь, доволен? В любом случае пусть тебя утешает мысль, что своим примером ваша кодла наглядно демонстрирует верность пословицы: «Не рой яму другому — сам в нее угодишь». Прощай, Паша. До встречи на той стороне луны.

Вид насилия не доставляет мне, как некоторым, ни малейшего кайфа. Поэтому я вышел во двор покурить.

«Родопина» показалась необычайно душистой и приятно бодрящей. Вечерело. Частый неласковый гость Екатеринбурга — северный ветер — уже заслал в город свои передовые отряды. Плотным потоком они носились по улицам, уничтожая тепло, накопившееся за солнечный весенний день.

Из дома донесся одиночный хлопок крупнокалиберного «стечкина». Я сокрушенно покачал головой и вздохнул. Нет, все же Цыпленок легкомыслен до полного безобразия — прокладки в глушителе его «АПС» уже давно пора менять!

Видно, мой крест такой — постоянно напоминать беззаботному соратнику о важности деталей и мелочей...

ИНТЕГРАЦИЯ

Встреча с бывшим соратником проходила в малом банкетном зале гостиницы «Кент». Мы были вдвоем.

Петрович по прозвищу Фунт сидел напротив меня, смущенно теребя на коленях свою фасонистую фетровую шляпу, и жалко улыбался. Сейчас никто бы не поверил, что этот седой старик — особо опасный рецидивист, имевший ходки практически по всем тяжким статьям Уголовного кодекса России. Правда, все эти подвиги в далеком уже прошлом.

Петрович напоминал мне начало нашей коммерческой деятельности, когда бандгруппа заимела наконец надежную официальную «крышу» в виде пивного бара «Вспомни былое», где он числился управляющим. Год назад я отправил Фунта на давно заслуженный отдых, решив, что семидесятилетний компаньон стал для организации бесполезен. Думал — недолго ему уже осталось. Но он живчик оказался, наверно, гены предков хорошие. На встречу бодренько пришкандыбал, приколоться о чем-то хочет.

— Ну что, Петрович? — Я ободряюще-доброжелательно глянул в выцветшие голубые глаза старикана. — Зачем вчера о встрече просил? Говори, не стесняйся. Мы же свои люди. Если с финансами напряженка, то я, конечно...

— Нет, Михалыч. — Фунт протестующе поднял свою узловатую ухватистую ладонь. — Я совсем по другому ракурсу.

— Да? — Я невольно усмехнулся. — Ну, давай, излагай свой ракурс.

— Возьми меня обратно, Монах! — с придыханием заявил божий одуванчик. — Не в масть мне такую жизнь вести. Сопьюсь по-черному со скуки иль с балкона сигану, ей-бо!

— Но это неразумно, Петрович. — Я даже немного удивился. — Если мы вдруг спалимся, тебе же копыта отбрасывать в зоне придется. А ведь могут и лоб зеленкой намазать, не посмотрят, что ты ветхий старик. «Гуманность» судов ты лучше меня испытал на шкуре. А может, по баланде скучаешь? Или в детство впал?

— Нет, Евген, я не маразматик. — Фунт тяжко вздохнул, словно сожалел о сем факте. — Невмоготу мне пенсионером куковать. Пристрой к делу какому-нибудь, хоть швейцаром. А при надобности на курок-то нажать силенок еще хватит...

Я с неподдельным любопытством разглядывал морщинистое лицо рецидивиста. Должно быть, верно говорят: горбатого только могила исправит. Но я его понимал. К острым ощущениям, что дает риск, привыкают так же легко и необратимо, как к наркоте.

— Ладно, Петрович! Уважу твою старость. Но место управляющего баром занято. Пойдешь сюда, в «Кент»?

— Швейцаром? — вскинул Фунт взгляд, совсем по-молодому блеснувший веселым озорством.

— Почти угадал. Управляющим.

— Подписываюсь! — важно кивнул Фунт, менявшийся буквально на глазах. Только что сгорбленная спина его выпрямилась, плохо выбритый подбородок поднялся, открывая застарелый ножевой шрам на старчески дряблой шее.

— Но у нас заведен порядок. Коли работаешь в гостинице, то и живешь в ней. Восьмой номер как раз свободен. Ключи от квартиры Цыпе отдашь. Он туда девочку для спецклиентуры поселит. Лады? Он же и новые твои обязанности объяснит.

Заметно воспрянувший духом Петрович долго благодарно жал мне руку на прощание. На восьмом десятке, видно, стал не в меру чувствителен, бродяга.

Когда за Фунтом закрылась дверь, я послонялся для разминки по банкетному залу, решая, то ли заказать обед сюда, то ли не ломать традиции и отправиться в клуб «У Мари».

Нарушив ленивый ход моих кулинарных мыслей, нарисовался Цыпа, держа в руках комнатные тапочки.

— Михалыч, переобуйся на полчасика. На экране почему-то сигналы радиомаяков не отражаются. Еще вчера заметил, — отвечая на мой немой вопрос, попросил телохранитель. — Я твои сапоги специалисту дам поглядеть.

— А смотреть уже нечего. Один твой дурацкий маяк я выкинул — батарейка негодная была. Второй, ясно, такой же.

Цыпа явно хотел высказаться насчет моей вопиющей нерачительности, но благоразумно сдержался. Лишь буркнул:

— Все одно, давай, Михалыч, сапоги. Новый маяк поставлю и электропитание заменю.

Зная его чисто ослиное упрямство, спорить я не стал и переобулся. Телохранитель тут же скрылся, торжественно унося в качестве трофея мои австрийские сапоги.

Ну, что ж. Нет худа без добра, как говорится. По крайней мере не надо теперь ломать голову, где обедать. В тапочках, к тому же сильно смахивающих на женские, в клуб, понятно, не поедешь.

Из семи смертных грехов один-то я веряк никогда не совершал. Это чревоугодие. Просто желания большого не было. Чтобы и дальше иметь обоснованный повод считать себя не до конца безнравственным человеком, заказал весьма скромный обед всего из трех блюд. А на десерт, как уже давно вошло в привычку, — маленький тортик-мороженое. Запил все это нехитрое дело бутылкой сухого мартини. Крепкие алкогольные напитки я стараюсь в дневное время вообще не употреблять. По мере возможности, конечно.

Только закончил трапезничать, как появился Цыпа с моей импортной обувкой. Но на его физиономии читалось почему-то не гордое чувство выполненного долга, а натуральное беспокойство.

— В чем дело, братишка? Несварением желудка страдаешь? — Я сыто откинулся в кресле, намереваясь прочесть Цыпленку профилактическую нотацию о пользе воздержания в приеме пищи, но тот не дал мне времени собрать мысли в язвительно-снисходительную атаку.

— Евген, с тобой Шатун хрюкнуть хочет. Троих мальчиков своих прислал. В машине ждут ответ. Поедешь?

— Ясное дело. Я не страус, чтоб башку в песок прятать. Да и любопытно даже, зачем вдруг Шатуну понадобился.

— На пару поедем?

— Не будем скромничать. Прихватим еще парочку наших для эскорта. Выбери посолиднее ребят.

— Волыны им выдать?

— А ты как думаешь? Шатун — тип опасно непредсказуемый...

— Понял. Сей момент организую.

— Вот и ладушки. Ступай.

Я скинул подозрительно красивые цветастые тапочки и заменил их на более подходящую мне обувь. Убедившись, что милый «братишка» все так же легко выпархивает из наплечной кобуры, сунул в задний карман брюк запасную обойму и вышел в холл. Там меня уже поджидали два плотных гаврика из службы безопасности гостиницы под предводительством Цыпы, который успел снова обрести свой обычный товарный вид — нахально-самоуверенный.

На автостоянке я сразу засек вишневую «БМВ» с тремя шатуновцами. После недолгих дипломатических переговоров все расселись по своим машинам. «БМВ» авангардом ушла вперед, показывая дорогу, а наш «мерс» аккуратно пристроился сзади.

Господина Шатунова по кличке Шатун я знал неплохо, хотя наши тропы ни разу не пересекались. Ни на воле, ни в лагерях. Но, как говорится, слухом земля полнится.

Шатун не являлся «законником», принадлежал к самой ныне массовой и разношерстной уголовной братии «махновцев». Его девиз: кто смел, тот и съел.

Возраст его — сорок годков с каким-то несущественным гаком. Последний срок мотал за грабеж с разбоем, как и Цыпа. Уже пять лет, как откинулся и больше не залетал. А значит, или на органы шпилит, или безжалостно-аккуратно обрубает хвосты. Хоть первый, хоть второй вариант говорили об одном — человек он явно серьезный, ухо с ним надо держать востро.

Официальное прикрытие Шатуна — рекламное агентство «Титул», директором которого он являлся. Группу Шатун собрал аховую — сплошь бывшие уголовники, смотревшиеся в респектабельном офисе «Титула» чужеродными одушевленными предметами. Кроме местного рэкета, банда занималась и разными другими, мало известными мне делами. Сутенерством, в частности.

Весеннее солнце сегодня пекло вовсю, старательно подготавливая приход своего босса — лета. Я опустил боковое стекло, впуская в салон свежий воздух, пахнущий сырой землей и проклюнувшимися на деревьях смоляными почками. «БМВ», мигнув подфарниками, свернула с центральной улицы в какой-то переулок и остановилась у старинного двухэтажного особнячка с декоративными алебастровыми колоннами. На крохотной автостоянке у дома еле-еле нашлось свободное место для нашего «Мерседеса».

Шатуновская троица уже скрылась в парадном, видно, поспешая возвестить о приезде гостей в количестве четырех индивидов с подозрительно оттопыривающимися левыми локтями.

Особняк имел просторный холл с красно-коричневым паркетным полом. Игнорируя дневное время суток, под потолком ярко горела торжественная хрустальная люстра со множеством сосулькообразных висюлек, мелодично позванивающих каждый раз, когда мимо дома проезжала машина.

В низких креслах у настоящего камина сидели человек восемь мужского пола. Окинув тренированным взглядом их протокольные морды, я сразу разобрался, кого имею сомнительную честь лицезреть.

С кресла поднялся средних лет мужик с короткой боксерской стрижкой, одетый по-домашнему в темно-бордовый спортивный костюм с разлапистым белым орлом на груди.

— Рад знакомству, уважаемый Евгений Михайлович, — радушно оскалился он, безошибочно протягивая мне руку. — Благодарю, что нашел время для встречи с моей скромной особой.

— А что, если нам сразу перейти к делу, — предложил я, адекватно отвечая на его цепко-сильное рукопожатие. — Без этих церемоний-предисловий. Начнем с главного блюда, так сказать. А гарнир и подливку оставим на потом. Покатит этак, Шатун?

— Желание гостя — закон! — усмехнулся хозяин дома. — Пройдем наверх, Монах, потолкуем. Свиту

свою здесь тормозни. Она не понадобится. Или опасаешься чего?

После таких слов мне не оставалось ничего другого, как последовать за Шатуном по широкой лестнице
на второй этаж, подав Цыпе знак, чтоб не сопровождал.

Второй этаж особняка выглядел еще более солидно. Коридор был застелен роскошными ковровыми
дорожками, на стенах висели, радуя глаз, картины в
тяжелых золоченых рамах. В основном уральские пей-
зажи, насколько я успел рассмотреть.

Шатун толкнул одну из боковых дверей и вежливо
посторонился, пропуская меня вперед. «Гостеприимство
из него так и хлещет!» — настораживаясь, мысленно отметил я, входя в комнату, оказавшуюся кабинетом.

Письменный стол красного дерева, три кожаных
кресла вокруг журнального столика, видеодвойка в углу и книжные шкафы по стенам создавали впечатление удобства и даже изыска. Ноги по щиколотку уто-
пали в ворсистом зелено-фиолетовом ковре с замысловатым рисунком каких-то пейзажей.

— Располагайся, милейший Евгений Михалыч, по-
удобнее. — Шатун устроился в одном из кресел у журнального столика. Я последовал его примеру, сев напротив.

— Какая сейчас главная тенденция в большой политике? — задал странноватый вопрос хозяин, опять,
видно, по въевшейся привычке, начиная откуда-то из-
за угла.

— Понятия не имею. И, признаться, иметь не хочу, — отмахнулся я от его лукавых кроссвордов и, вынув пачку «Родопи», закурил. Я уже почти смирился с
тактикой Шатуна тянуть кота за хвост. Ему, по ходу, в
кайф ощущать себя этаким хитроумным Макиавелли.

— И напрасно, Монах! Просвещаю: нынче в политике основная идея — интеграция!

— Может, наконец к делу перейдем? — поинтересовался я, чувствуя, что мои уши начинают уставать от его лапши.

— А мы уже и так перешли, — удивил меня Шатун, озорно блеснув своими светло-ореховыми глазами. — В наше суровое времечко необходимо объединять усилия, чтобы выжить. Жизнь-то, сам знаешь, дорожает день ото дня!

— Но и падает в цене, — решил я для профилактики чуток выпустить когти. — И потом, ты не Лукашенко, а я не Ельцин, к чему нам эти понты дешевые?

— А я мыслил, ты поумнее будешь, — жестко заметил Шатун, стирая с лица выражение добродушного веселья. — Ошибся, к горькому сожалению... Твоему, между прочим.

— Ладушки. Говори прямо и конкретно. Чего хочешь?

— Как скажешь, начальник! — по-лагерному съязвил хозяин дома, вальяжно откинувшись в кресле. — Предлагаю заключить взаимовыгодное соглашение о партнерстве. Я контролирую гостиницы «Центральная» и «Уктусские горы», а ты «Большой Урал» и клуб «У Мари». «Кент» трогать не будем — пусть полностью за тобой остается, не возражаю.

— Спасибо, благодетель ты мой. — Я хотел рассмеяться, а вышло какое-то карканье.

— Рано благодаришь. Не перебивай и слушай дальше, милейший. Твои «шестерки» и близко не подпускают моих девочек к «Большому Уралу», а это не по-товарищески. Ты уже нагулял жирок, пора и поделиться. Предлагаю такой вариант: ты даешь зеленый свет нашим «бабочкам» в свои заведения, а я вашим — в мои. Покатит? Все довольны и смеются!

— Неравноценный обмен. В «Большом» клиентура сплошь долларовая.

— Ты все же хорошенько раскинь мозгами. Всех ваших людей и возможности я знаю от и до — два месяца за вами пасли, а ты о нас, видать, совсем некачественного мнения. Не уважаешь ни на децал!

— Совсем наоборот. Иначе не приехал бы.

— Вот и чудненько! Значит, полюбовно дельце обтяпаем? Или кровавой свары жаждешь?

— Да нет. К чему нам ссориться? Мы же не зеленые отморозки, а люди с понятиями... Какой процент с навара я буду иметь за зеленый свет?

— Не будь таким крохобором, Монах! Скупые да жадные долго не живут... За зеленый свет я плачу тебе той же монетой. Баш на баш!

— Ладно, Шатун. Я подумаю, посоветуюсь с ребятишками. Единоличные решения нынче не в моде — демократия!

— Заметано, Монах. Посоветуйся. Если какой-нибудь оппозиционер палки мне в колеса вставлять вздумает — шепни только. Мы ему вмиг бесплатную путевку «в Сочи» сотворим.

Я сосредоточенно-долго гасил окурок в хрустальной пепельнице, решая, то ли сейчас разобраться с неожиданным наглым конкурентом, то ли погодить. В конце концов решил не суетиться раньше времени. Шатун прав в одном — я совершенно не знаю потенцию его группы. Даже ее численность мне неизвестна.

От настойчивого приглашения коллеги вспрыснуть знакомство и начало прямых двусторонних отношений я уклонился, сославшись на занятость.

— Ну да, тебе же гашиш больше в радость, — ухмыльнулся Шатун, демонстрируя некоторую осведомленность. — А по мне, лучше пшеничной сорокаградусной и нет ничего!

— На вкус и цвет товарищей нет, — философски заметил я, вставая с кресла. — Ладушки, браток. Я прошевелю это дело и дам ответ. Надеюсь на перспективное взаимоприбыльное партнерство. Счастливо оставаться.

— Погоди. — Шатун легко выбросил свое грузное, но явно тренированное тело из объятий глубокого кресла. — Неужто ты думаешь, что я невежа и не провожу дорогого гостя хотя б до дверей?

Оказалось, что мои ребята времени зря не теряли. По-свойски рассевшись в холле за низким круглым столом, они беспечно перемешались с шатуновской братвой и со стороны смотрелись единой дружной компанией.

Уловив в моем взгляде неудовольствие, Цыпа мигом вскочил на ноги. Спросил встревоженно:

— Все путем, Михалыч?

— Все просто замечательно. Поехали.

Ясный безоблачный день был в явном диссонансе с моим настроением, поэтому я плотно задернул шторки в салоне «мерса», отгораживаясь от беззаботного оптимизма природы, и включил кондиционер.

Всю дорогу до «Кента» я хранил угрюмо-сосредоточенное молчание, не желая вводить Цыпу в курс дела в присутствии боевиков. Конечно, я им вполне доверяю, но береженого бог бережет. В пословицах сконцентрирована мудрость поколений, и я, по мере возможности, стараюсь неукоснительно следовать их рекомендациям в повседневной жизни.

— Мне нужна подробная развернутая информация по Шатуну и его кодле, — сказал я Цыпе, когда мы наконец оказались вдвоем в номере гостиницы.

— Война?

— Будем надеяться, что обойдется. Но, как говорится, хочешь мира — готовься к войне.

— А в чем суть наезда? Собираются через наши «стекляшки» паленую водку толкать?

— Нет. До такой степени они еще не оборзели. Планируют потеснить на нашем основном рынке.

— Проституция? Каким манером?

— Шатун раскатал губешки на «Большой Урал» и клуб «У Мари». Девок из своего контингента туда внедрить собрался.

— Он что, козлина, в натуре, не просекает, с кем связывается?!

— Это-то и сбивает меня с толку. Чтобы решиться нам солнышко заслонить, надо быть кретином и пуленепробиваемым одновременно. На идиота Шатун вроде не похож...

— Понял. Все разузнаю в лучшем виде.

— Когда ждать результат?

— За парочку дней просвечу их группу не хуже рентгена.

— Ладушки. Действуй, но аккуратно. Не дай Шатуну повод первому разборку начать.

Не слишком доверяясь самоуверенному Цыпе, я звякнул, когда он ушел, старшему оперуполномоченному Инину и поручил ему то же самое задание. По противнику надо вести перекрестный огонь, как учит тактика. Надежнее. Да и сведения, полученные с двух противоположных сторон, будут значительно объективнее и точнее.

Опер, как ему и положено, оказался оперативнее Цыпы, пообещав уже вечером завтрашнего дня разработку по господину Шатунову мне предоставить.

День, добросовестно отработав свою смену, потихоньку начинал передавать трудовую эстафету вечеру.

Пора было подумать о планах на ночь. Платные, а потому не совсем искренние плотские утехи с Мари или Ксюшей меня сегодня не вдохновляли. Желалось чего-то непривычного и незатасканного. Объевшись пирожными, обычно начинаешь мечтать о простом ржаном хлебе.

Вчерашние подвальные воспоминания о театралке Оле даром, оказывается, не прошли, неожиданно реализовавшись сейчас в сильном желании с ней увидеться. Хоть и промелькнуло с той встречи в музкомедии уже девять месяцев, меня, надеюсь, она еще не забыла. Мысль о любопытном гибриде из «цветка лотоса», «колуна» и «всадницы» вызвала у меня улыбку и окончательно утвердила в решении навестить симпатичную любительницу оперетт.

«Мерседес» был на автостоянке. Видно, дисциплинированный Цыпа, чтя субординацию, для своих нужд воспользовался гостиничной «Волгой».

По пути на Радужную я купил у придорожной бабуси букет каких-то тепличных красно-сиреневых цветов на длинных стеблях.

Припарковав «мерс» во дворе Олиной пятиэтажки возле детской песочницы, направился в нужный мне подъезд. Зрительная память меня не подвела. Обитая желтым дерматином дверь была там, где и положено, — на первом этаже крайней справа. Да и номер квартиры точно совпадал.

Названивал я упорно-долго, уставившись на неприступную дверь, пока не понял, что вконец оборзевшая фортуна опять нахально выставила мне на обозрение свой насмешливый зад.

Но сдаваться без сопротивления не в моих правилах. Поэтому я устроился на скамейке у подъезда с твердым намерением дождаться, когда фортуне надоест наконец стоять в такой неприличной позе и она обернет ко мне свое озорное улыбающееся личико.

Хотя было еще довольно светло, уже победно зажглись уличные фонари, не оставляя темноте ни одного шанса застать город врасплох.

Но когда в космосе скромно затеплились далекие картечины звезд, сразу стало ясно, кто истинный хозяин в подлунном мире. Яркий свет фонарей на этом фоне вечности выглядел вульгарно-смешно, невольно вызывая ассоциацию с моською, лающей на слона.

Прохожих становилось все меньше. Прошмыгивали редкие одиночки. Оно и понятно — уличный бандитизм в Екатеринбурге день ото дня все больше свирепеет и размножается со скоростью голодных инфузорий. Если безработица сохранит свой безудержный рост, то грабежи превратятся в будничное массовое явление. Тогда даже мне, хоть и с надежным козырем в наплечной кобуре, будет весьма неуютно рассиживать вот так на скамейке, беспечно любуясь космическими алмазными россыпями.

Заметно посвежело. Я застегнул «молнию» куртки, мысленно посетовав, что не догадался прихватить с собою фляжку коньяку. Старая история — падаю, не подстелив страховочной соломки.

Должно быть, Оля сегодня нарушила собственный принцип и отправилась на квартиру к очередному мужскому индивиду. В таком случае я выгляжу полным идиотом со своим цветочным веником. Не шестнадцатилетний ведь пацан, в конце концов!

Забросив невостребованный букет под скамейку, встал и решительно направился к машине. Несмотря на поздний час, в песочнице копался какой-то малыш, обряженный в женскую болоньевую куртку, доходившую ему до пят. «Какое деятельное поколение растет! — усмехнулся я, заводя мотор. — Но родители заслуживают строгого выговора за легкомыслие. Хотя, судя по прикиду детеныша, они явно не богатеи и похищения могут не опасаться».

В общем-то материально подогретая любовь не так уж и плоха. В чем я еще раз убедился, прокувыркавшись всю ночь насквозь с зеленоглазкой Мари, стриптизеркой моего клуба.

БАНКИРША

Я внимательно и долго следил за фиолетово светящимися «кардиналами», усевшись в кресле перед аквариумом. Тревожился я не зря. Ранним утром, вернувшись из клуба под сильным шофе, я по доброте-широте душевной плеснул сдуру в аквариум коньяку из бутылки. Желая, наверно, празднично разнообразить банально скучное житье-бытье своих косвенных родичей. Я ведь под созвездием Рыб появился на свет божий.

А сейчас, проснувшись, вспомнил об этой опасной благотворительности и забеспокоился не на шутку. Если «кардиналы» передохнут с непривычки к алкоголю, то я себе этого никогда не прощу.

Но двухведерный аквариум, по ходу, с честью выдержал спиртовую атаку. Рыбешки, как обычно, лениво плавали среди мохнатых водорослей и поползновений всплыть кверху брюхом не делали. Если у них и болели головки с похмелья, то со стороны этого заметно не было.

Успокоившись насчет самочувствия подводных братьев наших меньших, я переместился в кресло у камина-бара и легко смыл нудную тяжесть из собственной головы двумя рюмками водки «Абсолют».

К счастью, тут нарисовался Цыпа, а то у меня уже начинала вытанцовываться шальная идея заменить рюмку на граненый стакан.

— Присаживайся, — радушно предложил я, — и хлопни рюмашку абсолютного оптимизма, а то морда у тебя кислая какая-то. Смотреть противно.

— До вечера стараюсь не пить, — поджал губы обидчивый Цыпленок. — И тебе, Евген, тоже советую. В натуре организм ни на децал не бережешь! У тебя ж почки.

— Почки у меня есть, — кивнул я, наливая себе по новой. — А у тебя, оказывается, сердца нет.

— Все у меня в наличии, Евген, но пусть эта рюмка будет последней до вечера, — заявил Цыпа, пряча литровую бутыль «Абсолюта» обратно в бар.

— Террорист ты, брат. — Я отправил порцию спиртного вдогонку за предыдущими и, очищая апельсин от кожуры, полюбопытствовал: — Чего смурной такой? Не выспался, что ли?

— Да нет. Мне ведь и пяти часов за глаза хватает. Посоветоваться хочу. Неприятная история приключилась...

— С тобою? Рассказывай. Подробно.

— С подружкой моей, сожительницей. Ленка в частном банке старшим бухгалтером робит. Отличная деваха, между прочим.

— Короче! В чем проблемы? — перебил я, начиная терять терпение.

— В следующем месяце квартальная ревизия у них в банке намечена...

— Ну и?..

— Крупная рублевая недостача всплывает. В сейфах там только валюту держат, а «деревянные» в подвальном хранилище прямо на стеллажах навалены, как макулатура. В натуре! Вчера Ленка случайно обнаружила, что на полке с крупными купюрами пачки стотысячных не хватает.

— Всего-то? И по такому порожняку...

— Ты не понял, Монах. Что мы с тобой пачкой называем, бухгалтеры зовут лишь корешком. А в банковской пачке таких корешков десять.

— Выходит, пропало сто «лимонов»?

— Точно! А главное, обвинят-то Ленку, как материально-ответственное лицо. Потому она и промолчала о недостаче, ко мне прибежала советоваться.

— Что ты предлагаешь?

— Разреши мне с ребятами налет на банк. Во-первых, недостачу на ограбление спишут, во-вторых, урвем довольно приличный куш. Охрана там пустяковая, а в хранилище около восьми миллиардов зря пылится. Правда, мелкими купюрами. Грузовик понадобится иль автобус.

Глядя на жалобную мордашку Цыпы, я чуть было не расхохотался — так он был похож сейчас на капризного мальчугана, выпрашивающего у папаши разрешение поиграть во дворе в любимых казаков-разбойников.

— Подумаю. А как вообще могло произойти хищение? Твоя зазноба кого-то подозревает?

— Да очень даже просто. При выходе из хранилища не шмонают, на доверии, видишь ли, все построено. Любой инкассатор легко мог пачку себе под куртку затарить, и все дела. Трое их там работает. Ленка думает на Валерия Верховцева. Самый молодой и наглый. Бывает, на службу под кайфом заявляется. Собирались увольнять его, да, видать, запоздали сильно...

— Может, просто наехать на него? Расколется и бабки вернет. Как мыслишь?

— Вряд ли. Во-первых, «капуста» могла пропасть и месяц, и даже два назад. От нее уже рожки да ножки только остались. А во-вторых, нет никаких прямых или косвенных доказательств, что вор именно он. Налет, Евген, самое подходящее. Все концы махом в воду на дно уйдут. Все гениальное просто, как ты любишь повторять.

— Ладно. Обмозгую на досуге. Что-нибудь придумаю. Зря не гони — не дадим Елену Прекрасную твою на растерзание — гарантия. А ты пробей пока все о Верховцеве. Может пригодиться. Как у нас дело с Шатуном продвигается?

— Все на мази. — Цыпа немного успокоился и оттаял. — Нескольких ребят на наружное наблюдение поставил, да и с тыла шустрю помаленьку.

— Дельно! — похвалил я, наливая тем в самолюбивого Цыпленка новый заряд рабочей энергии. Умный наездник далеко не всегда пользуется жесткими шенкелями. Иногда достаточно просто ласково потрепать жеребца по гриве, чтобы он взял трудный барьер.

Когда Цыпа, подкованный моими инструкциями, ускакал по делам, я долго смотрел на дверцу бара, решая, не будет ли проявлением малодушия и безволия, если совершу очередной набег на его спиртовые запа-

Евгений **Монах**

сы. Решил, что будет, и, демонстративно отвернувшись от соблазна, закурил из портсигара.

Алкалоиды, нежно наслоившись на алкоголь, совершенно освободили мысли от земного притяжения. Они плавно и беззаботно устремились в космос и плавали там в причудливом танце ассоциаций в окружении разноцветно подмигивающих звезд и добродушно улыбающейся луны.

Нагло возвращая сознание на грешную землю, затрезвонил телефон.

— Привет, Монах! — услышал я в трубке плотный баритон Шатуна. — Как там наша взаимовыгодная сделка? Ратифицирована твоими головорезами? Что ты решил?

— Как много у тебя сразу вопросов, — с неудовольствием заметил я. — Все путем, браток. Я не жлоб. Худой мир всегда лучше доброй ссоры.

— А ты молоток, Монах, дружишь с головой! — самодовольно рассмеялся этот наглый бандит. — Значит, без пальбы интеграция состоялась. Ну, бывай пока.

— И ты бывай! — Я в сердцах швырнул трубку на рычаг. — Пока!..

Вечером появился наконец с нетерпением ожидаемый мною майор Инин.

— Неугомонный ты все же, Монах, — посетовал опер, выуживая из внутреннего кармана замшевой куртки свой потрепанный блокнот. — Опять небось кровавую разборку затеваешь?

Натолкнувшись на мой колючий взгляд, майор благоразумно сменил тон:

— Впрочем, это не мое дело. Вот, наковырял в конторе что смог об интересующей тебя группировке.

Устроившись в кресле у камина-бара, он полистал свои оперативные записи.

— Итак, вот какую разработку мы на них имеем. Гражданин Шатунов трижды судим. Все ходки по сто сорок пятой и шестой статьям. Отбывал срока в исправительно-трудовых колониях строгого и...

— Это лирика. Переходи к делу.

— На воле рассекает уже четыре года восемь месяцев. Прописан в тринадцатом доме Чернецкого переулка. Но этот двухэтажный частный особняк он лишь арендует у господина Завлеева, с которым Шатунов сошелся еще в зоне. В настоящее время Завлеев — коммерческий директор рекламного агентства «Титул». Агентство нерентабельно, ясно, чистый камуфляж, прикрытие совсем иной деятельности. Основной доход шатуновской компании приносит так называемая неофициальная «охрана» торговых точек района. Это натуральный рэкет, но ни одного заявления к нам в контору не поступало, и прижать Шатуна юридически нечем. Группа его насчитывает четыре десятка членов, почти все они числятся работниками «Титула». Костяк банды — приблизительно десять боевиков, все бывшие уголовники, отбывавшие срока в одном лагере с Шатуном. Разброс статей у них самый широкий — от банального гопстопа до «мокрухи».

— Ладушки. А интересная конкретика на Шатуна есть?

— Чего нет, того нет, — с сожалением вздохнул Инин. — Если б что-то было, Шатунов уж по новой в зоне чалился. Впрочем, гарантировать не берусь. По непроверенным данным, он имеет серьезную отмазку — куратора из ФСБ.

— Шпилит на службу безопасности?

— По всей видимости, да. В прошлом году его машину ОМОН на трассе тормознул для шмона. «Макаров» у Шатунова нашли. Кинули его в камеру, а через три часа уже выпустили. Звонок из ФСБ был... Шпалер, правда, не вернули ему, но уголовное дело закрыли. Наглухо, как и не было. Так что вывод очевиден...

— Да уж... — Я раскрыл бар и выудил черную пузатую бутылку, ловко переключая опера с моей расстроенной физиономии на очень небезразличный ему французский коньяк. — Причастись, майор, из источника Иппокрены, глядишь, что-то более вдохновляющее вспомнишь.

— От такого дружеского предложения отказываться смертный грех! — заметно оживился Инин, с готовностью придвигая к себе рюмку и хрустальную вазу с марокканскими мандаринами. — Но туфта ведь тебе без надобности? Принимай действительность такой, как она есть. Диалектика выживания. Лично меня она никогда не подводит под монастырь, Монах.

— Ничего, — утешил я не в меру раздухарившегося опера. — Подведет еще к «вышке» или сроку.

— Типун тебе на язык! — пожелал мне суеверный мент поплевав через левое плечо. — Приколы у тебя, Евген, как у шизика или параноика. Прости за сравнение.

— Ладно! — Я плеснул и себе капельку золотой жидкости. — Ты у нас хват и из любых катаклизмов выплывешь. Аксиома — некоторые предметы даже в воде не тонут...

Инин пропустил мимо ушей сей сомнительный комплимент, всецело занятый разделкой мандарина. Это лишний раз наглядно подтвердило мое нелестное о нем мнение. Ведь известно, что плебеи не в состоянии заниматься одновременно даже двумя делами — умственной и физической работой. Цезарь, кстати, по воспоминаниям его современников, легко справлялся с семью делами зараз. Великий эталон, к которому я постоянно стремлюсь. Но пока добрался только до шести. И то лишь, признаюсь, в наслаждениях. Это когда сижу в кресле, смотрю по видаку порнуху, в одной руке папироса, в другой бокал с сухим вином, между колен торчит белокурая головка Мари, а из «Панасоника» льется волнующая мелодия японского секса. Сразу шесть разных дел: сижу, смотрю, курю, пью, тащусь от грамотно исполняемого минета и слушаю музыку.

Утолив личные алкогольные потребности, Инин наконец слинял по своим ментовским делишкам, оставив меня в обществе препротивной парочки — одиночества и меланхолии.

Что ж, вынужден констатировать, что сходиться с Шатуном на поле брани чревато сколь ненужными, столь и опасными осложнениями. Сорок бойцов — не баран чихал, не говоря уж о негласной поддержке Федеральной службы безопасности. Ладно, пусть кормится на моих лугах. Авось жизнь сама развяжет сей гордиев узел, без моей скромной помощи. Мало ли случайностей в подлунном мире! Сами фээсбэшники вполне могут решить однажды, что Шатун — уже до конца отработанный материал, и без лишних слов отправить его в тираж... Такое бывало неоднократно. И ни одно из целой серии загадочных убийств уголовных «авторитетов» так и не раскрыто. Ворон ворону глаз не выклюет...

Ладно, не буду о грустном. Человек сам творец своего хорошего настроения, нужно лишь направить мысли в нужное русло, не отвлекаясь на разные житейские мели, водовороты и подводные течения. Секрет прост. Стоит только обозвать все личные неприятности глупой суетой сует, и они мигом становятся незначительными, превращаясь в смешных пигмеев.

С наступлением мягких сумерек вечерние желания опять заскакали жеребцами к обаятельно-нежной театралке. Да и, признаться, мелькнула привлекательная мыслишка, что с Олей мне бы, возможно, удалось заняться сразу семью делами одновременно... А если проявлю свойственную мне изобретательность, то и вообще побью пресловутый рекорд Цезаря! В конце концов, замечу без лишней скромности, Монах не глупее какого-то там древнего римского пахана. Пусть и императора.

Припарковал я «мерс» там же, где и вчера. Все повторилось, издевательски скопировав прошлый вечер, словно тот просто погляделся в зеркало. Мои настойчивые звонки у вожделенных дверей остались без ответа. Оказывается, фортуне все еще не прискучила ее вызывающе неприличная поза. Явно не просекает в своей женски легкомысленной беззаботности, что я ведь могу обозлиться и обойтись с ней совсем не по-джентльменски, а чисто по-лагерному...

Присаживаясь на опостылевшую скамейку у подъезда, я обратил внимание, что в детской песочнице снова копается малыш в болоньевой куртке. По ходу, такой же бесприютный бродяга по жизни, как и я. Увлеченно-сосредоточенно строит себе сказочный песочный замок, и наплевать ему, что вечера на Урале неласковы и легко можно подхватить простуду. Я поежился и поднял воротник куртки. А может, ему и пойти некуда? Да навряд ли. Не беспризорник, поди? Хотя в наше бардачное время ничему удивляться не приходится. Бедлам, женившийся на беспределе... Как говорится, слов нет, остались только слюни.

Решив со скуки разобраться, что к чему, я встал и подошел к песочнице:

— Привет, земляк! Ты чего домой не идешь? Передачу «Спокойной ночи, малыши» не боишься пропустить?

— Не-а, — лишь на секунду оторвавшись от своих архитектурно-строительных забот, ответствовал мальчуган, шмыгнув носом.

— Ну вот, пожалуйста! Ты же, в натуре, простыл, пацан! Как кличут? В смысле зовут тебя как?

— Солнышко.

— Хм, ну, так тебя, наверно, мамаша величает. А другие дяди и тети зовут Сашей или, допустим, Сережей?

— Не-а. Вовчиком. А мамы у меня вовсе не было.

— Это навряд ли. Солнышком чужие не зовут.

— Баба Люда звала. Померла она.

— И сколько ж тебе лет?

— Шесть с половиной.

— А где живешь, с кем?

— В восьмой квартире, с тетей Надей.

— А домой чего не идешь?

— Сейчас нельзя. Как дяденька уйдет, тетя Надя меня позовет. Уже скоро.

— Какой дяденька? Который вчера был?

— Не-а. Вчера совсем даже другой приходил.

— Ясно! Полный беспредел творится! Значит, пока тетя с мужиками развлекается, ты на улице мерзнуть должен, как щенок бездомный. А ну, айда! — Я протянул руку и мягко заграбастал маленькую теплую ладошку мальчугана.

— Мне запрещается со двора уходить, — испуганно пискнул тот.

— А мы к тебе домой направляемся, — успокоил я. — Восстанавливать социальную справедливость.

Восьмую квартиру я обнаружил на третьем этаже. Обыкновенная, выкрашенная коричневой половой краской дверь, ничем не указывающая на то, что здесь проживает нахальная садистка тетя Надя, издевательница над невинным малолетним ребенком.

Дверь долго не открывалась, несмотря на мои нетерпеливые, по-ментовски настойчивые звонки. Наконец приоткрылась, явив на обозрение средних лет сердитую женщину в домашнем ситцевом халате морковного цвета.

— Вы почему нарушаете, гражданка?! — не дал я ей времени обрушить на меня свой наверняка богатый оригинальными идиомами лексикон. — Я ваш новый участковый! На каком основании дитя без присмотра?

Воспользовавшись кратким замешательством хозяйки, я перешагнул порог, заставив ее посторониться. Вовчик, понурившись, семенил рядом. Не сбавляя темпа, я прошел в комнату. Квартира оказалась всего однокомнатной.

На застеленном простыней диване сидел полуодетый мужик лет пятидесяти. Незастегнутая клетчатая рубаха открывала его грузный, словно беременный, живот. Взъерошенные жидкие волосенки смешно торчали на голове в разные стороны.

— Так-так! Развратом занимаетесь, пока ребенок воспаление легких зарабатывает? — Я праведным вопиющим перстом указал на смятую простыню. — Предъявите документы, гражданин!

— Да в чем дело-то? — неуверенно запротестовала

хозяйка. — Пройдемте, товарищ инспектор, на кухню. Я вам все объясню, останетесь довольны.

— Демократия на дворе! — строго заметил я в спину удаляющейся на кухню женщине. — Сейчас я для вас уже не товарищ, а господин.

Обернулся к растерянно-безмолвно таращившему на меня глаза мужику:

— Чтоб через минуту мухой испарился из апартаментов! Иначе я тебе, фраер, ухо откушу. Как раз нынче не ужинал еще.

С нескрываемым удовольствием полюбовавшись на ошарашенно-испуганную физиономию Надиного хахаля, я по-свойски подмигнул Вовчику и прошел в кухню, больше похожую на тесную кладовку.

Хозяйка поджидала меня, зажав в кулачке десятитысячную купюру.

— Это для вас, господин участковый, — немного смущенно пробормотала женщина, протягивая деньги. — Живи и давай жить другим, как любил говорить ваш предшественник. А что, Василь Семенович уволился, а вас в дела не посвятил? Ну, не беда. Столько будете иметь с меня каждую неделю. Немного, конечно, но войдите в положение. Сама кое-как концы с концами свожу. Да и Вовчика ведь кормить каждый день надо.

— А кем он тебе приходится? — игнорируя купюру, поинтересовался я.

— В том-то и дело, что никем. Мамаша моя в тридцать втором детдоме работала. А зимой его расформировали подчистую. Средств, вишь ли, у мэрии нет. На служебные «Мерседесы» откуда-то отыскивают. Жлобы захребетные! Детишек работники детдома по своим семьям разобрали, а оставшихся в Пермь отправили.

Там один детский дом еще кое-как держится. И мамаша, дура дурой, тоже взяла мальчонку. Вовчика этого. Солнышком прозвали за рыжие волосы. — Явно расстроившись от воспоминаний, хозяйка тяжело опустилась на табуретку у стола.

— Ясно. А отчего баба Люда, мать то бишь твоя, умерла?

— Рак желудка, как уж потом выяснили. А денег у меня даже на гроб не было, безработная я. Обанкротилась наша швейная фабрика... Пришлось кремировать, все ж подешевле...

— Деньги убери, мне они без надобности. Значит, торговля собственным телом не больно рентабельна? Сколько тебе этот плешивый хмырь обещал?

— Всего сто тысяч. Сильно не разбежишься.

Я окинул бывшую швею опытным мужским взглядом. Сделанный вывод, что большего она и не стоит, чисто по-интеллигентски оставил при себе и вынул из заднего кармана брюк неразлучный бумажник.

— Клиент, насколько разбираюсь в людях, уже слинял в неизвестном направлении, — сказал я, кладя на кухонный стол двадцатку гринов. — Это тебе в возмещение убытков.

— Так вы не участковый?! — наконец-то врубилась Надя, уставясь на меня, как баран на новые ворота. — Кто дал вам право врываться к честным людям?

— Заглохни, честная! Я Счастливый Случай, а он порожняком всегда приходит без предупреждения. Не знала разве? Так вот, Надежда, прекращай давай свое малодоходное надомное ремесло. На «конвейере» у меня будешь в десять раз круче зарабатывать. Наведайся завтра в гостиницу «Кент», спроси господина Цепелева. Он тебя пристроит к делу и номер в гостинице выделит. Понятно, не за красивые глазки. Будешь ему двадцать процентов с навара отстегивать. Покатит такой нехилый расклад?

Проститутка, почему-то покраснев, долго переваривала полученную информацию, но, видать, так и не нашла подходящих случаю слов благодарности и просто кивнула.

— Вот и ладушки! А то дань платить какому-то ржавому Василь Семенычу в наше индустриальное время высоких технологий — явный нонсенс! Да и унизительно, в конце концов. Ладно. Мне в путь пора. Время ужина давно пришло. Кстати, запомни: Вовчика не просто каждый день надо кормить, а хотя бы трижды за сутки. Ну, бывай пока.

Как и ожидал, кроме пацаненка, в комнате уже никого не было. Мимоходом потрепав на прощание рыжие вихры мальчугана, я вышел в подъезд, еле-еле освещенный экономной сороковаттной.

На первом этаже, заранее зная результат, а вернее, его полное отсутствие, позвонил в Ольгину дверь и, чертыхнувшись, направился к мирно дремавшему с погашенными фарами «мерсу». Даже это холодное бездушное железо сейчас казалось мне более человечным, чем все гомо сапиенс, вместе взятые.

На следующий день Цыпа прибыл ко мне на квартиру в такую рань, что я чуть было не удивился, но вовремя вспомнил о терзающих его заботах, связанных с сожительницей-бухгалтершей.

— Располагайся, братишка. Выпить не предлагаю — уважаю твои железные принципы.

— Прости, Евген, что с постели поднял, — глянув на мою фланелевую пижаму, буркнул соратник. — Но уже одиннадцать, и я думал...

— Пустяки. С чем пришел?

— Да я насчет Ленки. Можно начать готовить налет на ее банк?

— Не гони лошадей! О Валере Верховцеве что-нибудь разузнал?

— Только координаты его однокомнатной фатеры да еще что брательник в Астрахани живет. Андреем зовут.

— И то хлеб. Так вот. Я прошевелил ситуацию. Пусть твоя Елена умыкнет из хранилища еще пачку стотысячных.

— Но тогда недостача будет уже двести миллионов! — негодующе воскликнул Цыпа и даже покраснел с чего-то. — Это некрасиво, Монах. Ей же потом не рассчитаться.

— Ты еще скажи мне, что нельзя строить свое благополучие на несчастье других, — насмешливо предложил я. — Но не переживай. Ты не так все понял. Уйдет твоя дорогая бухгалтерша от ответственности — гарантия! Просто мой план акции прикрытия требует капиталовложений. Частично — для ее успешности, частично — в качестве скромного гонорара за мои умственные старания. Просекаешь?

— Если ты уверен, что все будет в елочку, то, конечно... — с сомнением промолвил телохранитель, стараясь по моим честным глазам прочесть план спасения своей пассии. — А детали не раскроешь?

— Будет день — будет пища! Когда принесешь сто «лимонов», тогда сразу и претворим идею в жизнь. Чего раньше времени базарить? Примета плохая. Или ты мне не веришь?

— Ясно, верю, — Цыпа отвел взгляд и мрачно насупился, задумавшись о чем-то.

— Ладно, — облегченно вздохнул он, придя к каким-то утешительным выводам. — Принесет Ленка пачку. Уболтаю. Накрайняк, коли твой план не выгорит, своими бабками недостачу погашу.

— Вот речь не мальчика, но мужа! — изрек я вычитанную где-то умную цитату. — Не хипишуй! Все будет путем. Ты же меня знаешь.

— В том-то и дело... — странно ответил Цыпа и поднялся с кресла. — Ну, я побежал. Надо смену послать ребятам, которые за шатуновской братвой пасут.

— Ладушки. Можешь «мерс» взять. До вечера он мне все одно не понадобится.

Так как две кавалерийские атаки на квартиру желанной театралки оказались неэффективными, сегодня я решил идти другим путем.

Отыскал в справочнике телефонный номер акционерного общества «Гармония» и, представившись двоюродным братом Ольги, попросил ее к телефону. Приятный женский голос секретарши сообщил мне, что Ольга вместе с шефом уже неделю в Москве по делам, но сегодня она возвращается в Екатеринбург.

На этот раз я подготовился всесторонне. Кроме букета чудно пахнущих роз, прихватил также торт-мороженое. А на случай бдения на скамейке — плоскую серебряную фляжку с коньяком.

В восемь вечера, как и в прошлые два дня, нарисовался у Олиной двери. Если пословица не врет и «бог любит троицу» на самом деле, то сегодня мне должно повезти и «сим-сим» наконец-то откроется.

Так и вышло. За те девять месяцев, что мы не виделись, страстная любительница оперетт ни капельки не постарела. А искреннее удивление во взгляде вообще сделало ее похожей на девчонку-школьницу.

— Женя?..

— Гарантия. — Сунув в руки ошеломленной Оле букет алых цветов, я без лишних слов прошел в комнату.

— По всей видимости, ты меня в прошлый раз не до конца понял, — сухо заметила хозяюшка, входя следом за мной.

— Ошибаетесь, сударыня! Я все схватываю на лету, с полуслова. — За улыбкой я попытался спрятать сильное разочарование. — А пришел потому, что знаю, как легко-непредсказуемо меняется настроение очаровательных женщин. Но, кажется, я промахнулся на этот раз. В любом случае розы сейчас остро нуждаются в живительной влаге, а на наши сложные отношения им глубоко наплевать. Не будь жестокой к невинным созданиям. Поставь в вазу.

Хмыкнув, Оля унесла букет на кухню. «Если она выбросит цветы в мусорное ведро, то, верняк, мне уже ничего здесь не обломится», — подумал я, закуривая.

Но опасения оказались совершенно напрасными. Хозяйка вернулась в комнату с хрустальной вазой, в которой благодарно рдели, оживая, нежные представители флоры.

Установив роскошно-торжественную вазу в середину стола, Оля неласково покосилась на коробку тортика и плоскую фляжку, которую я выудил из кармана.

— Тебе что, больше выпить негде?

— Не опошляй чистых порывов моей души, — строго заметил я. — Просто мне немного грустно что-то, вот я и решил для прививки оптимизма пообщаться со славной знакомой девушкой. Какой тут криминал? А суровость плохо идет к твоему милому личику. Вместо глупых разборок неси-ка лучше тарелку и пару рюмок.

Оля явно хотела сказать что-то резкое, но, передумав и вздохнув, снова отправилась на кухню.

— Только давай сразу договоримся, Женя, — принеся все необходимое и присев за столом напротив меня, сказала хозяйка. — В память о нашей давней встрече просто посидим по-товарищески, и ты уйдешь, не делая никаких поползновений...

— Заметано! Как цынканешь, сразу рву когти, без базара. Гадом буду! — Поймав удивленный взгляд собеседницы, я поспешил пояснить: — Я ведь детективы пишу. Иногда слишком уж вхожу в образ бандита и сыплю жаргоном напропалую. Я лишь хотел сказать: дай только знак, и я мигом улетучусь, как паинька. Клянусь.

После второй рюмки французской амброзии Олино личико разгладилось, глаза потеплели и засветились. Как я и рассчитывал. Если бы догадался добавить в коньяк децал лауданума, то молодая хозяйка сама бы уже силой волокла меня в постельку. Обычное дело — задним умом мы все...

— Ты не находишь, что коньяк значительно круче настроение поднимает, чем все твои любимые болгарские вина? — полюбопытствовал я, вкрадчивыми бархатными интонациями стараясь пробудить нежные струнки в душе театралки.

Но на сей раз мой баритон не вызвал ожидаемого отклика. Должно быть, тональность была не той кондиции из-за легкой простуды, полученной вследствие идиотских вечерних сидений на скамейке.

— Хороший напиток, — равнодушно согласилась Оля, многозначительно поглядывая на настенные электронные часы. — Но слишком дорогой, не по карману секретарю-референту.

— О чем разговор? — Почувствовав привычную почву под ногами, я воспрял духом. — Ежели у тебя трудности с финансами, то я безусловно и с радостью... пару-тройку «лимонов» в качестве презента...

— Благодарю. Не нуждаюсь, — сухо отрезала Ольга и поджала свои чудные чувственные губки. — Ты, Женя, кажется, меня с проституткой перепутал.

Спорить, разубеждать или оправдываться было бы одинаково глупо и унизительно. Поэтому, находчиво отхватив ложкой огромный кусок торта, я запихал его в пасть, наглядно-убедительно обосновывая свое затянувшееся молчание. Прожевав наконец кремово-сливочный айсберг, взглянул на Олю. Она уже успокоилась и с понимающей улыбкой наблюдала за моими нехитрыми тактическими уловками.

— Тебе пора, Женя. Извини, но мне завтра рано вставать.

— Как скажешь, начальник. — Стараясь подавить в себе раздражение, я выпростал жаждущее неги тело из уютно-мягкого кресла. — Признайся уж напоследок. Нового мужского индивида ждешь? Угадал?

— Какой ты все же глупый, хоть и писатель! — Оля как-то странно-отчужденно посмотрела мне прямо в глаза. — Если хочешь знать, мужчины для меня просто не существуют, они мне противны.

— Да неужели?! — Я невольно язвительно рассмеялся. — Теперь понятно, зачем каждую неделю нового любовника заводишь. Так же равнодушна к мужикам, как и бесподобная Екатерина Вторая!

— Дурак ты, Женя, — почему-то совсем не обидевшись, спокойно сказала молодая особа. — Любовников меняла, так как эксперимент ставила... медицинский. Надеялась забеременеть. Бесплодие у меня... А ребенка хочу до безумия!

— Вот те на! В таком случае не экспериментировать надо, а к гинекологу обратиться.

— Бесполезно. Все методики их уже испробовала. Необратимо, говорят. В шестнадцать лет аборт у меня был...

— Выходит, сама виновата, — констатировал я.

— Сама?! — У Ольги даже губы побелели от негодования. — Изнасиловали меня. Четверо пьяных ублюдков. От них рожать?! После того случая всех вас, кобелей, ненавижу.

— Зачем так обобщать? — попытался я утихомирить не в меру разбушевавшуюся амазонку. — Уверен, кое-кто, из скромности не уточняю, кто именно, доставил тебе в постельке истинное наслаждение.

— В том-то и беда! Испытывая удовольствие от мужских ласк, себя начинаешь чувствовать сучкой какой-то. Животинкой с одним половым инстинктом.

— Ты просто шизофреничка, — подвел я итог своим наблюдениям. — А, кстати, может, разок еще поэкспериментируем, вдруг срастется? И получишь от меня в подарок свою заветную мечту — мальчонку...

— Нет уж. Наэкспериментировалась до отвращения. — Оля слабо улыбнулась. — Да и врач сказал, что детей у меня уже никогда не будет.

— Ну, как желаешь. Навязываться не смею. Рву когти, как обещал. — Я взял со стола пустую фляжку и сунул в карман. — Кстати, сейчас без проблем можно в любом детдоме пацаненка по вкусу подобрать. Все эти заведения на ладан дышат из-за финансового краха и никаких справок о моральном облике уже не требуют. Или вон в восьмой квартире беспризорный мальчуган пропадает. Вовчиком кличут. Всего раз в сутки одна путанка его кормит. Ну, пока! Авось еще когда-нибудь пересечемся.

Заводя мотор «мерса», я прикидывал, к кому из постоянных подружек зарулить на огонек. Но, так и не остановив свой выбор ни на одной прелестной кандидатке, плюнул на этот сложный ребус и поехал домой спать.

«АБСОЛЮТНАЯ» АКЦИЯ

Настоявшись за ночь в пузырьке с водкой, сотня таблеток паркопан-5 отлично растворилась, выбросив в осадок ненужные меловые элементы.

Аккуратно выбрав невинную на вид прозрачно-чистую жидкость шприцом, я вколол его тонкую иглу в жестяную пробку бутылки «Абсолюта» и выдавил содержимое внутрь.

Для намеченной акции прикрытия Цыпиной банкирши все было готово.

Ближе к полудню появился Цыпа с «дипломатом». По его сосредоточенно-серьезной физиономии было очевидно, что пришел он не пустой.

— Вот, как ты велел, — сказал он, выуживая из «дипломата» увесистый пластиковый пакет. — Сто «лимонов», как в аптеке.

Так и оказалось. Вскрыв пакет, я обнаружил пачку из десяти корешков, в каждом из которых было по десять миллионов рублей хрустящими стотысячными купюрами. Два корешка я сунул к себе в карман, а остальные забросил обратно в чемоданчик.

— Прогони бабки через наше казино. Пусть станут непорочно-чистыми. Потом поделим пополам.

— К завтрему все будет в ажуре.

— Ладушки. Ну что, любитель финработниц, приступаем? Как ты мыслишь, астраханские арбузы уже созрели?

— В каком смысле? — удивленно-непонимающе захлопал своими пушистыми ресницами Цыпленок.

— В самом прямом.

— Не в курсе я, Евген. По ходу, рано еще для арбузов-то.

— Ну и дьявол с ними! Накрайняк яблоки возьмем. Менять план поздно. Поехали. Бутылку со стола прихвати.

Уже через десять минут мы были на колхозном рынке. Частично посвященный мной по дороге в план операции, Цыпа деятельно сновал между длинными деревянными столами, заваленными цитрусовыми дарами матушки-природы. Вскоре появился и результат его суеты — объемная сетка, битком набитая желто-розовыми яблоками, своей удивительной величиной больше похожими на маленькие дыньки.

— Не астраханские, правда. Из Бишкека.

— Сойдет. На них не написано, — усмехнулся я. — Что ж, пора навестить господина Верховцева!

Инкассатор проживал на четвертом этаже типовой серой пятиэтажки.

— Если ангел-хранитель его еще не покинул за грехи, то дома Валеры не окажется, — философски заметил я, нажимая на кнопку электрозвонка.

По-видимому, хозяин квартиры уже успел-таки опротиветь личному ангелу — дверь незамедлительно открылась. На нас выжидающе смотрели серые глаза тридцатилетнего белобрысого типа.

— Вы Валерий? — бодро спросил я и взял у Цыпы

Евгений **Монах**

сетку с яблоками, стараясь на ней сконцентрировать внимание хозяина.

— Да. А в чем, собственно, дело?

— Мы от Андрея Верховцева, вашего брата. В Екатеринбурге проездом, вечером уже обратно в Астрахань на поезде пилить. А это небольшой вам презент от брата и южной природы. Разрешите войти?

Хозяин квартиры скинул с двери цепочку и не слишком радушно буркнул:

— Заходите, раз такое дело. И как там Андрюха, все на старом смешном месте пашет?

— У него все отлично! — заверил я, входя в комнату, и тут же спрыгнул со скользко-опасной темы. — Чудненькая квартирка! И сервант на положенном месте. А в нем, ручаюсь, и стопочки имеются. Грех не обмыть наше знакомство.

— Я почти не пью, — немного растерялся от моего наглого напора белобрысый инкассатор. — В доме ни грамма спиртного...

— Пустяки! У нас завсегда с собой. Верно, Александр Иванович? Доставай наши запасы.

Цыпа, глупыш, не сразу отреагировал на «Александра Ивановича» и чуть замешкался, прежде чем выставил на стол мою бутылку «Абсолюта». Но хозяин, на свою беду, не обратил на это внимания. Впрочем, радикально повлиять на ход событий он бы при всем желании все одно уже не смог.

— Нет, это совсем не по-славянски, — забраковал я вынутые Валерой из серванта крохотные коньячные рюмки. — Надо стопки или стаканы. Без лишних претензий, зато очень демократично и доходчиво. А вы, Александр Иванович, помойте яблочек нам на закуску.

Вскоре на столе стояли тарелка с яблоками и три стограммовые стопки.

— Выпьем за чистые братские чувства, — предложил я, обезглавив бутылку и наполняя емкости водкой с сюрпризом. — Один в Астрахани, другой в Екатеринбурге, а ведь помнят и заботятся друг о друге!

— За братву! — совсем не к месту съюморил Цыпа, весело мне подмигивая. Проследив, как все выпили, я освободил рот от водки, выплюнув обратно в стопку, и, отвечая на удивление собутыльников, пояснил:

— Не идет что-то. Подташнивает. Погожу маленько. Не обращайте внимания, со мною это бывает.

Чувствуя на языке противно-специфический медный привкус паркопана, я поспешил закурить спасительную «родопину».

— Это печенка характер показывает, — обеспокоенно заявил Цыпа. — Я ж тебе все время говорю, Михалыч, слишком уж часто ты пьешь. Так и цирроз можно запросто схлопотать.

— Ладно, доктор Айболит, — усмехнулся я. — Сваргань-ка лучше мне кофе или чай покрепче.

Когда Цыпа скрылся в кухне, я еще некоторое время задумчиво-неторопливо курил, наблюдая за хозяином.

Валера неподвижно сидел на стуле, уставившись на свои ярко покрасневшие ладони. Он бы удивился еще больше, увидев свою физиономию. Она вся пошла красными пятнами, контрастируя со скулами, которые покрыла меловая бледность.

— География! Биография! Хореография! — сказал я свой любимый тест, проверяя, на какой стадии находится сейчас клиент. — Продолжай!

— Проезжай, унижай, уважай, урожай, угрожай, —

механически забубнил Валера немного не по теме, но в нужном ключе, — переживай, одалживай, пересчитай. Гульчитай...

Убедившись, что хозяин правильно шагает в направлении необходимой мне кондиции, я прошел на кухню проведать Цыпу.

Тот сидел на табуретке у газовой плиты и налившимися кровью глазами с ненавистью смотрел на чайник. Паровой свисток тоненько надрывался, возвещая, что вода уже давно вскипела.

— Ты как, Цыпа? — спросил я, с интересом разглядывая соратника.

— Менты на хвосте! — медленно повернув ко мне голову, сообщил шепотом Цыпа. — Свистят, суки! Делать ноги пора. — Рука его вяло шарила под курткой, не в силах выдернуть из кобуры тяжелый автомат-пистолет Стечкина.

Я выключил огонь под чайником, и тот наконец затих. Цыпа сразу успокоился, закаменев на табуретке.

Не найдя в запасах инкассатора кофе, я заварил полпачки цейлонского чая на стакан воды. Пока жидкость активно насыщалась необходимым кофеином, я произвел ревизию холодильника и остался доволен, обнаружив лимоны. Сок одного из них я выдавил в свою чайную чашку. Но давать Цыпе приготовленное мощное противоядие спешить не стал. Вытянув у него из кармана черную вязаную маску-шапочку с прорезями для глаз, с которой он никогда не расставался, я натянул ее себе на голову, чтобы не отвлекать «плавающего» соратника слишком уж хорошо знакомым ему лицом. Пощелкал у него перед носом пальцами, привлекая внимание.

— Ты кто? — Цыпа набычился на спецназовскую маску, как на заклятого врага. Было очевидно, что благоприобретенные уголовные инстинкты уже взяли над его разумом полную власть.

— Я друг, я твой брат, такой же бродяга по жизни, как и ты, — спокойно, но с нажимом разъяснил я. — А вот Монах, говорят, львиную долю доходов забирает и тебя ни в грош не ставит. Вам не по пути, он же эгоист махровый! А ведь если его грамотно убрать, то и делить с ним ничего не надо... Неплохая идея?

— Ах ты, мразота! Падла! Да я за Монаха!.. — Усилием воли Цыпе все же удалось заставить себя выдернуть из-под куртки «стечкин», но передернуть затвор он забыл, и я без малейших эмоций наблюдал за его безрезультатными потугами всадить в мою черную маску всю двадцатизарядную обойму пистолета.

Отведя в сторону назойливо маячивший у меня перед глазами вороненый ствол, я задал вопрос, который давно уже хотел выяснить:

— А где твой брат Василий? Снайпер?

Соратник, явно уже начисто забыв, зачем он только что махал волыной, сунул ее обратно в кобуру и напряженно задумался, смешно наморщив лоб.

— Не в курсе. Потерялся где-то на югах. По ходу, утонул по пьянке в море. А может, ограбили и утопили. Куча долларов была у него.

— Весьма вероятно, — согласился я, не уточняя, что мне-то судьба Василия очень хорошо известна. Вася был слишком уж беспечен и стал опасен для организации. По моему заданию его «погасил» и закопал в лесу Том, приятель Цыпы...

Отжав ложкой чайную массу, я нацедил почти полстакана смахивающей на деготь жидкости и подал сонно клевавшему носом Цыпе.

— Пей до дна!

Заглотив чифирь, телохранитель пару минут неподвижно сидел, вытаращив глаза, и хватал разинутым ртом воздух.

— Все путем! Кофеин уже всосался, сейчас полегчает. Сейчас тебе вырвать надо.

Обхватив Цыпленка сзади за мощный торс, я наклонил его голову над раковиной мойки. Но, сколько он ни тужился, ничего не выходило. Слегка нажав пальцами на его солнечное сплетение, я вызвал наконец долгожданный спазм, и Цыпу вырвало сплошной желчью.

— Что это со мной? — слабо простонал соратник, с трудом возвращаясь на табурет.

Внимательно присмотревшись, я увидел, что в его взгляд понемногу уже возвращается осмысленность.

— Ничего страшного. Обморок с тобой случился. Ты разве не помнишь?

— Нет, — смущенно признался Цыпа. — Башка ватная какая-то.

Я налил ему стакан воды и выжал туда второй лимон.

— Выпей. Полегчает. Давно делом пора заняться. Надеюсь, то, что мы в гостях у Верховцева, ты все же не забыл? По-быстрому помой посуду и принимайся за шмон. Усек? Действуй!

Вернувшись в комнату, я нашел Валеру на том же месте.

— Выезжай, умножай, опережай... — вяло растягивая слова, долдонил хозяин, видно, вконец зациклившись на рифмах.

Полюбовавшись на это творение рук своих, я нежно похлопал клиента по кумачово рдевшим щекам.

— Довольно, дорогой! Тебе и так уже поэты всех времен и народов люто завидуют. Одно не пойму, чего ты только одну-единственную пачку из хранилища увел?

Валера захлопал на меня глазами и по-идиотски хихикнул, обнажая прокуренные зубы.

— Я ж не дурак! Две-то под курткой сильно заметны были бы.

— Ясненько. И заодно уж — что это за смешная профессия у твоего Андрюхи? Любопытно просто.

— Дамский парикмахер он. Умора! — продолжая глупо скалиться, сообщил Валера.

Я плеснул ему еще стопку.

— Выпей за его здоровье!

Уговаривать клиента не пришлось. Под паркопаном люди обычно чисто механически выполняют любые команды.

Я склонился над незадачливым воришкой. Зрачки его сильно расширились, захватив чуть не всю радужную оболочку глаз. Меня он уже не замечал. Это свидетельствовало о том, что сознание Валеры быстро продвигается по верному пути в запредельный мир счастливых иллюзий и многоцветных миражей. И, судя по лошадиной дозе, оно там благополучно загостится на месячишко, а то и вообще не захочет возвращаться в банально-скучную реальность.

Из кухни нетвердой походкой вышел Цыпа. Как сомнамбула натыкаясь на стены, принялся за обыск. Хорошо хоть перчатки натянуть не забыл. Опыт и профессионализм победили заторможенность. Скоро из разных мест были извлечены около ста тонких пластиков опия и куча одноразовых шприцов. Денег, естественно, почти не оказалось.

— Тухлый наркоша, как Ленка и думала! — подвел итог Цыпа, устало опускаясь на стул.

— С ним все ясно. Заканчиваем.

Оставив наркотики на столе, я вскрыл два принесенных с собой денежных «корешка» и присыпал ими столешницу, как листьями присыпает землю осень.

Покидая квартиру, открыл все шесть вентилей газовой плиты. Хлопнув дверью, убедился, что за нами защелкнулся замок. Полупустую бутылку «Абсолюта» спустил в мусоропровод.

Во дворе у машины сразу пресек попытку Цыпы сесть за руль.

— Сам поведу. Тебе, братишка, нынче рулить противопоказано. Отдыхай после своего идиотского обморока.

— Не знаю даже... — Телохранитель тяжело плюхнулся на пассажирское место. Его заметно знобило. — Раньше со мною ничего такого не было.

— Все нормально. Главное, обморок уже позади, а ведь он вполне мог оказаться смертельным...

— Ну да! — недоверчиво скривил губы наивный Цыпа. — Я же здоров как буйвол!

— Поверь слову знающего человека, — серьезно подтвердил я, поворачивая ключ зажигания. — В таких неожиданных приступах я довольно крупный дока!

В гостинице, отправив верного соратника отсыпаться и приходить в себя, я позвонил дежурному Горгаза и взволнованно сообщил, что из шестнадцатой квартиры чувствуется сильный запах газа, а на звонки никто не отвечает. Продиктовав адрес Верховцева, повесил трубку.

Барометр моего настроения устойчиво показывал на «ясно». Сейчас нужный пасьянс сложится — бригада газовиков, обнаружив невменяемого Валеру, наркоту и ворох дензнаков, безусловно, вызовет ментов. Таким образом в банке о недостаче узнают еще до ревизии. Что и требовалось.

На следующий день, слушая доклад Цыпы о текущих делах, я с любопытством разглядывал соратника, вслушиваясь даже в его интонации. Но, кроме легкой бледности на щеках и устало-тусклого взгляда, ничто не напоминало о перенесенном им вчера суровом испытании.

— Приходила в «Кент» деваха от твоего имени, — продолжал Цыпа. — Надюхой представлялась. Параметры и фэйс среднего качества, так что сразу на профпригодность проверил. Для спецклиентуры не подходит, а на «конвейере» вполне справится. Выносливая! Ради эксперимента прогнал через нее чуть не дюжину наших мальчиков подряд, а ей хоть бы хны! Выделил Надюхе номер в гостинице, пусть работает.

— А как дела в «Большом Урале»? «Бабочки» Шатуна уже прилетели на огонек?

— Да уж, ждать не заставили. Два дня трутся, отбивают наших постоянных клиентов. И успешно. Навар моих девчат упал процентов на тридцать. Если так круто и дальше покатит, то в этом месяце мы недополучим с них миллионов восемьдесят, а то и больше.

— Да, не было печали... — поморщился я. — А что интересного говорит «наружка»?

— Пока никаких понтов от наблюдения. Шатун, прям как сыч, сидит безвылазно в особняке. Коли будешь планировать «ликвид», то без налета на его гнездо не обойтись. А в доме постоянно не меньше пяти вооруженных боевиков находится. Значит, нам понадобятся человек двадцать... Будет крупный хипиш...

— А если просто снайпера напротив посадить?

— «Кукушка» результата не даст. Я проверял — к сожалению, все окна в доме пуленепробиваемые. И такой же толщины, как в нашем клубе «У Мари». Очередь из «калашникова» выдержат.

— Продуманный козел попался! Подождем с решением децал, авось сударыня-жизнь сама даст подсказку.

— Навряд ли, — усомнился кардинально мыслящий Цыпа. — Избавиться от проблемы поможет только госпожа смерть.

— Кто о чем, а голый все о бане. Ладушки! Позже обсудим. Есть еще какие-то вопросы?

— Есть. Ты не можешь до вечера без «мерса» обойтись? Надо его в гараж загнать на несколько часиков.

— А в чем дело?

— Менты вконец оборзели с перепугу. Останавливают и шмонают всех подряд. Все чеченских террористов ищут. Лучше нам подстраховаться и оборудовать в салоне надежные курки для оружия, а не таскать его при себе. Другие наши машины я уже тайниками снабдил, остался только «мерс».

— Лады. Действуй. Накрайняк «Волгой» воспользуюсь.

Оставшись один в малом банкетном зале гостиницы, я задумался над глобальным вопросом современности: куда катится несчастная Россия? Скоро человеку, отправляясь на улицу, взять с собой банальный пистолет будет так же опасно, как и выходить без оного! Полный беспредел!

И что самое забавное: на бездарное покорение Чечни Россия, войдя в воинственно-дебильный раж, израсходовала денег уже в десятки раз больше, чем стоит эта маленькая кавказская республика со всеми ее потрохами. Натуральный идиотизм. Сразу видно, что страной рулят не вдумчивые экономисты, а верхогляды-политиканы, для которых красивая упаковка значит больше содержимого.

Вот и до уральского Екатеринбурга война докатилась. Городские власти и органы правопорядка явно впадают в истерику, незаконным образом нарушая демократическое право личности на неприкосновенность.

Эти мрачные мысли логично привели меня к самому простому и распространенному, чисто русскому желанию — утопить их в алкоголе. Рюмка выдержанного коньяка всегда помогает смотреть на окружающую действительность более оптимистично. К тому же нынче я еще не выпил ни грамма.

Уже потянувшись к кнопке электрозвонка под столом для вызова официанта, я вдруг остановился. Да, неожиданная идея вполне может оказаться жизнеспособной. Любую негативную ситуацию легко превратить в позитивную. Надо лишь подойти к ней с головой и с правильной стороны.

На кнопку я все-таки нажал. Но потребовал себе не коньяк, а Цыпу. Тот мигом нарисовался, будто сторожил дверь с той стороны. Впрочем, так оно, по ходу, и было. Бдительным стал Цыпа после моего недавнего похищения — спасу нет.

— Давай-ка прокатимся в «Северное сияние», навестим Фигаро. Наверняка он, как всегда, в этой забегаловке ошивается.

— Там же одни самопальные напитки подают, —

поморщился Цыпа. — Для твоих почек слишком большой риск.

— Не дуй на воду, братишка. Мы туда не пить направляемся, а строго по делу.

Бежевая гостиничная «Волга» доставила нас к нужному полуподвальному заведению за каких-то четверть часа.

Три ступеньки вниз, и мы с Цыпой попали в нутро пивнушки. Закуски здесь не предусматривались, и поэтому маленькое овальное помещение было густо пропитано лишь застоявшимися запахами дешевого табака и пролитого «Жигулевского». Торговали здесь и водкой, изготовленной из технического спирта и воды из-под крана в равных пропорциях. Но из-за дешевизны напитка посетители делали вид, будто не замечают, что водка имеет подозрительный и малоприятный привкус хлорки.

Фигаро, как обычно, ютился на высоком табурете у липкой стойки и, растягивая удовольствие, неспешно смаковал суррогатное пойло. Его маленькие заплывшие глазки на одутловато-багровом лице сразу выцепили меня из постоянного контингента, состоящего преимущественно из пьяниц и безработных.

— Евгений Михайлович! Каким ветром в это богом проклятое место?

— Попутным, дорогой, попутным. Ты как, соображать еще в состоянии?

— Без проблем! До счастливой кондиции я только к полуночи добираюсь. Как слон — могу два ведра выхлебать! Не вру, в натуре.

— Замечательно. Раз в силах экзотические сравнения выдавать — значит, в норме. — Я заказал для Фигаро порцию любимой им отравы и кивнул на пустующий столик. — Пойдем-ка присядем. Разговор есть. Деловой.

— Завсегда рад услужить хорошему человеку, — заявил Фигаро, когда мы приняли сидячее положение. — За кем-то последить треба?

— Нет. Пока без надобности. Посложнее заданьице будет. Зато и гонорар соответственно жирнее.

— Не томи, Евгений Михайлович, — нетерпеливо заерзал на стуле вечно остро нуждавшийся в дензнаках Фигаро. — Окромя «мокрухи», на все подписываюсь! Рассказывай, Монах.

— Ну-ну, не так громко, — невольно заозирался я по сторонам. — Умерь свой пыл. Энтузиазм, конечно, дело хорошее, но в разумных пределах. А задание такое. Тебе завтра нужно навестить одного человека и предупредить, что на его дом готовится налет. Как сам видишь, сущий пустяк, но я готов заплатить за него пятьсот долларов. Нравится такой щедрый расклад?

— Еще бы! Но откуда я мог узнать про налет? — засомневался Фигаро. — Я же с блатными давным-давно не кручусь.

— Это просто. Здесь, в баре, случайно разговор за соседним столиком подслушал. Пьяная компания явных уголовников. В базаре упомянули господина Шатунова, директора «Титула»: мол, кранты ему пришли, завтра копыта прямо у себя на фатере отбросит... Что-нибудь в этом роде прогони. Не фраер, сообразишь, что ему сказать убедительнее.

— Это конечно, — закивал явно польщенный алкаш. — Во сколько мне у Шатунова быть надо?

— Как проспишься, так и иди. Часам к двенадцати дня подгребай. Устраивает? Ладушки. И еще. Для правдоподобности позвони в «Титул», чтоб тебе дали выход на директора. Усек? — Я черкнул адрес конкурента в блокноте и, вырвав листок, отдал Фигаро, приложив сверху стотысячную банкноту. — Вот, держи. Маленький аванс. А баксы завтра вечером здесь получишь. Ну, удачи тебе. Гляди, слишком сильно не надирайся. До завтра.

Цыпа завел мотор и неодобрительно на меня покосился.

— Я не очень понимаю твою игру, Евген, но одно знаю точно: так жирно отстегивать этому задрипанному пьянице — просто расточительство. Ясно, он твой приятель, но все же...

— Что-то измельчал ты, Цыпленок, — усмехнулся я. — Для тебя каких-то сто тысяч рублей уже деньги!

— Это лишь аванс. А я про полштуки баксов базарю. Две большие разницы, согласись.

Я закурил «родопину», чтобы отделаться от прилипчивых ароматов забегаловки, и задумчиво посмотрел в глаза соратнику.

— Цыпа, с огорчением убеждаюсь, что ты совсем не читаешь афоризмы. А зря. Тогда бы ты знал, что «благими намерениями вымощена дорога в ад...». Почему бы не сделать человеку приятное, назвав приличную, воодушевляющую цифру?

— Как? — Соратник был огорошен и шокирован. — Ты, Монах, нарушив свое слово, не заплатишь?

— Поверь, рад был бы рассчитаться. — Я выбросил сигарету в полуопущенное окно. Пивные запахи, слава богу, перестали меня преследовать. — Но, по ходу, не с кем будет. По всей логике событий, завтра беднягу Фигаро убьют... К искреннему моему сожалению, конечно.

ПРИНЦИП ДОРОЖЕ ДЕНЕГ

Под потолком серыми перистыми облаками плавали клубы сигаретного дыма. Небольшого усилия соображения было достаточно, чтобы представить комнату этакой сконцентрировавшейся Вселенной. Люстра вполне за солнышко проканает. Не греет, правда. Впрочем, для согрева есть дремлющий сейчас вулкан камина-бара.

— Давай выпьем, майор. — Я открыл весело засветившийся бар и вынул весьма уважаемый Ининым «Наполеон». Хотя лично мне больше нравится «Матр». Но закон гостеприимства — никуда не денешься.

— Это дело стоящее! — оживленно потер ладони опер.

По ходу, окончательно спивается мой мент. Надо бы на всякий случай замену начать ему подыскивать. Где-нибудь на уровне заместителя начальника УВД области.

— Между первой и второй промежуток небольшой, — пошутил я, сразу наполняя рюмки по новой. — Кстати, очень правильная пословица. Как утверждают медицинские умники, алкоголь в малом количестве моментально распадается в желудке на воду и углекислый газ.

— То-то мне всегда тут же повторить хочется, — сделал ценное открытие Инин, отправляя себе в желудок второй отряд алкоголя на подкрепление первого.

Когда опер совсем расслабился, о чем красноречиво свидетельствовали вытянутые ноги и блуждающая на губах благодушная улыбка, я перешел к главной теме:

— Знаешь, майор, я по доброте-широте душевной

хочу тебе халтурку подбанчить. Уверен, ты не имеешь ничего против суммы в пять тысяч долларов...

— В точку, Монах! — хохотнул Инин, но глаза его враз стали серьезными и трезвыми. — Ничего против не имею, но, говоря твоими же давними словами, за них ты с меня подвиг Матросова потребуешь?

— Ничуть. Я другом рисковать не намерен. Ты дорог мне как память! — без улыбки заверил я и потянулся к бутылке.

— Не отвлекайся, прошу, Монах! После выпьем. Давай о деле. Прямо и честно, без экивоков и реверансов.

— Как скажешь, начальник! Слушай сюда. Ты, помнится, говорил, что владелец особняка, где проживает Шатун, господин Завлеев?

— Ну и?..

— Судя по фамилии, он чеченец. Почему-то у меня сильное подозрение, что дом его — притон чеченских террористов... Как думаешь? По-моему, вполне реально смотрится.

— Может, и реально, но вряд ли прокатит. Служба безопасности, если Шатун их кадр, никаких мер принимать на подобный сигнал не станет. И я же крайним тогда окажусь!

— Не сгущай краски, дорогой! И зачем вообще ФСБ в известность ставить? Ведь террористами также и РУОП занимается. Верно? Да и твой уголовный розыск при желании может инициативу проявить.

— Ну, допустим. И что тебе это даст? Приедут, ошмонают, проверят документы — и все! Какой понт? Таким комариным укусом Шатуна не свалить. Дохлый номер.

— Ты так уверен? А я вот предвижу, что обитатели

особняка окажут вооруженное сопротивление... **Как и положено фанатикам-террористам.**

— Да? — Опер понимающе хмыкнул и потянулся к рюмке. — Спасибо за предупреждение. А я ведь сдуру и сам сначала хотел поучаствовать. Забыл, понимаешь, про твою милую привычку везде кровавые бойни устраивать. За это не грех и выпить.

— Вот и ладушки! Как понял — подписываешься? — Я вынул из кармана халата загодя приготовленную пачку долларов и положил на стол перед опером. — Пять штук, как обещал. Но учти, надо сделать таким образом, чтоб твои коллеги прибыли на место завтра днем. В полдень — самое оптимальное.

Пачка баксов уже каким-то замысловатым образом незаметно исчезла в карманах Инина. Уже который раз хочу проследить этот момент приватизации, но все безуспешно. В роду майора явно когда-то были цирковые фокусники. Либо он законспирированный родственник Чубайса.

— Не беспокойся. Раз я взялся за дело, все будет тип-топ. Сварганю убедительные агентурные данные о подготовке взрыва Белоярской атомной электростанции — мигом приедут, уверен, даже санкции прокурора на обыск ждать не станут.

— Отлично! Я знал, что на тебя можно смело положиться.

Весьма довольные друг другом, мы прикончили остатки коньяка и расстались. Устал я в этот день, чисто как собака. Печально, но, по ходу, возраст начинает потихоньку гасить энергию. Даже женщину почему-то не хотелось.

Верный давней лагерной привычке спать при свете, ночник я выключать не стал.

Так как завалился в постель рано, то и встал так же. Еще не было и девяти часов. Бойкие солнечные зайчики весело резвились на полированной поверхности спального австрийского гарнитура, вселяя в меня уверенность, что сегодняшний день сложится удачно и снимет с нашей фирмы нахальный пресс некстати нарисовавшегося конкурента. Правда, пришлось пойти на некоторые денежные потери. Но игра стоит сожженных свеч. Принцип дороже убытка. Никто не вправе безнаказанно уменьшать ручьи наших доходов, направляя их потоки в другое русло.

Слегка позавтракав, я устроился с сигаретой в шезлонге на балконе. Цыпа должен был появиться только к десяти часам.

Горизонт радовал девственной чистотой. Привычный смог отсутствовал. Ну да. Ведь десятки заводов простаивают, лишенные заказов на свою продукцию. Нет худа без добра, как говорится. Экология хоть децал оправится от этих вечно чадящих заводских труб. Ничего почему-то не получается у наших доморощенных российских бизнесменов. Все катится к тому, что вынуждены будем продать все производства энергично-деловому Западу. И в оконцовке окажется Россия каким-нибудь пятьдесят пятым штатом Америки. И название западники ей в тему подберут. Например, Восточный Штат Америки — ВША сокращенно...

Не очень что-то оптимистические мысли в голову с утра заползают. Может, Россию еще кривая вывезет. Всю же историю свою кувыркаемся по кривой — и ничего, нормально. Привычно даже.

Решив не засорять лишний раз несчастный окружающий мир, я унес сигаретный чинарик в комнату и интеллигентно погасил его в пепельнице. Даже поуважал себя за этакое чистоплюйство минуту-другую.

Тут и Цыпа нарисовался.

— Михалыч, что же все-таки затевается? — были первые его слова после приветствия.

— Ничего сверхъестественного. Ты ведь обожаешь боевики по видео глядеть. Зная эту твою страстишку, приглашаю посмотреть боевик вживую. Поехали!

Нашему «мерсу» пришлось изрядно покрутиться в окрестностях шатуновского особняка, пока я не выбрал подходящую во всех отношениях позицию. И от объекта наблюдения на безопасном расстоянии, и почти все подступы к нему как на ладони.

В двенадцатом часу показался из-за угла Фигаро. Судя по уверенно-твердой походке, он, на удивление, был почти трезв.

Долго звонить у парадного ему не пришлось. Высокая обитая железом дверь моментально открылась и тут же захлопнулась, поглотив Фигаро, как крокодил кролика. Словно и не было.

Что ж, оставалось надеяться только на то, что мой посланец успеет все же слинять из особняка до приезда руоповцев. Так что шанс уцелеть у Фигаро есть, если на то будет воля провидения.

Но время шло, неумолимо приближаясь к полудню, а несчастный алкаш все не выходил из этой мышеловки. Значит, не судьба. Ничего не попишешь.

В четверть первого я обратил внимание на мчавшийся на недозволенных скоростях синий микроавтобус с затемненными стеклами. Даже отсюда, за полсотню метров, мы услышали, как яростно завизжали тормоза, когда он поравнялся с дверями особняка.

— Совсем не берегут деньги налогоплательщиков, — осуждающе покачал я головой. — Так у них быстрехонько коробка скоростей полетит!

Как и ожидал, высыпавшая из машины добрая дюжина молодцов с автоматами была вся поголовно в штатском. Даже не потрудившись хотя бы для проформы позвонить в дверь, они мигом прицепили к ней стальной трос, прикрепленный другим концом к автобусу. Мощно взревел мотор, и, несколько раз крутнув вхолостую колесами, машина отъехала, волоча на тросе сорванные с петель двери. Руоповцы, щелкая на ходу затворами короткоствольных модернизированных «калашниковых», ринулись внутрь дома. Им навстречу гулко залаяли пистолетные выстрелы, почти сливаясь в единый хор. Первый из нападавших сразу загнулся у дверей и, выронив автомат, попытался отползти в сторону. Но следующая пуля, а то и две угодили ему прямо в голову. Она треснула вроде переспелого арбуза, по которому ударили палкой, щедро разбрызгивая на пыльный асфальт красно-фиолетовую мякоть.

В особняке шло натуральное побоище. По звуку я определил, что «калашниковы» явно одолевают. Пистолетные огрызания становились все реже, подавляемые безостановочным треском автоматных очередей. Бой уже шел на втором этаже, судя по тому, что одно из окон разлетелось вдребезги вследствие попадания случайных, наверно, пуль.

— Это как же понимать?! — повернулся я к Цыпе, который сидел, напряженно подавшись вперед, буквально впитывая глазами происходящее. Вот так же он кинобоевики глядит. Ну чисто желторотый пацан, а не серьезный мой помощник, специалист по «ликвидам».

— Ты о чем? — отозвался соратник, с трудом отрывая взгляд от разворачивающегося сюжета.

— В нашем клубе такие же бронированные стекла стоят, ты сказал. Ты требовал у меня на их установку шесть тысяч баксов, якобы для моей же безопасности. А они совсем пулю не держат, как сам воочию можешь убедиться!

— Я тут ни при чем, — насупился Цыпа, — нормальный автоматный пять сорок пять стекла легко гасят, но тут же калибром семь шестьдесят два работают! Никакая броня такие удары не сдюжит.

— Ерунда какая! Надо было сразу тогда об этом сказать, и я бы не стал на подобное фуфло зря тратиться. Ведь, выходит, оно ни от снайперской винтовки Драгунова не защитит, ни даже от простого карабина!

Тем временем в особняке наступила мертвая тишина. Противно завывая сиренами, со всех сторон к дому подъезжали милицейские машины, почему-то, несмотря на солнечный день, с включенными мигалками. Наверно, просто нервишки у ментов перегрелись, не иначе.

— Кончай дуться, как мышь на крупу! — хлопнул я по плечу вздрогнувшего от неожиданности Цыпу. — Уезжаем. Здесь нам делать больше нечего, финал из местных теленовостей узнаем.

Вечером мы с Цыпой сидели у телевизора, нетерпеливо ожидая выхода шереметовской программы «Девять с половиной» в славном обществе пятнадцатиградусного чешского пива. Кстати, их пивовары умудряются доводить свои пенные напитки аж до тридцати градусов. Просто уму непостижимо! В натуре.

Наконец стрелки часов показали половину десятого, и нужная передача вышла в эфир. В рубрике «Происшествия» показали шатуновский дом, окруженный со всех сторон омоновцами и собровцами в белых и черных масках. Чуть не два взвода пригнали. У нас

Евгений **Монах**

всегда так — любим демонстрировать показушную энергичную деятельность, когда в ней и надобность-то уже давно отпала. В информации сообщалось о том, что региональное управление по борьбе с организованной преступностью ликвидировало глубоко законспирированную группу террористов, возглавляемую гражданином Завлеевым, чеченцем по национальности. По оперативным данным, бандиты намеревались взорвать Белоярскую АЭС. При задержании, так как террористы оказали яростное вооруженное сопротивление, сотрудники правоохранительных органов были вынуждены открыть ответный огонь на поражение. Шестеро из семи человек, находившихся в доме, были убиты на месте. Седьмой, как предположил Шеремет, оказался там случайно и участия в перестрелке не принимал, сразу забившись под диван, откуда его и извлекли при производстве обыска. С ним сейчас разбираются, выясняя, принадлежал ли он к банде или, как сам утверждает, пришел туда лишь устраиваться на работу в рекламное агентство, под ширмой которого и скрывались матерые бандиты. Потери группы захвата составили два сотрудника убитыми и пять ранеными. Мелькнули кадры с Фигаро, ошалело пялившимся в снимавшую его камеру.

— Кредитор-то живехонек, Евген, — чему-то улыбнулся Цыпа. — Придется отстегнуть ему пятьсот баксов. Честно заработал, считаю. И страху натерпелся на всю оставшуюся жизнь.

— Ладушки! Кто ж спорит? Это подтверждает народную пословицу — пьяниц сам бог бережет!

— А вот к наркошам это не относится, — обронил соратник, закуривая.

— В смысле?

— Инкассатор крякнул вчера в психушке. Отравление, говорят.

— Да?.. Съел, видно, что-то не то. Читал про скандал с британской говядиной? Коровье бешенство, пишут, смертельно для человека! По ходу, наш Валера английского мясца откушал... Но все к лучшему, как говорится. А как дела у твоей Елены Прекрасной?

— Все в ажуре. Недостачу, как ты и предсказывал, на инкассатора-воришку списали.

— Вот и ладушки. Давай-ка по этому знаменательному случаю сменим банальное пиво на благородное шампанское!

ИНТЕГРАЦИЯ ПО-МОЕМУ

Большой банкетный зал гостиницы «Кент» был забит до отказа. Сидя во главе длинного широкого стола, я с неподдельным живым интересом обозревал шеренги лиц слева и справа от себя. Правая сторона, где сидели наши ребята, казалась мне более приличной и раскованно-оживленной, чем левая, которую занимала шатуновская братва. Впрочем, их мрачные морды вполне можно было извинить, принимая во внимание совсем недавние похороны их главаря со товарищи.

Сервировка стола и наличие на нем, кроме традиционных крепких напитков, многообразных сортов шампанского и хереса наводили на мысль о торжественном празднике, а не о печальных поминках. Разве что канделябры с горящими свечами были немного в тему. Впрочем, узколобые шатуновцы навряд ли обратили внимание на это легкое несоответствие формы и содержания.

— Господа! — Я поднялся с кресла, с удовлетворением отметив, что разом умолкли все рты. — Печальный повод свёл нас вместе. Сегодня мы проводили в последний путь наших товарищей, которые гордо, чисто по-мужски, предпочли смерть неволе. Горько сознавать, что менты снова вырвали из наших рядов лучших людей. Перед лицом общей опасности нам необходимы взаимовыручка и тесное взаимодействие. Мой друг Шатун недавно предложил объединить наши фирмы. Скажу прямо: поначалу эта идея не вызвала у меня воодушевления. Всегда ведь проще катить по старой колее. Но желание покойного свято! В память о нашем брате выполним его последнюю волю и объединимся. Кто-то будет возражать? Или, отбросив глупые фраерские амбиции, сольёмся в единый мощный организм, которому в обозримом будущем станет по плечу контролировать уже не единичные кабаки и гостиницы, а все городские точки развлечений?

Моя несколько напыщенная цветистая речь возымела нужное действие. Шатуновцы одобрительно загудели, что и требовалось. Я поднял фужер с шампанским.

— Выпьем, братва, за интеграцию! Завтра с каждым из вас побеседует господин Цепелев, — я кивнул на сразу заважничавшего Цыпу, — и определит круг ваших обязанностей в новой структуре. Шатун может спать спокойно — никто из вас безработным не останется. Гарантия!

Дальше застолье пошло своим чередом, с каждой новой опрокинутой рюмкой атмосфера становилась всё более раскованной и непринуждённой. А через пару часов никто и не вспоминал печальный повод, собравший две недавно конкурировавшие группы за одним дружеским столом.

Вдоволь налюбовавшись на осоловелые морды новых сподвижников и убедившись, что они вскорости успешно сотрут грань между человеком и животным и без моего руководящего участия, я уехал домой.

Я проснулся, но покидать мягкую теплую постель желания не было. Хотя наступила суббота — самый суетливо-деловой день в наших заведениях и точках. По уму, надо бы посветиться перед персоналом, чтоб стимулировать-активизировать его производительность.

Мысленно пробежался по последним событиям и невольно усмехнулся. Да, все же трахнул я нахально отвернувшуюся фортуну. А не будет больше в такой вызывающей позе перед уголовником стоять! Ведь буквально все складывалось в сплошной негатив, и я просто вынужден оказался применить грубую силу, чтоб перевернуть ситуацию на позитивную сторону.

Впрочем, воспоминание об Ольге несколько умерило мое разбушевавшееся самолюбие. Да, с нею пасьянс не сложился. Хотя, возможно, еще не все потеряно... Не верю я, что девчонка искренна в своей ненависти ко всем мужчинам поголовно. Уж для одного-то, меня к примеру, могла бы и исключение сделать! Тем более что исключения не опровергают, а подтверждают правило, как базарят философы.

Сегодня она выходная... От недавней моей изнеженной лености не осталось и тени. Сбросив покрывало, я покинул постель со скоростью, с какой покидают тонущий корабль, и бодро начал одеваться, прикидывая, что прихватить с собою, чтоб сегодняшняя атака на соблазнительную театралку оказалась постельно-успешной.

В общем-то все заведения работают стабильно и без присутствия хозяина. Бизнес отлажен как хороший доильный аппарат и вполне обойдется нынче без моего контроля. Да и дисциплинированный Цыпа всегда на боевом посту и не позволит нашему пиратскому фрегату сбиться с верного денежного курса.

Когда запирал за собою двери на многочисленные хитроумные замки, неожиданная мыслишка заставила меня вернуться в квартиру. Скинув в прихожей свои австрийские полусапожки, я заменил их на черные демисезонные кроссовки. Пускай наивный Цыпа, глядя на локатор, думает, что я дома. Если повезет чуть-чуть, то тормознусь у Оленьки до понедельника. И совсем не в тему будет увидеть вдруг у нее бдительную мордаху телохранителя, заподозрившего, что меня снова похитили. Может кайф поломать.

Уходя, я прихватил из бара плоскую фляжку с коньяком, задержавшись задумчивым взглядом на чекушке с черной настойкой лауданума. Но забраковал идею. Неэтично вводить партнершу в любовный транс, подмешав в питье наркотик. Неинтеллигентно это.

Через полчаса стоял у заветной двери с роскошно-внушительным букетом роз и нервничал, как какой-то мальчишка безусый.

К счастью, прелестная ненавистница мужского пола оказалась дома.

— Добрый день, Оля! — Используя букет как живой щит-таран, я перешагнул порог, не давая времени хозяйке ни захлопнуть перед моим носом дверь, ни для ответного словесного залпа.

— Весна, хоть и уральская, будит в душе моей, дремлющей зимой, чувственную нежность. Она настойчиво требует выхода на волю. Поэтому я здесь, — болтал я без умолку, стараясь заворожить Олю своим бесподобным ласковым баритоном.

Войдя в комнату, я остановился как вкопанный. За

обеденным столом восседал на стуле, весело болтая ногами, мой давешний знакомый рыжеволосый Вовчик. Я его даже не враз признал, так он кардинально видоизменился. Нездоровые круги под глазенками и впалые щеки исчезли без следа. Лицо его упитанно округлилось и приняло жизнерадостный розовый цвет. Да и прикид мальчугана разительно отличался от прежнего. Вместо болоньевой куртки на нем был импортный спортивный костюмчик из натуральной шерсти и крохотные кроссовки. Я даже и не подозревал, что такие где-то выпускаются. Впрочем, читал, будто на Западе фирмачи заботятся об обуви для малышей не меньше, чем для взрослых. Парадокс, конечно, это же наверняка нерентабельно. Но факт остается фактом.

На столе перед Вовчиком стояла тарелка с благоухающим борщом и тарелочка с сосисками в обрамлении овощного гарнира.

— Привет, земляк! — пожал я ему ладошку, как равному солидному человеку. — Ты каким ветром тут?

— Я тут живу, — гордо сообщил Вовчик. — У меня мама нашлась.

— Ясно! — Я сунул букет почему-то смутившейся Ольге и по-хозяйски уселся за стол напротив пацаненка. — Ешь давай, а то простынет твой замечательный обед.

— А я обедал уже. Это полдник, — откликнулся мальчуган, послушно принимаясь орудовать ложкой.

Оля пристроила букет в ту же вазу, что и в прошлый раз.

— Соседка-то не выкобенивалась, легко мальчишку отдала? — полюбопытствовал я.

— Мне показалось, даже слишком легко, — ответила хозяйка, присаживаясь к нам. Со стороны мы сейчас смотрелись, наверно, идеальной семейкой. —

Но и ее можно понять. Вовчик для Надежды совершенно ненужная обуза. К тому же она похвасталась, что нашла постоянную хорошо оплачиваемую работу. Времени для ухода за Вовчиком совсем не осталось...

— Понятно. У тебя-то, ясно, времени вагон.

— Только без издевок и сарказма, Женя. Прошу тебя! У меня времени на ребенка хватит. В крайнем случае перейду на сокращенный рабочий день. Шеф разрешит, я с ним уже говорила.

— Ну да. Кто ж наберется сил отказать такой привлекательной референтше? Я и то не смог бы. Ты вот даже по ночам мне стала сниться, — приврал я чуток для красивости. — Закончил трапезничать, Вовчик? Что, если тебе пойти часок в песочнице поиграть? По старой памяти. А я тебя вкуснятистой пироженкой потом угощу. По рукам?

— Не-а, — равнодушно зевнул нахальный мальчишка. — Мне мама каждый день и так пироженки на ужин дает.

— Как вам не стыдно, Женя! — возмутилась Оля, хлопоча над Вовчиком, как курица-наседка над вылупившимся цыпленком. — Пойдем, солнышко мое, баюшки. Поспать сейчас тебе самое полезное будет. А вам, Евгений, пора уже по своим делам идти.

— Ладно. Рву когти! — Я безуспешно пытался скрыть раздражение и разочарование. — Даю бесплатный совет на прощание: не перекармливайте, сударыня, так безбожно мальчика. Вредно это.

Уходя от Ольги несолоно хлебавши, я вынужден был с прискорбием констатировать, что хитрая мерзавка фортуна все же нашла способ сполна рассчитаться со мной посредством земной, но так же безразлично отвернувшейся от меня желанной женщины...

КРАТКИЙ СЛОВАРЬ ВОРОВСКОГО СЛЕНГА

Б

Базар — разговор
Баклан — хулиган
Бодяга — ерунда
Борзый — нахальный
Борода — неудача
Бродяга — свой парень, с понятиями
Булки — ягодицы
Буркалы — глаза
Буром — нагло
Бык — глупый

В

Валет — никчемный человек
В елочку — правильно
Вестись — опасаться
Вертухай — конвоир в зоне
Включить счетчик — возрастающий процент
    на просроченный долг
Вкурил — понял
В натуре — на самом деле
Возбухать — нервничать
Воздух — деньги
Волына — пистолет
Вор в законе — коронованный в это
    звание на сходке авторитетными ворами
Выпас — выследил

Г

Гадом буду — честное слово
Голимое — наверняка
Головняк — неприятность
Гревак — передача в зоне
Губы раскатать — невыполнимое желание
Гуси улетели — потерял рассудок

Д

Дельфин — незаконно пострадавший
Децал — чуточку
Догнался — понял
Драп — марихуана
Дурь — марихуана
Дырявый — пассивный гомосексуалист
Дятел — внештатный сотрудник оперчасти, стукач

Ж

Жаба — зависть
Жлоб — скупой

З

Забить стрелку — назначить встречу
Загасить — спрятать
Закоцать — надеть наручники
Зарядить — дать информацию
Засветиться — попасть в поле зрения
    органов
Зелень — доллары

И

Иван — главарь

К

Капуста — деньги

Карась — состоятельный человек

Качок — атлет

Кент — друг

Киллер — убийца по найму

Кинул — обманул

Кнопарь — пружинный нож

Когти рвать — быстро уходить

Кодла — пренебрежительное название криминальной группы

Кожаный затылок — телохранитель, охранник

Козел — зэк, продавшийся администрации

Козырь — оружие

Колоться — признаваться, принимать наркотики

Косорезить — грубо ошибаться

Косяк — забитая марихуаной папироса

Косяк носить — повязка общественника в зоне

Косяк пороть — нарушать воровской закон

Красный — активист в зоне

Кругосветка — анально-оральный секс

Король — активно-пассивный гомосексуалист

Крутой — солидный, опасный

Крученый — хитрый

Крытка — тюремный режим

Крыша дымится — психоз
Крякнул — умер
Ксива — документ
Кукла — муляж денежной пачки
Курок — тайник
Кусок — тысяча

Л

Лавэ — деньги
Лажа — ерунда
Лепить горбатого — врать
Лечить — задабривать
Лоб зеленкой намазать — приготовить к растрелу
Лох — мужик, которого можно одурачить
Луна — обман
Лупара — обрез охотничьего ружья

М

Малява — записка
Масло — сообразительность
Мокруха — убийство
Мужик — зэк-работяга,
    не принадлежащий к касте воров
Музыка — чай
Мутный — интриган

Н

Наглушняк — насмерть
Нарисоваться — появиться
Наружка — визуальная слежка

О

Обиженный — педераст

Облом — неудача

Обмороженный — наглец

Общак — касса воровского сообщества

Оборваться — уйти от погони

Окно — задний карман брюк

Опрокинул — ввел в заблуждение

Опущенный — насильно сделанный
   гомосексуалистом

Орех — пуля

Особняк — колония особого режима,
   рецидивист

Откинулся — освободился из мест
   заключения

Отмазать — прикрыть, защитить

Отпад — последняя точка

Отправить в Сочи — ликвидировать

Отстегнуть — дать денег

Оттянуться — расслабиться

Очко — задница

П

Палево — провал

Пасти — следить

Перо — нож

Петух — пассивный гомосексуалист

Пластилин — гашиш

Погоняло — кличка

Подбанчить — дать

Подогреть — помочь материально

Подснежник — оттаявший по весне труп
Покатит — согласен
Понт — смысл, блеф
Понтовитый — высокомерный
Понты колотить — пускать пыль в глаза
Порожняк — никчемный разговор
По ходу — наверно
Прикол — шутка
Приколоться — поговорить
Продернул — ушел
Понятия — воровские правила поведения и морали
Пурга — вранье
Пыхнуть — покурить анаши

Р

Разборка — борьба между бандами
    за влияние
Разгон — налет
Разлагаться — кайфовать
Размерять — убить
Ржавый — подлый
Рыжье — золото

С

Семечки — патроны, пустяки
Семьянин — самый близкий кент в зоне
Сечет — смотрит. Сечь — смотреть,
    примечать
Сечет поляну — смотрит в корень
Синие — криминальная группа, состоящая из ранее
    судимых

Скок — ограбление

Смотрящий — назначенный
    авторитетами главным в зоне,
    бараке, камере

Сходка — воровская деловая встреча

Сявка — ничтожество

Т

Таски — кайф

Темный — подозрительный

Терпила — потерпевший

Тигриный глаз — анальное отверстие

Травка — анаша

У

Унесенный ветром — сброшенный
    с балкона, выброшенный из окна

Ф

Фатера — квартира, дом

Фигура — пистолет

Фраер — гражданский человек,
    потерпевший

Х

Халява — бесплатно

Ханка — опийный сырец

Хата — камера в тюрьме

Хипиш — скандал

Хозяин — начальник лагеря,
тюрьмы

Храповик — нос

Хрюкнуть — серьезно поговорить

Ц

Центровые — бандгруппа,
контролирующая центр
Екатеринбурга

Центряк — качественный

Цынкануть — дать знак

Ч

Чайка — никчемный человек

Чайник — череп

Чалиться — отбывать срок

Черная масть — зэки, признающие
воровские законы

Ш

Шерстяной — зэк, работающий на
администрацию колонии

Шило — напасть, неприятности

Ширяться — колоться наркотиками

Шифер съехал — сошел с ума

Шмаль — анаша

Шмальнуть — застрелить

Шмон — обыск

Шпалер — пистолет
Штабной — стукач
Шугаться — бояться
Шухер — опасность
Шнырь — уборщик, слуга

Я

Яма — воровской притон

СОДЕРЖАНИЕ

Литературно-художественное издание

Монах Евгений Михайлович

КЕНТЫ И МЕНТЫ

Издано в авторской редакции
Ответственный редактор *С. Рубис*
Художественный редактор *А. Стариков*
Технический редактор *Н. Носова*
Компьютерная верстка *О. Шувалова*
Корректор *Л. Фильцер*

В оформлении обложки использован рисунок художника *С. Цылова*

Подписано в печать с готовых монтажей 11.10 .2002.
Формат 84x108 ^{1}/32. Гарнитура «Таймс».
Печать офсетная. Усл. печ. л. 23,52.
Доп. тираж 5 000 экз. Заказ № 4718.

ООО «Издательство «Эксмо».
107078, Москва, Орликов пер., д. 6.
Интернет/Home page — www.eksmo.ru
Электронная почта (E-mail) — info@eksmo.ru

По вопросам размещения рекламы в книгах издательства «Эксмо»
обращаться в рекламное агентство «Эксмо». Тел. 234-38-00

Книга — почтой: Книжный клуб «Эксмо»
101000, Москва, а/я 333. E-mail: bookclub@eksmo.ru

Оптовая торговля:
109472, Москва, ул. Академика Скрябина, д. 21, этаж 2
Тел./факс: (095) 378-84-74, 378-82-61, 745-89-16
Многоканальный тел. 411-50-74. E-mail: reception@eksmo-sale.ru

Мелкооптовая торговля:
117192, Москва, Мичуринский пр-т, д. 12/1. Тел./факс: (095) 932-74-71

ООО «Медиа группа «ЛОГОС».
103051, Москва, Цветной бульвар, 30, стр. 2
Единая справочная служба: (095) 974-21-31. E-mail: mgl@logosgroup.ru

ООО «КИФ «ДАКС». 140005, М. О., г. Люберцы, ул. Красноармейская, д. 3а.
Тел. 503-81-63, 796-06-24. E-mail: kif_daks@mtu-net.ru

Книжные магазины издательства «Эксмо»:
Москва, ул. Маршала Бирюзова, 17 (рядом с м. «Октябрьское Поле»). Тел. 194-97-86.
Москва, Пролетарский пр-т, 20 (м. «Кантемировская»). Тел. 325-47-29.
Москва, Комсомольский пр-т, 28 (в здании МДМ, м. «Фрунзенская»). Тел. 782-88-26.
Москва, ул. Сходненская, д. 52 (м. «Сходненская»). Тел. 492-97-85
Москва, ул. Митинская, д. 48 (м. «Тушинская»). Тел. 751-70-54.

Северо-Западная Компания представляет весь ассортимент книг издательства «Эксмо».
Санкт-Петербург, пр-т Обуховской Обороны, д. 84Е
Тел. отдела рекламы (812) 265-44-80/81/82/83.

Сеть магазинов «Книжный Клуб СНАРК» представляет
самый широкий ассортимент книг издательства «Эксмо».
Информация о магазинах и книгах в Санкт-Петербурге по тел. 050.

Вы получите настоящее удовольствие, покупая книги в магазинах ООО «Топ-книга»
Тел./факс в Новосибирске: (3832) 36-10-26. E-mail: office@top-kniga.ru

Всегда в ассортименте новинки издательства «Эксмо»:
ТД «Библио-Глобус», ТД «Москва», ТД «Молодая гвардия»,
«Московский дом книги», «Дом книги в Медведково», «Дом книги на ВДНХ».
Книги издательства «Эксмо» в Европе: www.atlant-shop.com

Отпечатано в полном соответствии с качеством
предоставленных диапозитивов в Тульской типографии.
300600, г. Тула, пр. Ленина,109.